Zum Buch

»Er konnte doch unmöglich immer noch das Gemetzel übersehen, das er hinterließ. Der Hot-Henry-Effekt, wie es meine beste Freundin Jo nannte. Sie hatte die Hypothese aufgestellt, dass eine Erhöhung des Östrogenspiegels bei der Versuchsperson direkt mit der Länge der Zeit korrelierte, die sie in seiner Gesellschaft verbracht hatte oder in der sie einfach nur in sein Gesicht gestarrt oder zumindest an sein Gesicht gedacht hatte.«

Zur Autorin

Lucy Chalice ist eine medizinische Fachautorin aus dem Vereinigten Königreich mit einem Doktortitel in Zellbiologie. Sie redet gerne über Wissenschaft und Pferde, hört Softrock-Musik aus den 1980er-Jahren (Jon Bon Jovi, ruf mich an!?) und liest gerne Geschichten mit Happy End. »Der Hot-Henry-Effekt« ist Lucys erster Roman und war für sie ebenso eine Überraschung wie für alle, die sie kennen.

Lucy Chalice

Der Hot-Henry-Effekt

Roman

*Aus dem Englischen von
Sonja Häußler*

HarperCollins

Die Originalausgabe erschien 2024 unter dem Titel
The Hot Henry Effect bei HarperCollins Publishers UK, London.

1. Auflage 2025
© 2024 by Lucy Chalice
Deutsche Erstausgabe
© 2025 für die deutschsprachige Ausgabe
HarperCollins in der
Verlagsgruppe HarperCollins Deutschland GmbH
Valentinskamp 24 · 20354 Hamburg
info@harpercollins.de
Umschlaggestaltung von Guter Punkt | Agentur für Gestaltung, München
Umschlagabbildung von Andreas Sträußl, intararit / Getty Images
Gesetzt aus der Adobe Garamond
von GGP Media GmbH, Pößneck
Druck und Bindung von GGP Media GmbH, Pößneck
Printed in Germany
ISBN 978-3-365-00922-2
www.harpercollins.de

Für meine Tochter, den besten kleinen Menschen,
den ich je kennengelernt habe.
Bleib ganz du selbst, ohne Kompromisse.

1

Just in dem Moment, in dem er zum ersten Mal unser Labor betreten hatte, war das mit der albernen Schwärmerei losgegangen. Wimpern klimperten, gehauchte Seufzer ertönten. Scharfsinnige, intelligente Wissenschaftlerinnen verwandelten sich in einfältig lächelnde Hohlköpfe. Ich fühlte mich wie eine Komparsin in der Filmadaption von *Stolz und Vorurteil* und nicht wie eine Doktorandin an einer der namhaftesten akademischen Institutionen der Welt.

Und das irritierte mich zutiefst.

»Herrgott, Henry, hör auf, mit der Pipettenspitze den Flaschenrand zu berühren, du infizierst dadurch noch alle Kulturen«, beschwerte ich mich etwas schärfer als beabsichtigt.

»Tut mir leid«, murmelte er, den Kopf an die Glastrennwand gelehnt. Seine Wangen röteten sich zart, und obwohl er nicht in meine Richtung schaute, merkte ich seinem perfekten Profil an, dass er ein wenig gekränkt war.

Verdammt. Ich. Muss. Toleranter. Sein.

Die Zunge vor lauter Konzentration zwischen die Lippen geklemmt, versuchte er es erneut. Er fuchtelte wie wild mit der Gilson-Pipette in der Sterilbank herum. Es sah aus, als würde er eine Art wissenschaftliche Zeichensprache sprechen, dabei versuchte er nur, in der sterilen Box in der Ecke eine frische neue Spitze zu fixieren und die erforderliche Menge des hellrosa Nährmediums anzusaugen.

Unwillkürlich stieß ich ein ungeduldiges Schnaufen aus, und er schaute verwirrt zu mir herüber. Dabei bespritzte er die zuvor makellose Oberfläche aus rostfreiem Stahl und verfehlte die Näpfchen der 96-Well-Mikrotiterplatte, auf die er gezielt hatte. Ich bemühte mich wirklich, nicht die Augen zu verdrehen, aber zurzeit schien ein Augenrollen schon ein Reflex bei mir zu sein.

»Versuch es einfach noch mal mit weniger übertriebenen Armbewegungen, dann schaffst du es«, sagte ich mit falschfröhlicher, vorgetäuscht positiver Stimme, was nicht gut ankam, der gerunzelten Stirn und dem leicht schmollenden Blick hinter der Schutzbrille nach zu urteilen. Ich fragte mich, ob dies wohl seine Version von Zoolanders *Blue Steel* sein sollte, und musste ein Kichern unterdrücken.

Weshalb aus unserer Forschungsgruppe so plötzlich ein Bienenstock weiblicher Aktivität geworden war, ließ sich unschwer erkennen, selbst mir war es nicht total entgangen. Sogar Professor Hart von der Genomforschung (die siebenundfünfzig Jahre alt und glücklich mit dem Dekan der medizinischen Fakultät verheiratet war) geriet in Henrys Gegenwart regelrecht ins Schweben, griff sich aufgewühlt an die Perlenkette und seufzte theatralisch. Im vergangenen Monat war der Östrogenspiegel hier in beunruhigende Höhen geschnellt, und wir erhielten eine Flut von Bewerbungen von Studierenden und Promovierenden für unsere Gruppe – davon neunundneunzig Prozent weiblich. Und obwohl ich voll und ganz dafür war, Frauen zu unterstützen, die in die MINT-Forschung wollten, erschien es mir keine angemessene oder nachhaltige Motivation, das Labor oder die Branche zu wechseln, nur um das hübsche Gesicht eines Kerls anstarren zu können.

Zu seiner Verteidigung muss man sagen, dass Henry Fraser tatsächlich aussah wie ein Covermodel des *GQ*-Magazins; blaue Augen, beeindruckend symmetrische Knochenstruktur, welliges schokobraunes Haar und mit seinen über eins achtzig eine stattliche Erscheinung. Zum Glück schien er sich außerdem – erstaunlicherweise – kein bisschen dessen bewusst zu sein, welche Wirkung er auf die Frauenwelt hatte. Und auf die Männerwelt: Mein Forschungsstudent Ben wäre fast in Ohnmacht gefallen, als ich die beiden einander vorstellte; jede Debütantinnenmutter aus der Regency-Epoche wäre stolz auf ihn gewesen.

Doch an der Pipette war dieses Bild von einem Mann ein hoffnungsloser Fall. Momentan versuchte ich, ihm die Feinheiten der Zellkultur beizubringen, während ich gleichzeitig hektisch meine letzten paar Experimente zu Ende führte, um das letzte Kapitel meiner Doktorarbeit hier in Oxford zu vollenden. Wenigstens war Henry nur für kurze Zeit bei uns im Labor. Ich würde ihn nur ein paar Monate am Hals haben, ehe er zu seiner eigenen Promotion in Ingenieurwissenschaft in die Staaten zurückkehrte.

Als es ihm endlich gelang, die hundertfünfzig Mikroliter Nährmedium komplett in das erste Näpfchen der Platte zu gießen, warf er mir ein triumphierendes Lächeln zu, und ich reagierte, indem ich beide Daumen nach oben reckte und versuchte, ihn so ermutigend wie möglich anzusehen – wobei mein Gesichtsausdruck aber vermutlich eher dem einer Bulldogge glich, die auf eine Wespe biss.

»Gute Arbeit, Henry, nur noch fünfundneunzig weitere«, flötete ich sarkastisch.

»Motivation ist nicht gerade deine Stärke, Clara«, murmelte

er, während er die benutzte Spitze der Pipette abknipste und in den Plastikbecher fallen ließ, den er für den Müll benutzte. Zögernd griff Henry nach einer neuen Spitze. Dabei zitterte seine Hand so stark, dass die ganze Schachtel so melodisch schepperte, als wollte er einen Flamenco-Tanzwettbewerb initiieren.

Als seine Mentorin hatte ich an ihm als Studenten nichts auszusetzen. Er war ruhig und höflich, rücksichtsvoll und unglaublich intelligent. Sehr lobenswert waren in der Tat seine ungeteilte Aufmerksamkeit und seine Konzentration auf jedes einzelne meiner Worte. Er schrieb meine Protokolle sorgfältig ab und kam verlässlich auf mich zu, um detaillierte Fragen zu den einzelnen Schritten jedes Vorgangs zu stellen. Ich kann mich nicht daran erinnern, wann unser schäbiges kleines Büro je so gut besucht war – Henry brachte mir regelmäßig Kaffee und Gebäck vorbei und blieb dann ein wenig zum Plaudern. Hinzu kam der konstante Andrang von Groupies, die glaubten, dass ich die Hüterin seines Tagebuchs sei und ihnen vielleicht den Weg zu seinem Herzen verraten könnte – oder in sein Bett (manche waren unverblümter als andere). An den meisten Tagen ging es hier zu wie am Piccadilly Circus.

Während ich aus dem Fenster starrte, ließ ich meine Gedanken ein wenig schweifen – der Reiz des spätsommerlichen Nachmittags bot allen, die drinnen feststeckten, eine verführerische Ablenkung. Das Summen der Neonröhren und der beißende, antiseptische Laborgeruch weckten Erinnerungen an lange ermüdende Stunden, die ich mit meiner Forschung verbracht hatte. An das ständige Zweifeln und die unermüdlichen Versuche, etwas Bedeutendes zu erarbeiten, etwas, was es wert ist, veröffentlicht zu werden.

Und ich hatte es fast geschafft, stand kurz davor, meine Doktorarbeit fertigzustellen, und danach würde eine ganze Welt neuer und aufregender Möglichkeiten auf mich warten, davon war ich überzeugt. Ich musste nur vorher das Rigorosum bestehen. Allein die Aussicht, mich dem kniffligsten Abschlussgespräch der Welt zu stellen, ließ meinen Puls rasen und meine Handflächen schwitzen. Sämtliche Horrorgeschichten, die rund um den Globus jedem Doktoranden erzählt werden, schossen mir durch den Kopf. Aber ich konnte das verdammt noch mal schaffen, ich musste es schaffen, und es wurde Zeit, dass ich mich von den Selbstzweifeln und der Angst vor Zurückweisung verabschiedete, die mich schon seit meiner Kindheit quälten.

»Shit.« Henrys Stimme brachte mich mit einem ordinären kleinen Rums wieder in die Gegenwart.

Die neue Spitze seiner Pipette sank ziellos zum Boden des Behälters mit Nährmedium, und Henry versuchte, sie herauszufischen. Vergeblich.

»Schon gut, Henry, lass sie einfach drin«, sagte ich und schloss kurz die Augen. Ich hatte bereits beschlossen, diese Flasche abzuschreiben und sie nach dem Unterricht in den Ausguss zu kippen, bevor bis morgen früh alle möglichen abgefahrenen Organismen darin wuchern würden.

»Wenn du dir sicher bist ...«, erwiderte er und drehte seinen ganzen Körper, um mich anzusehen. Dabei erwischte er den Rand der Flasche mit der Ärmelmanschette seines hellblauen, den Hochschulregeln entsprechenden Laborkittels, sodass das beinahe volle Behältnis gefährlich ins Wanken geriet. Reflexartig schoss meine behandschuhte Hand in die Sterilbank, im verzweifelten Versuch, das Schlimmste zu verhindern, nämlich dass sämtliche Platten geflutet wurden, die wir zwei Stunden lang in mühsamer Kleinarbeit mit Stammzellen befüllt hatten. Gerade glaubte ich, die Situation gerettet zu haben, da stießen unsere Hände zusammen, und ich musste entsetzt mitansehen, wie die Flasche gegen die hintere Wand geschleudert und alles von einem rosa Tsunami überflutet wurde.

»Shit«, sagte er wieder, die Augen hinter seiner leicht ramponierten und zerkratzten Laborbrille erschrocken aufgerissen.

»Das kannst du laut sagen.«

Keine Ahnung, wie ich es fertigbrachte, so ruhig zu bleiben. Wir würden jetzt den ganzen Nachmittag und Abend damit beschäftigt sein, zu putzen und die Zellkulturen zu dekontaminieren, ehe wir noch mal ganz von vorn anfangen konnten mit Wachstum und Ausbau meiner schwindenden Ressourcen an Knochenmarkstammzellen. Das würde meine Experimente um mindestens weitere zwei Wochen zurückwerfen.

»Es tut mir so leid«, flüsterte Henry und versuchte dabei, sich tief in den Falten seines Laborkittels zu verkriechen.

»Schon gut.« Angesichts seines verstörten Gesichts rollte eine Woge des Mitgefühls und des Erbarmens durch meinen Brustkorb. »Mach dir keine Sorgen, wir kriegen das wieder hin«, fügte ich daher etwas sanfter hinzu.

Zweifellos würden etliche meiner Mitdoktorandinnen und Mitdoktoranden den Vorfall als Katastrophe epischen Ausmaßes betrachten, als Vorboten des totalen Versagens. Und gewiss nähmen sie ihn zum Anlass, den unglückseligen Henry für immer aus dem Labor zu werfen, während sie gleichzeitig den Verlust der Zellen und die unvermeidliche Verspätung bei der Fertigstellung der Doktorarbeit beklagten und in eine

Tasse starken Tee weinten, im Hintergrund Morrissey voll auf-
gedreht.

Doch auch wenn ich versucht war, ob meiner drohenden
Niederlage theatralisch die Hände hochzureißen und eine
Reihe von Kraftausdrücken auszustoßen, hatte ich nicht das
Zeug dazu, Henry rauszuwerfen. Denn trotz meiner anfäng-
lichen Bedenken und meiner Verärgerung darüber, dass ich
einen Ingenieurstudenten babysitten musste, war er mir in
den vergangenen paar Wochen irgendwie ans Herz gewachsen.
Mittlerweile mochte ich ihn sogar, wenn auch widerstrebend.
Tatsächlich war niemand überraschter als ich selbst, dass sich
zwischen uns eine ungewöhnliche Freundschaft zu entwickeln
begann.

Anfangs hielt ich ihn für ein arrogantes Arschloch, einen
Spieler und Flegel, der sein hübsches Gesicht und seinen
Charme geschickt dazu nutzte, andere zu manipulieren. Doch
darin hatte ich mich total getäuscht. Obwohl ich zunächst
nicht mit bissigen Kommentaren und kleinen Sticheleien
sparte, erwiesen sich seine nachsichtige Freundlichkeit und
sein trockener Humor als so unerwartet entwaffnend, dass ich
mir in seiner Gesellschaft inzwischen Mühe geben musste,
nicht dauernd zu lächeln. Außerdem war er, obwohl er sich
zweifellos mit Leib und Seele seinen eigenen Forschungen
widmete, enorm großzügig mit seiner Zeit und seinen Er-
kenntnissen. Und oft ging er mit einer so erfrischend anderen Perspektive an Dinge heran, dass ich allmählich das Gefühl bekam, mehr von unserem Mentoring zu profitieren als
er. Allerdings versuchte ich mir nicht anmerken zu lassen, wie
gern ich mit ihm arbeitete – auch wenn jemand so nett ist wie
Henry, sollte man sein Ego nicht allzu sehr verwöhnen.

Zumal er über diesen ganz bestimmten Gesichtsausdruck verfügte, den er auch jetzt wieder hervorholte. Er pflegte ihn zum Beispiel immer dann einzusetzen, wenn er wollte, dass ich länger blieb oder ihm bei etwas half. Mit dieser Miene erzielte er verlässlich eine verheerende Wirkung, auch wenn sie schwer zu beschreiben war; ein weiches Schimmern in seinen Augen, eine kaum merkliche Neigung des Mundes, leicht und hoffnungsvoll geöffnete Lippen. Es war eine nachgiebige und ermutigende Miene, schüchtern und geheimnisvoll, alles auf einmal. Und trotz all meiner guten Vorsätze schien er mich damit jedes einzelne Mal zu kriegen.

»Sollen wir das in Ordnung bringen, und dann lädst du mich zu einem Drink ein, und wir arbeiten im Pub an der Theorie?«, schlug ich leise vor. Als er daraufhin einen traurigen kleinen Seufzer ausstieß, löste sich jeglicher schwelende Ärger oder Groll vollends auf.

»Klingt nach einem guten Plan«, erwiderte er und nickte niedergeschlagen.

Er reichte mir eine Sprühflasche mit siebzigprozentigem Ethanol, griff nach einer vollen Rolle blauer Papiertücher und fing an, die Sauerei aufzuwischen, die mittlerweile auf seine Plastiküberschuhe tropfte. Ein paar Minuten lang arbeiteten wir in einvernehmlichem Schweigen, warfen den Müll in den Eimer für Klinikabfälle, nahmen systematisch sämtliche Apparaturen auseinander und reinigten und desinfizierten sie.

Henry redete im Allgemeinen nicht viel, vor allem nicht in großen Gruppen. Er zog es vor, andere im Mittelpunkt des Interesses stehen zu lassen, und wir fühlten uns beide wohl damit, in der Gesellschaft des anderen zu schweigen. Es war erholsam, wenn einem nicht dauernd jemand seine Meinung aufs Auge drückte, und ich wusste auch, dass seine Worte, wenn er schließlich doch etwas sagte, Hand und Fuß hatten, dass er das Thema sorgfältig abgewogen hatte, bevor er sich dazu äußerte, und nicht einfach mit dem üblichen Geschwafel oder Doktorandengetue herausplatzte, das ich sonst zu hören bekam.

Wir hatten die Köpfe innerhalb der Zellkulturwerkbank dicht zusammengesteckt. Plötzlich drehte Henry sich zu mir. »Was sagt eine Stammzelle zur anderen, wenn sie ihr auf den Fuß getreten ist?«, fragte er.

»Was?«

»Autsch, das ist Zellteilung.«

Ich prustete los. »Das ist ein echt schlechter Witz, Henry.«

»Stimmt, aber ich weiß, dass du behaupten wirst, dass er von dir ist, wenn du ihn später Jo erzählst.« Ein winziges Lächeln umspielte seine Lippen.

»Vielleicht.« Ich zuckte unverbindlich mit den Schultern und räumte im Stillen ein, dass meine beste Freundin Jo ganz bestimmt auch darüber kichern würde. »Wie viele Ingenieure braucht es, um eine Glühbirne zu wechseln?«, konterte ich.

»Keinen, denn das ist ein Wartungsproblem.«

»Hey, du hast mir die Pointe geklaut!« Ich warf ihm ein durchweichtes blaues Papierknäuel an den Kopf, und es blieb mit einem zufriedenstellend schmatzenden Geräusch an seiner Schutzbrille kleben.

»Habe ich etwas im Gesicht?«, fragte er vollkommen ernst.

»Nee, nein, gar nichts.«

»Bist du dir sicher? Ist da nicht doch was?« Er befingerte

den blauen Fetzen, der nun tropfend an der Plastiklinse hinabglitt. »Weil du nicht aufhörst, mich anzustarren.«

»Etwas ganz Kleines vielleicht, aber im Großen und Ganzen finde ich, dass es eine riesige optische Verbesserung für dein Gesicht ist.«

»Ah, in dem Fall lasse ich es natürlich, wo es ist.« Er grinste breit. Und mein Herz geriet ins Stolpern, nur ein kleines bisschen. Himmel, Clara, reiß dich zusammen, das sind nur seine Zähne und seine Lippen. Und seine Grübchen.

»Vielleicht muss ich das als Verstoß gegen die Zellkulturgesundheit und -sicherheit melden. Wo ist das Logbuch?« Henry schälte sich den blauen Fetzen von der Plastikbrille und wischte über sein Gesicht.

»Ich weiß definitiv, wohin wir das Logbuch schieben können, Henry, nämlich dorthin, wo die Sonne nicht scheint, nicht mal für dich …«, murmelte ich finster.

Er lachte leise. »Ich weiß, was dich aufheitern wird – lass uns Musik hören!«, schlug er fröhlich vor.

»Argh, aber nicht wieder deine Best-of-Bon-Jovi-Playlist, Henry«, stöhnte ich und bemühte mich, mein Lächeln zu verbergen.

»Jon Bon Jovi ist ein Gott unter den Männern, Clara, je eher du das akzeptierst, umso besser«, erwiderte Henry. Er fischte sein Handy aus der Tasche und schloss es an den Lautsprecher an der hinteren Wand des Labors an.

Schon bald war der Raum erfüllt von den optimistischen Softrock-Klängen der Achtzigerjahre, und unwillkürlich tat ich, als würde ich mitsingen, wobei ich den Griff des Mopps als Mikrofon benutzte, Henry direkt neben mir an der Luftgitarre. Und obwohl ich wusste, dass wir den ganzen Tag lang putzen würden, dass ich praktisch eine ganze Ladung unersetzlicher Stammzellen verloren hatte und dass sich die Fertigstellung meiner Doktorarbeit wahrscheinlich erneut verzögern würde, fühlte ich mich plötzlich gar nicht mehr so schlecht.

2

Sieben Jahre später

Ich warf meine Stöckelschuhe in die Tiefen meiner Handtasche und schwang mir den Gurt der Laptoptasche über die Schulter, während ich prüfend in den Spiegel neben der Tür schaute. Dunkelgrauer Bleistiftrock, Check. Cremefarbene Bluse, businessmäßig, aber nicht altbacken, Check. Wilde blonde Lockenmähne zu sanften Wellen gezähmt, Check. Make-up, das volle Programm, aber nicht nuttig, Check. Zufrieden, dass ich wie ein souveräner Profi wirkte, öffnete ich die Tür meines kleinen viktorianischen Reihenhauses in Headington, bereit, mich der neuen Hölle zu stellen, die mein Chef zweifellos auch heute wieder für mich bereithielt.

Es war ein kalter Januarmorgen, und das helle Atrium unseres Bürogebäudes erstrahlte im Wintersonnenschein. Pharmazeutische Fachangestellte gingen wie in einem Bienenstock ihrer Morgenroutine nach. Wie immer wurde ich von unserer Rezeptionistin Judy, in deren Stimme noch immer ein Hauch von irischem Akzent mitschwang, fröhlich begrüßt.

Ich lehnte mich an ihren Empfangstresen, um meine Turnschuhe gegen High Heels zu tauschen.

»'n Morgen, Judy. Wie war dein Wochenende?«

»Ach, weißt du, ich habe es mir mit den Enkelkindern gemütlich gemacht«, erwiderte sie strahlend.

»Herrlich.« Ich lächelte ebenfalls.

»Und bei dir, Clara?«

»Arbeit, wie immer, aber ich habe es tatsächlich geschafft, in dem Buch zu lesen, das du mir ausgeliehen hast.«

»Ooooh, dieser heiße Highlander hat mein Blut richtig in Wallung gebracht. Peter dachte schon, ich erlebe einen zweiten Frühling!« Sie lachte und fächelte sich theatralisch Luft zu. In diesem Moment klingelte das Telefon, und Judy brachte rasch ihre Gesichtszüge unter Kontrolle, winkte mir kurz zu und meldete sich mit einer knappen, sehr professionellen Begrüßung.

Sie stand auf schlüpfrige Liebesromane und hatte damit begonnen, sie an mich weiterzugeben, sobald sie sie ausgelesen hatte. Denn sie fand, als Dauersingle hätte ich es dringend nötig, ein wenig »Würze« in meine einsamen Abende zu bringen. Ich musste zugeben, dass sie damit nicht völlig falschlag.

Auf dem Weg in mein Büro holte ich mir noch rasch einen Kaffee. Gerade hatte ich meinen Laptop ausgepackt, als mein Chef Richard Holmes hereinkam, der medizinische Leiter der Firma. Seine Haare standen dort ab, wo er wieder mal hektisch mit den Fingern durch die dünner werdenden Enden gefahren war, die Strähnen, die er über seine beginnende Glatze gekämmt hatte, waren nach vorne gefallen, und sein Schnurrbart zuckte.

»Morgen, Morgen. Sie haben diese Präsentation nicht vergessen, oder?« Sein Eton-Akzent und sein leicht anklagender Tonfall gingen mir gewaltig auf den Wecker.

»Guten Morgen. Nein, ich habe sie nicht vergessen. Ist das Meeting immer noch um vierzehn Uhr?« Ich rang mir ein Mindestmaß an gezwungener Höflichkeit ab.

»Ja, ja. Sehr gut. Ich will sie sehen, bevor Sie sie präsentieren, senden Sie mir doch bitte die Folien.«

Als seine hochgewachsene gebeugte Silhouette, die einem Pantomimeschurken, der Böses vor sich hin murmelt, nicht unähnlich war, hinaus in den Flur verschwand, brüllte ich ihm meine Antwort nach. »Ich habe sie Ihnen schon letzte Woche geschickt, Richard.«

Ich lehnte mich zurück, holte tief Luft und starrte einen Moment lang ausdruckslos auf den Bildschirm. Bei Weitem nicht zum ersten Mal dachte ich, dass es an der Zeit war, mich nach einem neuen Job umzusehen. Ich hatte zu hart gearbeitet und zu lange gekämpft, um meine Zeit mit einem Comicschurken zu verschwenden, der mir Anweisungen gab.

»Tagträume, Dr. Clancy? Oder planst du den Sturz unseres fiesen Bosses?«, fragte Simmy, die wie ein kunterbunter Wirbelwind unser gemeinsames Büro betrat und schwungvoll ein Schokocroissant auf meinen Schreibtisch fallen ließ. »Ich dachte, das kannst du jetzt vielleicht gebrauchen.«

»Danke, Simmy. Hattest du ein schönes Wochenende?«

»Ich habe versucht, meine nervige Schwiegermutter zu besuchen, ohne sie umzubringen. Ich habe widerwillige Kinder zu verschiedenen Partys und Events chauffiert, laufende Nasen geputzt und in einem durch Rivalität unter Geschwistern entbrannten Kampf auf Leben und Tod vermittelt. Das Übliche also, und was hast du so getrieben?« Sie ließ sich schwer auf ihren Stuhl plumpsen und verspritzte dabei schwarzen Kaffee, der nur knapp ihre Tastatur verfehlte.

»Nicht viel. Ich habe den Plan für die klinischen Versuche von Studie 128 für nächstes Jahr durchgesehen und bin die Folien für das Symposium in San Francisco in ein paar Wochen durchgegangen.« Ich trank einen Schluck Kaffee und machte mich über das Croissant her, während ich darauf wartete, dass meine E-Mails heruntergeladen wurden.

»Pfft«, machte sie abfällig. »Als mit einem Buchhalter verheiratete dreifache Mutter in mittleren Jahren will ich eigentlich indirekt etwas durch dich, meine attraktive Single-Kollegin, erleben. Und doch lässt du mich regelmäßig im Stich mit diesen arbeitsbezogenen Banalitäten.« Sie wischte den verschütteten Kaffee mit einem Babyfeuchttuch auf, das sie aus dem riesigen Vorrat zog, den sie davon in ihrer Handtasche aufbewahrte.

Simmy zog sich jede Menge Liebesfilme rein (mit einem Hang zu Bollywood-Klassikern) und hoffte, dass eines Tages ein sehr gut aussehender Mann in paillettenbesetzter Weste dahergefegt käme (vorzugsweise mit einer Eskorte aus Männern in ebenfalls paillettenbesetzten Westen und schönen, sittsamen, in Seide gekleideten Frauen), meine Hand ergriffe und mich in einer wundervoll choreografierten Tanzszene mit sich fortrisse.

»Was ist mit Bhavins Freund aus der Buchhaltung, den hast du doch jetzt schon ein paarmal getroffen, oder?«

Brr, Hugh. Der war ein ziemlich hartnäckiger Verehrer, mit dem ich mich ursprünglich nur verabredet hatte, weil Simmys Mann Bhavin sich so verausgabt hatte, um dieses Date für uns zu organisieren. Und weil ich jemand war, der es unbedingt allen recht machen wollte, hatten wir uns insgesamt viermal getroffen, nach dem letzten Date war es vorige Woche zu einer höchst unbefriedigenden Knutscherei an der Haustür gekommen. Dabei hatte Hugh sehr seltsame kehlige Schnorchellaute von sich gegeben, mir das Gesicht abgeschlabbert und demonstriert, dass er anscheinend nicht in der Lage war, ohne Schmatzlaute zu küssen. Ab-sto-ßend. Dann krönte er das Ganze noch mit der quengelig vorgetragenen Bitte, seine Mutter kennenzulernen.

»Mit Hugh habe ich Schluss gemacht«, sagte ich ausweichend.

»Was? Warum?«

»Na ja, aus mehreren Gründen, nicht zuletzt, weil er mich an diesen bekanntermaßen hinterhältigen Tory-Politiker erinnert, mit seiner Mutter in Henley-on-Thames lebt und diese merkwürdigen Sockenhalterdinger trägt, damit die Socken an den Knöcheln nicht knittern«, erwiderte ich. Die Schnorchelgeräusche beim Küssen ließ ich weg, weil kein Mensch dieses Bild im Kopf brauchte.

»Oh, Clara, so schlimm ist er doch auch wieder nicht!«

Nein, *so* schlimm nicht, das gebe ich zu. Es gab Schlimmeres in meiner ziemlich katastrophalen jüngeren Dating-Geschichte. Da war zum Beispiel Paul, der bei unserem dritten Date tatsächlich versucht hat, heimlich Dinge aus meinem (Schmutz-)Wäschekorb zu entwenden, während ich unten in der Küche war und versuchte, ein Soufflé zu backen. Dabei ging der Rauchmelder an, und als Paul daraufhin in die Küche gerannt kam, zog er meine Unterhose aus der Gesäßtasche, um den Rauch wegzuwedeln. Ich warf ihn umgehend raus (nachdem ich mir meinen besten spitzenbesetzten Seidenschlüpfer zurückgeholt hatte), bestellte chinesisches Essen für eine Person und sah mir *Fifty Shades of Grey* an. Dann war da noch Guy, der mir seine unsterbliche Liebe erklärte und sich dann, nachdem ich seinen Heiratsantrag abgelehnt hatte, tatsächlich hinter meinem Auto auf die Straße legte, damit ich nicht wegfahren konnte. Beim. Allerersten. Date.

Nein, im Großen und Ganzen betrachtet war Hugh noch der Beste aus einer Truppe ziemlicher Rohrkrepierer. Er war aufmerksam und selbstsicher, hatte einen guten Job und schien ganz genau zu wissen, was er in diesem Leben wollte (einschließlich sehr konkreter Anforderungen an eine Ehegattin, die er mir beim zweiten Date in einem fürchterlich ausführlichen Vortrag dargelegt hatte). Doch genau darin lag das Problem: Es fiel mir schwer zu glauben, dass irgendjemand aufrichtig an mir interessiert sein könnte, zumindest nicht langfristig, deshalb beendete ich die Dinge immer schon recht frühzeitig, ehe Gefühle ins Spiel kamen und ich dann zwangsläufig enttäuscht wurde. Diese lähmende Angst, zurückgewiesen zu werden, trieb mich bereits um, seit mein Vater in meiner Kindheit weggegangen war, und hielt mich davon ab, mich je jemandem zu öffnen. Meine beste Freundin Jo warf mir regelmäßig vor, theatralisch zu sein und es zu genießen – ihre übliche Reaktion auf meine betrunkenen Monologe, die sich ausschließlich um mich selbst drehten und in denen es darum ging, dass ich ein Herz aus zerbrochenen Glasscherben hatte und absolut unfähig war, jemanden zu lieben. Ob ich pathetisch war? Ach was, nie und nimmer.

»Tut mir leid, dich zu enttäuschen, aber ich glaube, ich werde ab jetzt Single bleiben.« In letzter Zeit hatte ich es vorgezogen, mich mit einer Tasse Tee und meiner Tigerkatze Spencer einzuigeln und einem fiktiven Lover (vorzugsweise im Schottenrock) zu widmen, den ich in den Secondhand-Buchladen schicken konnte, sobald ich die Nase voll von ihm hatte. »Ich habe mich in eine altjüngferliche Cat-Lady verwandelt!«, flüsterte ich in gespieltem Entsetzen.

»Noch nicht, aber du bist auf dem besten Wege dorthin«, bestätigte Simmy trocken. »Na gut, vielleicht ist Hugh nicht die richtige Lösung, aber es muss doch jemanden für dich geben.«

»Nein, gibt es nicht, und das ist auch okay für mich. Ich verbringe meine Zeit lieber mit Fantasiemännern, bei denen ich mich nicht bemühen muss, sie zu beeindrucken. Und mit Spencer, weil der mich nur anhand des Katzenfutters, das ich für ihn kaufe, beurteilt.«

»Was ist mit … oder vielleicht … also gut, mir fällt auch nichts mehr ein …« Sie zuckte resigniert mit den Schultern und zog eine Schnute. »Nicht alle Männer sind hoffnungslos, Clara.«

Ich biss gerade erneut in mein Croissant und bröselte Blätterteig auf mein Oberteil, als plötzlich eine Gestalt vor meinem Schreibtisch auftragte. Erschreckt schrie ich auf und verschluckte mich prompt an meinem Frühstück. Während ich mir schockiert an die Brust griff, schlug mir eine Faust fest auf den Rücken.

»Herrgott noch mal, Clara, nun machen Sie doch nicht so ein Theater. Schicken Sie mir bitte noch mal diese Folien, ich überarbeite sie und schicke sie Ihnen dann zurück. Ich wollte Ihnen nur mitteilen, dass Claus Baumann angerufen hat, er stößt nun doch dazu, deshalb wurde der ganze Tag neu organisiert und das Meeting auf zehn Uhr vorgezogen, damit es in seinen Terminplan passt.« Richards Gesicht verfinsterte sich. »Bitte seien Sie pünktlich im Konferenzraum.«

Und dann war er schon wieder weg.

Bei besagtem Claus Baumann handelte es sich um den CEO der Firma, er war Schweizer und sah ein bisschen aus wie ein

Firmenweihnachtsmann, aber lange nicht so lustig. Und schon gar nicht menschenfreundlich. Für potenzielle Anteilseigner unseres kardiovaskulären Produktportfolios einschließlich Investoren, Mitarbeitern und sogar möglichen Übernahmen veranstalteten wir einen ganzen Tag voller Meetings sowie eine Führung durch die Büros und die Herstellungsanlage. Alle, die daran mitarbeiteten (einschließlich meiner Wenigkeit), waren auf ihre Rolle im Ablauf vorbereitet und ermahnt worden, es bloß nicht zu vermasseln.

»Er ist wie ein leiser, heimtückischer Dick Dastardly aus dieser alten Zeichentrickfilmserie«, murmelte ich verdrießlich. »Ich wünschte, er würde sich andere Opfer suchen und nicht dauernd wie ein Cartoonbösewicht in unserem Büro herumschleichen.«

Zähneknirschend schickte ich Richard die verflixten Folien ein weiteres Mal. Nun brauchte ich nur noch auf den unvermeidlichen Verriss zu warten, den sie mit an Sicherheit grenzender Wahrscheinlichkeit ernten würden.

Eine dunkle Vorahnung und drückende Angst erfüllten meine Thoraxhöhle, als ich den Aufzug zum Konferenzraum rief. Richard hatte mir keine Kommentare zu meinen Slides geschickt und auch sonst nicht mehr mit mir kommuniziert, seit er mein Büro um zehn nach neun verlassen hatte. Nun war es ungefähr drei Minuten vor zehn, und ich hatte so lange gewartet, wie ich es wagte, in der Hoffnung, dass er mir die überarbeiteten Folien vor dem Meeting zurückschicken würde. Doch das hatte er nicht getan, und nun war ich so spät dran, dass ich hundertprozentig die letzte Person sein würde, die den Konferenzraum betrat. Das war in vielerlei Hinsicht eine

Katastrophe, nicht zuletzt deshalb, weil mein Vortrag über unser Portfolio klinischer Versuche samt Publikationsplan als Zweites auf dem Programm stand, direkt nach einer kurzen Einführung von Claus, deshalb würde mir überhaupt keine Zeit bleiben, mich vorzubereiten. Ich würde einfach improvisieren müssen. Was definitiv mein ungeliebtester Arbeitsstil war, wenn es darum ging, einem hochrangigen, einflussreichen Publikum wichtige Informationen zu präsentieren.

»Du siehst heute Morgen bezaubernd aus, Clara«, säuselte eine seidige Stimme neben mir so unvermittelt, dass ich zusammenfuhr.

»Äh, danke, Dominic. Hattest du ein schönes Wochenende?«, erkundigte ich mich beiläufig und machte einen Schritt zur Seite, um ein wenig Raum zurückzugewinnen.

»Ach, du weißt schon, dies und das. Und du?« Eine Gruppe von Leuten kam den Flur entlang, sodass wir wieder enger beisammenstehen mussten, bis ich schließlich fast an die Aufzugtür gepresst wurde.

»Arbeit. Wieder mal. Ha-ha!« Dominic war relativ neu im Marketingteam der kardiovaskulären Abteilung hier bei Pharmavoltis, und ich war mir noch nicht ganz schlüssig, was ich von ihm halten sollte. Wir hatten schon an einer Reihe von Projekten zusammengearbeitet, und er war eigentlich ganz nett, wenn auch ein kleines bisschen schmierig, aber ich wurde immer ein wenig unbeholfen (okay, noch unbeholfener als sonst), wenn ich ihm allein begegnete. Wobei ich nicht genau sagen könnte, was genau mich an ihm störte.

»Gehst du zu dem Mitarbeiter-Meeting?« Sein Blick war auf einen Punkt irgendwo unter meinem Kinn und über meiner Taille gerichtet, über den ich nicht weiter nachdenken wollte.

Doch es stand außer Frage, dass seine Blickrichtung etwas anrüchig war. Sollte ich diese Dreistigkeit etwa ignorieren und den Kopf in den Sand stecken, nur weil es mir so schwerfiel, Dominic direkt in die unsteten Augen zu schauen, ohne dass mir ein Funken Unbehagen durchs Gehirn stob? Absolut und definitiv ja, genau das würde ich tun. Ein hervorragendes Stück interkollegialer Beziehungsarbeit, Clara.

»Ja.« Ich drehte mich ein wenig von ihm weg und drückte wieder hektisch auf den Knopf. Wo zum Teufel blieb dieser Aufzug?

»Oh, prima, ich auch. Eigentlich komme ich gerade von dort, ich musste nur kurz zurück in mein Büro, um noch mehr Hochglanzbroschüren zu holen, um das Publikum zu begeistern.« Grinsend fuchtelte er mir mit dem glänzenden Werbematerial vor der Nase herum. »Es sind jede Menge Leute da, einschließlich Claus.«

Die Arme schützend vor der Brust verschränkt, starrte ich konzentriert auf das polierte Metall der Aufzugtür und nahm mir einen Augenblick Zeit, das Spiegelbild Dominic Grahams in all seiner blasierten, leicht selbstgefälligen Pracht zu betrachten. Er sah gut aus, nahm ich an, auf eine aalglatte, weltmännische Art, und er schien bei den Kollegen auch beliebt zu sein, deshalb hatte ich von vornherein sämtliche Vorbehalte, die ich ihm gegenüber hegte, für mich behalten und eine durch und durch professionelle Beziehung angestrebt. Die Einzige, der ich von meinem Unbehagen erzählt hatte, war Simmy, die mir zustimmte, dass er etwas Merkwürdiges an sich hatte. Sie versicherte mir, dass sie ihn ebenfalls sorgfältig im Auge behalten und gegebenenfalls die Eier abreißen würde, sollte er je irgendwelche Grenzen überschreiten.

Endlich ertönte das *Pling* der sich öffnenden Aufzugtür, und in meiner Eile, hineinzulangen und nicht zu spät zum Meeting zu kommen, hätte ich beinahe die arme Frau umgerannt, die mit einem riesigen Stapel Akten im Arm aus dem Lift trat. Erst da wurde mir klar, dass ich nun auf engem Raum mit Dominic gefangen wäre, dessen starrer Blick mich zunehmend an Fahndungsfotos der Polizei erinnerte. Während wir schweigend ins Untergeschoss hinabfuhren, versuchte ich, ein höflich-distanziertes Lächeln aufzusetzen, und tat so, als würde ich E-Mails auf meinem Handy lesen. Als getreue Anhängerin von Vermeidungstechniken hielt ich den Blick konsequent gesenkt und weigerte mich standhaft, meinen Kollegen anzuschauen, auch wenn ich seinen aufdringlichen Blick förmlich über meinen Körper gleiten fühlte.

Nach gefühlten vier Jahren in den feurigen Schlünden der Hölle ging die Tür auf. In der Lobby war es verdächtig ruhig, was meine Angst bestätigte, dass alle, die zum Meeting eingeladen waren, schon im Konferenzsaal auf der anderen Seite des Flurs saßen.

»Hier entlang, komm schon, du willst doch nicht zu spät aufkreuzen, oder?« Dominic legte mir eine feuchtkalte Hand ins Kreuz und schob mich sanft auf die Tür von Konferenzraum eins zu, dem größten, den es hier im Gebäude gab. »Ach, und übrigens, du hast da was auf der Brust.«

So wie er das sagte, hörte es sich an, als ob mein ganzer Busen zu sehen war, einschließlich glitzernder Nippelquasten, die im Wind wehten. Panisch schaute ich an mir hinunter und stellte entsetzt fest, dass sich eine breite Schmierspur Schokolade über die Kurve meiner rechten Brust erstreckte. Als ich sie abtupfen wollte, wurde der kakaobasierte Fleck nur noch größer, wodurch er einem beachtlichen Brustwarzenhof ähnelte, ziemlich genau über meinem naturgegebenen Brustwarzenhof (der übrigens längst nicht so groß war. Zu viel Information? Wahrscheinlich).

Na toll. Da würde ich in meinem verzweifelten Bemühen, als Profi und glaubwürdige Expertin der pharmazeutischen Industrie rüberzukommen, gleich eine der wichtigsten Präsentationen meiner bisherigen Berufslaufbahn halten – und hatte einen weithin sichtbaren und höchst verdächtigen Fleck auf der cremefarbenen Bluse. Hastig drehte ich mich zum verspiegelten Paneel der Aufzugtür um. Die obere Hälfte meines Körpers sah aus, wie ich mir eine aufblasbare Sexpuppe vorstellte: erschrockenes Gesicht, rosa Wangen, rote Lippen, die ein enttäuschtes kleines O formten. Und auf Brusthöhe ein übermäßig auffälliges, übermäßig großes nippelartiges Merkmal, das alle Blicke auf sich ziehen würde.

»Oh mein Gott! Warum hat mir das niemand gesagt?«

»Ich sage es dir doch jetzt, aber womöglich ist es ein bisschen zu spät, etwas dagegen zu tun. Das tut mir leid«, erwiderte Dominic bedauernd. In diesem Moment riss Richard die Tür zum Konferenzraum auf und zog mich hinein in den spärlich beleuchteten Hörsaal.

3

»Sie sind dran, jetzt kommen Sie schon«, zischte Richard finster und stieß mich unsanft auf die hell erleuchtete Bühne. Die Titelfolie meiner Präsentation war bereits auf der Leinwand hinter mir zu sehen, dazu mein Name und meine Stellung in Times New Roman, Schriftgröße vierundvierzigtausend, was keinen Zweifel daran ließ, wer dieser verspätete und leicht aus der Fasson geratene Eindringling war.

Ich drehte mich ein wenig nach rechts, in der Hoffnung, dass mein Schokonippel dadurch weniger auffiel, und begann mit meiner sorgfältig gegliederten und geprobten Präsentation.

Erst als ich durch die Slides klickte, merkte ich, dass Richard meine Rede total auseinandergenommen hatte und nur wenig vom ursprünglichen Inhalt übrig war. Das Einzige, was mich weitermachen ließ und verhinderte, dass ich wie eine komplette Idiotin dastand, waren ein Anflug von Berufsethos und die erdrückende Angst vor Demütigung. Beides hielt mich davon ab, dem nahezu unwiderstehlichen Bedürfnis nachzugeben, vor allen Leuten in Tränen auszubrechen.

Aber ich hatte das im Griff. Ich schaffte das. Verdammt noch mal, ich hatte echt hart gearbeitet, um so weit zu kommen. Dank einer einzigen entschlossenen Naturwissenschaftslehrerin, die an meiner Brennpunktschule an mich geglaubt hatte, wurde ich in Oxford mit offenen Armen angenommen, wodurch sich die Quote der Studierenden aus ärmlichen Verhältnissen an meiner Fakultät so ziemlich verdoppelte. Weil ich mich unbedingt beweisen wollte, übertraf ich bei der Promotion sogar meine eigenen Erwartungen, was wirklich eine Heldentat war angesichts der außerordentlich hohen Ansprüche, die ich an mich gehabt hatte.

Ich drückte meine Schultern durch, starrte blind in die dunklen, undefinierbaren Gesichter der Zuhörer und beschloss, auf gar keinen Fall zuzulassen, dass ein wandelnder Pantomimeschurke über mich triumphierte.

Fünfzehn Minuten und mehrere knapp beherrschte Panikattacken später (bei denen ich mich mehr als einmal fragte, wo man im Internet Großhändler für Voodoopuppen finden kann) konnte ich mich endlich neben meinen Chef in die erste Reihe setzen. Wie betäubt hörte ich mir die folgende Präsentation über Statistik an.

»Darüber müssen wir noch ein Wörtchen reden, Clara. Um fünfzehn Uhr in meinem Büro«, sagte Richard in sehr lautem Bühnenflüstern, und aus der Reihe hinter uns hörte ich ein leises Kichern.

»Gut«, erwiderte ich. Ich würde definitiv meinen Lebenslauf auf den neuesten Stand bringen, sobald ich wieder an meinem Schreibtisch wäre.

Als dieser Eiertanz von Meeting endlich vorbei war und alle Fragen beantwortet waren (zum Glück und wenig überraschend wollte niemand etwas von mir wissen), wurden die Partner und Investoren zu einer Tour durch die Büros und anschließenden Erfrischungen eingeladen, bevor es mit dem Bus zur Arzneimittelherstellung und zur Verpackungsanlage weitergehen sollte, die ein paar Kilometer entfernt lagen. Ich nutzte diese Ablenkung, um mich aus dem Konferenzsaal zu verdrücken, ehe irgendjemand Blickkontakt aufnehmen konnte, um mit mir über die willkürlich zusammengewürfelten, weitgehend irrelevanten Informationsbrocken zu reden, die Richard für meine Folien als geeignet erachtet hatte. Mit der Energie und der Koordination eines hyperaktiven Kaninchens sprang ich die Hintertreppe hinauf und versteckte mich auf dem Klo.

Dort tupfte ich mit einem nassen Papiertuch auf dem hartnäckigen, aufdringlichen Schokonippel herum, aber meine Versuche machten den Fleck am Ende eher noch größer und den Stoff nasser, weshalb mein zuvor sehr seriöses Oberteil vollkommen durchsichtig wurde und viel mehr preisgab als nur einen Hauch des weißen Baumwoll-Spitzen-BHs darunter. Verdammt. Jetzt sah ich aus wie die schlechte Werbung für einen Wet-T-Shirt-Contest, bei dem trübes Wasser aus einem Tümpel über die Teilnehmerinnen geschüttet wird.

»Mist«, sagte ich laut und starrte mich trübsinnig im Spiegel an. Die fleckige, zerzauste Frau, die zurückstarrte, war Lichtjahre entfernt von der selbstsicheren Wissenschaftlerin, die ich heute Morgen mühsam heraufbeschworen hatte. Jemand, dem man ohne Weiteres sein millionenschweres Vermögen anvertraute? Jemand, von dem man seine Firma gern auf einer internationalen Medizinertagung vertreten lässt? Nein, dergleichen kam einem bei diesem Anblick wirklich nicht in den Sinn. Der verfluchte, gottverdammte Schokonippel des Grauens – daran würden sie sich erinnern und an den tollpatschigen Schwachkopf, der hinten dranhing. Ich hasste mein Leben.

Als ich mit gesenktem Kopf aus der Toilette trat, erpicht darauf, so schnell wie möglich in die Geborgenheit meines Büros zurückzukehren, prallte ich mit dem Kopf voran gegen eine feste breite Brust. Irgendwo über meinem Kopf ertönte ein Schnaufen, und ich griff blind nach einem unbekannten Arm, um nicht wie eine Flipperkugel nach hinten gegen die Wand zu prallen.

»Clara?« Dominics Stimme war ein wenig heiser. Er schnappte hörbar nach Luft, nachdem eine Clara-förmige Rakete direkt in sein Brustbein eingeschlagen war.

»Shit, tut mir leid, ich hab dich gar nicht gesehen.« Verflucht noch mal, Clara, warum ausgerechnet er?

»Schon gut.« Er schaute demonstrativ auf seinen Unterarm, den ich noch immer umklammerte, und ich ließ ihn rasch los, wich einen Schritt zurück und rang nach diesem neuesten Patzer um Fassung.

Ich riskierte einen Blick auf sein Gesicht und war angewidert und schockiert zugleich, als ich ihn dabei erwischte, wie er auf meine skandalöse Blusensituation starrte und sich dabei in einer Art und Weise über die Lippen leckte, die mein Gehirn zwangsläufig als anzüglich einordnete. Ein Ganzkörperschauder überlief mich – eine angeborene menschliche, pathogene Vermeidungsreaktion. Jene Art von Schauder also, die normalerweise für etwas Widerwärtiges wie eine verstümmelte Leiche reserviert ist. Oder für den seelenraubenden, gnadenlosen Gesichtsausdruck eines Serienmörders. Doch das Flackern in seinen Augen zeigte, dass er mein Zittern bemerkt und vermutlich als etwas anderes als Ekel missinterpretiert hatte, denn er leckte sich erneut die Lippen, ließ seine Zunge dabei wie eine Schlange hervorschnellen, und ich schwöre, dass mir dabei die Galle hochstieg. Ich flüchtete, trabte ungelenk davon, so schnell es mein Bleistiftrock und meine High Heels erlaubten.

Im Büro ließ ich mich auf meinen Schreibtischstuhl plumpsen und stöberte nach einem Notizbuch und einem Stift. Simmy blickte von ihrer Telefonkonferenz auf, zweifellos als Reaktion auf meinen tiefen, hoffnungslosen Seufzer.

»Alles okay?«, formte sie mit den Lippen. Dann deutete sie hektisch auf meine Brust und tupfte auf ihr eigenes üppiges Dekolleté, um anzudeuten, dass ich das braune, transparente Desaster in Augenschein nehmen möge, zu dem mein Oberteil geworden war.

»Ich weiß«, erwiderte ich tonlos und zog mir rasch die Oma-Strickjacke über, die für Notfälle wie etwa eine Klimaanlage, die auf Minusgrade eingestellt war, über der Rückenlehne meines Stuhles hing. Sie war grau und voller Flusen; zahllose Katzenhaare, die sich auch durch massenhaft Klebeband nicht entfernen ließen, hatten sich mittlerweile fest mit dem Kleidungsstück verwoben. Die Jacke war sackartig und abgetragen und streng genommen keine Bürokleidung, aber wenigstens konnte ich sie mir umlegen, damit ich nicht dauernd an den eklatant auffälligen Fleck erinnert wurde.

»Hervorragende Neuigkeiten. Danke, vielen Dank. Jepp, Ihnen ebenfalls. Danke. Jepp. Auf Wiederhören. Tschüss. Ciaaao.« Simmy beendete das Telefonat und nahm ihr Headset ab. »Du siehst katastrophal aus, was um Himmels willen ist denn mit dir passiert?«

»Schokoladebedingter Nippel-Fauxpas, leicht gruseliges Zusammentreffen mit Dominic im Flur, und der heimtückische Dick Dastardly hat vor der Präsentation all meine Slides geändert und mir nichts davon gesagt. Dieser Vormittag war ein einziges verdammtes Fiasko.« Stöhnend legte ich den Kopf in die Hände.

»Was hat Dominic gemacht? Und wie um alles in der Welt ist die Schokolade auf deinen Nippel gekommen?«, fragte Simmy gerade laut, als die Bürotür aufging und eine Gruppe von Männern und Frauen in Anzügen hereinkam, angeführt von keinem anderen als Richard persönlich. Die neugierigen und leicht fassungslosen Mienen der Leute verrieten, dass sie zumindest den letzten Teil unserer Unterhaltung eindeutig mitbekommen hatten.

»Ja, nun, Dr. Clara Clancy, die Sie vorhin bereits gesehen haben und die Teil unseres kardiovaskulären Teams ist, sowie Dr. Simran Anand aus der Onkologie. Beide leiten die klinischen Studien und die medizinische Kommunikation hier bei Pharmavoltis.« Richard funkelte mich unheilvoll an, er war in vollem Comicschurken-Modus. Nur das Händewringen und das fiese Gelächter fehlten noch.

Ich winkte schwach, wodurch sich meine Strickjacke öffnete, und entdeckte Dominic in der Menge, der grinste und zurückwinkte. Das Verlangen, ihm den Finger ins Auge zu bohren, war stark, doch ich widerstand heldenhaft und drückte stattdessen so fest auf das Ende meines Lieblingsstifts, dass das Plastikgehäuse zu Bruch ging, ungefähr in dem Moment, als sich der Pulk aus Anzügen abwandte und zerstreute.

»Shit«, murmelte ich leise und ließ die Stirn mit einem dumpfen Geräusch auf den Schreibtisch fallen. Nun war die Zeit der selbstkritischen Innenschau gekommen, bei der ich mir meine eigene Unfähigkeit gnadenlos vor Augen führte. Wahrscheinlich war es außerdem ein guter Zeitpunkt, um mein LinkedIn-Profil zu aktualisieren und ernsthaft mit der Jobsuche anzufangen. Und in ein paar neue Stifte zu investieren.

»Ich glaube mich zu erinnern, dass ich das in deiner Anwesenheit ziemlich oft gesagt habe, normalerweise in Laborkittel und Schutzbrille«, sagte eine tiefe Stimme von der Tür her.

Ein Gefühl der Vertrautheit durchflutete mein Gehirn, Nostalgie kroch von meinen Zehen herauf. Ich kannte diese Stimme, und sie erfüllte mich nicht mit Grauen. Nein, im Gegenteil. Wärme breitete sich auf meiner Haut aus, Schmetterlinge flatterten prickelnd in meinem Bauch, mein ganzes Wesen leuchtete auf vor lauter Glückshormonen.

Ich drehte mein Gesicht, sodass meine Wange auf der kühlen Oberfläche des Schreibtischs lag, und sah die rotierte Ansicht eines hochgewachsenen Mannes im Anzug, der im Türrahmen lehnte, die Hände in den Hosentaschen.

»Hallo, Clara, schön, dich wiederzusehen nach all den Jahren.«

Mein Kopf fuhr nach oben wie der eines Erdmännchens, das einen Falken entdeckt hatte.

»Henry, was um alles in der Welt machst du hier?«

4

Henry Fraser hatte sich kaum verändert. Seine Haare waren etwas kürzer, er trug sie jetzt zu einer eleganten Business-Frisur geschnitten, und sie fielen ihm nicht mehr in die Stirn, wie ich es in Erinnerung hatte. Vielleicht war er ein wenig kräftiger gebaut, zumindest hatte er eindeutig breitere Schultern, war aber noch immer vollkommen erkennbar als der charmante, freundliche PhD-Student von damals. Sein plötzliches Auftauchen vibrierte förmlich durch mein Nervensystem. Mein Gehirn hatte Mühe, die Tatsache zu verarbeiten, dass er hier vor mir stand, in der Tür meines Büros, und in seinem maßgeschneiderten marineblauen Anzug absolut umwerfend und womöglich ein bisschen nervös aussah.

»Na ja«, sagte er, während er unbehaglich von einem Fuß auf den anderen trat, den Blick auf den Teppich zu seinen Füßen gerichtet. »Meine Firma hat ein neues Herzklappensystem entwickelt und …«

Als er verstummte, wurde mir klar, was er sagen wollte, und ich beendete den Satz für ihn. »… und ihr wollt bei unserem Herzinsuffizienz-Portfolio kooperieren.«

Er nickte und sah mich kurz – beinahe entschuldigend – an.

»Uaah«, stöhnte ich, »dann warst du also gerade in der Präsentation?«

Wieder nickte er. Eine zarte Röte zeichnete sich auf seinen Wangenknochen ab, es war ihm eindeutig ebenso peinlich wie mir, Zeuge davon geworden zu sein, wie ich da oben auf der Bühne mein Leben voll gegen die Wand gefahren hatte.

Na fabelhaft. Damit war die katastrophale Repräsentation meiner selbst und meiner Abteilung für immer in das Gedächtnis von jemandem gebrannt, der mich auch außerhalb der Arbeit kannte. Wieder legte ich den Kopf auf den Tisch.

»Willst du uns nicht einander vorstellen?«, fragte Simmy, die eindeutig fasziniert war und nicht zu den Leuten gehörte, die tatenlos an der Seitenlinie standen.

Simmy war meine Komplizin, meine Arbeitsplatzpartnerin. Unsere jeweiligen therapeutischen Bereiche leiteten wir getrennt, arbeiteten jedoch in allem anderen zusammen, und ich liebte sie über alles. Aber sie hatte eine Stimme wie ein Nebelhorn und war unerschütterlich von ihren Ansichten überzeugt. Und ich war mir ziemlich sicher, dass sie sich bereits eine Meinung über Henry Fraser gebildet hatte.

»Sorry, Dr. Simmy Anand, Dr. Henry Fraser. Henry und ich haben einige Zeit im selben Labor in Oxford geforscht«, erklärte ich in den sicheren, dunklen Raum meiner Ellbogenbeuge hinein. Mit der anderen Hand fuchtelte ich halbherzig zwischen den beiden hin und her.

»Schön, dich kennenzulernen, Henry«, hauchte Simmy. Rauchig. Als ich die alberne Pornostimme hörte, der sie sich plötzlich befleißigte, hob ich unwillkürlich den Kopf. Klimperte sie Henry etwa mit ihren extralangen Wimpern an? Sah ganz so aus. Ihre kaffeebraunen Augen waren rund und unglaublich dunkel, das Kinn ruhte auf ihren geöffneten Händen, die Ellbogen hatte sie auf den Tisch gestützt, und mit ihren rot lackierten Fingernägeln pochte sie sich rhythmisch an die Wangen. Als sie dann auch noch in Henrys Richtung seufzte, zuckte ich innerlich zusammen.

»Ganz meinerseits, Simmy. Allerdings glaube ich, dass sich Clara gerade etwas unter Wert verkauft hat. Sie hat damals nämlich mühsam versucht, diesem hoffnungslosen Ingenieur hier etwas über Stammzellenkultur beizubringen, was sich als äußerst schwierige, undankbare Aufgabe erwies«, sagte Henry leise; der Anflug von Selbstzerfleischung steigerte Simmys Zuneigung wohl noch, denn sie hechelte inzwischen fast wie ein Hund in einer Hitzewelle.

»Mit Betonung auf *versucht*«, murmelte ich.

Und da war es. Dieses typische Henry-Fraser-Lächeln, das jedes Herz in Vorhofflimmern versetzen und selbst die zynischste oder prüdeste Frau in eine hemmungslose Sexbestie verwandeln konnte.

Das Besondere an Henry Fraser – sein Modus Operandi, wenn man so will, mit dem er wirklich überall durchkam – war nämlich dieses betont entspannte, zurückhaltende und dennoch völlig aufrichtige Lächeln. Es war total verrückt, wie allein der Schwung seiner Lippen, der Anflug von einem Grübchen und die Lachfältchen um seine Augen sanft beruhigend und zugleich vollkommen entwaffnend wirken konnten. Tatsächlich beherrschte Henry ein ganzes Lächel-Repertoire, von schüchtern und unsicher (nur ein Zucken um die Lippen) bis hin zu jungenhaft-verschmitzt (schief und bezaubernd). Dann waren da noch das *Versuch-ein-Lächeln-zu-unterdrü- cken*-Lächeln (mein persönlicher Liebling) und das breite, strahlende Megawatt-Strahlungsimpuls-Grinsen, das alles in seinem Weg auslöschen und auch das verhärtetste aller Herzen zu einer warmen, klebrigen Masse dahinschmelzen konnte.

Und hier stand er nun in Fleisch und Blut, als wäre er nicht sieben Jahre lang verschollen gewesen, und machte mich mit diesem winzigen, persönlichen Lächeln platt, mit dem er früher so oft eine Entschuldigung begleitet hatte oder mit dessen Hilfe es ihm gelungen war, mir ein wenig zusätzliche Zeit im Labor aus dem Ärmel zu leiern. Es hatte nichts von seiner durchschlagenden Wirkung verloren.

»Ich fürchte, ich war ein absolut unbrauchbarer Student, aber sie hat sich nie deswegen beschwert«, entgegnete er leichthin, aber dennoch ein wenig unsicher.

Zu Henrys Gunsten muss man betonen, dass er das aufgeregte kleine Quieken, das aus Simmys Mund kam, gar nicht zu bemerken schien, ebenso wenig wie ihr indiskretes Händeklatschen, als sie mich quer durch den Raum ansah und etwas mit den Lippen formte, das ich nicht enträtseln konnte. Nein, sein unbeirrter Blick haftete weiter an mir, als würde er wie vor all den Jahren mit angehaltenem Atem meiner nächsten Worte harren – als wären diese so wahrhaft monumental und bahnbrechend, dass er es nicht riskieren wollte, irgendetwas davon zu verpassen.

»Du warst echt schrecklich im Labor, und ich habe mich sehr wohl beschwert, ziemlich oft sogar«, sagte ich schließlich in dem verzweifelten Versuch, einen klaren Gedanken zu fassen. Ich rief mir ins Gedächtnis, dass ich keine schlaksige Doktorandin mehr war, sondern eine qualifizierte, intelligente Wissenschaftlerin. Ich hatte mich bewährt und befand mich auf einer ansehnlichen Karriereleiter. Ich war ein Profi, der sich gerade mit anderen Profis traf. Und wir waren, nun ja, zusammen professionell. Ich schaffte das, und ich würde mich vor ihm nicht noch mehr zur Idiotin machen, als ich es heute ohnehin schon getan hatte.

Henry lachte und bohrte die Spitze seines schimmernden dunkelbraunen Herrenhalbschuhs in den Teppich. »Ja, nun, da ich darüber nachdenke, hast du dich wirklich oft beschwert. Ich glaube, ich kann einfach besser mit einem Lineal als mit einer Pipette umgehen.«

»Und besser mit unbelebten Materialien als mit belebten?« Ich passte mich seinem neckenden Tonfall an.

»Autsch.« Er zuckte zusammen und tat, als hätte ihn soeben ein Pfeil ins Herz getroffen. »Du verletzt mich.«

Draußen vor dem Büro wurde Henrys Name gerufen, und er lehnte sich zurück, um kurz in den Flur zu spähen. Dann schaute er wieder zu mir.

»Ich sollte gehen«, sagte er leise.

Ich nickte, plötzlich fehlten mir die Worte. Warum wollte ich nicht, dass er wegging, obwohl ich ihn so lange nicht gesehen hatte, warum wollte ich unbedingt weiter mit ihm quatschen?

»Ich habe mich echt gefreut, dich zu sehen, Clara.« Henry suchte meinen Blick und lächelte vorsichtig, ehe er vortrat, eine Visitenkarte aus der Tasche seines Jacketts zog und auf meinen Schreibtisch legte. »Hier sind meine Kontaktdaten, auch wenn ich glaube, dass du sie schon haben solltest. Nur für den Fall, dass du einen Kaffee trinken gehen und über alte Zeiten plaudern willst.«

Behutsam nahm ich die Karte an mich. »Danke.«

»Schön, dich kennengelernt zu haben, Simmy«, sagte er, nun wieder mit diesem kleinen, aufrichtigen Lächeln. Dann winkte er und ging in den Flur hinaus, um den Rest der Gruppe einzuholen.

»Oh, là, là!«, rief Simmy und fächelte sich mit einer Ausgabe des *British Medical Journal* Luft zu. »Er ist ein ganz besonders faszinierendes Exemplar von einer Sahneschnitte, nicht wahr?«

»Sahneschnitte?!«, stieß ich ungläubig hervor.

»Ja, attraktiv und umwerfend. Und ein wenig schüchtern, oder? Uff, ich würde eindeutig nicht Nein sagen zu einem Stück von Dr. Henry Fraser.« Sie grinste, kein bisschen verlegen darüber, dass sie so offenkundig nach ihm gierte.

»Du wirst dich schon hinten anstellen müssen, Simmy, dreifache Mutter und Gattin von Bhavin, dem Buchhalter«, erwiderte ich gespielt aufgebracht. »Wenn es noch so ist wie zu unseren Studentenzeiten, gibt es eine kilometerlange Schlange anhimmelnder Verehrerinnen, die ihm überallhin folgen.«

Vielsagend hob sie eine Braue. »Und du bist keine von ihnen?«

»Nein, definitiv nicht. Ich meine, er ist ganz nett …«

»*Ganz nett?*«, zischte sie. »Er sieht aus wie ein verdammtes Männermodel!«

»Ja, das weiß ich, ich bin ja nicht blind. Aber wir sind einfach nur gute Freunde.« An dieser Tatsache hielt ich mich entschlossen fest, trotz des seltsamen Flatterns, das ich seit seinem plötzlichen Wiederauftauchen in meinem Leben immer noch im Bauch hatte.

»Nun, vielleicht wart ihr das, als ihr noch studiert habt. Heute heißt es: ›Ich habe mich echt gefreut, dich zu sehen‹ und ›Lass uns einen Kaffee trinken gehen und über alte Zeiten plaudern‹.« Sie senkte die Stimme so tief wie möglich, aber es war ein ziemlich jämmerlicher Versuch, Henrys tiefen, samtigen Tonfall nachzuahmen.

»Und ich bin mir sicher, dass er nur höflich sein wollte.«

»Wenn du das sagst.« Sie grinste spöttisch.

»Lass dich nicht von seinem Charme täuschen, er hat die besondere Gabe, auch die zynischste, verbittertste alte Jungfer zu bezirzen. Ich bin mir sicher, dass er nach meiner desaströsen Perfomance heute Morgen überhaupt nicht mit mir in Verbindung gebracht werden will. Wahrscheinlich fühlte er sich einfach nur irgendeiner Gentleman-Etikette verpflichtet, die ihm diktiert hat, zu einer peinlichen alten Freundin Hallo zu sagen.« Bei der Erinnerung an meine schaurige Blamage überlief es mich kalt.

»Pfft. Apropos zynische und verbitterte alte Jungfer, wirst du ihn anrufen?«

»Nein. Ganz bestimmt nicht.«

»Warum nicht, Clara? Was hast du zu verlieren?«

»Meine Selbstachtung? Schlimm genug, dass er heute mein episches Versagen als Expertin miterlebt hat, ich will ihn wirklich nicht treffen, um das Ganze zu besprechen, damit er all die Gründe aufzählen kann, weshalb er seinem Boss davon abrät, mit uns zusammenzuarbeiten.«

»Die Tatsache, dass du die ganze Präsentation über einen Schokonippel zur Schau gestellt hast, hat wohl jegliche Selbstachtung zunichte gemacht, die du vorher möglicherweise hattest«, erwiderte sie leicht genervt. »Außerdem hat er deinen Vortrag eben mit keinem Wort erwähnt, weshalb sollte er das ausgerechnet dann tun, wenn ihr zusammen Kaffee trinken geht? Und was meinte er damit, als er sagte, du müsstest seine Kontaktdaten eigentlich schon haben? Was verheimlichst du mir?«

»Keine Ahnung?« Diese Bemerkung war in der Tat verwirrend gewesen, denn ich hatte mehr als sieben Jahre lang keinen Kontakt zu ihm. Ich drehte seine Visitenkarte in meinen

Fingern und las zunehmend entgeistert die goldgeprägten Buchstaben.

***

Dr. Arthur Henry Fraser MEng PhD
FraserTech, Unit 14, Oxford Science Park, UK
E-Mail: AH.Fraser@frasertech.com

»Oh nein«, murmelte ich entsetzt, als ich die E-Mail-Adresse erkannte, und in meinem Kopf schrillten leise Alarmglocken. Mist, da hatte ich total auf dem Schlauch gestanden.

»Was denn?« Simmy blickte auf.

Ich tastete nach meiner Maus, rief das Poster auf, das wir derzeit für den bevorstehenden World Congress of Cardiology, kurz WCC, in San Francisco drucken ließen – den Kardiologie-Weltkongress. Und tatsächlich, auf der Liste der zwölf Autorinnen und Autoren stand, an zweitletzter Stelle, ein A.H. Fraser.

»Mist, warum habe ich das nicht genau recherchiert?« Ich war in letzter Zeit so beschäftigt gewesen, dass ich keine Zeit gehabt hatte, die Details aller Autorinnen und Autoren auf der Liste durchzugehen, und mich stattdessen auf die Medizinjournalistin verließ, damit sie überprüfte, ob alles seine Richtigkeit hatte, statt wie sonst alles noch mal selbst zu checken.

»Was ist denn?« Simmy kam herüber und nahm mir die Karte aus der Hand.

»Er ist einer meiner Autoren und ist schon seit Wochen im E-Mail-Verteiler für eins meiner WCC-Poster. Ich habe tatsächlich seine Kontaktdaten.« Wieder traf mein Kopf auf die

Tischplatte. Das dumpfe Geräusch dröhnte laut und vibrierend durch meinen Schädel, und meine Zähne schlugen klappernd aufeinander.

»Oh, und du hast das gar nicht gecheckt?«

»Nein, weil er eigentlich Arthur Henry heißt und nur im Alltag unter Henry läuft, das hatte ich vergessen. Außerdem hat im gesamten Mail-Verkehr seine Assistentin für ihn geantwortet, deshalb waren keine seiner E-Mails mit Henry unterschrieben, und da er keinen der Hauptvorträge hält, haben wir auch kein Kick-off-Gespräch geführt.« Ich hielt inne und blickte in Simmys von Mitleid erfüllte Augen. »Ich bin noch nicht mal auf der FraserTech-Website gewesen, weil ich so viel zu tun hatte, bestimmt ist sein Gesicht dort überall zu sehen – er muss sich gedacht haben, dass ich ein totaler Arsch bin.« Meine Stimme klang gedämpft, weil ich den Kopf wieder tief in meiner Ellbogenbeuge vergraben hatte. »Und was es noch viel schlimmer macht, als er sagte, dass seine Firma gern mit uns kooperieren will, meinte er tatsächlich *seine* Firma, also die, die ihm gehört!«

»Ooh, reich ist er auch noch!«, feixte Simmy.

»Mann, Simmy, darum geht es doch gar nicht! Ich dachte, er wäre vielleicht als Vertreter eines Unternehmens hergekommen und hätte nicht notwendigerweise genug Einfluss, um dafür zu sorgen, dass seine Firma nicht mit uns arbeitet, aber wie sich nun herausstellt, kann er diese Entscheidung ganz allein treffen«, erwiderte ich kläglich. »Richard wird mich so was von feuern – falls Claus das nach der Vollkatastrophe heute Morgen nicht schon getan hat.«

»Komm schon, deine Präsentation war heute nur eine von vielen, und du hast bereits dadurch, dass dein Abstract angenommen wurde, gute Arbeit für diese Zusammenarbeit geleistet. Außerdem, so schlimm kann es doch gar nicht gewesen sein.« Unwillkürlich fragte ich mich, ob sie diesen extraberuhigenden Tonfall auch einsetzte, um ihre zweijährige Tochter zu beschwichtigen, wenn die einen Tobsuchtsanfall hatte.

Doch ich knurrte nur niedergeschlagen in meine Armbeuge und überlegte, wie ich mir ganz schnell eine Lebensmittelvergiftung holen konnte oder irgendeine ansteckende Krankheit, damit ich später nicht Dick Dastardly gegenübertreten musste.

Als es auf fünfzehn Uhr zuging, machte ich mich zögernd auf den Weg zu Richards Büro, entschlossen, nicht zu spät zu kommen. Zur Vorbereitung und in der Hoffnung, dass ich mich dadurch etwas besser fühlen würde, war ich in der Mittagspause kurz in die Stadt gegangen und hatte mir ein neues Oberteil gekauft, bei dem keine Nippel zu sehen waren (weder schokoladige noch sonstige). Es war marineblau, um mögliche weitere Missgeschicke besser zu kaschieren. Außerdem hatte ich mich an die Aktualisierung meines Lebenslaufs gemacht und ihn bereits an einige Personalagenturen geschickt. Angesichts dräuenden Unheils und bevorstehender Arbeitslosigkeit konnte es schließlich nicht schaden, proaktiv vorzugehen, oder?

Nachdem ich noch einmal tief Luft geholt hatte, hob ich die Hand, um an die Bürotür zu klopfen. Doch in diesem Moment öffnete Richard sie schon und bat mich mit einem breiten, nervtötenden Grinsen herein.

»Clara, Clara! Wie schön, Sie zu sehen, vielen Dank, dass Sie vorbeikommen.« Er beugte sich vor, als wollte er mich umarmen, was an sich schon ziemlich merkwürdig war, doch da ich immer noch die Hand zwischen uns hochhielt, die Finger zum Klopfen gekrümmt, entschied er sich stattdessen für einen linkischen Faustcheck. »Kommen Sie rein, kommen Sie rein.«

Er war viel zu jovial, das Ganze fühlte sich wie eine Falle an, und meine Nerven waren sofort zum Zerreißen gespannt, während ich mich für den unvermeidlichen Anschiss wappnete und mir eine Strategie überlegte, wie ich die Beendigung meines Arbeitsverhältnisses in Würde akzeptieren konnte. Nervös setzte ich mich Richard gegenüber, der wieder hinter seinem Schreibtisch Platz genommen hatte, und faltete meine leicht schweißigen Hände.

»Also, das Meeting mit unseren potenziellen Kollaborationspartnern ist doch gut gelaufen, was?«, sagte er.

Richards Büro war karg und leer, es gab überhaupt keine persönlichen Gegenstände, sogar seine Laptoptasche und seine Jacke waren außer Sicht. Ich fragte mich kurz, ob er wohl einen geheimen Ganovenunterschlupf hatte, einen, den nur er durch einen der zahlreichen Schränke betreten konnte, die die Wand hinter seinem Schreibtisch einnahmen. Ich konnte mir beileibe nicht vorstellen, was er sonst hinter all den verschlossenen Türen aufbewahrte.

»Wirklich, wirklich gut.« Richard redete immer noch und strahlte mich inzwischen regelrecht an. Verstörend glücklich und wohlmeinend.

Ich blinzelte langsam und nickte. Was zum Henker ging hier vor?

»Wir haben uns eine Reihe sehr interessierter Investoren gesichert, außerdem die besonders erfreuliche Bestätigung einer laufenden Zusammenarbeit für unser Herzfehler-Portfolio, und das ist wirklich eine großartige Neuigkeit. Eine großartige Neuigkeit!« Vor Aufregung machte er sich fast in die Hose.

»Oookaaaay«, erwiderte ich, weil ich mir immer noch nicht ganz sicher war, aus dem Schneider zu sein.

»Ja, ja. Und Ihr Name ist aufgekommen, solch hohes Lob, Clara, ich wusste, dass ich richtiglag, als ich heute Morgen mein Vertrauen in Sie setzte. Es war ein kleiner Test, die Sache mit den neuen Slides, aber Sie sind wie ein Profi damit umgegangen. Überragende Leistung, Clara. Super.« Inzwischen wirkte er ein wenig manisch, seine Augen strahlten, und sein Schnurrbart zuckte heftig.

Was für ein totaler Scheißkerl. Ich schwieg weiterhin, nicht sicher, ob ich wirklich sprechen wollte, da mir womöglich etwas herausrutschen könnte, das ich später bereuen würde. Ob es in meinem Lebenslauf unter Schlüsselqualifikationen wohl eine Stelle gab, an der man »arbeitet gut mit fiesen Comicschurken zusammen« einfügen konnte?

»Warum haben Sie mir nicht erzählt, dass Sie mit Henry Fraser so gut bekannt sind?«

Plötzlich fiel der Groschen. Henry, der charismatische, rundum gute Ich-würde-alles-für-dich-tun-Kerl, hatte mit Richard gesprochen und mir den Arsch gerettet. Ich rieb mir die Schläfen und schloss die Augen, weil ich nicht so recht wusste, wie ich das finden sollte. Dass ich anscheinend heil aus der Nummer herausgekommen war, war natürlich toll, fühlte sich aber gleichzeitig wie ein kolossales Versagen meinerseits an, weil Superman herbeizischen und meine Karriere retten musste.

»Na ja, wir kannten uns mal vor langer Zeit und sind eigentlich nicht in Kontakt geblieben. Tatsächlich war ich ziemlich überrascht, ihn heute zu sehen.« Ich beließ es bei dieser spärlichen Information, da ich nicht wusste, was im Einzelnen schon besprochen worden war.

»Ach, kommen Sie schon, er sagt, Sie hätten bereits eine Reihe großartiger Ideen für den Publikationsplan der klinischen Studien umgesetzt, er ist zuversichtlich, dass sein Produkt bei Ihnen in sicheren Händen ist, und ist begeistert von der Aussicht, einmal mehr mit Ihnen zusammenzuarbeiten.« Richard stand auf und gestikulierte zur Tür hin – mein Hinweis, dass ich gehen konnte, die Audienz war beendet. »Also«, sagte er abschließend, »ich hätte gern, dass Sie offiziell die Zusammenarbeit zwischen Pharmavoltis und FraserTech an diesem Projekt leiten, da er sich in Bezug auf die Publikationsstrategie wirklich eng mit uns absprechen will.«

»Oh, klar.«

»Und da Sie bereits gut miteinander auskommen, fanden Claus und ich, dass es für die Firma sehr von Vorteil wäre, wenn Sie unsere einzige Kontakt-Schnittstelle sind«, fuhr er fort, als wäre ich gar nicht wirklich anwesend.

»Verstehe, nun ja, es ist nur so, dass …«

»Und natürlich wird Dr. Fraser mit uns allen zum Kardiologie-Weltkongress gehen, damit wir Einigkeit demonstrieren und unseren Partnern zeigen können, wie gut wir in der Lage sind, wirkungsvoll zu kooperieren.« Richard hielt inne. Sein Gesichtsausdruck war ein bisschen weniger ganovenartig als sonst. »Machen Sie weiter so«, fügte er gönnerhaft hinzu.

Und ehe ich michs versah, stand ich wieder im Flur, und die Bürotür schlug hinter mir zu.

»Ich hoffe, es ist alles in Ordnung, Clara?« Rein zufällig lauerte Dominic neben dem Wasserspender, teilweise verdeckt von einer riesigen Topfpflanze, umweht von einem eindeutigen Hauch von Christian Bale in *American Psycho*.

»Ja, eigentlich sogar überraschend in Ordnung«, erwiderte ich wie betäubt.

»Gut.« Er griff in seine Tasche und kam auf mich zu. Plötzlich hatte ich die Vision, er würde gleich Gaffer-Tape und Kabelbinder herausziehen, und wich instinktiv zurück. Mein sympathisches Nervensystem bereitete mich auf eine Kampf-auf-Leben-und-Tod-Situation vor, mein Blick huschte zum nächstgelegenen Ausgang, meine Hände nahmen eine Haltung ein, von der ich hoffte, dass es eine Art Kung-Fu-Selbstverteidigungspose war.

»Dominic, ich …«

Nichtsahnend, dass mein neu erwachter innerer Ninja gerade einige ernst zu nehmende mentale Nunchakus schwang, fuhr Dominic fort. »Ich habe ein paar vom Investoren-Meeting heute Morgen übrig, und es sah so aus, als könntest du einen neuen Stift brauchen, nachdem du deinen vorhin so zugerichtet hast.«

Und damit reichte er mir ein paar schicke Fineliner mit Firmenaufdruck und lächelte breit, ehe er sich so nonchalant über den Flur davonmachte, als hätte er keine Sorge der Welt.

5

»Jetzt musst du Henry anrufen und dich bedanken«, sagte Simmy am nächsten Morgen süffisant, nachdem ich ihr von meinem Treffen mit Dick Dastardly erzählt hatte.

»Ich weiß, und ich muss zugeben, dass ich bisher keine Ahnung hatte, dass ich mit ihm zusammen an der Kollaboration arbeite«, seufzte ich. »Was bin ich bloß für eine Vollidiotin.«

»Triff dich einfach auf einen Kaffee mit ihm und erkläre ihm alles, ich bin mir sicher, das ist okay für ihn. Dann kannst du verträumt in sein perfekt symmetrisches Gesicht starren und fantasieren, wie du ihm mit den Fingern durch die Haare streichst«, murmelte sie mit versonnenem Blick.

»Den letzten Teil hast du laut gesagt, nur damit du es weißt.« In diesem Moment meldete das *Pling* des E-Mail-Programms eine ankommende Mail.

»Aber seine Haare sind so dicht und glänzend! Und denk daran, dass ich stellvertretend durch dich lebe. Lass mich nicht im Stich!«, erwiderte sie augenzwinkernd. Dann stopfte sie ihren Laptop in die Tasche und schnappte sich einen Stapel Papiere aus ihrer Schreibtischschublade.

Ich wandte mich meinem Computer zu und öffnete meine E-Mails; unheimlicherweise poppte eine Nachricht von besagtem Mann auf, als hätte er geahnt, dass wir über ihn reden.

Von: AH.Fraser@frasertech.com
An: clara.clancy@pharmavoltis.com
Betreff: Treffen

Hi Clara,
es war wirklich schön, dich gestern zu sehen, und ich dachte
mir, ich schicke dir gleich mal eine Mail, um Hallo zu sagen.
Ich weiß nicht, ob Richard Holmes dir gesagt hat, dass wir im
Vorfeld des WCC an einigen Projekten zusammenarbeiten,
deshalb dachte ich mir, es wäre eine gute Idee, wenn wir uns
träfen und ein paar Dinge durchgingen.
Ich werde am Freitag bei Pharmavoltis sein, bitte sag mir
Bescheid, ob du Zeit hast.
Viele Grüße
Henry

Gut, das war meine Chance – die Peinlichkeit von gestern
runterzuschlucken, einen Schlussstrich darunter zu ziehen
und weiterzumachen. Es war höchste Zeit, mich als die professionelle, erfolgreiche Wissenschaftlerin zu zeigen, die ich
ganz bestimmt war. Verdammt noch mal, um meine Karriere
wieder zum Leben zu erwecken, war es nicht notwendig, dass
Henry »Ritter in schimmernder Rüstung« Fraser erneut zu
meiner Rettung herbeieilte.

Von: clara.clancy@pharmavoltis.com
An: AH.Fraser@frasertech.com
Betreff: RE: Treffen

Hi Henry,
was für eine Begegnung mit der Vergangenheit, dich
wiederzusehen!!! Ich wollte dir gerade schreiben, als deine
Nachricht aufgepoppt ist – witzig, oder?!
Wie wäre es mit Freitag um halb elf, dann holen wir uns
einen Kaffee, und ich bringe dich auf den neuesten Stand
darüber, was wir dieses Jahr so in der Pipeline haben.
Ich freue mich darauf, dich zu sehen!!
Viele Grüße
Clara

Ich las mir meine Antwort mehrere Male durch – klang sie ein
wenig verzweifelt? Oder klammernd? Oder unprofessionell?
Zerbrach ich mir gerade den Kopf über eine einfache E-Mail,
um mein Gehirn zum Explodieren zu bringen?

»Um Gottes willen, Clara, schreib das nicht – er wird dich
für einen echt schrägen Vogel halten!« Simmy hatte sich von
hinten angeschlichen, bot mir Kekse an und las kritisch über
meine Schulter hinweg mit.

»Was ist daran denn verkehrt?« Ich nahm mir einen Schokokeks und tunkte ihn in meinen Tee.

»Äääh, dass du klingst wie ein unprofessioneller, verzweifel-
ter Loser? Und nur ein Moderator im Kinderfernsehen würde
so viele Ausrufezeichen verwenden, Clara. Lösch einfach den
ersten Satz. Frag ihn dann, was für Unterwäsche er anziehen
wird und was für ein Shampoo er benutzt.«

»Echt? Und inwiefern ist das auch nur im Entferntesten professionell, Simmy?« Ich schlug ihre Hand von meiner Maus weg.

»Nenne es professionelle Neugier.« Sie kicherte und machte sich dann beschwingten Schrittes auf den Weg zu einem Forscher-Meeting, in dem sie den Rest des Tages verbringen würde.

Während der mädchenhafte, kokette Laut, der meiner Freundin über die Lippen gekommen war, noch in mir nachhallte, fragte ich mich, ob Henry sich seiner Wirkung auf andere Menschen, vor allem Frauen, noch immer nicht bewusst war. Er konnte doch unmöglich immer noch das Gemetzel übersehen, das er hinterließ. Der Hot-Henry-Effekt, wie es meine beste Freundin Jo nannte. Sie hatte die Hypothese aufgestellt, dass eine Erhöhung des Östrogenspiegels bei der Versuchsperson direkt mit der Länge der Zeit korrelierte, die sie in seiner Gesellschaft verbracht hatte oder in der sie einfach nur in sein Gesicht gestarrt oder zumindest an sein Gesicht gedacht hatte. Oder, wie offenbar in Simmys Fall, an seine Haare. Ich war mir der Tragfähigkeit dieser Hypothese allerdings nie ganz sicher gewesen, weil ich es irgendwie geschafft hatte, mich dieser Heimsuchung zu entziehen.

Henry und ich waren wirklich gut miteinander ausgekommen (ich hatte ihm das Stammzellen-Desaster ziemlich schnell verziehen). Wir hatten einander gnadenlos gehänselt, waren aber auch in der Lage gewesen, bis spät in die Nacht bei einem Bier komplexe wissenschaftliche Theorien zu diskutieren. Es war stets eine Freude, Zeit mit Henry zu verbringen, und ich hatte ihn damals als guten Freund betrachtet. Ich erinnerte mich nicht mehr, weshalb wir uns aus den Augen verloren, als er in die Staaten zurückgekehrt war, wahrscheinlich waren wir beide zu sehr damit beschäftigt gewesen, Tausende von Kilometern voneinander entfernt unser Leben zu führen. Anfangs hatte ich ihm E-Mails geschrieben, freundschaftliche Nachrichten, in denen ich ihn fragte, wie es lief oder ob er Hilfe mit den letzten Kapiteln seiner Doktorarbeit brauchte. Aber es war nie eine Antwort gekommen, nicht mal eine Bestätigung, dass er meine E-Mails erhalten hatte, deshalb war damals klar für mich gewesen, dass er mit seiner Oxford-Phase abgeschlossen hatte. Einerseits freute ich mich für ihn und war froh, dass er nach seiner Rückkehr in die USA nahtlos wieder dort anschließen konnte, wo er vor seinem England-Aufenthalt aufgehört hatte. Andererseits war ich aber auch am Boden zerstört; wenn ich ehrlich zu mir war, empfand ich ein wenig Groll und Schmerz, dass er unsere Freundschaft – und mich – so mir nichts, dir nichts hinter sich gelassen hatte, ohne sich noch mal umzusehen.

Wieder studierte ich die E-Mail. Eine neue Arbeitsbeziehung mit ihm könnte sich als heikel herausstellen, vor allem wenn man die Verlagerung der Machtdynamik zwischen unseren jeweiligen Jobpositionen betrachtete, aber auch wegen des Drucks, alles richtig zu machen und es für die Firma nicht zu vermasseln, unter den Richard mich setzte. Ich wusste zwar nicht, ob ich noch sehr viel länger an meinem derzeitigen Arbeitsplatz bleiben wollte (ich wünschte mir eindeutig eine Stelle mit einem weniger schurkischen Chef), aber meine innere Perfektionistin würde niemals den Gedanken tolerieren, gefeuert zu werden. Jedenfalls war sonnenklar, dass ich mich unanfechtbar professionell geben musste, um von Henry auch nur einen Funken Respekt zu erlangen. Und um sicherzustellen, dass ich meinen Job behielt.

Wenn ich nun genauer darüber nachdachte, war diese Mail vielleicht doch ein wenig zu informell, um sie an den CEO eines Partnerunternehmens zu schicken, und Simmy hatte recht, abgesehen von dem Teil mit der Unterhose und dem Shampoo. Ich löschte den Entwurf und fing noch mal neu an.

Von: clara.clancy@pharmavoltis.com
An: AH.Fraser@frasertech.com
Betreff: RE: Treffen

Hi Henry,
wie wäre es mit Freitag um halb elf im Café an der Rezeption, dann bringe ich dich auf den neuesten Stand in Bezug darauf, was wir dieses Jahr noch in der Pipeline haben?
Viele Grüße
Clara

Ich war sehr angetan von meiner präzisen, routinierten Kommunikation, und mein Selbstvertrauen wuchs, als ich auf »Senden« klickte und beinahe sofort eine Antwort zurückkam.

Von: AH.Fraser@frasertech.com
An: clara.clancy@pharmavoltis.com
Betreff: RE: Treffen

Perfekt, bis dann.
H

Lustig, wie verzweifelt ich diesem Typen signalisieren wollte, dass ich alles im Griff hatte. Dabei hatte er einmal miterlebt, wie ich in unserem Labor die uralte Zentrifuge aus den Sechzigerjahren umarmte und weinend darum bettelte, dass sie »meine Babys freiließ«, nachdem der Bakelitknopf in meiner Hand abgebrochen war und ich nicht mehr an all meine Proben darin herankam. Auch in dieser Situation hatte Henry mich gerettet: Er nahm das ganze Ding auseinander, um meine Röhrchen mit Knochenmark zu befreien, ehe er den Griff reparierte und alles wieder zusammensetzte. Die Laborleiterin Pheena war am nächsten Tag völlig zu Recht perplex, dass die Zentrifuge plötzlich schnurrte wie ein gut geölter Bentley, obwohl sie sich zuvor beinahe zu Tode gerüttelt hatte, wenn man eine höhere als die langsamste Einstellung benutzte. Doch in seiner üblichen zurückhaltenden Art behielt Henry seine Reparatur-Superkraft für sich, und außer mir wusste niemand, dass er sich methodisch durch sämtlich Geräte im Labor arbeitete und sie allesamt heimlich und effizient reparierte – wie ein wahrer Superhelden-Reparateur.

Nachdem ich meine E-Mails geschlossen hatte, holte ich mir ein Glas Wasser und bereitete mich innerlich auf drei Stunden Nonstop-Telefonkonferenzen vor, wobei ich Henry Fraser entschlossen aus meinen Gedanken verbannte. Sein Wiederauftauchen in meinem Leben brachte mein inneres Gleichgewicht aus den Fugen, ich konnte nur nicht so recht sagen, warum.

6

Der Freitag kam ziemlich rasch, und kurz vor halb elf sprang ich die Treppe zum Café in der Lobby hinunter, wobei ich mehrmals mein Aussehen in den großen Spiegeln des Treppenhauses überprüfte (keine Lebensmittelspuren im Mamillenbereich, wie ich erleichtert feststellte). Mein knielanges schwarzes Hemdblusenkleid mit Gürtel, zu dem ich meine hochhackigen Lieblingsstiefel trug, verlieh mir genau den lässig-schicken Look, den ich am Casual Friday erzielen wollte. Und doch war ich immer noch unerklärlich nervös, weil ich Henry wiedersehen würde, und die Kobolde, die von Geburt an in meinem Hirn ihr Unwesen trieben, hatten einen Heidenspaß damit, meine sozialen Ängste hochzufahren und zugleich mein Selbstvertrauen zu vernichten.

Als ich eintrat, saß er bereits in der hinteren Ecke an einem Tisch. Heute ähnelte er mit seiner schwarz umrandeten Brille und dem am Kragen geöffneten hellblauen Hemd mehr Clark Kent als Superman. Er blickte auf, und ein strahlendes Grinsen breitet sich auf seinem Gesicht aus, bevor er – eher unnötigerweise – winkte.

Ich gab ihm ein Zeichen, von dem ich hoffte, es wäre das universale Signal für »*Willst du eine Tasse Kaffee?*«, indem ich die eine Hand um die gestreckten Finger der anderen legte und daran auf und ab fuhr, um das Einschenken zu symbolisieren. Im Nachhinein war mir natürlich klar, dass das ziemlich unanständig ausgesehen haben musste. Selbst von Weitem erkannte ich, wie er die Stirn runzelte und leicht errötete, während er meine Vorführung verwirrt beobachtete. Schließlich hob er die Augenbraue, sodass ich aufhören konnte, so zu tun, als würde ich mitten im Foyer meiner Firma jemandem einen runterholen, und schüttelte verstört den Kopf.

Frustriert darüber, dass er mich nicht verstand, formte ich »*Willst du einen?*« mit den Lippen und deutete mehrmals mit dem Daumen zur Theke, wo mich ein gelangweilter Teenager in braun-roter Uniform mit morbidem Entsetzen anstarrte.

Henry legte den Kopf schräg, und ich konnte den abgrundtiefen schicksalsergebenen Seufzer förmlich hören, als er sich von seinem Stuhl erhob und auf mich zukam.

»Hi, ich habe dir schon eine Latte geholt, ist das okay?«, sagte er, als er nah genug war, um sich zwecks Verständigung nicht auf anzügliche Gesten oder Lippenlesen verlassen zu müssen. Erst da bemerkte ich die beiden dampfenden Pappbecher auf dem Tisch, den er in Beschlag genommen hatte.

»Okay, danke«, murmelte ich und strich mir die Haare hinter das Ohr, ein viel genutzter Reflex, um von meiner jeweils letzten selbstverschuldeten Demütigung abzulenken. »Das wäre doch nicht nötig gewesen.«

»Ich hoffe, eine Latte ist okay? Ich habe nach Haselnusssirup gefragt, weil du das immer bestellt hast, wenn wir nach den wöchentlichen Laborsessions Kaffee trinken gegangen sind.« Plötzlich schaute er mich erschrocken an. »Du bist doch keine Veganerin geworden, oder?« Er machte sich ernsthaft Gedanken, er könnte mit einem Tropfen Milch meine Gefühle verletzen, während ich nur beschämt an meine nicht jugendfreie Handpuppen-Showeinlage von eben denken konnte.

»Nein, ich bin nicht vegan«, erwiderte ich. Meine Wangen glühten noch immer unerträglich, als ich mich ihm gegenüber an den kleinen Tisch setzte und meinen Laptop vor mich hinstellte. Genau in diesem Moment wurde mir bewusst, dass Henry sich an meine Getränkebestellungen von vor sieben Jahren erinnerte, und ein seltsames Prickeln überlief mich.

»Puh, da bin ich aber erleichtert.« Er lächelte und ließ sich auf seinen Platz gleiten. »Erinnerst du dich noch an Simon, der nie etwas Heißes trank? Oh, und an Emily, die ungefähr zwölf Zuckerstücke in ihren Tee geworfen hat? Verrückt!«

Ah, er hatte also einfach nur ein getränkebezogenes fotografisches Gedächtnis, es hatte nichts mit mir persönlich zu tun. Das Prickeln verwandelte sich in eine Taubheit, als hätte ich gerade einen Karatehieb in die Lendengegend bekommen. Ich nickte und rang mir ein leises, unaufrichtiges Kichern ab.

»Brille?«, fragte ich, weil mir nichts Besseres einfiel und ich nicht sicher war, ob die neuronalen Verbindungen zwischen meinem frontalen Kortex und dem Sprachzentrum noch funktionierten.

»Ja.« Verlegen berührte er das Gestell. »Schon eine ganze Weile. Ich habe zwar Kontaktlinsen, aber ich hasse es, sie zu tragen. Ich fürchte, das Alter hat mich kurzsichtig gemacht.«

»Du siehst ein wenig aus wie Clark Kent«, platzte ich heraus. Mist, wo steckte heute mein Gehirn-Mund-Filter?

»Genau auf diesen Look hatte ich es abgesehen.« Er lachte und nahm einen Schluck Kaffee, wobei er mich über den Becher hinweg musterte.

Sofort fühlte ich mich in meine Promotionszeit zurückversetzt, als wir alle in zerrissenen Jeans und Vintage-T-Shirts, mit unordentlichen Frisuren und überaus festen Überzeugungen in einer großen Gruppe beisammensaßen und Kaffee tranken. Für gewöhnlich jammerten wir dann wegen Experimenten, die schiefgegangen waren, und über unzumutbare Forderungen bestimmter Dozenten, oder wir planten einfach einen Abend in einem der schummrigen Pubs in der Nähe. Ich war damals vollkommen darauf konzentriert, meinen Doktor zu machen und mich zu beweisen. Ich setzte mich selbst sehr unter Druck, wild entschlossen, nicht zu versagen, etwas aus mir zu machen. Es war ein wenig irritierend, nun einige dieser Momente, die ich in einer versiegelten Box in meinem Kopf aufbewahrte, vergessen im Nebel der Zeit, so unvermittelt noch einmal zu durchleben.

»Wie ist es dir ergangen?«, unterbrach Henry meine Reminiszenzen. »Ich war überrascht, als dein Name auf einer E-Mail von jemandem auftauchte, der hier arbeitet. Ich dachte immer, du würdest mal eine Professorin werden, die in Oxford ihren eigenen Fachbereich leitet.«

Das war das Stichwort, mich dafür zu entschuldigen, dass ich ihn in all unseren jüngsten Korrespondenzen komplett ignoriert hatte. »Ah, ja, was das angeht, Henry – es tut mir so leid, dass ich dich auf dem WCC-Poster, an dem wir gerade gearbeitet haben, nicht erkannt habe. Wenn ich gewusst hätte, dass du einer der Autoren bist, hätte ich definitiv per E-Mail ›hi‹ gesagt. Ich hatte ganz vergessen, dass dein echter Vorname Arthur lautet.«

Henry schnitt eine Grimasse. »Mach dir nichts draus, ich war mir anfangs auch nicht vollkommen sicher, dass du es bist, doch dann dachte ich, es kann nicht so viele Clara Clancys geben, die in der Pharmazie arbeiten, deshalb habe ich das Internet nach Fotos von dir durchsucht, um sicherzugehen. Als ich wusste, dass ich herkommen würde, um das Team zu treffen, dachte ich mir, es wäre netter, wenn ich persönlich ›hi‹ sage.« Er hob die Hand zu einem komischen kleinen Winken. »Hi, noch mal.«

»Hi.« Er hatte mich im Internet aufgespürt, warum alarmierte und beglückte mich das gleichermaßen? »Frauen im Internet zu stalken, ist wohl eher nichts, was man zugeben sollte, Henry.«

Er nickte. »Ist notiert.«

Wir starrten einander einen Moment lang an, bis er seine Frage wiederholte. »Wie ist es dir ergangen?« Nervös fingerte er an dem Holzstäbchen zum Umrühren herum, das auf dem Tisch lag.

»Gar nicht so übel«, erwiderte ich lahm, die britische Standardantwort auf diese Frage. Es widerstrebte mir, viel preiszugeben, wo er doch eindeutig so erfolgreich war. »Mein Postdoc wurde nicht finanziert, deshalb bin ich zur dunklen Seite übergelaufen und habe eine Stelle in der Industrie angenommen. So war es wahrscheinlich am besten. Und du so?«

»Auch gar nicht so übel.«

»Ach, hör mir doch auf, Henry, du besitzt deine eigene Firma. *Gar nicht so übel* scheint mir da untertrieben!«

Er rutschte ein wenig unbehaglich auf seinem Stuhl herum und trank einen weiteren Schluck Kaffee. Es hatte ihm schon immer etwas widerstrebt, sich selbst zu beweihräuchern, Lob war ihm unangenehm, und er zog es vor, nicht im Rampenlicht zu stehen. Wie es aussah, hatte sich daran nichts geändert, und noch immer war es aufreizend liebenswert.

»Na ja, ich habe mein PhD am MIT beendet, und das Herzklappensystem, an dem ich gearbeitet hatte, wurde am Menschen erprobt, deshalb habe ich das Projekt als Postdoc weitergeführt. Den Chirurgen hat es gefallen, und bei den meisten Patientinnen und Patienten hat es funktioniert, deshalb, ja, gar nicht so übel.« Er hielt inne und sah mich mit einem Gesichtsausdruck an, den ich nicht entziffern konnte. »Aber ich habe es vermisst, in England zu sein«, fuhr er dann fort. »Deshalb bin ich letztes Jahr wieder hierhergezogen und habe im Science Park eine Produktion aufgebaut. Das alles hat ein wenig rascher geboomt, als ich erwartet hatte.«

»Na, das sind doch großartige Neuigkeiten!«

»Ja«, murmelte er. »Also, was sonst noch außer Arbeit? Verheiratet? Familie?«

Ich schnaubte recht undamenhaft, und sein jungenhaftes Grinsen kehrte zurück.

»Weder noch. Du?«, fragte ich betont beiläufig, pustete auf meinen Kaffee und trank einen kleinen Schluck. Köstlich, warum hatte ich den Haselnusssirup in meinen Lattes eigentlich aufgegeben?

»Ich war kurze Zeit verheiratet, aber es hat nicht funktioniert, und jetzt sind wir auf jeden Fall nicht mehr verheiratet. Keine Kinder.«

»Tut mir leid, das zu hören«, erwiderte ich mitfühlend. Seine Miene zeigte deutlich, dass das ein schmerzhaftes Thema war und er gern von etwas anderem reden würde. Und während ein neugieriger Teil von mir sich unbedingt auf diesen Leckerbissen von Information stürzen wollte, war ein anderer

Teil ein wenig traurig darüber, dass mein alter Freund so viel erlebt hatte, in das ich nie eingeweiht werden würde.

»Echt?«, fragte er überrascht.

»Ja, natürlich. Scheidung ist beschissen.«

»Ja, das stimmt wohl, aber so war es wohl am besten«, griff er meine Formulierung von eben auf und starrte wehmütig in seine Tasse. Einen Moment lang saßen wir stumm da, in nachdenkliches Schweigen versunken.

»Himmel, dieses Gespräch ist ja ziemlich schnell langweilig und deprimierend geworden. Sollen wir lieber wieder über die Arbeit reden und nicht so viel über ekligen Erwachsenenkram?«, murmelte ich schließlich, wie immer erpicht darauf, von dieser Art gefühlsschwangerer Diskussion wegzukommen, die mir so schwerfiel.

»Wie gut, dass ich mich immer noch auf dich verlassen kann, wenn es darum geht, die Sache auf den Punkt zu bringen, Clara.« Henry seufzte, versuchte dabei aber eindeutig, sich ein Lächeln zu verkneifen.

»Erwarte nicht von mir, dass ich die Wahrheit schönrede, Fraser.« Ich grinste, beugte mich über den Tisch und schlug ihm spielerisch gegen die Schulter.

Die – nur fürs Protokoll – ausschließlich aus soliden Muskeln bestand, was in mir den spontanen Wunsch weckte, ihn zu berühren und – was noch beunruhigender war – mit Küssen zu überhäufen, um zu sehen, ob er überall so stramm war. Rasch lehnte ich mich wieder zurück und umklammerte meinen Kaffeebecher, um mich daran zu hindern, schamlos den Rest seines Körpers zu begrapschen.

Schockiert und überrascht hielt er sich den Bizeps, beugte sich vor und schmollte vergnügt. »Autsch, du hast wohl mit

Gewichtheben angefangen, seit wir uns das letzte Mal gesehen haben, Dr. Clancy!«

»Aber hallo. Jetzt aber mal keinen emotionalen Mist mehr. Wir sind logische, objektive Wissenschaftler. Gefühle haben in der Forschung keinen Platz«, zitierte ich meinen Doktorvater und imitierte dabei seinen ruppigen Geordie-Akzent.

»Scher mich nicht mit euch über einen Kamm, ich bin Ingenieur, wir haben sehr wohl Gefühle.«

»Igitt. Den Teil hatte ich ganz vergessen. Ich bin mir nicht sicher, ob wir noch befreundet sein können«, witzelte ich und stand auf, als schickte ich mich an, den Tisch zu verlassen.

Trotz aller guten Vorsätze schienen wir in das Muster ungezwungener Freundschaft zurückzufallen, anstatt die neue professionelle Beziehung aufzubauen, die ich angestrebt hatte. Henrys Scherze und sein subtiler Humor existierten noch, trafen mich mit voller Breitseite, waren so stark, freundlich und vertraut, als wären wir nie voneinander getrennt gewesen. Wieder mit ihm zu tun zu haben, erfüllte meinen Brustkorb mit Wärme und tausend glitzernden Schmetterlingen, und ich merkte, wie sehr ich meinen Freund vermisst hatte, seine unkomplizierte Gesellschaft und seine Fähigkeit, meine Laune sofort zu verbessern. Seine sanfte und geduldige Aura war wie eine Wolldecke an einem kalten Wintertag, sicher und tröstlich, und mit einem Stich im Herzen fragte ich mich erneut, weshalb wir so viele Jahre den Kontakt verloren hatten.

»Ach, komm schon, auch Wissenschaftlerinnen brauchen Freunde. Wir reden einfach über die Arbeit, und ich werde mich bemühen, keins von diesen ekelhaften Gefühlen in dir zu wecken«, frotzelte er, griff nach meiner Hand und zog sanft daran, bis ich mich wieder auf meinen Stuhl plumpsen ließ.

Inzwischen war mir heiß, und ich wurde unruhig. Ich blickte Henry an. Sein leicht verlegenes schiefes Lächeln und das amüsierte Flackern in seinen Augen richteten Chaos in meinem rationalen Denken an, das mich offenbar in der Stunde der Not im Stich ließ. Inmitten dieser dramatischen Überreizung aller Sinne war sich mein Nervensystem seiner langen, warmen Finger, die um meine geschlungen waren, nämlich akut bewusst. Das elektrisierende Gefühl dieses Berührungspunkts flutete mein ganzes System und löschte alles andere in meinem Gehirn.

Ja, verdammt, ekelhafte Gefühle waren genau das, was Hot Henry Fraser in mir auslöste. Und das war hochgradig alarmierend.

7

Nachdem ich die Hand weggezogen und meine labile körperliche Reaktion auf seine Berührung wieder im Griff hatte, klappte ich den Laptop auf und öffnete die Publikation und den Plan mit den klinischen Versuchen für unser Herzfehler-Portfolio. Dann schob ich meinen Stuhl zu Henrys herum, damit wir beide auf den Bildschirm schauen konnten.

»Also, hier ist alles, was wir für das nächste Jahr sowie für die nächsten fünf beziehungsweise zehn Jahre geplant haben, und ich denke, wenn wir noch mehr Daten von unserem letzten Herzklappenversuch bekommen, können wir vor Jahresende noch mindestens drei weitere wissenschaftliche Artikel einreichen und ein paar Schriften veröffentlichen.«

»Ich bin so froh, dass du da bist.« Das tiefe Timbre seiner Stimme vibrierte nun, da ich so dicht neben ihm saß, förmlich durch mich hindurch. »Ich bin total aufgeschmissen, wenn es darum geht, diese Dinge auch nur irgendwie logisch zu organisieren.«

Ich tätschelte seine Hand, die träge mit einem Montblanc-Füller herumspielte, den er immer wieder auf dem Tisch zwischen uns kreiseln ließ. Mein Unterbewusstsein schien immer noch nicht der Versuchung widerstehen zu können, ihn zu berühren. »Darüber brauchst du dir nicht dein hübsches kleines Ingenieurköpfchen zu zerbrechen, lass das uns clevere Wissenschaftlerinnen für dich erledigen.«

Henry lächelte mich von der Seite an, als plötzlich ein dunkler Schatten auf uns fiel.

Ein sechster Sinn verriet mir, dass es sich um Dominic handelte. Seit ich ihm im Flur begegnet war, spielte in Bezug auf ihn meine hyperaktive Fantasie verrückt, und jetzt fühlte ich seine Anwesenheit, wie Harry Potter Voldemort spüren würde, eine Art unvermeidliche Ahnung hinsichtlich meines eigenen schlimmen Schicksals. Als seine Hand auf meiner Schulter landete und sie kräftig drückte, wusste ich ohne jeglichen Zweifel, dass der Psycho, der in ihm steckte, gleich entfesselt werden würde. Henry blickte auf, und dann schaute er auf die eisige Klaue hinab, die meinen Oberkörper auf seltsam besitzergreifende Weise gepackt hatte.

»Hallo, Dominic«, sagte ich vorsichtig, ohne mich umzudrehen. »Hast du Dr. Henry Fraser von FraserTech schon kennengelernt?«

Henry erhob sich, ragte über mir auf und warf sich in die Brust, sodass er noch größer wirkte. Er streckte über meinem Kopf hinweg die Hand aus, und ich spürte, wie sich Dominics Griff löste, als er sich anschickte, ihm die Hand zu schütteln. Nun, da ich frei war und in der Lage, aufzustehen, duckte ich mich unter Henrys ausgestrecktem Arm hindurch, sodass ich zwischen den beiden Männern stand.

»Dominic Graham, Marketing Director, wir haben uns nach dem Meeting am Montag kurz gesehen«, sagte er kühl zu Henry. Der nickte, ließ Dominics Hand los und machte einen kleinen Schritt auf mich zu.

»Wie läuft es?«, fragte ich nervös, und beide Männer drehten sich verwirrt zu mir, weil ich dabei wild mit den Händen herumfuchtelte. »Du weißt schon, diese Marketingdinge.«

Dominic kniff die Augen zusammen und blickte zwischen mir und Henry hin und her, beschloss dann, meine Frage zu ignorieren und sich ganz auf Henry zu konzentrieren. »Nun, wie ich höre, arbeiten Sie jetzt mit uns zusammen?«

»Ja, mit Clara und dem medizinischen Team«, erwiderte Henry. Seine Stimme hatte einen weichen, zärtlichen Tonfall angenommen.

»Juhu«, murmelte ich und stieß halbherzig ein wenig die Faust gegen seine. Henry rückte noch ein winziges Stück näher, inzwischen lag seine Hand solidarisch auf meinem Kreuz.

»Wie schön«, bemerkte Dominic ölig und schoss sich merklich auf den offensichtlich guten Kontakt zwischen mir und Henry ein. Seine Augen verengten sich zu Schlitzen, während er verfolgte, wie Henry sein Gewicht ein wenig verlagerte und seinen Körper leicht schützend um mich krümmte. Dann richtete Dominic seinen messerscharfen Blick auf mich, mit einem Ausdruck, der so psychotisch war, dass meine Seele alarmiert aufschrie. »Wir alle wissen Clara sehr zu schätzen«, fuhr er ruhig fort, als würde er einen Nachruf verlesen.

»Ja, das kann ich mir gut vorstellen, sie ist eine brillante Wissenschaftlerin und jemand, mit dem ich begeistert zusammenarbeite«, erwiderte Henry.

»Nun, wir haben jede Menge wichtigen medizinischen Kram zu besprechen, von dem ihr Marketingfuzzis noch nichts wissen solltet«, plapperte ich mit erzwungener Heiterkeit und wedelte drohend mit dem Zeigefinger. Wahrscheinlich wirkte ich wie eine geistesgestörte Grundschullehrerin, als ich versuchte, das unentschiedene Anstarrduell zu unterbrechen, das gerade über meinem Kopf ausgetragen wurde, und mich dieser besonders unangenehmen Begegnung zu entziehen.

»Natürlich. Schön, Sie kennengelernt zu haben, Henry, wir sollten uns mal zusammensetzen und diskutieren, wie meine Abteilung künftig mit Ihrer Firma kooperieren kann«, murmelte Dominic zwischen zusammengebissenen Zähnen. Und mit einem letzten Blick, durch den ich mich so schmutzig fühlte, als hätte ich gerade in ungefiltertem Abwasser gebadet, drehte er sich auf dem Absatz um und stapfte aus dem Café.

»Er schien …« Henry verstummte, offenbar fehlten ihm die Worte, während er Dominics Abgang mit unverhohlener Bestürzung verfolgte.

»Ja, er ist sehr …« Ich wusste auch nicht so recht, wie ich diesen Satz beenden sollte, aber da ich verzweifelt nach Professionalität strebte, entschied ich mich schließlich für »speziell«.

Henry starrte mich perplex an. »Nicht unbedingt die Beschreibung, mit der ich gerechnet hätte.«

»Was dachtest du denn, was ich sagen würde?« Ich war aufrichtig interessiert an seinen Einblicken in meine Gedanken und Meinungen.

»Gruselig? Schleimig? Eigenartig schmierig? Soll ich weitermachen?«

»Na ja, *du* magst all diese Dinge über meinen Kollegen denken, aber *ich* bin professionell und kann dazu unmöglich einen Kommentar abgeben.«

»Professionell, aha?«

Daran, wie er mich ansah, merkte ich, dass er im Kopf gerade sämtliche Gelegenheiten durchging, bei denen ich mich seit unserem Wiedersehen absolut unprofessionell verhalten hatte. Oh Gott, bitte erwähne jetzt nicht den Schokonippel oder die durchsichtige Bluse oder die schreckliche Präsentation oder meine anzügliche Gestik, flehte ich ihn innerlich an. Wobei ich wahrscheinlich wie ein großäugiger, lächerlicher Comicwelpe aussah.

»Er erinnert mich nur an jemanden, und mir fällt gerade nicht ein, an wen.« Er dachte angestrengt nach und tippte sich dabei mit dem Zeigefinger an die Oberlippe.

»Patrick Bateman?«, erwiderte ich, ehe ich mir die Hand vor den Mund schlagen konnte. Hatte ich das wirklich laut ausgesprochen?

»Ooh, American Psycho – ja!«

»Oder vielleicht Hannibal Lecter?«

Henry grinste. »Ah ja, da ist sie ja wieder, ich wusste, dass dein wahres Ich irgendwo da drinsteckt.«

»Verdammt, ich dachte, ich könnte professionell bleiben, aber ich glaube, er ist der gruseligste, schleimigste und eigenartig schmierigste Mensch, der mir je begegnet ist.«

»Eindeutig Hannibal Lecter, und ich glaube, er mag dich wirklich, Clarice.« Henry musste sich sehr anstrengen, nicht laut zu lachen.

»Hör auf, ich bin mir ziemlich sicher, dass er mich nur als nächstes Opfer auserkoren hat.« Ich stöhnte verzweifelt, vergrub mein Gesicht in den Handflächen.

»So wie er mich angeschaut hat, bin ich derjenige, den er umbringen will, mit dir will er *andere Dinge* tun.« Spielerisch stieß er mich mit der Schulter an. »Komm schon, lass uns diesen Plan zu Ende bringen, in zwanzig Minuten habe ich noch ein Meeting.«

Behutsam zog er mir die Finger von den Augen und lächelte aufmunternd. Wir setzten uns wieder hin. »Später durchsuche ich seinen Schreibtisch auf Kabelbinder und Gaffer-Tape, keine Sorge«, versicherte er. »Ich kann und werde ihm auf jeden Fall in den Arsch treten, falls du das für notwendig erachtest.«

»Mein Held.« Ich blinzelte zu ihm auf, und mir wurde klar, dass er mich im Grunde schon wieder gerettet hatte, da Dominic eindeutig wegen Henrys Macho-Allüren einen Rückzieher gemacht hatte. Verdammt, noch nicht mal eine Woche hier, und schon hatte er mich zweimal gerettet. Das war nicht gut für meine Glaubwürdigkeit als emanzipierte Frau. Was würde Beyoncé dazu sagen, wenn sie davon wüsste?

Wir machten uns ganz gemütlich an die Publikationsplanung, und es tat gut zu sehen, dass er so lerneifrig und akribisch wie eh und je war. Wir erreichten eine ganze Menge und wollten gerade zum Ende kommen, als das Atrium vor dem Café abrupt von lautem Gelächter erfüllt wurde und eine kleine Gruppe medizinischer Vertriebsmitarbeiterinnen hereinkam. Orangefarbene Dauerbräune, grelle Nägel und blonde Extensions kündigten die legendäre Marina Montgomery an, die die Partie anführte. Ihr maßgeschneidertes Kostüm und die High Heels waren zweifellos teuer und umschmeichelten ihren chirurgisch aufgebesserten Körper perfekt. Sie scannte das Café wie ein Sniper auf der Lauer, ihr Blick glitt herablassend über mich hinweg, blieb aber dann an Henry hängen, der sich fieberhaft Notizen auf seinem iPad machte und gar nicht mitbekam, dass sie ihn ins Fadenkreuz genommen hatte. Mir sank das Herz, als sich ein Raubtierlächeln auf ihren mit Kollagen vollgepumpten Lippen ausbreitete und sie zu uns herübergetrottet kam.

»Clara, Schätzchen! Wie geht es dir? Lange nicht gesehen! Lass uns bald mal auf ein Käffchen treffen und uns austauschen! Und wen haben wir denn da?« Sie hatte mich bei diesem Schnellfeuer-Gesprächseinstieg kein einziges Mal angeschaut und stattdessen all ihre Energie darauf konzentriert, Henry anzustarren, um ihn dazu zu bewegen, von seinen Notizen aufzusehen.

»Das ist Dr. Henry Fraser von FraserTech, er wird mit uns am Herzfehler-Portfolio arbeiten«, erklärte ich.

Bei der Erwähnung seines Namens blickte Henry auf und ließ Marina in all ihrer grellen Pracht auf sich wirken. Er schluckte hörbar. Sie machte in dieser Situation eindeutig auf Cougar, und ein Hunger, wie ich ihn noch nie zuvor gesehen hatte, war ihr ins Gesicht geschrieben. Wenn ich nicht da gewesen wäre, hätte sie Henry bestimmt direkt die Kleider vom Leib gerissen, da bin ich mir ziemlich sicher. Das war weit mehr als das übliche affektierte Lächeln und Gekicher, das die meisten Frauen in Henrys Gegenwart an sich hatten; ich beobachtete es mit Interesse und kam mir ein wenig wie David Attenborough vor, wenn er die Paarungsrituale von Großkatzen in der Serengeti studiert.

»Dr. Fraser, sehr erfreut, Sie kennenzulernen. Ich bin Miss Marina Montgomery.« Das *Miss* betonte sie mit beinahe epischem Überschwang. »Und ich leite das Vertriebsteam des kardiovaskulären Bereichs hier bei Pharmavoltis. Es wäre wirklich großartig, wenn wir uns besser kennenlernen und zusammenarbeiten würden«, schnurrte sie. »Wie wäre es mit Dinner oder Lunch?«

Sie zog eine Visitenkarte heraus und beugte sich vor. Dabei drückte sie ihre gewaltigen Brüste zusammen, bis sie fast aus ihrem tiefen Ausschnitt sprangen, und reichte die Karte einem ziemlich versteinert wirkenden Henry. Sie blieb noch einen Augenblick länger so vorgebeugt stehen, weil sie eindeutig sichergehen wollte, dass ihm auch ja nichts entging, ehe sie sich wieder aufrichtete und ihn erneut anstrahlte.

»Danke, freut mich ebenfalls, Sie kennenzulernen«, murmelte er, mied dabei jedoch ihren Blick und konzentrierte sich auf einen Punkt irgendwo links von ihren gestylten Haaren. Ich lächelte süffisant über sein Unbehagen. Als sie sich mit wiegenden Hüften und auf dem polierten Boden klappernden Absätzen wieder entfernte, stieß er einen erleichterten Seufzer aus.

»Sie schien etwas …«, begann ich fragend und unterbrach mich dann, weil ich wollte, dass er den Satz beendete.

»Speziell?«, erwiderte er. »Nein, streich das, sie ist Furcht einflößend.« Verzweiflung flackerte in seinem Blick auf. »Ich helfe dir dabei, den Fängen von Hannibal Lecter zu entkommen, wenn du mich vor Ivana Trump rettest«, flüsterte er. »Abgemacht?«

»Ah, sie schien sehr an dir interessiert zu sein, Henry, und ich bin mir ziemlich sicher, dass sie *andere Dinge* im Sinn hat.« Ich kicherte.

Er schauderte. »Wie viele arme Doktoren sie wohl in ihrer Laufbahn schon gequält hat?«

»Oh, die lieben das, sie hat die höchsten Verkaufszahlen von allen.« Ich trank noch einen Schluck Kaffee.

Henrys iPad gab ein Geräusch von sich, und er schaute auf die Nachricht, die auf dem Bildschirm aufgepoppt war.

»Ich muss jetzt in ein Meeting mit Claus, können wir vielleicht ein andermal weitermachen? Ich habe hier ein vorübergehendes Büro bekommen, von dem aus ich arbeiten kann, gar nicht weit von deinem entfernt, deshalb werde ich wohl mehrmals pro Woche da sein. Wann passt es dir?«

»Ich checke mal meinen Kalender und sage dir dann Bescheid.« In meinem Kopf brüllte eine kleine Stimme *ja, ja, ja, ich habe Zeit, wann immer du willst.* Aber ich bemühte mich tapfer, sie zu ignorieren.

»Es hat Spaß gemacht, sich wieder mal auszutauschen.« Er schaute mich über den Rand seiner Brille hinweg an. »Und natürlich war es auch enorm lehrreich und professionell«, fügte er vielsagend, aber auch ein wenig sarkastisch hinzu. Dann sammelte er seine Habseligkeiten ein und stand auf. »Bis nächste Woche.«

Ich erhob mich ebenfalls und wandte mich ihm zu, um etwas zu sagen. In diesem Moment beugte er sich ganz nah zu mir, um nach seinem Füller zu greifen, der neben meinem Laptop lag. Der Duft frischen Waschmittels, vermischt mit einem Hauch von Wald, stieg mir in die Nase und weckte Fantasien von nacktem Schwimmen in wilden Gewässern und gemeinsamem Herumtollen im Grünen. Ja, verdammt, Henry duftete herrlich, sauber und nach freier Natur, überaus maskulin und so absolut vollkommen köstlich, dass dieses einzige Schnuppern mein Verlangen, ihn mit Küssen zu bedecken, erneut entflammt hatte.

»Ähm, ja, bis Montag dann«, erwiderte ich, doch meine Stimme klang seltsam hoch.

Er hatte sich überhaupt nicht verändert. Er war immer noch der lustige, großzügige und etwas schüchterne Henry von damals, und dass wir so leicht in alte Gewohnheiten zurückgefallen waren, war verstörend und zugleich beruhigend.

Allerdings schien es, als wäre ein zuvor inaktiver Teil meines Gehirns plötzlich zum Leben erwacht, aufgewühlt von einer Kakofonie aus sexueller Anziehung, die wie ein Nebelhorn durch den Dunst des Leugnens gellte, während ich ihm nachschaute.

Verdammt und zugenäht, ich hatte meine frühere Immunität in Bezug auf den Hot-Henry-Effekt verloren, und das war nicht gut. Ganz und gar nicht gut.

8

»Hey, Professor Jo, wie geht's?«

»Dr. Clara, was für eine Überraschung!«, antwortete Jo Harrison nach dem fünfzehnten Klingeln, und ihre leicht erschöpfte, aber melodische Stimme hob meine Laune sofort.

Seit unserem ersten Tag an der Graduiertenschule waren wir beste Freundinnen, hatten denselben unausstehlichen Betreuer, bemitleideten uns gegenseitig und feuerten einander an, nahmen an Konferenzen teil und tranken in dem Apartment, das wir zusammen gemietet hatten, viel zu viel billigen Wein. Seltsamerweise waren wir beide in den Außenbezirken von Manchester aufgewachsen, nur etwa fünfzehn Kilometer voneinander entfernt, aber kennengelernt hatten wir uns erst in Oxford. Wir hatten uns gegenseitig jede Menge Geheimnisse anvertraut, und ich wusste, dass sie immer hinter mir stehen würde, aber sie würde mir auch alles völlig unverblümt und kategorisch ins Gesicht sagen, ohne Angst, meine Gefühle zu verletzen. Manche hielten sie für ungehobelt und grob, jedenfalls war sie das exakte Gegenteil von mir, die es immer allen recht machen wollte – also genau die Art von Mensch, die ich als beste Freundin brauchte.

»Ja, tut mir leid, dass ich mich so unregelmäßig melde, aber da du nun mal ans andere Ende der Welt gezogen bist und keine von uns gern früh aufsteht, ist es irgendwie schwierig, die richtige Zeit zu finden.«

»Quatsch, ich werde deine Anrufe immer annehmen, auch wenn du zur dunklen Seite übergelaufen bist. Wie geht es dir?«

Jo war nach Australien übergesiedelt, um ihren Postdoc zu machen, und mittlerweile enorm erfolgreich auf dem Gebiet der Zellbiologie. Sie war Assistenzprofessorin und leitete eine kleine Forschungsgruppe. Jo gehörte zu den nervigen Menschen, die grundsätzlich in allem brillieren, auf das sie sich konzentrieren. Wenn ich sie nicht heiß und innig lieben würde, hätte ich sie wohl zu meiner Erzfeindin erklärt.

»Mir geht es gut, und dir?«

Wir plauderten kurz über unser Dasein und die Dinge, die darin passierten. Ihr australischer Freund Coen war befördert worden, und sie würden demnächst in ein neues Haus ziehen. Alles in allem verlief ihr Leben genau so, wie sie es sich gewünscht hatte, und ich freute mich aus tiefstem Herzen für sie. Der Gedanke, dass sie wahrscheinlich nie wieder dauerhaft nach England zurückkehren würde, machte mich traurig, aber gleichzeitig war ich stolz auf ihren Erfolg und würde immer an der Seitenlinie stehen und Beifall klatschen für ihre wilde Entschlossenheit, so gut zu sein, wie sie nur vermochte.

»Sag, willst du etwas Lustiges hören?«, kam ich schließlich auf den eigentlichen Grund meines Anrufs zu sprechen – und wurde prompt nervös.

»Schieß los.«

»Erinnerst du dich noch an Henry Fraser?«

»Natürlich, wer könnte diesen Knochenbau je vergessen?« Ich hörte förmlich, wie sich bei der bloßen Erwähnung seines Namens ihr Puls beschleunigte.

»Sabberst du etwa da drüben?«

»Pst, gib mir einfach einen Moment Zeit, um mich an all seine Pracht und Herrlichkeit zu erinnern.«

Ich verdrehte die Augen. »Sag mir einfach Bescheid, wenn du so weit bist.« Ein paar Sekunden herrschte Schweigen am anderen Ende der Leitung, oder, na ja, nicht ganz, denn ich konnte ihre schweren Atemzüge vernehmen. »Du weißt schon, dass einige Männer viel Geld zahlen würden, um sich das anzuhören, Jo. Falls das mit der Professur nicht hinhaut, dann könnte so was deine Berufung sein.« Noch mehr Schweigen.

»Wo ist eigentlich Coen?«

Jo knurrte verärgert, weil ich sie ständig dabei unterbrach, wie sie offensichtlich ihren Fantasien nachhing. »Er ist angeln gegangen. Na schön, was willst du mir von Hot Henry erzählen?«

Ich holte tief Luft. »Er ist vorige Woche hier bei der Arbeit aufgetaucht, und jetzt arbeiten wir zusammen an einer Reihe von Projekten.«

»Was du nicht sagst! Du Glücksschwein!«

»Er ist immer noch der Alte, weißt du, nett und lustig und klug. Es war großartig, ihn wieder zu treffen«, fuhr ich vorsichtig fort.

»Das glaube ich gern, du Schlitzohr. Wie hat er sich gehalten? Ist er verheiratet? Hast du ihm das Gesicht abgeleckt?«

Ich prustete den Schluck Tee, den ich gerade im Mund hatte, heraus und lachte. »Ob ich was mit seinem Gesicht gemacht habe?«

»Tut mir leid, das ist nur meine Fantasie, sie geht mit mir durch ...«, erwiderte Jo mit einem Lächeln in der Stimme.

»Nur fürs Protokoll: Ich habe ihm das Gesicht *nicht* abgeleckt«, betonte ich barsch, ohne darauf hinzuweisen, dass mir der Gedanke, seinen ganzen Körper mit Küssen zu bedecken, mindestens einmal durch den Kopf geschossen war. »Nicht verheiratet, geschieden. Er hat sich gut gehalten und sieht noch genauso aus wie früher, nur die Haare sind kürzer, und er trägt inzwischen eine Brille.«

»Ooh, wie Clark Kent?«

»Ja!«, rief ich entzückt. Wie beruhigend, dass wir trotz der Entfernung und der unregelmäßigen Telefongespräche immer noch auf derselben Wellenlänge tickten. Jo schwieg eine Weile, und ich fragte mich, ob sie sich einer weiteren Henry-bedingten Fantasie hingab. »Erde an Jo, wenn du dir gerade schmutzige Clark-Kent-Fummeleien vorstellst, dann hör bitte auf damit.«

»Ich habe immer gewusst, dass er wegen dir aus Amerika zurückkommen würde«, sagte sie wehmütig.

»Wovon redest du da?«

»Ach, jetzt mach aber mal halblang, du warst die Einzige, für die er je Augen hatte, und ihr zwei habt euch immer davongemacht, um noch *etwas trinken zu gehen*«, witzelte sie, die letzten vier Wörter auf merkwürdige Art betonend.

»Hast du etwa gerade Anführungszeichen bei ›etwas trinken zu gehen‹ angedeutet? Ich kann dir versichern, dass da nie mehr war. Ich war seine Mentorin, deshalb hatten wir uns natürlich viel zu sagen, und manchmal haben wir das bei einem Bier getan«, erwiderte ich ein wenig defensiv.

»Ja, aber als er mir zugeteilt war und ich ihm etwas über Proteinextraktion beibringen sollte, ist er nie mit mir ›etwas trinken gegangen‹. Tatsächlich war er so schüchtern, dass er kaum mit mir gesprochen hat.« Sie klang irgendwie pikiert.

»Okay.« Ich war mir nicht ganz sicher, was sie damit sagen wollte.

»Ich wollte auch ›etwas mit ihm trinken gehen‹, zum Beispiel in der Laborzubehörkammer oder im Magazin der medizinischen Bibliothek«, fuhr Jo mit leicht schmollendem Unterton fort.

»Benutzt du ›etwas trinken gehen‹ etwa gerade als Euphemismus für Sex? Henry und ich waren definitiv platonisch, da lief nichts, schon gar nicht im Laborzubehörschrank oder im Magazin der Bibliothek. Wenn da etwas gelaufen wäre, hätte ich es dir auf jeden Fall erzählt. Außerdem warst du viel zu sehr damit beschäftigt, mit diesem Doktoranden aus dem Biochemielabor – wie hieß er noch gleich? – herumzuknutschen, sodass du gar keine Zeit für Fummeleien mit Henry gehabt hättest.«

»Oh, aber Henry wollte doch Fummeleien mit *dir*«, beharrte sie.

»Ich weiß nicht, was du dauernd hast, er hat vollkommen klargestellt, dass ich für ihn in der Friendzone bin.« Ich war ein wenig alarmiert, worauf das hier hinauslaufen sollte, mein Herz hämmerte, als wäre ich gerade den London-Marathon gelaufen.

»Das liegt nur daran, dass du ihn als Erste dort eingeordnet hast. Alle anderen benahmen sich in seiner Anwesenheit, als wären sie in einem Jane-Austen-Roman, und du hast ihn wegen seines Bon-Jovi-T-Shirts und seines beschissenen Umgangs mit der Pipette verarscht. Du hast ihn eindeutig zuerst in die Friendzone gesteckt.«

Hatte ich das? Es war schwer zu sagen, wer zuerst mit dem Veralbern angefangen hatte. War ich das etwa gewesen? Er hatte jedenfalls kräftig Paroli geboten, nachdem wir uns etwas besser kannten.

»Wenn du das wusstest, warum hast du dann nie etwas zu mir gesagt?«, fragte ich leise.

»Weil ich davon ausging, du wüsstest, dass er auf dich steht, und es wäre dir egal, dass er dir am liebsten die Kleider vom Leib reißen und dich auf einem Laborarbeitstisch flachlegen würde, Clara. Für alle anderen war das verdammt offensichtlich.«

»Tatsächlich?« Ich holte tief Luft. Wie konnte mir das nur entgangen sein? Und wieso wirkte Jos Offenbarung nun wie eine bewusstseinsverändernde Droge auf mich?

»Ja, du Trottel, wie dir das entgangen sein kann, ist mir schleierhaft.«

»Aber er hat nie etwas gesagt.«

»Das hat er wahrscheinlich schon, du hast es nur nicht mitgekriegt, weil du nun mal eine selbstvergessene kleine Spinnerin bist.«

»Danke für diese Einschätzung meines Charakters, Jo.«

»Keine Ursache.«

»Glaubst du, wir sind am Ende nur gute Freunde geblieben, weil ich mich ihm nicht an den Hals geworfen habe?« Allmählich dämmerte es mir. Vielleicht hing er genau deshalb gern mit mir ab, weil ich eben keine Wimpern klimpernde, nach Atem ringende Schmeichlerin war. Weil ich ihm alles auf den Kopf zusagte, statt mich bei ihm einzuschleimen. Er war außer Jo und Simmy der einzige Mensch, mit dem ich das anscheinend konnte.

»Ja, wahrscheinlich wird es ein bisschen langweilig, wenn man so perfekt ist, oder? Auch wenn ich nicht ganz sicher bin, ob er die schiere Menge an Lust, die auf ihn gerichtet ist, immer registriert. Aber wenn man praktisch jede Person haben kann, die man will, begehrt man am Ende vielleicht die einzige, die einen nicht will.« Sie hielt inne und ließ ihre Worte sacken. »Hör mal, ich muss jetzt Schluss machen«, verkündete sie dann. »Es ist Samstagmorgen sechs Uhr, und ich will weiterschlafen.«

»Tut mir leid«, murmelte ich abwesend, weil ich immer noch darüber grübelte, weshalb Henry und ich überhaupt Freunde geworden waren.

»Sieh mal, wenn du einfach nur mit ihm befreundet sein willst, dann mach so weiter und freu dich, dass er wieder da ist«, sagte sie sanft. »Aber ich kann dir sagen, dass Hot Henry Fraser mit der PhD-Studentin Clara nicht nur befreundet sein wollte, und Superwissenschaftlerin und Pharmaindustrie-Superstar Dr. Clara Clancy ist noch viel anziehender, deshalb rechne ich damit, dass ihr euch früher oder später gegenseitig die Gesichter ableckt. Mach's gut!« Und damit legte sie auf.

Okay. Mist. Was sollte ich mit dieser Information jetzt anfangen? Wir waren eindeutig nur Freunde gewesen, oder?

Ich starrte mein Handy an, versuchte, mich zu erinnern, wie es mit Henry gewesen war, als wir uns damals frisch kennengelernt hatten. Ich weiß noch, dass ich enorm genervt war, weil mich mein Betreuer von meinen Experimenten abzog, damit ich einen Doktoranden vom MIT unter meine Fittiche nahm. Ich war so kurz vor dem Abschluss und hätte diese Ablenkung wirklich nicht gebraucht. Dann tauchte er auf, mit schimmerndem Haar und schüchternem Lächeln. Die Frauen waren hinter ihm her wie Groupies, und ich dachte, bei dem Aussehen könnte er auf keinen Fall ein netter Mensch sein. Anfangs klammerte ich mich an dieses Vorurteil, überzeugt davon, dass er zwar wie ein Adonis aussehen mochte, aber innerlich garantiert ein totaler Mistkerl war. Ich würde ihm einfach ein wenig Zellkultur beibringen, und das war's. Doch schon bald stellte sich heraus, dass er nicht nur attraktiv war, sondern auch ein wirklich reizender Mensch. Eine makellose Genkonstellation.

Und absolut nicht meine Liga.

Im Nachhinein und mit mannigfaltiger Lebenserfahrung war leicht zu erkennen, dass ich mir selbst nicht erlaubt hatte, etwas anderes als Freundschaft auch nur in Betracht zu ziehen, obwohl, wie mir nun klar wurde, zu Beginn ganz eindeutig ein Funke Anziehungskraft vorhanden gewesen war. Ich hatte meine Gefühle tief in mir vergraben, damit nicht darauf herumgetrampelt würde. Um mein zerbrechliches Herz vor Zurückweisung zu schützen, hatte ich Humor als Fassade eingesetzt und versucht, mich in Henrys Gegenwart betont gleichgültig zu geben.

Es fiel mir schwer zuzugeben, dass ich seinerzeit mit fünfundzwanzig doch nicht immun gegen den Hot-Henry-Effekt gewesen war, sondern einfach nur besser darin, so zu tun, als ob. Leider war mein inzwischen zweiunddreißigjähriges Gehirn, obwohl es sich vehement dem gesellschaftlichen Druck einer rasch tickenden biologischen Uhr widersetzte, ganz erpicht darauf, dafür zu sorgen, dass ich genauso litt wie jedes andere weibliche Wesen in einem Radius von achtzig Kilometern um Henry Fraser.

Ich stieß einen lang gezogenen Seufzer aus, ließ mich aufs Sofa zurückfallen und starrte an die Decke, während Spencer, mein Kater, zu mir heraufkletterte, meinen Bauch mit Tritten bearbeitete, halbherzig nach mir schlug und mürrisch knurrte, bis ich ihm das Kinn kraulte.

Ich musste diese Gefühle unterdrücken. Denn es war gänzlich ausgeschlossen, dass mich Henry Fraser je für mehr als Freundschaft in Betracht ziehen würde, ganz egal, was Jo zu wissen glaubte.

9

Richard hatte beschlossen, dass die gesamte Abteilung nach der Arbeit mit Henry auf einen Willkommensdrink losziehen sollte. Deshalb machten wir vier – unser Boss, Simmy, Henry und ich – uns an diesem nassen, windigen Abend zu Fuß auf den Weg in die Stadt, eingepackt in Winterjacken und verschiedene andere Schlechtwetter-Accessoires, um uns vor der rauen Witterung zu schützen.

Das Bay Horse war ein gemütlicher Pub, beliebt bei Uni-Leuten. Auch Henry und ich waren dort Stammgäste gewesen, als wir in Oxford im Labor arbeiteten. Die wuchtigen holzgetäfelten Wände und das dunkelrote wirbelnde Teppichdesign waren so vertraut, dass sich eine wohlige Nostalgie über mich legte, während wir an der schwach beleuchteten Bar unsere Getränke bestellten. Henry wirkte ebenfalls glücklich und entspannt, er führte uns zu unserem einstigen Lieblingstisch in einer abgeschiedenen Nische im hinteren Teil des Hauptgastraums. Der grobe Holztisch wurde von zwei Bänken mit hohen Lehnen flankiert, die uns vor dem zugigen Seiteneingang abschirmten. Eine tief hängende Deckenlampe verströmte warmes Licht und sorgte für Behaglichkeit und Privatsphäre. Vor vielen Jahren hatten wir hier, in Gespräche vertieft, Stunde um Stunde verbracht.

»Weißt du noch, als wir an deinem Geburtstag hierherkamen und du dir in den Kopf gesetzt hattest, einen flambierten Sambuca zu trinken?«, fragte Henry, als er sich in die Ecke gegenüber von mir gleiten ließ, während Richard an der Bar bezahlte. »Errol, der Wirt, hat mit diesem tödlich aussehenden Feuerzeug beinahe seine Augenbrauen in Brand gesetzt.«

»Ja!« Lachend versteckte ich mein Gesicht in den Händen. »Ich habe die Flamme ausgeblasen und von dem Sambuca getrunken, ohne ihn abkühlen zu lassen.«

»Und der Rand des Glases war immer noch so heiß, dass du dich verbrannt hast.« Er grinste und schüttelte den Kopf.

»Danach hatte ich eine Woche lang eine Sambuca-Lippe«, fügte ich hinzu. Ich konnte mich noch genau an die seltsamen kleinen Male in meinen Mundwinkeln erinnern, die wie Reißzähne aussahen und die ich mit Concealer abzudecken versuchte – mit mäßigem Erfolg.

»Das waren schöne Zeiten.« Henry hob sein Bierglas, um es gegen mein Weinglas klirren zu lassen. »Wie wäre es mit einem weiteren flambierten Sambuca heute Abend?«

»Gott, nein, das Zeug ist widerlich!«

»Allerdings.«

Simmy ließ sich neben mich auf die Bank fallen. »Wovon redet ihr beiden gerade?«, wollte sie wissen.

»Über die guten alten Zeiten«, erwiderte Henry lächelnd. »Als die da so ziemlich alle unter den Tisch trinken konnte.«

»Psst, niemand braucht von meiner trunkenen Jugend zu erfahren«, sagte ich. »Heute bin ich formvollendet professionell.«

»Natürlich bist du das«, bestätigte er und nippte an seinem Glas.

»Oh nein, Henry, jetzt musst du schon auspacken, was unsere kleine Miss Perfect so alles angestellt hat.« Simmy beugte sich verschwörerisch zu Henry hinüber, doch genau in diesem

Moment drang Dick Dastardly in unser Blickfeld ein, setzte sich hin, zuckte unheilvoll mit dem Schnurrbart und brachte uns alle auf einen Schlag zum Verstummen.

»Sagen Sie mal, wann war denn das eigentlich, als Sie beide zusammengearbeitet haben?«, erkundigte er sich nach einer leicht angespannten, unangenehmen Pause. Dass er sie verursacht hatte, schien ihm gar nicht bewusst zu sein.

»Das ist ungefähr sieben Jahre her, als wir beide im Zentrum für Zellular- und Molekularbiologie forschten. Tatsächlich befand sich unser Labor gar nicht so weit von hier entfernt«, erwiderte ich versonnen, ein Hauch von Sehnsucht nach meinen Jahren an der Uni schlich sich in mein Gemüt. Doch dann fiel mir wieder ein, wie stressig und schwierig diese Zeit gewesen war. Wie stark sich das Gefühl aufgedrängt hatte, es mit einem Klub alter Typen zu tun zu haben, in dem Frauen oft wie Beiwerk behandelt wurden, notgedrungen geduldet von den aufgeblasenen Herren Professoren. Sie tätschelten uns zwar den Kopf, wenn wir eine Idee hatten, nahmen uns aber eigentlich nicht ernst. Ich hoffte, dass es inzwischen nicht mehr so war. Allerdings stand eher zu befürchten, dass sich nichts geändert hatte. Zumindest nicht sehr viel. Jo, die unglaublich hart arbeitete, musste auf ihrem Weg zur Leiterin einer eigenen Forschungsgruppe jedenfalls gegen viel Frauenfeindlichkeit kämpfen und viel Verrat erleben, obwohl sie eine wahrhaft brillante Wissenschaftlerin war.

Richard schaute Henry an. »Ich dachte, Sie hätten Ihren PhD am MIT gemacht? Aber Sie sind doch gar kein Amerikaner, oder?« Er fragte das so, als hätte er dabei einen üblen Geschmack im Mund – als wäre Amerikaner zu sein eine Geschlechtskrankheit.

»Mein Vater stammt aus New York, aber meine Großeltern sind Briten. Meine Mutter kommt aus Frankreich, aber ich bin in den Cotswolds aufgewachsen«, erwiderte Henry. Zum Glück schien ihn Richards offensichtlich antiamerikanische Stichelei nicht zu kränken. »Mein Professor am MIT wollte, dass ich meine Doktorarbeit mit ein wenig Zellbiologie anreichere, um eine meiner Ideen zu stützen, deshalb hat er Claras Betreuer gefragt, ob ich hier in Oxford aufgenommen werden könnte. Und Clara kam in den zweifelhaften Genuss, einen Ingenieur in die immens komplexe Wissenschaft der Zellkultur einzuführen.« Er errötete. »Ich war völlig untauglich!«

»Das stimmt«, bestätigte ich.

»Das kann doch gar nicht sein!«, sagte Richard empört und warf mir einen fiesen Blick zu.

»Doch, ehrlich, das war ich!« Henry lachte. »Und ich habe jede Menge Experimente ruiniert.«

»Ja, auch das. Ein Wunder, dass wir überhaupt befreundet sein können.«

»Falls du dich dadurch besser fühlst – ich habe nach all den Jahren noch immer ein schlechtes Gewissen«, erklärte Henry ernst.

»Ja, ein bisschen fühle ich mich dadurch tatsächlich besser.«

»Ich habe mich lange Zeit deswegen gegeißelt, nur damit du es weißt.«

»Gut zu wissen. Hast du für diese schreckliche Bestrafung dein Lieblingslineal benutzt?«, fragte ich grinsend.

»Lieblingslineal?«, wiederholte Simmy verdutzt.

»Oh ja, wusstest du nicht, dass alle Ingenieure ein Lieblingslineal haben?«

»Vielleicht nicht *alle* Ingenieure, Clara.« Henry rutschte unbehaglich auf seinem Stuhl herum. »Und nein, irgendwie ist mir in Erinnerung geblieben, dass eine gewisse Person mein Lieblingslineal kaputt gemacht hat, als sie versucht hat, damit ein gefrorenes Eppendorf-Röhrchen aus dem Ständer im minus sechsundzwanzig Grad kalten Kühlfach zu stemmen.«

»Oh ja. Das tut mir leid.« Ich trank einen Schluck Wein, um mein Lächeln zu unterdrücken. Es stimmte. Henry hatte sein Lieblingslineal, diesen Quell unendlichen Amüsements für mich, aus Versehen auf meinem Schreibtisch liegen lassen, und da ich gerade kein anderes Werkzeug zur Hand hatte, benutzte ich es, um meine Probe zu befreien, und stellte mich dabei ziemlich ungeschickt an, sodass das Ding in der Mitte auseinanderbrach. Ich kaufte ihm ein neues, das offenbar nicht annähernd so gut war wie das alte, aber er nahm es dennoch aus Höflichkeit an.

»Und nur, damit du es weißt, bezüglich der verlorenen Stammzellen hast du eine vollumfängliche öffentliche Entschuldigung in den Danksagungen meiner Dissertation erhalten«, fügte Henry hinzu.

»Online publiziert?«

»Ja, auf der Bibliothekswebsite des MIT, aber auch in zahlreichen gedruckten Versionen, die überall auf der Welt in Regalen stehen, unter anderem im Haus meiner Eltern.«

Ich nickte zufrieden. »Na gut, dann schick sie mir doch per E-Mail, und *unter Umständen* verzeihe ich dir dann.«

Henry wischte sich theatralisch über die Stirn. »Puh.«

Simmy verfolgte, wie unsere Witze hin und her flogen, als wäre sie im Centre-Court von Wimbledon. Sie musterte mich aus zusammengekniffenen Augen, die erdbeerroten Lippen geschürzt, und bemühte sich offenbar gerade, irgendetwas zu ergründen. Vielleicht versuchte sie aber auch nur, mir durch die Kraft ihrer Gedanken ein Loch in den Schädel zu bohren, um meine Gedanken zu lesen. Wie auch immer, sie sah aus, als litte sie unter leichter Verstopfung.

»Alles okay, Simmy?«, fragte Henry, dem ihre verkniffene Miene offenbar ebenfalls nicht entgangen war.

»Ich wusste gar nicht, dass ihr zwei euch so gut kennt«, antwortete sie, während sie weiterhin mich anstarrte. »Clara sagte, ihr hättet nur ein paar Monate zusammen im Labor gearbeitet.«

»Es waren über acht Monate, und danach musste ich nach Boston zurück«, erwiderte Henry. Plötzlich klang er etwas kurz angebunden, und seine Haltung wirkte angespannt, während er sich zurücklehnte und damit etwas Abstand zwischen uns brachte.

Richard hatte sein Pint Bitter rasch ausgetrunken und stand abrupt auf. Auch jetzt bekam er nicht mit, wie sich dadurch die Atmosphäre am Tisch veränderte. »Nachschub, Henry?«, fragte er.

»Ja, aber diese Runde übernehme ich, Richard.« Er erhob sich ebenfalls. »Noch ein Sauvignon blanc, Clara?«

»Ja, gern.« Ich lächelte matt zu ihm auf.

»Simmy?«

»Alles okay, danke. Ich muss noch fahren«, erwiderte sie kühl und schaute mich dabei frostig an.

»Klar.« Henry wirkte etwas verdutzt über ihren veränderten Tonfall, sein Blick wanderte zwischen uns hin und her, aber klugerweise hakte er nicht nach, sondern folgte stattdessen Richard quer durch den Raum. Das Quietschen der Tür hinter der hohen Holzlehne meines Sitzes und ein kalter Luftzug an den Füßen kündigten die Ankunft eines weiteren Gastes an. Schaudernd zog ich meine Strickjacke fester um mich.

Als sich die beiden Männer auf der Bar aufgestützt hatten, beugte sich Simmy zu mir herüber. »Wann wolltest du mir erzählen, dass ihr zwei miteinander geschlafen habt?«, zischte sie.

»Was?!« Ich hustete, wäre fast an dem Schluck Wein erstickt, den ich gerade heruntergeschluckt hatte.

»Lass den Quatsch, das kannst du nicht leugnen. Es ist so offensichtlich.«

»Ist es nicht!«, gab ich hitzig zurück. »Wir hatten nie Sex.«

»Wer's glaubt, wird selig.«

»Das ist die Wahrheit. Wir sind nur Arbeitskollegen, Simmy.«

»Das glaube ich dir nicht«, erwiderte sie nüchtern. »Es ist die *Chemie* zwischen euch, man kann sie praktisch mit Händen greifen, wenn ihr zusammen seid.«

Ich zuckte unbehaglich mit den Schultern. »Du interpretierst da zu viel rein, das hier ist schließlich keine von deinen Liebesromanhandlungen.«

»Glaubst du, er weiß, dass du in ihn verliebt bist?«

»Was?!« Ein Feuersturm aus Fassungslosigkeit und Ungläubigkeit, gemischt mit Panik, fraß allmählich mein Gehirn auf. *Schon gut, mir geht es gut,* murmelte ich innerlich und versuchte vergeblich, die Flammen zu löschen.

»Du verzehrst dich im Büro nach ihm, alberst im Café mit ihm herum?«, spöttelte sie. »Oh, vielleicht könnt ihr zwei euch ja in San Francisco aneinander ranmachen und eure Beziehung ausloten? Arbeit und Vergnügen verbinden!«

»Hör bitte auf, ich muss mit ihm zusammenarbeiten, Simmy.«

»Büroliebschaften sind inzwischen nicht mehr verpönt, Clara, und ihr beide passt gut zusammen. Sozusagen der Ken und die Barbie der Wissenschaft.«

»Oh. Mein. Gott. Stopp, bitte hör einfach auf.«

»Du müsstest nur einmal mit ihm schlafen und mir dann in allen Einzelheiten davon erzählen – nur ein Bruchteil dessen, was sich unter seiner Kleidung verbirgt, würde mir da schon genügen«, murmelte sie verträumt.

»Da kann ich dir nicht weiterhelfen.« Meine Wangen glühten nun unangenehm, und ich stürzte einen großen Schluck Wein hinunter, der mir prompt so im Hals brannte, dass ich wieder husten musste.

»Pah, wenn du es mir nicht erzählst, muss ich eben ihn fragen, denn ich will alles wissen.« Sie rieb sich mit einer überaus schurkischen Geste die Hände und goss so weiter Benzin auf den bereits lichterloh brennenden Scheiterhaufen meiner Angst. »Muss kurz aufs Klo, bin gleich wieder da«, verkündete sie, stürzte davon und ließ mich allein am Tisch zurück. Ich vermied es krampfhaft, zu Henry hinzuschauen, falls er wundersamerweise irgendetwas von diesem Wortwechsel mitbekommen haben sollte oder, seit wir uns das letzte Mal gesehen hatten, die Fähigkeit entwickelt hatte, aus der Ferne Gedanken zu lesen. Während ich angestrengt in mein Glas starrte, hatte ich plötzlich das prickelnde Gefühl, beobachtet zu werden, gleichzeitig wurde ich mir unerklärlicherweise meiner Sterblichkeit bewusst. Beides veranlasste mich dazu aufzublicken – geradewegs in Dominic Grahams Gesicht, der mit neugieriger und undurchschaubarer Miene am Rand der Nische herumlungerte.

»Hallo, Clara.«

»Hallo, Dominic.« Etwas wie Verlegenheit breitete sich zwischen uns aus, bis meine Hand wie von allein zu dem Platz gestikulierte, den Simmy gerade neben mir frei gemacht hatte. »Willst du dich zu uns setzen?«, fügte ich mit seltsamer körperloser Stimme hinzu.

»Schön, dass wir uns auch mal außerhalb der Arbeit sehen, findest du nicht?«, sagte er, während er sich auf die Bank gleiten ließ und schlüpfrig lächelnd über die nach hinten gegelten Haare strich.

Fand ich das? Ich war mir nicht sicher, aber ein sehr primitiver Teil meines Gehirns erwachte gerade zum Leben und legte mir nahe, dass eine schnelle Flucht, flankiert von einem Aufgebot gut gebauter Bodyguards, in diesem Moment eine gute Idee wäre. Stattdessen nickte und lächelte ich, fummelte am Stiel meines Weinglases herum und ignorierte die in meinem Kopf schrillenden Alarmglocken.

Doch obwohl ich Unbehagen in Wellen verströmte, die in der Luft um mich her sichtbar sein mussten, redete Dominic unbekümmert weiter. »Ich freue mich, dass du das genauso siehst, ich glaube, wir kennen uns inzwischen ziemlich gut, oder?«

»Tun wir das?«

»Das würde ich schon sagen, ja.«

Ein fremdartig klingender Laut, teils ersticktes Keuchen, teils Grunzen, kam aus meinem Mund, eine Art Horror-Gurgel-Schnauben, und ich drehte mein Glas noch hektischer, während das Unbehagen in mir epische Ausmaße annahm.

»Ich weiß, dass du mit Simmy über alles sprichst, aber du sollst wissen, dass ich ebenfalls für dich da bin und du auch mit mir über *alles* reden kannst. Wirklich *alles*.«

Warum sagte er »alles« dauernd auf diese merkwürdige Art, als hätte es eine Art versteckte Bedeutung? »Alles?«

»*Alles*, Clara, über sämtliche Gedanken, die dir durch den Kopf gehen, ohne Einschränkungen.« Er legte seine kalte Hand auf meine zuckenden Finger, die den Stiel des Glases nun immer heftiger umklammerten, und drückte sie zärtlich.

Dieser unerwartete Körperkontakt und die plötzliche unheilvolle Erkenntnis, er könnte gerade Simmys und mein letztes Gespräch mitbekommen haben, lösten eine heftige Ganzkörperzuckung in mir aus, sodass das Weinglas wie eine Rakete auf Dominic zukatapultiert wurde und der Rest meines Sauvignon blanc sich über sein Hemd und seine Hose – beides sorgfältig gebügelt und teuer aussehend – ergoss.

»Oh Gott, das tut mir so leid!« Na, wenn das mal nicht supernervig war. Ich starrte auf den nassen Fleck, der sich in seinem Schoß ausbreitete, und seine beige Hose wechselte direkt vor meinen Augen die Farbe wie ein Chamäleon. Mist, was jetzt, was jetzt? Verzweiflung erfasste mich, erschütterte mein Gehirn. Hastig zog ich ein Papiertaschentuch aus der Tasche und tupfte damit seine nasse Kleidung ab, den Kopf im dämmrigen Licht über ihn gebeugt, während er reglos wie eine Statue neben mir saß.

»Was ist denn hier los?«

Wie bei einem Erdmännchen, das den Ruf eines Falken vernimmt, schoss mein Kopf nach oben, und ich hörte auf, Dominics nassen Schritt zu inspizieren. Stattdessen begegnete ich Henrys verwirrtem Blick, der stirnrunzelnd und mit Getränken beladen vor uns stand.

»Ich sollte mich sauber machen gehen.« Dominic nahm meine Hand und die durchgeweichten Papiertaschentücher von seinem Oberschenkel und legte sie auf den Tisch. Seine Finger verweilten dabei ein wenig zu lang auf meinen. Er stand auf und schlenderte quer durch den Pub in Richtung Toiletten, und obwohl er eine nasse Hose anhatte, die aussah, als wäre ihm ein urogenitales Missgeschick passiert, strahlte er immer noch Arroganz aus, als er sich selbstzufrieden lächelnd zu mir umdrehte. Dann öffnete er die Tür zu den Toiletten und wäre beinahe mit Simmy zusammengeprallt, die gerade herauskam.

»Uff, was macht Dominic denn hier?« Simmy starrte ihm misstrauisch hinterher, bevor sie sich schwer neben mich fallen ließ. Sie grinste zu Henry hoch, der immer noch unbeholfen dastand und die Drinks hielt. »Ah, gut, dass Henry wieder da ist«, bemerkte sie. »Dann können wir ihn ja nun fragen, oder nicht?«

»Was können wir ihn fragen?«, rief ich im selben Moment, in dem Henry »Was könnt ihr mich fragen?« sagte. Er stellte ein großes Glas Wein vor mir ab. Am liebsten hätte ich den Inhalt in einem Zug hinuntergestürzt.

»War Clara mit irgendjemandem zusammen, als sie Doktorandin war? Sie ist gerade schrecklicherweise Dauersingle und redet nie über damals, und ich bin schon seit mindestens hundert Jahren mit meinem Mann verheiratet, deshalb will ich ihr Leben dazu benutzen, mein eigenes aufzupeppen.«

Henry runzelte die Stirn und sah mich an. »Das weiß ich nicht. Warst du mit jemandem zusammen?«

»Nein«, erwiderte ich etwas heiser, während ich innerlich Schreie ausstieß, dass alle doch bitte aufhören sollten zu quatschen.

»Oh, na bitte, Simmy«, sagte er. Klang er womöglich ein wenig erfreut?

»Ah, aber es muss doch jemanden gegeben haben, auf den du standest?«, beharrte sie. Am liebsten würde ich ihr den Hals umdrehen.

»Nein.« Ich funkelte sie finster an, um sie endlich zum Schweigen zu bringen. Wo war Henrys Lieblingslineal, wenn ich es brauchte? Im Moment könnte ich es sehr gut gebrauchen, um ihr damit eins über den Schädel zu ziehen.

»Gar niemand?« Sie starrte mich eindringlich an, begleitet von einem manischen Grinsen und einem hinterhältigen Funkeln in den Augen, während sie mit ihren langen, rot lackierten Fingernägeln auf den Tisch trommelte. Eine plötzliche Vision von Cruella de Vil spukte mir durch den Kopf.

»Nee, ich war voll und ganz auf mein Studium konzentriert. Ich war sehr langweilig«, erklärte ich ruhig und zog gleichzeitig mit einem Finger eine unsichtbare Linie quer über meinen Hals, als Warnung, die nur Simmy sehen konnte, doch sie schüttelte nur kaum merklich den Kopf und grinste weiter.

»Du warst nie langweilig, Clara«, murmelte Henry warm.

Selbstgefällig. Anders kann man den Ausdruck, der sich auf Simmys Gesicht ausbreitete, nicht beschreiben. Am liebsten hätte ich mich zu ihr hinübergebeugt und sie mit bloßen Händen erwürgt. Zum Glück wurde sie von Dominics Rückkehr an den Tisch gerettet, und das Geräusch, wie meine Seele meinen Körper verlässt, rauschte mir in den Ohren und löschte alle anderen Gedanken aus.

Am nächsten Tag erreichte folgende E-Mail meinen Posteingang.

Von: AH.Fraser@frasertech.com
An: clara.clancy@pharmavoltis.com
Betreff: Vollumfängliche öffentliche Entschuldigung

Hi Clara,

hier kommt ein Auszug aus den Danksagungen meiner Dissertation. Ich hoffe, das reicht als Entschuldigung aus.

H

Abschließend möchte ich mich bei meiner Mentorin in Oxford bedanken (und entschuldigen), der künftigen Dr. Clara Clancy, die mich bei meinen Bemühungen um die Zellkultur standhaft unterstützte und ohne die mein letztes Kapitel nicht existieren würde. Geduldig und kompetent leitete sie mich an, wo schlechtere Wissenschaftlerinnen und Wissenschaftler längst aufgegeben hätten, und opferte mir heldenhaft ihre Zeit und ihre Stammzellen. Sie ist eine wahrhaft herausragende Forscherin und ein rundum wundervoller Mensch, auch wenn sie einen abscheulichen Musikgeschmack hat. Ich fühle mich geehrt, dass sie mich bei so vielen Gelegenheiten angebrüllt hat.

10

Das Wasser gluckerte quälend langsam aus dem Wasserkühler, während ich abwesend durch den Flur Richtung Marketingabteilung starrte und sehnsüchtig tagträumte, um diese Zeit an einem Donnerstagmorgen noch zu schlafen. Das Koffein meines ersten Kaffees war noch damit beschäftigt, seine volle Wirkung zu entfalten. Eine kleine Bewegung weckte meine Aufmerksamkeit – ich sah, wie eine vertraute schemenhafte Gestalt ein Stück weiter vorn aus der Tür zum Treppenhaus schlich.

Und dann, als wäre er eine Maschinerie des Teufels, fing der Wasserkühler wie wild an zu blubbern, woraufhin sich Dominic rasch umdrehte. Ein Flackern tanzte über sein Gesicht, wie bei einem Raubtier, das seine wehrlose Beute entdeckt hatte.

»Mist«, murmelte ich, ließ meine Flasche stehen und rannte praktisch um die Ecke in den Flur, in dem sich mein Büro befand.

»Clara, warte!« Dominics Schrei klang unheilvoll nah, und ich wusste, dass ich die Sicherheit meines Büros nicht erreichen konnte, ehe er mich einholte (dort hätte ich so tun können, als wäre ich mitten in einer wichtigen Besprechung mit Simmy, und ihn einfach ignoriert).

»Shit, Shit, Shit.« Was jetzt? Die Tür eines der leeren Büros stand offen, und ich schlüpfte schnell hinein, schloss sie hinter mir und lehnte mich mit der Stirn dagegen. Das solide Holz fühlte sich an meiner fiebrigen Haut kühl an. Ich konnte einfach einen Moment hierbleiben und mich verstecken. Alles wäre gut. Ihn weiterhin zu meiden, wäre okay und absolut die beste Vorgehensweise. Auf keinen Fall durfte ich daran denken, wie er mich gestern Abend im Pub fast ununterbrochen, ohne zu blinzeln, angestarrt hatte, oder daran, wie er mir anbot, mich nach Hause zu begleiten (noch nie war ich so froh gewesen, dass Simmy eingesprungen war und mich im Auto mitnahm, auch wenn sie die ganze zwanzigminütige Fahrt über mein erbärmliches Sexleben referierte).

»Tief einatmen, ausatmen«, murmelte ich vor mich hin. »Er wird gleich weggehen. Alles wird gut.«

»Guten Morgen, Clara, du kannst gern reinkommen.« Als ich so unvermittelt Henrys tiefe Stimme hörte, machte ich einen sichtbaren Satz, bei dem meine Füße tatsächlich ein winziges Stück vom Boden abhoben.

»Oh mein Gott, Henry, du hast mich erschreckt!«

»Ich weiß, ich habe es buchstäblich mit eigenen Augen gesehen. Aber sorry, Clara, das ist *mein* Büro.« Er sah aus, als wäre er mitten im Tippen, seine Hände schwebten über der Tastatur, und er blickte verwirrt zur Tür.

»Oh je! Ich dachte, es wäre leer. Tut mir leid, aber ich verstecke mich hier gerade«, flüsterte ich theatralisch.

»Oh, vor wem …« Er unterbrach sich, als er Dominic im Flur immer noch meinen Namen rufen hörte, und zog die Brauen hoch. »Ist Hannibal Lecter wieder hinter dir her?«

Ich nickte. »Kann ich bitte hierbleiben?«

Da klopfte es auch schon an der Tür. Henry stand auf, kam zu mir und schob mich hinter eine riesige, prähistorisch wirkende Zimmerpflanze und einen langen marineblauen Woll-

mantel, der an einem ziemlich ausladenden Garderobenständer hing. Mit raschen gekonnten Bewegungen drapierte er
den dicken Wollmantel um mich herum wie einen Vorhang,
der von einem Punkt über meinem Scheitel bis zu den Füßen
reichte. »Deck dich damit zu, du Spinnerin«, flüsterte er, »und
sei leise, dann wird er dich vielleicht nicht entdecken, falls er
das ist.«

Ich fand mich in einem warmen, dunklen Kokon wieder,
der total nach Henry roch, und ich atmete tief ein, machte
mich wieder vertraut mit seinem fabelhaften Duft. Als ich zwischen den Kragenaufschlägen hervorlinste, sah ich, wie er die
Tür einen Spalt öffnete und damit den Großteil des Büros zum
Flur hin abschirmte. Er machte das gut, und ich notierte mir
im Geiste, bei Bedarf auch weiterhin Henrys heimlichen Versteckservice in Anspruch zu nehmen.

Lässig lehnte er sich an den Türrahmen und verschränkte
die Arme. »Hallo, Dominic, was kann ich für dich tun?«

»Ah, Henry, guten Morgen. Ich suche Clara, hast du sie
gesehen?« Dominic schien ganz erpicht darauf zu sein, herein-
zukommen, doch Henry blieb standhaft und ließ ihn nicht
über die Schwelle. »Ich dachte, ich hätte sie in diese Richtung
kommen sehen, aber sie ist nicht in ihrem Büro, deshalb habe
ich mich gefragt, ob sie stattdessen hier reingegangen ist.«

»Nein, sie ist nicht hier«, log er glatt. Verstörend und zugleich beeindruckend ungerührt.

»Ach so, echt nicht? Ich war mir so sicher«, murmelte Dominic skeptisch.

»Was willst du denn von ihr, vielleicht kann ich es ihr ausrichten, wenn ich sie sehe, falls es mit der Arbeit zu tun hat?«,
antwortete Henry ruhig.

»Das ist sehr freundlich, aber nein, es hat nichts mit der Arbeit zu tun.«

Ich zuckte zusammen. Würg, er machte weiter mit der Tour, oder? Jede Hoffnung, ich könnte etwas missverstanden haben, schwand rasch dahin.

»Aha?«, sagte Henry fragend.

»Eigentlich bin ich froh, dass wir uns treffen, Henry, darf ich reinkommen?«

Bei diesen Worten krampfte sich mein Innerstes vor Angst zusammen.

»Ich bin gerade ziemlich beschäftigt, deshalb habe ich eigentlich keine Zeit zum Plaudern, Dominic, vielleicht können wir uns für einen anderen Tag verabreden?«

»Keine Sorge, es geht ganz schnell.« Doch als Henry sich nicht vom Fleck rührte und keine Anstalten machte, ihn hereinzulassen, seufzte er und redete von seinem Standort draußen im Flur weiter. »Ich komme gleich zur Sache. Ich weiß, dass du und Clara zusammen an der Uni wart, und ich vermute, ihr habt eine lange Vorgeschichte.« Er sagte das Wort »Vorgeschichte«, als wäre es etwas so Schmutziges, dass sein Gehirn ganz klebrig wurde, wenn er nur daran dachte.

»Ja, das stimmt, wir kennen uns schon eine ganze Weile.« Henry spielte mit und ignorierte anscheinend die unangenehme Betonung.

»Das dachte ich mir.«

Es folgte eine unbehagliche Pause.

»Ist das alles, Dominic? Ich habe heute tatsächlich ziemlich viel zu tun.« Henry klang allmählich etwas ungeduldig.

»Nun ja, da du sie offenbar so gut kennst, ist dir sicherlich nicht entgangen, dass zwischen Clara und mir eine besondere

Verbindung besteht, eine, die ich gern weiter vertiefen würde. Vielleicht könntest du, als ihr *guter Freund,* mir das ein wenig erleichtern«, begann Dominic ziemlich selbstbewusst.

Bitte, hör um Himmels willen auf, mit ihm zu reden, brüllte ich Henry in Gedanken an, versuchte, meine stumme Aufforderung regelrecht in sein Hirn zu bohren, in der Hoffnung, er würde telepathisch das Memo erhalten, diese Farce von einer Unterhaltung zu beenden und die Tür zu schließen.

»Eine besondere Verbindung?«, wiederholte Henry etwas ungläubig.

»Ja, das würde ich auf jeden Fall sagen«, erwiderte Dominic. »Sie ist eine sehr attraktive Frau.« Seine Stimme hatte inzwischen etwas Schmieriges an sich, sie sickerte in Henrys Büro wie der Ölteppich eines havarierten Öltankers. Ich schauderte, und das schreckliche Gefühl, von fleischfressenden Ameisen bedeckt zu sein, überwältigte mich.

»Ja, das ist sie, nicht wahr?« Henry hielt inne, und ein heißes kleines Samenkorn der Freude blubberte hinter meinem Brustbein. »Glaubst du, sie weiß von den Gefühlen, die du für sie hegst, Dominic?« Henrys Stimme schwankte ein winziges bisschen, und ich wusste, dass er sich anstrengen musste, um nicht über diese unsägliche Situation zu lachen, in die wir da geraten waren. Die Wärme, die in meiner Brust erblüht war, als er meine Attraktivität bestätigte, wich in rasantem Tempo dem Bedürfnis, ihm gegen das Schienbein zu treten.

»Ich glaube, wir wissen beide, dass sie es weiß«, sagte Dominic herablassend.

Ja, ich kannte seine Absichten, wusste, dass er höchstwahrscheinlich im Schilde führte, meine Körperteile in der Gefriertruhe aufzubewahren, um sie irgendwann zum Dinner zu verzehren. Oder mich als Zombie zu halten und mit Scheibchen meines eigenen Gehirns zu füttern. Igitt.

»Nur damit wir uns richtig verstehen: Du willst, dass *ich, Claras bester Freund, dir* dabei helfe, ein Date mit ihr zu vereinbaren?«, vergewisserte Henry sich und ließ dabei einen verstohlenen Blick in meine Richtung wandern. Wütend schüttelte ich den Kopf.

»Nicht direkt helfen«, wiegelte Dominic ab. »Ich will einfach nur, dass du mir nicht im Weg stehst. Lass den Dingen ihren natürlichen Lauf, sozusagen.«

Dominic meldete eindeutig Ansprüche an und befahl Henry, sich zurückzuziehen. Wenn er nicht so ein gruseliges Arschloch wäre, hätte mich diese Alphatier-Show vielleicht sogar angetörnt. Aber da mich mein gesamtes Nervensystem darauf hinwies, dass der Typ eine einzige Mensch gewordene Schleimspur war, schauderte ich noch mehr. Das war schlimmer, als ich mir je hätte ausmalen können. Ich konnte nichts anderes empfinden als brennende Übelkeit und dunkle Verzweiflung.

»Verstehe«, erwiderte Henry kühl. Sein Verhalten hatte sich fast unmerklich geändert. Er stand nun ein wenig aufrechter da, die Schultern durchgedrückt. Seine Hand umklammerte nun die Türklinke so fest, dass die Knöchel weiß wurden, und als sich sein Bizeps anspannte, dehnte er den Stoff des gestreiften Hemdes. Henry war eindeutig mehr als nur ein bisschen einschüchternd. Ich bekam unwillkürlich etwas weiche Knie, als er sich so dominant aufführte. Puh. Ich hätte nun etwas zum Luftzufächeln echt gut gebrauchen können, aber da ich keine Heldin aus einem Jane-Austen-Roman war, musste ich mich damit begnügen, die Unterlippe vorzuschieben und mir leise aufs Gesicht zu pusten, damit meine erhitzte Haut ein wenig abkühlte.

»Na ja, wenn sie mir heute Morgen noch über den Weg läuft, sage ich ihr jedenfalls, dass du hier warst, weil du eure *Verbindung* vertiefen wolltest«, fuhr Henry fort, wobei in seiner Stimme ein Hauch Sarkasmus mitschwang. Dann zwinkerte er Dominic zu. Er zwinkerte ihm verdammt noch mal zu! Ich würde ihn umbringen müssen. Und zwar auf ungewöhnlich schmerzhafte Weise. »Also, ich würde zwar wirklich gern noch eine Weile darüber plaudern, wie entzückend Clara ist, aber ich muss jetzt wirklich weitermachen, gleich habe ich ein Meeting und will meine Kolleginnen und Kollegen nicht länger als unbedingt nötig warten lassen.«

Damit schlug er Dominic ziemlich unhöflich die Tür vor der Nase zu, lehnte sich mit dem Rücken dagegen und bebte vor Lachen.

»Sie sind ein Arsch, Sir.« Ich funkelte ihn aus dem Inneren seines Mantels heraus an.

»Was? Ich habe ihm nicht verraten, wo du bist, oder? Oder zugelassen, dass er deine Eingeweide zu einem netten Chianti verspeist«, flüsterte er und erzeugte dann mit den Lippen dieses schlürfende Geräusch, das Anthony Hopkins immer in *Das Schweigen der Lämmer* macht. Dann grinste er.

»Du hättest ihn nicht auch noch anzustacheln brauchen«, erwiderte ich schmollend.

»Oh, aber ihr zwei habt doch eine Verbindung.« Er grinste immer noch.

»Oh Gott, er ist so schrecklich.«

Ich wusste wirklich nicht, wie ich da heil wieder rauskommen sollte, wie ich Dominics Avancen eine Abfuhr erteilen und dabei ein höfliches, professionelles Verhältnis zu ihm wahren konnte, um zu verhindern, dass meine Karriere deshalb entgleise. Ich zweifelte nicht daran, dass er eine Zurückweisung sehr übel nehmen würde, und wegen meines angeborenen Charakterzugs, es allen recht machen zu wollen, grauste mir jetzt schon vor der kolossalen Unbehaglichkeit, die das höchstwahrscheinlich nach sich ziehen würde.

Als Henry meine offensichtliche Verzweiflung bemerkte, wurde seine Miene ernst, und er kam zu mir herüber. Ich steckte immer noch in meinem marineblauen Kokon. Er griff nach den Aufschlägen des Mantels, zog mich daran näher zu sich und strich mir beruhigend über die Arme. Seine Berührung elektrisierte selbst durch mehrere Lagen Kleidung hindurch meine Haut.

»Es tut mir so leid«, murmelte er. »Wenn er dir wirklich solche Angst einjagt, werde ich ihm nachdrücklicher sagen, dass er sich zurückhalten soll. Sofern du das möchtest? Ich habe keine Skrupel, ihn zu verärgern, wenn er dich dann in Ruhe lässt, das weißt du, oder?«

Ich machte *humph,* teils wegen dieser ganzen unerträglichen Situation, teils, weil ich mich schon wieder von Henry retten lassen musste. »Nein, schon gut, aber ich komme jetzt noch nicht aus meinem Versteck, womöglich lauert er draußen vor der Tür.«

»Ich gehe raus und schaue nach, ob die Luft rein ist, dann begleite ich dich zurück in dein Büro«, erwiderte er. Nachdem er mich noch ein paar Sekunden lang besorgt gemustert hatte, trat er einen Schritt zurück.

»Danke, das geziemt sich schon eher für einen Gentleman, Mr. Darcy«, sagte ich. Ein widerwilliges Lächeln zerrte an meinen Lippen, und ich ließ den Mantel los und machte einen Knicks.

Henry lachte leise und antwortete mit einer Verbeugung. »Sehr gern, Miss Bennett, für Sie jederzeit.«

»Das meinst du besser ernst, sonst bin ich womöglich nicht so hilfsbereit, wenn sich Ivana Trump auf dich stürzt, und das wird sie ganz sicher tun.« Nun war es an mir, hämisch zu grinsen.

Henry wurde ein wenig blass. »Du würdest mich dieser Frau nicht ausliefern, oder? Ich dachte, wir wären Freunde?«

Da war es wieder, dieses Wort. Freunde. Unwillkürlich ging mir mein Telefonat mit Jo durch den Kopf, aber ich wusste, dass sie das alles damals falsch interpretiert hatte. Wenn er mehr gewollt hätte, hätte er es mir gesagt und wäre in Kontakt geblieben, als er zurück ans MIT gegangen war. Nein, ich kannte ihn am besten, und er wollte schon immer eine rein platonische Beziehung zu mir haben, darauf vertrauend, dass ich mich nicht Hals über Kopf in ihn verlieben würde. Wahrscheinlich war ich die einzige Frau der Welt, auf die er sich in dieser Hinsicht verlassen zu können glaubte. Lächelnd starrte ich in seine blaugrauen Augen und bündelte meine ganze Konzentration, um die alberne meiner Fantasie entsprungene Hoffnung zu dämpfen, er könne doch mehr wollen. Ich wollte alles daransetzen, dass ich ihn in dieser einen Sache, die er von mir brauchte, nicht enttäuschte.

»Keine Sorge, Bestie, ich werde dich beschützen«, versicherte ich gezwungen enthusiastisch. »Aber zuerst musst du rausgehen und den Flur nach unserem hauseigenen Psychopathen durchkämmen, damit ich zurück an meinen Schreibtisch komme.«

11

Es dauerte nicht lange, bis ich Henry gemäß unserer Abmachung zu Hilfe eilen musste.

Ich hatte mir soeben mein Mittagessen auf dem Schreibtisch bereitgelegt, mein Lieblings-Panini-Sandwich vom Gourmet-Panini-Wagen, der mehrmals pro Woche ins Gewerbegebiet kam. Es war vollgestopft mit gegrilltem Gemüse, Pesto und geschmolzenem Käse, eine kleine Leckerei, die ich mir hin und wieder gönnte. Selbst Simmy wusste, dass sie diesen besonderen Moment nicht unterbrechen durfte, und ließ mich in Ruhe, solange ich mich meinem Sandwich widmete.

Ich hatte es in der Mitte auseinandergeschnitten und bewunderte die Zusammenstellung der diversen Schichten gerade auf eine Art, wie man vielleicht seine erste wahre Liebe bewundert, als Henry hereingestürzt kam. Er wirkte völlig durcheinander und hatte sich nicht mal die Zeit genommen anzuklopfen.

»Ivana Trump«, zischte er mir zu, ehe er sich zu Simmy umdrehte. »Oh, hi, Simmy, wie geht's?«

Sie blinzelte mehrmals. »Gut. Und dir?«

»Ja, großartig, danke, hervorragend.« Er wandte seinen flehenden Blick wieder mir zu, ganz offensichtlich war er ziemlich runter mit den Nerven.

»Na schön, hol dir einen Stuhl.« Ich seufzte und schaute zögernd auf das Panini.

»Du rettest mir das Leben.« Er zog den zusätzlichen Bürostuhl heran, der am Fenster stand, stellte ihn ganz dicht neben meinen und musterte interessiert mein Panino. »Das sieht lecker aus.«

»Ooooh, du bist ein mutiger Mann, Henry!«, rief Simmy. »Clara teilt ihr Essen nicht.« Sie duckte sich hinter ihren Monitor, als ich sie anfunkelte.

»Oh ja, stimmt«, sagte Henry lächelnd. »Abgesehen von diesen Cupcakes, die du gebacken hast, um Bens Abschluss zu feiern. Irgendwie meine ich mich zu erinnern, dass sie in der Mitte hohl und oben verbrannt waren. Die hast du gern mit uns geteilt.«

»Zu meiner Verteidigung muss ich sagen, dass sie ein Probelauf waren, meine Backkünste haben sich inzwischen total verbessert. Außerdem habe ich mal Haferkekse für dich gebacken, und die hast du wirklich gemocht.«

»Na ja, *gemocht* ist ein starkes Wort«, erwiderte er ausweichend und sah mir dabei nicht in die Augen.

»Hey, du hast gesagt, sie wären lecker!«

»Ich wollte deine Gefühle nicht verletzen, aber beim ersten Bissen hätte ich mir fast einen Zahn abgebrochen. Selbst die Vögel im Garten konnten sie nicht kleinkriegen, und einer davon war immerhin ein Specht.« Er grinste mich verlegen an. »Als Ingenieur war ich mehr beeindruckt von ihren Eigenschaften als Baumaterial.«

»Hmph. Na ja, dafür sind meine Brownies unwiderstehlich.« Ich schaute triumphierend zu Simmy hinüber.

»Ja, Süße, das stimmt.« Sie lächelte begütigend. »Vor allem die, die du beim Panini-Wagen-Mann kaufst.«

»Ich habe keine Ahnung, warum ich überhaupt mit euch

beiden befreundet bin.« Ich wollte Simmy einen Kugelschreiber an den Kopf werfen, verfehlte jedoch mein Ziel, sodass der Stift klappernd von ihrem überwiegend leeren Aktenschrank abprallte.

»Aber deine Spezialität ist herzhaftes Gebäck, nicht wahr?«, sinnierte Henry. »Ich erinnere mich gern an die geheimnisvolle Quiche, die du für das Sommerpicknick gebacken hast. Nach einigem Hin-und-her-Überlegen beschlossen wir, dass wir sie wohl am besten durch einen Strohhalm zu uns nehmen.«

»Du bist hergekommen, weil du meine Hilfe brauchst, vergiss das nicht, Fraser«, erwiderte ich säuerlich und gab dem Bürostuhl mit Rädern, auf dem er saß, einen kräftigen Schubs, sodass er quer durchs Büro schoss. Henry lachte.

In diesem Moment hörten wir von der Tür her Marinas melodische Stimme. »Ah, Henry, Schätzchen, da bist du ja! Ich dachte, *wir* hätten uns darauf geeinigt, dass wir heute zusammen zu Mittag essen. Böser Junge!«

Als wäre er gerade vom Schuldirektor beim Schwänzen erwischt worden, robbte Henry zurück zu meinem Schreibtisch, indem er mit seinen langen Beinen den Stuhl über den Teppich zog, während ich vor Lachen in meinen Tee prustete.

»Oh, Marina, war das heute? Das habe ich total vergessen, Clara und ich sind gerade bei einem Arbeitsessen, das ich nicht verpassen durfte, oder?« Die Frage war an mich gerichtet, begleitet von einem flehenden Blick.

»Ja, tut mir leid, ich musste ihn dringend für dieses Projekt einspannen, es konnte nicht warten«, bestätigte ich strahlend.

Marina kniff die Augen zusammen und schürzte die Lippen. Dann starrte sie vielsagend auf mein in zwei Hälften geschnittenes Panini-Sandwich. »Verstehe. Na ja, vielleicht können wir uns auf nächste Woche vertagen?«

»Nun, ähm, was das angeht …« Wieder verstummte Henry und sah mich hilfesuchend an. Entzückend unsicher, mit geradezu bettelnder Miene.

»Tut mir echt leid, Marina, aber bei all der Projektarbeit, die hier gerade ansteht, und dem bevorstehenden WCC sind Henry und ich momentan ziemlich ausgelastet«, sagte ich so diplomatisch, wie ich konnte, und schaute Henry dann aufmunternd an. »Melde dich doch einfach bei Marina, wenn du Zeit hast, bestimmt hast du ihre Nummer, oder?«

»Ja! Ja, das stimmt. Es tut mir so leid, aber hier ist gerade super viel los, deshalb bin ich mir nicht sicher, ob ich es in den nächsten paar Wochen oder so schaffe, aber ich gebe dir auf jeden Fall Bescheid.« Er schenkte ihr sein strahlendstes Lächeln.

Zu sehen, wie diese routinierte Männerfresserin bei Henrys Lächeln dahinschmolz, war kein Vergnügen, aber es schien zu funktionieren. »Oh, okay, klar«, stammelte sie. »Ich hätte wissen müssen, dass ihr im Moment Megastress habt. Na ja, wir sehen uns dann, bald, hoffe ich. Ciao!«

Sie schaute ihn noch einen Moment versonnen an, doch er lächelte unbeirrt weiter, bis sie sich mit einem übertriebenen Seufzen umdrehte und durch die Tür verschwand.

»Danke, Clara.« Erleichtert lehnte Henry sich zurück.

»Du könntest ihr einfach sagen, dass du kein Interesse hast.«

»Das habe ich versucht, aber es kommt einfach nicht bei ihr an«, antwortete er verdrossen. »Ich habe vorige Woche einen einzigen Kaffee mit ihr getrunken, um zu diskutieren, mit welchen britischen Ärzten wir möglicherweise zusammenarbeiten können, in der Hoffnung, dass es sich damit erledigt hat, aber seither ist sie noch hartnäckiger.«

Ich verdrehte die Augen. »Mit ihr Kaffee zu trinken, ist nicht dasselbe, wie ihr zu sagen, dass du kein Interesse hast, Henry.«

»Nun ja, ähm, ich habe darauf geachtet, dass wir nur über die Arbeit reden und nicht über *andere Dinge*«, protestierte er.

»Du weißt, was du zu tun hast«, meldete sich Simmy zu Wort.

Hoffnungsvoll blickte er zu ihr hinüber. »Was denn?«

»Lass sie glauben, dass du eine Freundin hast«, sagte sie schlicht und warf mir dabei einen hinterhältigen Blick zu.

»Meinst du, das würde funktionieren?«, fragte Henry.

»Nein«, erwiderte ich, aber Simmy sagte gleichzeitig »Ja«.

Ich schnaubte. »Das wird sie nicht aufhalten, sie ist so was von wild entschlossen.«

Betrübt ließ Henry die Schultern sinken und erinnerte dabei an einen Welpen, der gerade einen Tritt bekommen hatte.

»Oder lieber einen Freund?«, schlug Simmy vor und ließ die Augenbrauen auf und ab hüpfen.

Ich lachte. Henry sah aus, als würde er einen Moment darüber nachdenken, dann seufzte er.

»Ich sollte ihr einfach unumwunden sagen, dass ich kein Interesse habe, oder?« Er klang niedergeschlagen, wie ein Mann, dem es an den Kragen ging.

Sanft tätschelte ich seinen Arm. »Das wäre wohl das Beste.«

Einen Moment lang saßen wir schweigend nebeneinander. Sehnsüchtig betrachtete er das halbe Panino, das ich ihm hingeschoben hatte, um Marina den überzeugenden Eindruck eines geteilten Mittagessens zu liefern.

»Du kannst es ruhig essen.« Ich seufzte. »Du hast es ja praktisch schon angesabbert.«

»Wirklich? Ich habe ganz vergessen, mir etwas zum Mittagessen zu holen, und will nicht riskieren, ins Café zu gehen. Für den Fall, dass ich Ivana Trump über den Weg laufe.« Letzteres formte er lautlos mit den Lippen. Seine Stimmung hellte sich merklich auf. »Aber ich bin am Verhungern und habe heute Nachmittag eine zweistündige Telefonkonferenz«, fuhr er fort.

»Ja, greif zu. Was tue ich nicht alles, um dich aufzumuntern, du Jammerlappen.«

Ich wickelte das halbe Panini-Sandwich in eine Serviette und reichte es ihm, zusammen mit den Resten meiner Salat-Bowl, einer Banane und einem Schokokeks. »Und nun geh, versteck dich in deinem Büro und lass mich in Ruhe.«

Begeistert nahm er sein spärliches Festessen entgegen und beugte sich vor, um mir einen flüchtigen Kuss auf die Wange zu geben (was lustige Dinge mit meinem Inneren anstellte, die ich nicht zu bemerken vorgab). »Du bist die Beste, Clara.«

»Das weiß ich, und jetzt mach dich vom Acker.« Ich machte eine scheuchende Handbewegung Richtung Ausgang.

An der Tür drehte er sich noch mal grinsend zu uns um. »Bis später, Clara. Hat mich wie immer gefreut, Simmy.«

Dann war er weg, und ich blieb, ehrlich gesagt, ein wenig betäubt zurück. Er hatte mir noch nie, noch kein einziges Mal, einen Kuss gegeben, nicht mal einen so kurzen, freundschaftlichen wie diesen. Es war ein platonisches Küsschen gewesen, nicht mehr, nicht weniger. Warum brannte dann meine Haut an der Stelle, an der seine Lippen sie berührt hatten?

Ich spürte Simmys bohrenden Blick und sah auf. »Was ist?«

Ihr Mund stand weit offen, wie der eines Riesenhais auf der Suche nach den nächsten zweihundert Litern planktongeschwängerten Meerwassers.

»Du hast recht, ihr beide könnt unmöglich nur Sex miteinander gehabt haben. Es muss wohl Liebe sein, eine andere Erklärung gibt es nicht«, flüsterte sie theatralisch und fächelte sich mit der Hand Luft zu.

»Ich weiß nicht, was du dauernd hast«, murmelte ich, tauchte hinter meinem Monitor ab, damit sie nicht sah, wie meine Haut in Flammen aufging, und stopfte mir den Rest des inzwischen kalten Panini-Sandwichs in den Mund.

Zwei Tage später bekam ich einen Anruf von unserer Empfangsdame Judy. Ein gegrilltes Panini-Sandwich mit roten Paprika und Ziegenkäse, ein griechischer Salat und eine große Schachtel Bio-Brownies waren vom Panini-Wagen-Besitzer für mich abgegeben worden, zusammen mit einer handgeschriebenen Nachricht.

Danke, dass du mir das Leben gerettet hast
und für das Mittagessen.
Ich werde es niemandem verraten, falls du
behaupten willst, du hättest die Brownies selbst
gebacken.
Henry x

12

Alle Jahre wieder organisierte unser Firmenchef Claus Baumann einen Betriebsausflug mit Übernachtung, eine Art Seminarwochenende, um die Teambuildingfähigkeiten seiner Untergebenen zu testen und allen Mitarbeitern von Pharmavoltis ein fröhliches Beisammensein zu bieten. Die Teilnahme war Pflicht, und mir graute jedes Mal davor.

Wir drängten uns in den Reisebus, der uns zum diesjährigen Schauplatz dieses Eiertanzes karren würde, einem schicken Landhaushotel. Mürrisch ließ ich mich auf den Platz neben Simmy plumpsen.

»Ich hasse diese Veranstaltung«, murmelte ich, während sie aufgeregt am Fenster auf und ab wippte.

»Ich liebe sie! Heute muss Bhavin sich um die Brut kümmern. Er muss die Kids zur Schule bringen, sie wieder abholen, sie ins Bett verfrachten, und zwar alle. GANZ. ALLEIN.« Ihre Stimme war heute besonders schrill und laut. »Für mich ist das wie Miniurlaub!«

Ich musste lachen, weil sie so unglaublich erpicht darauf war, mal über Nacht von ihren Kindern wegzukommen. »Spätestens heute Abend um zehn, wenn du ein paar Proseccos intus hast, wirst du wieder ganz weinerlich werden und mir erzählen, wie sehr du sie vermisst, während du durch die fünfzigtausend Fotos von ihnen auf deinem Handy scrollst. Darauf wette ich.«

»Ja, da hast du wohl recht«, gab sie zu.

»Guten Morgen.« Henrys unverwechselbar tiefe und maskuline Stimme dröhnte über meinem Kopf, und er setzte sich auf den freien Doppelsitz auf der anderen Seite des Gangs.

»Hallo, wie um alles in der Welt hat man dich dazu breitgeschlagen, an dieser Teambuildingfolter teilzunehmen?«, fragte ich entsetzt. Ich war völlig fassungslos, dass jemand, der gar nicht für die Firma arbeitete, freiwillig hier im Bus aufkreuzte.

»Claus hat mich gefragt, ob ich mitkommen will, und ich fand, dass es ganz lustig klingt«, erwiderte er lächelnd.

»Lustig?«, wiederholte ich entgeistert.

Henry nickte lachend. »Ja, Clara, lustig.«

»Es gibt nur zwei mögliche Erklärungen für dein Verhalten, Henry.«

Er zog eine Braue hoch. »Ah ja? Und die wären?«

»Du bist entweder psychisch gestört und genießt Teambuildingübungen, oder du drückst dich vor richtiger Arbeit.«

»Etwas Besseres fällt dir dazu nicht ein?«

»Ich weiß die Antwort im Grunde schon – es liegt eine psychische Störung vor. Die Anzeichen dafür hätten mir eigentlich bereits in anderen Bereichen deines Lebens auffallen müssen, zum Beispiel dein zwanghaftes Bedürfnis, die Kaffeetassen auf dem Regal im Laborbüro in Reih und Glied aufzustellen.« Ich bohrte ihm einen Finger in den Arm, und er zuckte mit den Schultern.

»Ich will nicht leugnen, dass Ordnung mich glücklich macht. Wenn es unordentlich ist, würde ich am liebsten jemanden umbringen.«

Und wie aufs Stichwort hüllte uns eine Aura von Tod und Verderben ein, als unser firmeneigener Psychopath in den Bus einstieg.

»Guten Morgen, Clara, Simmy.« Dominic nickte in unsere Richtung, während er sich durch den Gang schob. Dann drehte er sich zu Henry um. »Morgen.«

»Guten Morgen, Dominic. Clara hat gerade ausgeführt, wie sehr sie diese Teambuildingaktivitäten liebt. Wie ist das bei dir, ist so was dein Ding?«, fragte Henry. Ich funkelte ihn wütend an.

»Eigentlich nicht«, erwiderte Dominic über seine Schulter hinweg und ging weiter nach hinten durch. »Ich bin nur hier, weil ich vertraglich dazu verpflichtet bin.«

»Womit bewiesen wäre, dass nicht alle psychisch Gestörten solche Veranstaltungen mögen, nur ganz bestimmte Fälle«, bemerkte ich bissig, was nichts an Henrys geradezu lächerlich glücklicher Miene änderte.

Im Hotel wurden uns Zimmer zugewiesen, und wir packten unsere Sachen aus, ehe wir uns versammelten, um einem Überblick über die Unternehmensleistung zu lauschen, den Claus vortrug. Es folgte eine Inspirationsrede von einem Ex-Sportler (den Henry noch aus seiner College-Rugby-Zeit kannte). Ich konnte mich nicht erinnern, wann ich mich das letzte Mal so gelangweilt hatte. Aber dann fiel es mir wieder ein – auf unserem letzten Seminarwochenende. Klar.

Nach dem Mittagessen wurden wir anhand der Farbe der kleinen Sticker auf unseren Namensschildern in Teams eingeteilt. Wenig überraschend hatte man Simmy und mich in verschiedene Teams gesteckt. Aber ich war in derselben Gruppe wie Henry, einige Typen aus der Arzneimittelzulassung sowie

Melissa Harcourt aus der Abteilung für medizinische Informationen und Marina Montgomery (deren Sticker verdächtig danach aussah, als wäre er abgezogen und neu aufgeklebt worden). Als sie auf uns zustolziert kam, stellte Henry sich mit einer linkischen Bewegung so hin, dass er hinter mir zu stehen kam und mich mit meinen knapp eins siebzig als menschlichen Schutzschild benutzen konnte.

»Du weißt aber schon, dass sie dich sehen kann, oder? Immerhin bist du etliche Zentimeter größer als ich«, flüsterte ich aus dem Mundwinkel.

»Ich werde dich als Blutopfer benutzen, damit ich mit dem Leben davonkomme«, flüsterte er zurück. Zu diesem Zweck senkte er den Kopf, sodass ich seinen warmen Atem an meinem Ohr spürte. Sein inzwischen vertrauter, herrlich erdiger Duft stieg mir in die Nase. Ich schloss die Augen, verpasste mir im Geiste eine Ohrfeige und zügelte mit enormer Anstrengung meine entgleisenden Gedanken, die sich allesamt darum drehten, wie nah er mir war und wie sehr mein Körper diese Zwangslage genoss.

Jetzt war nicht die Zeit für weiche Knie und Albernheiten, vor allem nicht, weil ich mich, sobald ich die Augen wieder aufschlug, direkt konfrontiert sah mit glänzenden, Kollagenaufgespritzten Lippen und den längsten angeklebten Wimpern, die mir je untergekommen waren. Marina hatte sich unangenehm dicht vor mir aufgebaut, sodass ich wie ein Sandwichbelag zwischen ihr und Henry steckte, der meine linke Hand inzwischen im Klammergriff hatte, damit ich nicht ausweichen konnte. Eine seltsame Elektrizität, die von diesem Berührungspunkt ausging und meine Unterarme entlangpulsierte, schoss durch meine Nervenenden.

»Hallo, Marina«, sagte ich matt. Ihr blumiges Parfüm roch derart überwältigend intensiv, dass es mit Sicherheit als chemische Waffe klassifiziert war.

»Clara, schön, dich zu sehen«, erwiderte sie über meinen Kopf hinweg, ohne den Blickkontakt mit Henry zu unterbrechen. »Henry, Schätzchen, wie wundervoll, dich hier anzutreffen.«

Sie kam noch einen Schritt näher. Inzwischen lehnte ich mich so weit zurück, dass ich fest gegen die Wand aus Muskeln gepresst wurde, die Henrys Torso bildete.

»Hallo, Marina.« Seine Stimme vibrierte sexy in seiner Brust, sein Atem zerzauste mir das Haar.

Sofort überrollte mich eine Vision, wie er seine Hände unter meine Kleider schob und meinen Hals küsste. Oh Gott, das war wirklich schlimm. Ich musste mich unbedingt auf etwas anderes fokussieren, damit mein Gehirn nicht weiterhin von Bildern, die mit Henry zu tun hatten, verkleistert wurde. Schließlich brüstete ich mich stets mit meiner Fähigkeit, selbst in den stressigsten Situationen klar und rational denken zu können. Also konzentrierte ich mich voll und ganz auf meinen Kopf und versuchte fieberhaft, die biochemischen Bahnen der Atmung aufzuzählen, doch selbst das konnte nicht verhindern, dass mir kalter Schweiß ausbrach, als sich sein Körper noch enger an mich drückte.

»Ich habe dich vermisst, Henry«, sagte Marina schmollend.

Henry rührte sich wieder. »Clara und ich hatten viel Arbeit mit dieser neuen klinischen Studie.«

Sie schaute mich eisig an, und ich spürte, wie sich ein winziges Lächeln auf meinem Gesicht ausbreitete, während ich mit den Lippen ein »Sorry« formte.

Wie vom Himmel geschickt ertönte in diesem Moment die klare Stimme des Übungsleiters, der verkündete, dass wir uns alle um ihn versammeln und uns aufmerksam die Regeln und Ziele der Teambuildingaktion des heutigen Nachmittags anhören sollten. Mit einem weiteren verärgerten Blick auf mich trat Marina endlich zurück und wandte sich der Bühne zu, während Henry und ich gleichzeitig einen kollektiven Seufzer der Erleichterung ausstießen. »Du kannst meine Hand jetzt loslassen, ich glaube, du hast die Blutzufuhr erfolgreich gedrosselt«, murmelte ich über die Schulter.

»Tut mir leid«, raunte er, trat einen Schritt zurück, ließ meine Hand los und gab mir endlich den Raum, den ich brauchte, um wieder ordentlich atmen zu können. Eigentlich hätte ich darüber froh sein müssen. Warum vermisste ich dann aber den Körperkontakt zwischen uns, als hätte ich ein Glied verloren, als Henry sich auf den Weg zu dem uns zugewiesenen Tisch machte?

Wie meist bei diesen Übungen, bekamen wir jämmerlich unzureichendes Material gestellt, um irgendeine irrelevante technische Meisterleistung zu vollbringen, wobei die Teams gegeneinander antraten, um irgendein kindisches Ziel zu erreichen. In diesem Fall bestand es darin, eine Rennbahn herzustellen, die vollständig aus Papier, Büroklammern und leeren Toilettenpapierrollen bestand, und zwar für ein Auto, das ein Kilo wog und sich zu jedem Zeitpunkt einen Meter über dem Boden befinden musste. Das Team mit der längsten Bahn hatte gewonnen, für Kurven und Loopings gab es Extrapunkte. Der Preis bestand aus einer Flasche billigen Weins und Pharmavoltis-Tassen für das ganze Team. Kein Wein der Welt – ob billig oder nicht – hätte mir dabei helfen können, Spaß an dieser

Sache zu haben. Gelangweilt spielte ich mit einer Büroklammer herum und dachte über die wirkungsvollste Methode nach, mir damit das Gehirn herauszupulen. Henry hingegen war ganz in seinem Element und wurde sofort zum Teamleiter ernannt. Er war so auf diese Aufgabe konzentriert, dass es ihm sogar gelang, Marinas unablässige Komplimente über seine »beeindruckenden Muskeln« auszublenden und anscheinend auch Melissas riesige Rehaugen zu ignorieren, mit denen sie ihn ununterbrochen anhimmelte. Selbst der sechzigjährige Fred aus der Arzneimittelzulassung schien sich, als das Rennbahndesign Gestalt annahm, spontan in ihn zu verlieben. Ich saß ein wenig abseits vom Rest der Gruppe, hielt Teile aus gefaltetem und gerolltem Papier bereit und reichte sie Henry, wenn er mich dazu aufforderte, aber ansonsten ließ ich meine Gedanken zu schöneren Orten schweifen, vorzugsweise solchen, die über einen Strand und kostenlose Cocktails verfügten.

»Amüsierst du dich, Clara?« Dominics Stimme triefte von hinten über meine Schulter und riss mich aus meinem Tagtraum.

Erschrocken drehte ich mich um. »Herrgott, Dominic, du sollst dich nicht so anschleichen!«

Er grinste – die Art von fiesem Grinsen, die mir bestätigte, dass er in der Tat die wandelnde Verkörperung eines Serienmörders war, der sich offensichtlich an meinem Unbehagen labte. »Entschuldigung.«

»Ich glaube kaum, dass wir mit anderen Teams Taktiken austauschen sollen, Dominic«, sagte ich abwesend, weil ich gerade beobachtete, wie sich Henry ein paar Schritte entfernt über sein Meisterstück beugte, wobei sein Hemd sich straff über seine breiten Schultern spannte.

»Ich will nicht mit dir über diese sinnlose Zeitverschwendung reden. Schon seit geraumer Zeit versuche ich, mit dir unter vier Augen zu sprechen, seit unserer kleinen Unterhaltung im Pub, aber im Büro bist du ziemlich schwer fassbar«, erwiderte er ein wenig vorwurfsvoll.

Ich dachte an die jüngsten Vermeidungsstrategien, die ich eingesetzt hatte, um ihm zu entkommen. Einmal hatte ich mich unter Henrys Schreibtisch gekauert, während er auf seinem Stuhl saß. Um nicht umzukippen, klammerte ich mich an seinem Bein fest wie ein Koala am Eukalyptusbaum, während er Dominic entschlossen mitteilte, dass dieser sich getäuscht haben musste, als er gesehen haben wollte, wie ich Henrys Büro betrat. Ein anderes Mal hatte ich, als Dominic den Kopf in mein Büro steckte, Henry aus heiterem Himmel per Handy angerufen und so getan, als wäre ich in einer Telefonkonferenz mit ihm. Dominic wartete zehn Minuten lang geduldig darauf, dass ich das Gespräch beendete. Doch weil Henry zu dem Zeitpunkt gerade an einem Forschungs- und Entwicklungs-Meeting seines eigenen Unternehmens teilnahm und sein Handy dort auf dem Schreibtisch liegen gelassen hatte, konnte ich so lange wie nötig vorgeben, mit ihm zu konferieren. Dabei schaute ich Dominic entschuldigend an, bis er den Hinweis endlich verstanden hatte und abgezogen war. Ich hoffe wirklich, dass sich Janice, Henrys sehr entzückende Sekretärin bei FraserTech, mein hirnverbranntes Geschwätz nicht anhören musste.

Henry hatte schon mehrmals angeboten, ein Wörtchen mit Dominic zu reden, und war zunehmend besorgt und frustriert über diese ganze Situation, doch ich hatte es ihm verboten. Ich sollte selbst Verantwortung für mein Leben übernehmen, immerhin war ich eine erwachsene Frau, und er brauchte mich nicht die ganze Zeit zu retten. Doch um dieses Ziel zu erreichen, musste ich wirklich aufhören, dauernd davonzulaufen und mich vor diesen unangenehmen Begegnungen zu verstecken, auch wenn ich mir lieber etwas Spitzes ins Auge gerammt hätte, als etwas in dieser Richtung zu unternehmen. Versonnen musterte ich die Büroklammer in meiner Hand, legte sie aber rasch außer Reichweite auf den Tisch, bevor ich mich noch damit stach. *Du schaffst das, Clara*, sprach ich mir innerlich Mut zu, *jetzt komm schon.*

»Na schön, was kann ich für dich tun?«, fragte ich langsam und wappnete mich, einige der Ratschläge zu befolgen, die ich Henry in Bezug auf Marina aufgetischt hatte. Ich musste Hannibal Lecter einfach nur entgegentreten, ihn rundheraus zurückweisen und das Martyrium überstehen. Das war doch wirklich machbar, oder? *Sei ein großes Mädchen, Clara.*

»Wir sind beide äußerst attraktive und intelligente Menschen«, verkündete er, meiner Meinung nach ziemlich eingebildet, und ich zuckte entsetzt zusammen ob seines beinahe beglückwünschenden Tonfalls, doch er redete unbeirrt weiter. »Und ich glaube, zwischen uns besteht eine Verbindung, die wir ausloten sollten. Ich würde mich freuen, wenn wir außerhalb der Arbeit Zeit miteinander verbringen könnten, *allein.*«

Ich unterdrückte einen angewiderten Schauder darüber, wie unheilvoll das Wort »allein« klang, wenn es aus seinem Mund kam.

»So etwas wie ein Date?«, fragte ich kraftlos, in der vergeblichen Hoffnung, dass ich mich hinsichtlich dessen, was er meinte, geirrt haben könnte.

»Ja, genau, so etwas wie ein Date.«

»Oh, gut. Nun ja, die Sache ist die …«, begann ich, wobei ich weder so genau wusste, was »die Sache« war, noch, was mir als Nächstes über die Lippen kommen würde. Mein Gehirn war noch immer in der Horrorvorstellung gefangen, irgendwo allein mit Dominic Graham zu sein.

»Dominic, du nimmst gerade hoffentlich nicht meine Teamkollegin in die Mangel, um Konstruktionstipps aus ihr herauszubekommen«, mischte Henry sich sanft tadelnd ein. Er legte mir den Arm um die Schultern, pflückte mich buchstäblich von meinem Stuhl und führte mich zurück zur Gruppe. »Kein Fraternisieren mit dem Feind, Clara!«, sagte er laut.

»Immer wieder gern«, flüsterte er mir ins Ohr, sobald wir uns weit genug von dem finster dreinblickenden Psychopathen entfernt hatten, der gerade mit den Händen eine Toilettenpapierrolle zu Tode quetschte.

»Ich wollte das gerade selbst in die Hand nehmen, Henry, eine Rettung wäre nicht nötig gewesen.«

»Oh, ich dachte, du brauchst mich?« Er wirkte ein wenig pikiert.

»Nein, Superman«, erwiderte ich gereizt.

»Na ja, eigentlich hast du mich nie gebraucht«, murmelte Henry traurig. Er ließ mich los und kehrte zu seinem Pulk bewundernder Teamkolleginnen und -kollegen zurück.

Nachdem die grässliche Übung endlich vorbei war (unser Team hatte dank Henrys technischem Know-how gewonnen), hatten wir ein wenig Pause vor dem vornehmen Dinner-Empfang am Abend.

Von Weitem entdeckte ich Dominic, der vor dem Aufzug im Foyer herumlungerte. Ich ging zuversichtlich davon aus, dass der Ort so öffentlich war, dass er mir nicht ohne Zeugen eins überziehen konnte, deshalb holte ich tief Luft und schlenderte zu ihm hinüber.

»Dominic, hast du kurz Zeit?«

»Clara, ja, natürlich.« Er lächelte ölig.

»Gut, ja, gut. Großartig«, plapperte ich. Das lief gut. »Weißt du, die Sache ist …«

Oh Mann, ich redete schon wieder über diese mysteriöse Sache! Tief Luft holend versuchte ich es noch mal.

»Nun, die eigentliche Sache ist, dass, na ja, ich weiß nicht so recht, ob es eine gute Idee ist, über eine berufliche Beziehung hinauszugehen. Zwischen uns beiden, du weißt schon.« Die Hand, die meine Teambuildingsiegestasse umklammerte, beschrieb zwischen unseren Körpern eine ausladende Geste, die eindeutig zu groß und völlig unnötig war. »Normalerweise date ich keine Arbeitskollegen, es ist nie gut, wenn man gerade affengeilen, wilden Sex miteinander hatte und gleich anschließend in einem Meeting so tun muss, als wäre nichts gewesen, habe ich recht?! Ha-ha!«

Dann zwinkerte ich. Ich zwinkerte ihm tatsächlich zu. Und erzeugte ein seltsames klickendes Geräusch mit dem Mund und richtete die Finger auf ihn wie eine Pistole. Was zum Teufel machte ich da? Sofort alle Handbewegungen einstellen, Clara!

Dominics Augenbrauen schossen bis zu seinem Haaransatz hinauf. Mist, warum hatte ich Sex erwähnt? Und dann gelacht wie eine Irre? Und gezwinkert? Und eine Fingerpistole auf ihn gerichtet? Hier war eindeutig nicht er der Gestörte – ich war diejenige, die diese spezielle Rolle gerade brillant ausfüllte.

»Möglicherweise könnten wir mit einem Drink und einem Abendessen starten, Clara«, erwiderte er. »Wir brauchen nicht direkt zum Wilden-Sex-Teil überzugehen, es sei denn, du willst es.« Sein Blick flackerte an meinem Körper hinab, und er grinste, weil er viel schneller die Fassung wiedererlangt hatte als ich.

»Ha-ha! Ähm, ja. Ich meine, nein! Nein, nun ja, ich halte es einfach nur für keine gute Idee. Deshalb werde ich wohl passen. Aber danke, dass du an mich gedacht hast.« Ich beendete das Gespräch, indem ich linkisch die Tasse gegen seinen Ellbogen stieß, und flüchtete dann feige in mein Zimmer, um mich im Dunkeln hinzulegen und die Hitze der Demütigung, die heißer war als tausend Sonnen, aus meinem Körper sickern zu lassen.

13

Dinner fand um sieben statt. Zehn Minuten vorher verließ ich mein Zimmer, aufgetakelt wie eine Fregatte in einem schwarzen, knapp knielangen, eng anliegenden Kleid mit durchsichtigen Ärmeln und einem ziemlich beachtlichen Ausschnitt. Meine Frisur sah aus wie ein welliger, leicht unordentlicher Heiligenschein, meine Haare benahmen sich zwar nur halbwegs, aber ich hatte sie so gelassen, weil sie einen netten Kontrast zu meinem properen Outfit und den glitzernden High Heels bildeten. Ich hasste es, mich für diese Betriebsfeiern aufzubrezeln. Natürlich wollte ich hübsch aussehen, aber nicht nuttig oder unprofessionell, wer wollte das schon? Ich hatte fünf Outfits mitgenommen und sie alle mindestens zwanzigmal anprobiert.

Während ich auf Simmy zuging, zog ich mir den Rocksaum über die Knie. Sie wartete oben an der Treppe auf mich, damit wir gemeinsam hinuntergehen konnten.

»Oha!«, kommentierte sie. »Wer ist diese sexy Lady?«

Lachend fächelte ich mir Luft zu. »Hör auf! Ich werde noch rot!«

Simmy sah wie immer absolut umwerfend aus. Das lange Haar fiel ihr wie ein Vorhang aus makelloser schwarzer Seide über den Rücken, und mit ihrem knallroten Cocktailkleid und dem passenden Lippenstift sah sie besser aus als jeder Hollywoodstar.

»Wenn du so angezogen bist, könnte ich fast meine Ehe für dich hinschmeißen«, scherzte sie. »Andererseits weiß ich, wie du sonst so rumläufst, du weißt schon, mit einer Schoko-nippelquaste und einem Oma-Cardigan, der aus Katzenhaa-ren gestrickt ist. Oh, aber Moment mal, das weiß auch jeder andere hier …«

Resigniert stöhnend hakte ich mich bei ihr unter, und ele-gant wankten wir zusammen die Treppe hinab. »Danke für die Motivationsrede, du bist mir echt eine große Hilfe«, be-schwerte ich mich.

»Komm schon, stürzen wir uns noch mal ins Getümmel, meine Liebe.« Angesichts meiner unentschlossenen Miene lä-chelte sie mich ermutigend an und stieß die Tür zum Ballsaal auf, der bereits voller Menschen war. Alle hatten sich in Schale geworfen, Stimmengewirr begleitete das Streichquartett, das auf der Bühne spielte.

Ein junger Kellner erschien mit einem Tablett Champag-nerflöten, und dankbar bedienten wir uns. Als ich meine rasch hinunterstürzte und sofort nach einer zweiten griff, schaute Simmy mich überrascht an. »Boah, geht es dir gut?«

»Ich habe Dominic Graham gesagt, dass ich keinen affen-geilen, wilden Sex mit ihm haben will«, flüsterte ich und nahm einen weiteren tiefen Schluck, während ich mich verstohlen umsah. Allein schon die Worte noch mal auszusprechen, fühlte sich seltsam auf der Zunge an. Es war mir buchstäblich von Kopf bis Fuß peinlich. Die ganze verdammte Zeit über.

»Du hast was?!« Sie verschluckte sich an ihrem Prosecco, verzog entsetzt und ungläubig das Gesicht und sah ein wenig aus, als würde sie ersticken, während sie röchelnd weiterhus-tete.

Geistesabwesend klopfte ich ihr auf den Rücken und rekapitulierte dabei leise die Teambuildingübung und mein Gespräch mit Dominic am Aufzug.

»Ich kann nicht glauben, dass ich angedeutet habe, ich könnte mit ihm schlafen. Tatsächlich fasse ich es nicht, dass ich in seiner Gegenwart überhaupt das Wort ›Sex‹ in den Mund genommen habe.« Wieder stöhnte ich.

»Tja, das ist tatsächlich eine spektakulär schlechte Methode, jemandem wie ihm mitzuteilen, dass man kein Interesse hat. Vielleicht sollte ich ein Wörtchen mit ihm reden, um dir aus der Patsche zu helfen …« Sie verstummte nachdenklich. »Aber gehen wir doch mal einen Schritt zurück«, fügte sie dann hinzu. »Henry kam dir also beim Teambuilding zu Hilfe?«

»Ja«, brummte ich.

»Interessant«, murmelte sie.

»Eigentlich nicht, er war schließlich in den letzten paar Wochen mein Komplize, wenn ich Dominic aus dem Weg gehen musste.«

»Echt?«

»Ja, echt. Dominic stellt in letzter Zeit eine ziemlich permanente, undurchsichtige Präsenz dar«, betonte ich, ging aber nicht darauf ein, wie oft Henry mich tatsächlich versteckt oder Dominic abgelenkt hatte. Ich war überhaupt nicht stolz auf meine Feigheit und wusste, dass ich mir von Simmy eine Gardinenpredigt einhandeln würde, wenn sie es herausfände. Nein, wenn mein letztes stümperhaftes Desaster von einem Gespräch ihn nicht vergraulte, würde ich mir einen weiteren brillanten Plan einfallen lassen müssen, um Dominic endgültig abzuwimmeln – und zwar ohne die Hilfe anderer.

»Ich wusste es! Er hat eindeutig immer noch was für dich übrig.« Sie kniff die Augen zusammen und schaute mich lauernd von der Seite an.

»Ja, davon reden wir doch die ganze Zeit, oder? Er hat neulich im Pub mitbekommen, worüber wir uns unterhalten haben, und es, glaube ich, auf sich bezogen. Ich hatte gehofft, ich könnte professionell sein und ihm eine sanfte Abfuhr erteilen, doch dann erwähnte ich Sex, zwinkerte ihn an und lief davon, deshalb habe ich keine Ahnung, was er jetzt von mir denkt«, jammerte ich niedergeschlagen.

»Nicht Dominic, du Idiotin, ich meine *Henry*«, flüsterte sie so diskret wie ein Stadtschreier am Markttag.

»Was habe ich jetzt schon wieder angestellt?«, fragte Henry, der wie aus dem Nichts an Simmys Seite aufgetaucht war.

In seinem Smoking sah er so gut aus, dass ich fast meinen Kehlkopf verschluckt hätte.

»Nichts«, erwiderte Simmy glatt und musterte mich berechnend, nun wieder ganz in der Rolle der Cruella, dachte ich ahnungsvoll. »Clara hat mir gerade erzählt, wie du sie heute Nachmittag gerettet hast.«

»Echt?« Er zog die Augenbrauen hoch und trank einen Schluck Champagner.

»Ja, und danach war sie ziemlich tapfer und hat Dominic gesagt, er möge sich gefälligst zurückhalten und sie in Ruhe lassen, da sie kein Interesse an *ihm* hätte.« Sie sah Henry beziehungsvoll von der Seite an und stutzte dann, wobei ihr ein leises »Ooooooh« entfuhr. »Verdammt«, formte sie mit den Lippen, während ihr Blick nun gänzlich unverhohlen über seinen Körper wanderte.

»Ach ja?«, sagte Henry überrascht; er ignorierte Simmys freimütiges Interesse, und unsere Blicke trafen sich.

»In gewisser Weise«, erwiderte ich und wandte den Blick ab, um ihn über die Menge schweifen zu lassen, in der Hoffnung auf Ablenkung – irgendeine Ablenkung. Einen Meteor, der auf dem Planeten einschlägt, eine Invasion von Aliens, ganz egal, ich würde alles nehmen, das die Aufmerksamkeit von mir und meiner eindeutigen Unfähigkeit abzog, mich im Beisein anderer Menschen auch nur annähernd normal zu verhalten.

Und als wären die Engel, die für gesellschaftlich unangenehme Situationen zuständig sind, plötzlich auf meiner Seite, ertönte ein lauter Essensgong, und wir wurden in den Speisesaal gebeten, in dem es eine ausgefeilte Sitzordnung gab. Mit Entsetzen entdeckte ich, dass ich mit Dick Dastardly an einem Tisch saß, nachdem ich ihn den Großteil des Tages hatte meiden können. Henry war mit Claus und anderen hohen Tieren und Investoren platziert worden. Simmy saß zum Glück neben mir, und Dominic kauerte mit dem Marketingteam auf der anderen Seite des Raums. In meiner Brust keimte die Hoffnung auf, das Ganze hier doch noch heil zu überstehen.

Mit fortschreitendem Abend wurde die Stimmung ausgelassener, Hemmschwellen sanken, während der Alkohol in Strömen floss, die Disco anfing und die Songs immer schnulziger wurden. Entschlossen, mich nicht total zum Affen zu machen, war ich auf Limo umgestiegen und beobachtete amüsiert, wie Simmy in die weinerliche Phase abrutschte, in der sie ihre Kinder vermisste, und sich davonstahl, um Bhavin anzurufen und sich zu vergewissern, dass mit dem Nachwuchs alles in Ordnung war. Und vielleicht auch, um ein bis drei Videokonferenzen mit ihren tief und fest schlafenden Sprösslingen wahrzunehmen.

Ich genoss gerade einen ruhigen Moment für mich allein, als ich spürte, wie das Handy in meiner Handtasche vibrierte. Ich zog es hervor und fand eine Nachricht von Henry vor.

Henry: Das hier ist langweilig, wann können wir wieder zu dem Teil mit den Brückenkonstruktionen zurückkommen?

Clara: Du spinnst doch. Trink mehr Alkohol.

Henry: Sollen wir uns davonschleichen und ein paar flambierte Sambucas trinken?

Clara: Mein Gesicht hat sich erst vor Kurzem von der plastischen Chirurgie erholt, die nach dem letzten Mal notwendig war. Erzähl mir einen Witz.

Henry: Was ist der Lieblingssnack von Nuklear-Ingenieuren?

Clara: Nun?

Henry: Fission Chips.

Kichernd prustete ich in mein Getränk und wollte gerade eine Antwort verfassen, als sich Richard auf Simmys frei gewordenen Platz neben mir setzte. Er klopfte mir gar nicht mal so sanft auf den Rücken, sodass mir Limonade aus dem Glas in den Schoß schwappte.

»Gut gemacht, Clara, Henry hat bei Claus ein Loblied auf Sie gesungen und unsere Abteilung in gutem Licht dastehen lassen. Es ist gut, dass ihr beide euch auf der Konferenz in San Francisco gemeinsam zeigt, das wird unsere Zusammenarbeit noch unterstreichen. Hervorragend, hervorragend. Er ist ein hervorragender Kerl.« Sehnsüchtig blickte er zum Haupttisch hinüber, wo Henry ein wenig gelangweilt vor sich hin starrte und aus seiner Serviette einen Schwan gefaltet hatte.

Ich tupfte auf meinem nassen Kleid herum. »Das ist großartig, es war wirklich schön, ihn wiederzusehen, er ist ein fabelhafter Ingenieur«, erwiderte ich, weil ich das Gefühl hatte, dass es an der Zeit wäre, auf seine Komplimente-Flut zu reagieren.

»Das ist er, und seine Erfindung ist fantastisch. Er hat noch eine andere in der Pipeline, eine Herzklappe, deren Gerüst aus einem Netz besteht, das mit körpereigenen Stammzellen besetzt wird«, sagte Richard ehrfürchtig.

Bei der Vorstellung, dass Henry wieder mit Stammzellen ringen könnte, musste ich unwillkürlich kichern, was mir einen seltsamen Blick von Richard eintrug.

»Ja, eine total brillante Idee«, sagte ich und legte eine Hand vor meinen Mund, um mein Lächeln zu verbergen.

Wieder starrte Richard zu Henry hinüber, und ich spürte, dass es Zeit für einen flotten Abgang war. »Entschuldigen Sie mich bitte, ich muss mal kurz auf Toilette.«

»Ja, ja. Viel Spaß«, murmelte er geistesabwesend.

Ich trocknete mein Kleid unter dem Gebläse, und als ich wieder aus der Toilette trat, packte mich jemand an der Hand und zog mich wie ein Wirbelwind durch den Flur, ohne dass ich eine Chance gehabt hätte zu protestieren.

»Henry, wohin gehen wir?«

»Es ist ein Marina-Montgomery-Notfall, ich muss untertauchen«, zischte er und blickte sich hektisch um, eindeutig auf der Suche nach einem Raumschiff oder etwas anderem, das uns zurück zu seinem Heimatplaneten fliegen konnte, wo all die perfekten Leute lebten. Oder vielleicht hielt er auch Ausschau nach einer Telefonzelle, in der er die Clark-Kent-Klamotten ablegen und wieder zu Superman werden konnte.

»Und warum behelligst du noch mal mich damit?«, fragte ich unwirsch, während ich in meinen albernen High Heels hinter ihm herstolperte wie eine unkoordinierte Giraffe auf Stelzen.

»Weil wir Versteck-Partner sind und du an der Reihe bist, mir zu helfen. Da rein, schnell«, drängelte er, stieß die Tür zu irgendeinem Raum auf und zog mich hinein.

Schweigend standen wir im Stockdunkeln und lauschten. Es war still und drückend, und einen Moment lang fragte ich mich, ob Superman uns tatsächlich in eine andere Dimension teleportiert hatte.

»Können wir wenigstens das Licht anmachen?«, flüsterte ich nach einer Weile.

Henry seufzte. »Was, wenn sie mir gefolgt ist und die Tür aufmacht? Dann wird sie uns sehen!«

»Wenn sie gesehen hat, wie du hier reingehst, wird sie einfach das Licht einschalten, wenn sie die Tür aufmacht, und uns sowieso sehen. Und es wird noch schräger wirken, wenn wir hier drin – wo auch immer das ist – stumm im Dunkeln stehen.«

Mehr Schweigen.

»Da hast du recht, Clara«, räumte er schließlich ein.

Ich hörte, wie er umhertastete, an irgendwas stieß und schmerzlich aufstöhnte. Dann erhellte grelles Licht den Raum, und wir stellten fest, dass er mich in eine Putzkammer gezogen hatte. Sie war sehr klein und wirkte durch Henrys schiere Größe, die den verfügbaren Raum fast gänzlich einnahm, noch winziger.

»Wow, was für ein wunderbarer Ort, vielen Dank, dass du mich hierhergebracht hast«, murmelte ich sarkastisch.

Er schnaubte gereizt und presste ein Ohr gegen die Tür.

»Bleiben wir lange hier?«, fragte ich, nachdem ich einen riesigen Karton mit Papiertüchern gefunden hatte, auf dem ich sitzen und die Beine übereinanderschlagen konnte, so elegant es mein ziemlich einengendes Kleid gestattete.

Henry drehte sich um und lehnte sich mit dem Rücken an die Tür. Zum ersten Mal, seit er mich vor dem Damenklo gekidnappt hatte, schaute er mich richtig an. Seine Miene wurde weich, und seine Lippen verzogen sich zu einem sanften, aufrichtigen Lächeln.

»Du siehst heute Abend wunderschön aus, Clara«, sagte er und wurde dann rot, als hätte er das gerade gedacht und gar nicht vorgehabt, es laut auszusprechen.

»Netter Versuch, Henry«, erwiderte ich skeptisch. Mein Herz legte einen glücklichen kleinen Trommelwirbel hin, und ich schob mir verwirrt eine Haarsträhne hinters Ohr. »Glaub nicht, du könntest mir schmeicheln und damit wäre es okay, wenn ich für den Rest des Abends in einem Besenschrank sitze.«

Seufzend strich er sich übers Kinn, ein leises schabendes Geräusch deutete beginnende Bartstoppeln an. »Das habe ich ernst gemeint, ich wollte dir nicht nur schmeicheln.«

»Oh. Na gut, danke. Du siehst im Smoking auch nicht so übel aus, weißt du? Abgesehen natürlich von deinem bekanntermaßen hässlichen Gesicht.« Ich grinste ihn an.

Henry lachte, zog sein Jackett aus und ließ seinen großen Körper vorsichtig auf einen fragilen Karton mit Reinigungsmitteln sinken. Der gab zwar ein wenig nach, hielt aber Henrys Gewicht. »Vielen Dank auch.«

Für ein paar Augenblicke saßen wir Schulter an Schulter in einvernehmlichem Schweigen da, und ich fand, dass das eigentlich gar keine so unangenehme Situation war, wenn man bedachte, dass der bisherige Tag relativ grässlich gewesen war. Als die kalte, ungeheizte Luft der Besenkammer durch den dünnen Stoff meines Kleides drang, fröstelte ich.

Henry nahm sein gefaltetes Jackett und legte es mir behutsam um die Schultern. »Besser?«

»Ja, danke«, sagte ich, während ich das übergroße Kleidungsstück eng um mich zog. »Eigentlich hätte ich ja damit gerechnet, dich in deinem Superman-Kostüm zu sehen, nachdem du heute Nachmittag mal wieder diese Jungfrau in Nöten gerettet hast«, scherzte ich, eine Hand auf die Stirn gelegt, als würde ich gleich theatralisch in Ohnmacht fallen.

»Ich trage es darunter, nur für den Fall, dass du wieder jemanden brauchen solltest, der dich rettet«, erwiderte Henry amüsiert. Er zerrte an seiner Fliege, bis sie sich löste, und öffnete die beiden oberen Knöpfe seines Hemdes. Diese Aktion machte seltsame Dinge mit meinem Blickfeld, und ich musste ein paarmal blinzeln, um wieder klar zu sehen. Denn was sich gerade vor meinen Augen abspielte, war die ultimative Coveraufnahme für das *GQ*-Magazin, und ich musste schwer schlucken, als mich der Hot-Henry-Effekt mit voller Wucht ins Herz traf. Doch obwohl dieser Anblick zweifellos einen visuellen Hochgenuss darstellte, war es nicht sein Äußeres, sondern das wundervolle Ganze, das mich zu ihm hinzog wie ein Magnet, und ich schloss einen Moment die Augen, um wieder einen klaren Kopf zu bekommen. Was sich als nahezu unmöglich herausstellte, da mein Gehirn weiterhin das Henry-ist-wahrhaft-wundervoll-Video abspielte, das es so sorgfältig zu meiner Unterhaltung aufgenommen hatte. Mir entfuhr ein unfreiwilliger kleiner Seufzer, und ich fragte mich, was um alles in der Welt mein Kopf da gerade anstellte.

Da wir uns weiterhin anschwiegen, überlegte ich unwillkürlich, woran er wohl dachte, wenn er, so wie jetzt, in diesen stillen, ernsten Modus kam, der ihn manchmal befiel.

»Das hast du gut gemacht, als du Dominic hast wissen lassen, dass du kein Interesse an ihm hast«, sagte Henry schließlich und stieß mich mit der Schulter an. »Ich bin stolz auf dich.«

»Du wärst weniger stolz, wenn du gehört hättest, was ich tatsächlich gesagt habe.«

»Was hast du denn gesagt?«

»Das verrate ich dir nicht, aber es ist sehr unwahrscheinlich, dass ich künftig noch von deinem Versteckservice Gebrauch machen muss.«

»Du bist jederzeit in meinem Büro willkommen. Womöglich muss ich mir noch ein paar Möbel zulegen, in denen du Platz hast, damit das Ganze interessanter wird.« Er lächelte. »Eine magische Truhe vielleicht?«

»Ooh, ja bitte, irgendwas Bequemes, damit ich auch ein Nickerchen darin machen kann.«

»Wird gemacht. Andererseits war es ein ganz besonderes Highlight für mich, als du dich unter meinem Schreibtisch versteckt und an mein Bein geklammert hast.« Er grinste schelmisch.

»Kommen Sie nicht auf ungezogene Gedanken, Mr. Darcy«, erwiderte ich scharf und schlug ihm zur Strafe sanft aufs Knie. Was ich umgehend bereute, da ich dadurch mit dem Stoff in Kontakt kam, der sich straff über die noch straffere Muskulatur spannte. Simmy hatte recht. Verdammt.

»Aber du durchsuchst auf jeden Fall Dominics Schreibtisch nach Kabelbindern und Gaffer-Tape, ja?«, fügte ich ein wenig heiser hinzu.

»Selbstverständlich.«

»Danke, ich will wirklich nicht gekidnappt und zu einer Zombie-Braut gemacht werden.«

»Darf ich dich mal etwas fragen, Clara?«, fragte Henry nach kurzem Zögern.

»Kommt drauf an.«

»Warum hast du nie geheiratet?«

Oh, darauf lief es also hinaus, was? Mir hatte noch nie jemand die Ehe angetragen, außer dem bereits erwähnten Typen, der mir beim ersten Date einen Antrag machte, und der zählte wohl eher nicht. Weil er eindeutig nicht ganz dicht gewesen war.

Ich wandte mich ab und gestattete mir einen kleinen Moment der Selbstreflexion, indem ich einen Blick in den verschlossenen Bereich meines Seins warf, der mein Herz enthielt. Einen Ort tief in meinem Inneren, den ich selten besuchte, weil der Zutritt verwundbar machte und schmerzhaft war. Einen Ort, den ich beschützte und vor Zugriff bewahrte.

»Ich glaube, ich bin nicht in der Lage, eine bedeutungsvolle romantische Beziehung mit einem Mann einzugehen, weil ich innerlich in Wirklichkeit kalt und tot bin«, antwortete ich nur halb im Scherz.

»Das klingt nun wirklich überhaupt nicht theatralisch oder absurd«, mokierte sich Henry leise.

»Dann weiß ich auch nicht, wie ich deine Frage beantworten soll. Wenn ich sage, ich habe wohl nie den richtigen Kerl gefunden, klingt das ein wenig, nun ja, abgedroschen, oder?«

Aber es kam der Wahrheit nahe. Tatsächlich hatte es sich nie angenehm oder machbar angefühlt, mich langfristig an einen der Typen zu binden, die ich gedatet hatte. (Slip-Dieb Paul schien eine sichere Sache zu sein, und man schaue sich an, wie das ausging. Und dann war da noch Hugh mit seiner Ehegattinnen-Checkliste, auf der ich offenbar hundsmiserabel abgeschnitten hatte.) Warum sollte ich also die Zeit von allen Beteiligten verschwenden? Zumal mich von jeher das nagende Gefühl verfolgte, dass jeder infrage kommende Mann schon bald genug von mir haben und sich nach einer anderen umschauen würde, einer Jüngeren, Hübscheren oder Intelligenteren. (Oder nach einer, die einfach ehegattinmäßiger war.) Jeder infrage kommende Mann würde schnell merken, dass ich zu viele Bedürfnisse hatte oder zu egozentrisch und den Aufwand eigentlich nicht wert war. Da war es doch bestimmt besser, zu verlassen, als verlassen zu werden, oder?

»Pfff«, machte Henry, der mir meine Erklärung offenbar nicht abkaufte.

»Ich hatte ein paar Beziehungen, es ist nicht so, als wäre ich eine männerhassende Kratzbürste, Henry. Aber nichts hat sich je so angefühlt, als wäre es von Dauer, warum sich also damit quälen?«

Denn etwas Halbherziges wäre, wenn wir mal ganz ehrlich sind, niemals gut genug für mich. Ich gierte nach der Liebe und der Anerkennung anderer Menschen, war aber nicht großzügig darin, solche Gefühle selbst auszuteilen. Ich würde verlangen, dass man mir alles gibt, wäre aber niemals in der Lage, mich jemand anderem vollkommen zu öffnen oder ihm bedingungslos zu vertrauen. Ich wusste, dass mein Herz durch die feinen Risse, die es vollständig bedeckten, zu zerbrechlich war, um es genauer zu untersuchen, und dass es erst recht nicht ungefährlich wäre, einen anderen Menschen heranzulassen. Deshalb ignorierte ich die leise Stimme in meinem Kopf, die sich durchaus nach Intimität sehnte, und schirmte mich vollständig vor möglichem weiterem Kummer ab.

»Hast du je jemandem eine Chance gegeben oder ihn wirklich kennengelernt, bevor du ihn weggestoßen hast?« Er klang ein wenig bitter.

»Ich glaube schon. Keine Ahnung. Ich dachte einfach, dass derjenige mich wohl irgendwann satthätte, deshalb habe ich den Schaden begrenzt, ehe er zuerst Schluss macht.«

»Was veranlasst dich zu der Annahme, dass dich jeder sattbekommen würde? Was haben diese Männer denn zu dir gesagt?«, fragte Henry, eindeutig verwundert.

Ich seufzte. »Eigentlich nichts. Womöglich ist das ja das Problem. Ich suche bei einem Partner definitiv etwas Besonderes, habe aber keinen Schimmer, was das sein könnte. Und selbst wenn ich diese schwer fassbare ›Sache‹ bei jemandem finden würde, wie hoch wären dann die Chancen, dass er mich auch mag? Oder bei mir bleibt?«

»Warum sollte er dich nicht mögen?« Er wirkte ehrlich verwirrt.

Noch einmal seufzte ich tief. »Keine Ahnung. Ganz ehrlich, ich glaube, dieser Spruch ›Es liegt nicht an dir, sondern an mir‹ sollte mein Lebensmotto werden.«

»Warum?«

Irgendwie setzte diese Frage meine Zündschnur in Brand, sodass ich am liebsten um mich geschlagen hätte. »Weil ich innerlich beschädigt bin, Henry, und das schon seit sehr langer Zeit.«

Bei meinem unwirschen Tonfall wich er ein wenig zurück, und ich zügelte meine Gereiztheit, weil ich wusste, dass es total unfair war, das an ihm auszulassen. Doch Henry wartete geduldig, ließ zu, dass sich ein Vakuum des Schweigens zwischen uns ausbreitete, bis die Stille geradezu ohrenbetäubend war. In meinem Drang, diese Leere zu füllen, redete ich unwillkürlich weiter.

»Ich habe zu große Angst, mich jemandem zu öffnen und darauf zu vertrauen, dass der andere nicht auf meinem bereits gebrochenen Herzen herumtrampelt und es komplett zermalmt.« Ich konnte kaum fassen, dass ich meine innerste Schwäche freiwillig vor ihm artikuliert hatte – und das, obwohl ich nicht mal betrunken war.

»Wer hat es gebrochen, Clara?«, fragte er leise, aber eindeutig zornig.

»Mein eigener Vater, Henry«, erwiderte ich niedergeschlagen. »Können wir das Thema jetzt bitte fallen lassen?« Meine Stimme brach, und Tränen brannten mir in den Augen. Die überwältigende Realität, dass ich in meinem Inneren immer noch dieses ungeliebte kleine Mädchen war, legte sich bleischwer auf meine Brust.

Der Karton mit den Reinigungsmitteln knarrte, als Henry näher zu mir rückte. Er legte seine Hand auf meine, die ich um die Kante der Schachtel gekrampft hatte, verflocht seine Finger mit meinen und drückte sie sanft. Diese einfache Geste der Freundschaft und Solidarität wärmte mich durch und durch, meine Haut prickelte ein wenig, mein Arm war wie elektrisiert. Das Ganze war so entwaffnend wie beruhigend.

»Natürlich, Clara, es tut mir leid.«

Schweigend saßen wir nebeneinander, eine seltsame, intensive Energie schien den kleinen Raum erfasst zu haben, während ich verzweifelt versuchte, mich wieder zu sammeln. Ich zerbrach mir den Kopf über einen Themenwechsel, irgendetwas, was die Spirale deprimierender Grübeleien aus meinem Kopf vertrieb und von meinen Unsicherheiten ablenkte. Eigentlich könnte ich jetzt gut eine gedankenlöschende Superkraft gebrauchen, um sie bei Henry einzusetzen, damit der ganz schnell wieder vergaß, was ich ihm offenbart hatte.

»Nun, mit dir in dieser Abstellkammer zu sitzen, ist zwar zweifellos der Höhepunkt meines Abends, aber ich glaube, dass du Marina wirklich mitteilen solltest, dass du kein Interesse hast, Henry«, sagte ich schließlich. Ich schaute ihn vorsichtig an. »Sei einfach ehrlich zu ihr.«

»Ich weiß, du hast recht. Ich habe es heute wirklich versucht, aber ich glaube, sie betrachtet es einfach als eine Herausforderung und ist inzwischen noch entschlossener«, erwiderte er. Mein abrupter Kurswechsel schien in Ordnung für ihn zu sein. »Vielleicht ist die Idee mit der Freundin doch ganz gut?«

Er zog eine Augenbraue hoch und schaute mich erwartungsvoll an. Als ich nicht antwortete, stieß er mich erneut mit der Schulter an. »Wie wäre es?«

»Henry, ich spiele nicht die Fake-Freundin für dich, das ist eine alberne Idee, die nur in Liebesromanen funktioniert. Warum suchst du dir nicht eine echte Freundin?« Doch allein bei der Vorstellung, er könnte mit einer anderen zusammen sein, fühlte ich mich, als würde mein Herz von einem Riesenoktopus zusammengequetscht.

»Kennst du denn jemanden, der an einer solchen Position interessiert wäre?«, fragte er leise und sah mich eindringlich an.

»Ähm, lass mich mal überlegen.« Ich tat, als würde ich gründlich nachdenken, und tippte mir dabei mit dem Finger an die Lippen, was er fasziniert beobachtete. »Ich meine, wir müssen auf jeden Fall jemanden finden, der über deine offensichtlichen optischen Defizite hinwegsehen kann. Das könnte knifflig werden, aber ich bin mir sicher, es gibt irgendwo da draußen eine Frau für dich.«

Seine Schultern sanken ein wenig. Er stützte sich mit den Ellbogen auf die Oberschenkel und starrte auf die Teppichfliesen zu seinen Füßen. »Du musst wirklich an deinen Motivationsreden arbeiten, Clara.«

»Wie wäre es mit Suzy aus der Arzneimittelzulassung, sie hat vor Ewigkeiten mit ihrem Freund Schluss gemacht, und ich bin mir sicher, sie würde dich mögen. Samt deinen Defiziten.«

»Ich weiß nicht mal, wen du meinst.«

»Soll ich ein Blind Date organisieren?«, schlug ich vor.

»Nein, eher nicht«, erwiderte er, ohne aufzublicken.

Oh, das klang ziemlich abweisend.

»Wie wäre es mit Melissa von Med-Info, du weißt schon, die, die heute in unserem Team war? So, wie sie dich über die Pappbrücke hinweg angehimmelt hat, bin ich mir ziemlich sicher, dass sie auf dich steht«, sagte ich, zunehmend verzweifelt. Es konnte ihm doch unmöglich entgehen, dass er in dieser Hinsicht eine ganze Palette an Optionen hatte? Wie blind war er eigentlich?

Er hob den Kopf und runzelte die Stirn. »Sie hat braune Haare.«

»Was ist verkehrt an braunen Haaren? Du hast doch auch braune Haare. Melissa ist echt nett und sehr attraktiv«, erwiderte ich, perplex über seine Antwort.

»Ja, schon«, begann er, »aber …«

»Na bitte.« Ich lächelte triumphierend, auch wenn ein kleiner Teil von mir innerlich starb, als er das einräumte.

»Ja, aber, Clara, sie ist einfach nicht …«

Doch ehe er den Satz zu Ende bringen konnte, wurde die Tür aufgerissen, von einer kleinen schwarzhaarigen Frau, die bei unserem Anblick anfing zu schreien und drohend ein Geschirrtuch schwang. Sie schlug es Henry um den Kopf und brüllte weiterhin wie am Spieß auf Spanisch. Ich stieß ebenfalls einen Schrei aus, sprang auf, packte Henry an der Hand und zog ihn mit mir, während er sich mit dem anderen Arm vor der Attacke schützte. Zusammen rannten wir in den Flur und in Richtung Foyer, von Lachanfällen geschüttelt, während uns Brocken von wütendem Spanisch in den Ohren dröhnten.

Am Fuß der sehr großen Treppe blieb ich stehen und wandte mich ihm zu. »Komm mal her.«

Henrys Haare waren dort, wo die Putzfrau ihn erwischt hatte, völlig zerzaust. Ich legte eine Hand auf seine Brust, um das Gleichgewicht zu halten (ja, nur deshalb hatte ich sie dort platziert), beugte mich vor und strich ihm mit den Fingern durch das erwartungsgemäß seidige Haar und zog seine Locken ein wenig glatt, damit er einigermaßen vorzeigbar aussah und nicht mehr so verwüstet.

»Danke«, sagte er zärtlich und blickte mir so tief in die Augen, dass ich schlucken musste.

In diesem Moment kam Simmy die Treppe hinunter auf uns zu. »Gütiger Himmel, was habt ihr zwei denn getrieben?«, rief sie misstrauisch. Wir stoben auseinander und sahen bestimmt aus wie schuldbewusste Liebende, die bei einem Schäferstündchen gestört worden waren.

»Es ist absolut nicht so, wie es aussieht«, widersprach ich vehement.

»Die Dame, wie mich dünkt, gelobt zu viel«, erwiderte sie vielsagend und zwinkerte mir zu. Dann schaute sie Henry neugierig an.

»Sag es ihr, Henry«, zischte ich.

Doch er starrte geistesabwesend über meinen Kopf hinweg, und als ich mich umdrehte, entdeckte ich Dominic Graham in vollem Mördermanie-Modus. Seine Miene war so finster und tödlich, dass sie alles Licht aus dem Raum saugte.

14

Die Woche zwischen dem Seminarausflug und der bevorstehenden Reise zum Kardiologie-Weltkongress hatte sich besonders hektisch gestaltet, und aufgrund zahlreicher Meetings war ich nicht besonders oft im Büro gewesen, was mich zumindest vor weiteren, noch peinlicheren und unangenehmeren Zusammentreffen mit Dominic bewahrte. Selbst Henry und ich waren einander nur wie Schiffe in der Nacht begegnet, daher hatte sich keine Gelegenheit ergeben, über das zu reden, was in dem infamen Besenkammerbeichtstuhl ans Licht gekommen war. Darüber war ich eigentlich recht froh, weil ich hoffte, er würde das Ganze einfach vergessen und wir würden ohne weitere tiefschürfende Analyse der Gründe auskommen, warum ich so völlig bekloppt und nicht liebenswert war.

Und nun hockte ich auf meinem Bett und fühlte mich wie ein auf der Straße zermatschtes Tier, das schon seit einer Woche dort liegt. Mein Wecker hatte um halb fünf morgens geklingelt, und selbst eine heiße Dusche war daran gescheitert, meinen müden Knochen Leben einzuhauchen. Erst als es ununterbrochen an der Haustür klingelte, kam etwas Bewegung in mein Bewusstsein. Ich schnappte mir das erste Kleidungsstück, das ich finden konnte – meinen Schlafanzug –, zog ihn, so schnell ich konnte, an, ging die Treppe hinunter und riss schwungvoll die Tür auf.

»Guten Morgen, Ma'am, ich bin heute Ihr Chauffeur.«
Henry stand grinsend auf der obersten Stufe.

Wie er an einem nassen, kalten Wintermorgen um halb
sechs schon so fröhlich sein konnte, wollte mir nicht in den
Kopf.

»Guten Morgen, Fraser, es enttäuscht mich, dass Sie Ihre
Mütze und Ihre Fahrerhandschuhe vergessen haben, wir folgen einem strengen Dresscode in diesem Etablissement«, bemerkte ich hochmütig.

»Sehr wohl, Ma'am.« Er nickte und neigte ehrerbietig den
Kopf. Ein Windstoß ließ ihm den langen Mantel um die
Beine flattern. »Aber ich habe dafür Ihre liebste Oberbeklei-
dung mitgebracht, für den Fall, dass irgendein verdecktes Ver-
steckmanöver vonnöten sein wird.«

»Dafür bin ich Ihnen auf ewig zu Dank verpflichtet.« Lachend trat ich zurück, damit er den kleinen Vorraum betreten
konnte. »Komm rein, ich bin noch nicht ganz fertig.«

Nun, da er vor mir stand, ging mir plötzlich auf, wie sehr
ich ihn in diesen letzten paar Tagen vermisst hatte und wie
sehr ich mittlerweile wieder daran gewöhnt war, ihn regelmäßig zu sehen. Ehe ich mich beherrschen konnte, verzogen sich
meine Lippen zu einem beinahe schmerzhaft breiten däm-
lichen Grinsen.

»Was ist, Clara? Habe ich irgendwas im Gesicht?«, fragte
Henry stirnrunzelnd. Offenbar bereitete ihm meine ungewöhnlich glückliche Miene Unbehagen, und er wandte sich
ab, um angelegentlich in den Wandspiegel neben der Garderobe zu starren.

»Nee, nichts anderes als sonst. Ich habe einfach nur diese
abstoßende Fratze vermisst«, erwiderte ich scherzhaft und

kniff ihm behutsam in die Wange. »So, ich ziehe mich rasch an, dann können wir aufbrechen.«

»Das ist wahrscheinlich eine gute Idee, denn ich bin nicht sicher, ob dieser Eisbär-Onesie als angemessener Aufzug für eine Geschäftsreise gelten kann.«

»Was meinst du damit? Also, ich könnte das total durchziehen!« Ich drehte mich am Fuß der Treppe einmal um die eigene Achse.

»Du würdest es mit Überzeugung tragen, daran habe ich keinen Zweifel«, räumte er ein.

»Mach dir einen Tee oder Kaffee, während du wartest.« Ich sprang die Stufen zu meinem Schlafzimmer hoch, drehte mich aber noch mal zu ihm um. »Aber kritisiere mich ja nicht für meinen schlecht geordneten Tassenschrank, du Fanatiker.«

Er lächelte. »Ich kann nicht versprechen, dass ich ihn nicht komplett umsortiert habe, bis du dich fertig gemacht hast.«

Henry hielt einen Schirm über mich, öffnete die Tür wie ein Gentleman (hatte ich etwa etwas anderes erwartet?) und bugsierte mich in seinen Wagen. »Eure Kutsche wartet, Ma'am.«

»Du hast ein echt albernes Auto«, beschwerte ich mich, während ich mich in den lächerlich tief liegenden Jaguar sinken ließ, was in meinem Business-Outfit ein schwieriges Manöver war. Immerhin war ich heilfroh, dass ich mich heute für einen Hosenanzug entschieden hatte, denn so konnte Henry keinen Blick auf meine Unterhose erhaschen, als ich meine Beine unelegant in sein Gefährt hineinschwenkte. Man war ja schon dankbar für kleine Dinge.

Henry ging um das Auto herum und faltete seine hochgewachsene Gestalt auf den Fahrersitz.

»Es ist nicht albern, Clara, es ist vornehm.«

»Ich glaube kaum, dass ich mich besonders vornehm fühle, wenn ich in einem Kleid einsteige und jeder Passant meinen Slip bewundern kann«, entgegnete ich.

»Genau deshalb kaufen sich viele Typen diese Art von Wagen.« Er bedachte mich mit seinem besten jungenhaften Grinsen, und ein Hauch von Rosa färbte seine Wangenknochen.

»Perversling.«

»Aber natürlich ist das nicht der Grund dafür, weshalb ich ihn gekauft habe«, beteuerte er und tat, als wäre er gekränkt. »Ich bin ein Gentleman höchster Güte, Miss Bennett!«

»Selbstverständlich, Mr. Darcy«, sagte ich trocken, erwiderte aber dabei unwillkürlich sein Lächeln. »Lass uns zum Flughafen fahren, ich brauche unbedingt einen Kaffee, außerdem ist es kalt, und ich weiß nicht mal, ob ich noch Füße habe.«

Er salutierte. »Euer Wunsch ist mir Befehl.« Dann startete er den Motor, schaltete die Heizung auf Hochtouren und leitete die warme Luft in den Fußraum, sodass meine Gliedmaßen beinahe sofort auftauten.

Auf dem Weg zum Flughafen plauderten wir liebenswürdig darüber, was wir erlebt hatten, seit wir uns das letzte Mal begegnet waren. Er berichtete von dem neuen Projekt, an dem er arbeitete, und von dem Netzwerk, das er geschaffen hatte, um uns mehr Investoren für unsere gemeinsam durchgeführten klinischen Studien zu sichern. Ich erzählte ihm Geschichten aus dem Büro, einschließlich der schockierenden Nachricht, dass Dick Dastardly und Dorothy aus der Buchhaltung dabei ertappt worden waren, wie sie auf dem Seminarwochenende hinter einem Rhododendronbusch herumgeknutscht hatten. Er hörte aufmerksam zu und lachte immer an der richtigen Stelle.

»Verpasst du eigentlich jedem einen Spitznamen, Clara?«, fragte er nach einer Pause.

»Bei den meisten Menschen hilft es mir zu verstehen, wie ich meine Beziehung zu ihnen begreife«, erwiderte ich, während ich beobachtete, wie vor dem Autofenster langsam die Morgendämmerung heraufkroch. Wir hatten den Zubringer zur M25 erreicht.

»Hast du auch einen für mich?«, fragte er betont lässig.

»Mehrere.«

»Aha? Was denn zum Beispiel?«, hakte er nach, als ich meine Antwort nicht weiter ausführte.

»Nun ja, wie du dir wahrscheinlich gedacht hast, ist es seit Neuestem Superman. Das erscheint besonders passend, wenn du auch noch deine Clark-Kent-Brille trägst.« Ich deutete auf seine Sehhilfe.

»Siehst du mich echt als Superman?«, fragte er, offensichtlich erfreut.

Ich seufzte. »Ich sitze neben dir und verdrehe gerade die Augen, weil du so offensichtlich Komplimente heischst, Henry.«

»Ich heische gar nichts«, leugnete er und rutschte ein wenig auf seinem Sitz herum. »Ich will einfach nur wissen, was du über mich denkst.«

»Du bist Superman, weil du immer zur richtigen Zeit am richtigen Ort zu sein scheinst und arme, unglückliche Frauen vor schurkischen Ganoven rettest und kaputte Laborgeräte reparierst«, erklärte ich in meiner besten Hollywood-Blockbuster-aus-dem-Off-Stimme.

»Oh, verstehe. Und das denkst du wirklich?«

Ich starrte einen Moment lang sein Profil an. Fühlte er sich etwa verunsichert?

»Na ja, da ich bei meinen Freundinnen und Freunden sehr wählerisch bin und du trotz siebenjähriger Unterbrechung – über die wir übrigens irgendwann mal reden sollten – in die nächste Runde aufgestiegen bist, weißt du wohl alles, was du darüber wissen musst, wie ich zu dir stehe«, fuhr ich fort, um ihn zu beruhigen. Doch der Blick, den er mir zuwarf, war alles andere als erfreut. Wenn ich diesen Blick mit einem einzigen Wort beschreiben müsste, würde ich ihn beleidigt nennen. Mist, was hatte ich jetzt bloß wieder Falsches gesagt?

Verzweifelt rang ich nach beschwichtigenden Worten. »Wenn du dir Sorgen um deine alles andere als ideale Erscheinung machst, das ist nicht nötig. Ich bin mir sicher, dass am Ende irgendjemand irgendwo deinem Charme erliegen wird. Jo hat dich damals an der Uni immer Hot Henry genannt, deshalb mach dich nicht allzu sehr fertig, wenn du das nächste Mal in den Spiegel schaust.«

Wir bogen auf den Langzeitparkplatz des Flughafens ein. Henry blickte traurig zu mir herüber. »Ich weiß, dass sie mich so genannt hat.«

Interessant, dass er von all den Spitznamen, von denen ich dachte, sie würden ihm gefallen, von diesem am wenigsten begeistert schien.

Dank Henrys British-Airways-Gold-Card und unseren Plätzen in der Businessclass flutschten wir nur so durch den Check-in, und schon bald konnten wir es uns bei Kaffee und Frühstück in der Lounge gemütlich machen. Henry wirkte ein wenig kleinlaut, als er vorsichtig auf sein heißes Getränk blies und die Schlagzeilen der Tageszeitungen überflog.

»Alles okay?«, fragte ich. Ich inspizierte mein Oberteil gründlich auf Gebäckbrösel, die danach streben könnten, heimlich meine Kleidung zu dekorieren und dabei unerwünschte Aufmerksamkeit auf meine Brust zu ziehen.

»Ja, warum fragst du?«

»Du scheinst ein wenig niedergeschlagen. Liegt es daran, was ich im Auto gesagt habe? Denn noch mal ganz ohne Witz: Du weißt, dass du so ziemlich jede haben kannst, die du willst, oder?«, flüsterte ich unbehaglich und machte eine raumumfassende Geste. »Da drüben sitzt eine hübsche Blondine, die dir einladende Blicke zugeworfen hat, als du deinen Kaffee geholt hast.«

Ich schaute mich weiter um. »Und die zierliche Rothaarige dort ist auch sehr attraktiv.«

Henry starrte mich einen Moment lang ruhig an und schüttelte dann den Kopf. »Ich werde mich nicht in der BA-Lounge in Heathrow nach einer Freundin umsehen, Clara.«

»Oh, klar. Aber es gibt ja immer noch Onlinedating«, fügte ich hilfsbereit hinzu.

»Bist du auf irgendwelchen Onlinedating-Websites angemeldet?«, fragte Henry über seine Tasse hinweg.

»Nein. Himmel noch mal, nein! Sei nicht albern!« Zugegebenermaßen hatte ich es ausprobiert, und die persönlichen Nachrichten und Fotos, die mir einige meiner Matches geschickt hatten, hätten mich fast dazu veranlasst, mein Handy anzuzünden.

»Eben.«

»Na schön, dann halt nicht.« Ich schnaubte ein wenig, entnervt, weil er mir bei diesem Thema so auswich. »Aber es muss doch jemanden geben, auf den du stehst?«

Als unsere Blicke sich trafen, wirkte seine Miene plötzlich ganz unverstellt und eindringlich, vermittelte irgendein Gefühl, das ich nicht einordnen konnte. Doch dann war es weg, als wäre es nie da gewesen, verschwunden hinter einer Maske der Gleichgültigkeit, und wir verfielen in ein seltsam angenehmes Anstarrduell. Wie zwei alberne Kinder. Aber es war ein Wettkampf, und ich stellte mich darauf ein, dass er länger dauern würde, deshalb nutzte ich die Gelegenheit, um Henry unverhohlen zu mustern, und wurde versehentlich geradezu hypnotisiert von der Tiefe seiner Augen.

Henrys Mundwinkel zuckten amüsiert, als ich anfing, Grimassen zu schneiden, um ihn aus der Fassung zu bringen, aber er verzog keine Miene, streckte nur die Zungenspitze vor Konzentration ein wenig heraus. Dann legte er sich unvermittelt den Finger ans Kinn und zog die Augenbrauen hoch. Glaubte er etwa, ich sei eine Amateurin? Ablenkung würde bei mir nicht funktionieren. Ha! Bis ich plötzlich fürchterlich befangen wurde, meine Frontallappen endlich anfingen zu arbeiten und meine hochentwickelte Schamreaktion triggerten.

»Oh Gott, Henry, habe ich etwas im Gesicht?« Hektisch grub ich in den Tiefen meiner Handtasche, zog einen Taschenspiegel heraus und überprüfte mich auf Milchschaumbart und verheerende Frühstücksreste, aber alles war in Ordnung.

»Ha! Ich wusste, dass ich das Anstarrduell letztendlich gewinnen würde«, sagte er triumphierend, sammelte seine Sachen ein und erhob sich. Dann streckte er mir die Hand hin, um mir aufzuhelfen. »Na gut, du lustige kleine Spinnerin, wir sollten uns auf den Weg zum Gate machen.«

»Ach komm schon, du Lieblingslineal-Mensch, wir wissen doch beide, dass in dieser Freundschaft nicht ich diejenige bin, die rumspinnt. Wissenschaftlerinnen sind eindeutig cooler und deutlich weniger nerdig als Ingenieure. *Jeder* weiß das.« Ich griff nach seiner Hand und stand auf.

»*Deutlich* weniger nerdig? Hast du Statistiken, die diese kühne These untermauern?«

»Wenn ich wieder im Büro bin, recherchiere ich das. Dafür gibt es bestimmt unwiderlegbare Beweise, Dr. Fraser.«

Henry bedachte mich mit einem leidgeprüften, geduldigen Blick, ehe er mir den Kopf tätschelte wie ein nachsichtiger Onkel. »Was immer Sie sagen, Dr. Clancy.«

15

Henry nahm den Platz am Gang, er sagte, er wolle lieber nach vorne schauen und die Fensterplätze seien in der Businessclass dieses Flugzeugs alle nach hinten gerichtet. Doch ich wusste, dass er dachte, mir würde es am Fenster besser gefallen, wahrscheinlich weil ich nun, da das Koffein seine volle Wirkung entfaltet hatte, etwas überdreht war. Und wahrscheinlich auch deshalb, weil ich alles, was ich draußen sehen konnte, so überschwänglich kommentierte. Dies wurde bestätigt, als mir mein kleiner Freudenschrei über die kostenlosen Socken in meinem Flight-Pack ein mildes Lächeln von ihm einbrachte. Hier sollte angemerkt werden, dass ich selbst häufig flog, aber kostenlose Socken sind kostenlose Socken, und die schiere Genialität und Absurdität des Fliegens versetzten mich noch immer in Staunen.

Das mustergültige Kabinenpersonal war sehr attraktiv, vor allem eine junge, schlanke Blondine, deren Stimme sich, wann immer sie in unsere Reihe kam, zu einem leicht heiseren Raunen senkte. Sie hatte Henry bestimmt schon fünfzehn Mal gefragt, ob sie ihm nachschenken sollte. Als sie sich nach ihrem sechzehnten Besuch wieder entfernte, gab ich ihm über die Trennwand hinweg ein Zeichen. »Wie wäre es mit ihr?«, formte ich mit den Lippen.

Er verdrehte die Augen, beugte sich zu mir herüber, schnappte sich das Buch in meinem Schoß und drehte es um.

»*In den Händen des Highland-Barbaren*«, las er prustend den Titel vor. »Was ist denn das für ein Quatsch?«

»Hey! Gib das sofort zurück!« Ich warf mich über die Trennwand, um es ihm zu entreißen, doch er hielt es außer Reichweite und schlug es an der mit einem Lesezeichen gekennzeichneten Seite auf. Eine Stelle, die, wie der Zufall so spielte, eine besonders intime Szene enthielt, die ich mir bereits mehrfach reingezogen hatte. Verdammt.

»Nein, nein, lass mich mal kurz reinlesen«, sagte er lachend, während er gegen meine Schulter drückte, um mich auf Abstand zu halten, während ich vergeblich nach dem Buch schlug.

Und zu meinem großen Entsetzen fing er an, laut vorzulesen.

»›Der Schein des prasselnden Kaminfeuers beleuchtete sie von hinten, und ihre herrlichen Kurven zeichneten sich durch das hauchdünne weiße Kleid für ihn ab. Angus trat einen Schritt auf sie zu, eine Woge der Lust schoss durch seine Adern, und er wusste, dass es schnell und wahrscheinlich grob ablaufen würde, dass er sich nicht mehr würde zügeln können, sobald er ihre Alabasterhaut endlich berührte. Mit einer hurtigen Bewegung riss sich Angus das Hemd vom Leib, seine Muskeln traten hervor, als er den Stoff in seinen Händen zusammenknüllte und das Kleidungsstück zu Boden warf. Lily war nervös, das konnte er in ihren Augen sehen und daran, wie sich ihre Kehle beim Schlucken sichtlich bewegte. Ihr ganzer Körper erschauderte, als er die Hände zu seinem Kilt wandern ließ und den schweren Stoff um seine Taille löste. Die grobe Wolle streifte rau über seine Haut, fühlte sich roh, beinahe schmerzhaft an seinem strapazierten Gemächt an.‹«

Henry hob den Blick und starrte mich an. Er war mindestens genauso knallrot geworden wie ich. »Verdammt, Clara, ich hätte nie gedacht, dass du auf so etwas stehst.«

War es falsch, den Klang seiner Stimme, wenn er dieses Zeug vorlas, unglaublich erotisch zu finden? Ja, total falsch. Falscher als falsch. Hinfort mit den unzüchtigen Gedanken, Clara.

»Judy vom Empfang gibt mir die immer, sie sagt, ich bräuchte etwas Würze in meinem altjüngferlichen Leben«, erwiderte ich missmutig und ließ mich in meinen Sitz zurücksinken. Eine Welle der Verlegenheit überrollte mich, als ich Henry, dessen Leben sich eindeutig auf einer völlig anderen Flugbahn abspielte als meins, mein trauriges, einsames Dasein gestand.

»Judy hat dir das gegeben? Weil sie glaubt, du seist eine alte Jungfer?«, fragte er fassungslos.

»Ja, ein Dauersingle mit Katze – das bin ich. Und jetzt gib mir das Buch zurück.«

»Na klar, ich weiß nicht, ob ich das weiterlesen kann, ohne dass mir die Augen bluten.« Grinsend gab er mir den Stein des Anstoßes zurück.

»Vielleicht solltest du dich doch auf Tinder anmelden«, fügte er nachdenklich hinzu. »Du solltest unbedingt in deinem Profil angeben, dass du gern schlüpfrige Romane liest. Scharen williger romantischer Helden werden Kontakt zu dir aufnehmen, bereit, deine Fantasien wahr werden zu lassen.«

Ich funkelte ihn düster an. »Nein, danke. Sollte der Typ in der Geschichte ein arrogantes Arschloch sein, kann ich ihn einfach im Secondhand-Laden abgeben und brauche ihn nie wiederzusehen. Und ich brauche mir keine Sorgen zu machen, dass irgendein Spinner mich stalkt. Oder mich wegen meiner Literaturauswahl hänselt.«

»Dieses Machwerk als ›Literatur‹ zu bezeichnen, strapaziert eindeutig die Grenzen der Definition, Clara.« Henrys Augen flackerten amüsiert auf. Ich merkte ihm an, dass er das Thema nicht so schnell fallen lassen würde, und der Flug nach San Francisco dauerte immerhin elf Stunden. Energisch riss ich die Trennwand zwischen uns hoch.

»Sei doch nicht so«, sagte er sanft, während er die Trennwand wieder nach unten schob. »Ich sehe dich nun in einem ganz neuen Licht!«

»Grrr«, knurrte ich und hatte die Trennwand gerade wieder nachdrücklich hochgezogen, als die gertenschlanke Flugbegleiterin erneut vorbeischwebte. Ich winkte sie zu mir. »Entschuldigen Sie.«

»Ja, Madam?«, antwortete sie liebenswürdig.

»Mein Freund hier …« Ich zeigte über die Trennwand, die Henry langsam senkte, damit ich sehen konnte, wie er mich anfunkelte. »Er glaubt, dass romantische Bücher für Frauen Quatsch sind und sie einen richtigen, echten Mann brauchen, um glücklich zu sein. Ich halte das für eine ausgesprochen sexistische, abwertende Einstellung, vor allem weil er Single und daher sehr mürrisch und unausstehlich ist. Sie wirken auf mich wie eine aufgeklärte und intelligente Frau, was halten Sie davon?«

»Nun ja …« Sie warf Henry einen nervösen Blick zu und schaute dann auf das Buch auf meinem Schoß hinab. »Ooh – das hat mir wirklich gefallen! Wie weit sind Sie denn schon gekommen?«

Ihre Mimik war inzwischen sehr lebhaft, ihre fein geschnittenen Züge leuchteten regelrecht auf. »Der nächste Band ist sogar noch besser«, schwärmte sie. »Den sollten Sie sich unbedingt holen. Er ist *wirklich* heiß!«

Ich nickte begeistert und warf Henry einen Seitenblick zu. Er wirkte wie vor den Kopf geschlagen.

»Und Sie«, sie wedelte mit ihrer kleinen, hübsch manikürten Hand in Henrys Richtung, »Sie sollten wissen, dass Frauen Männer *keineswegs* brauchen. Tatsächlich könnten die meisten Männer ohnehin nicht mal den banalsten Frauenfantasien gerecht werden.«

»Wow. Die hat es mir aber gegeben«, bemerkte er, nachdem sie ihren Weg durch den Gang fortgesetzt hatte.

»Sei doch nicht so«, entgegnete ich. »Vielleicht solltest du doch Tinder beitreten und deine neuesten feministischen Erkenntnisse teilen, dann hättest du nie Mangel an Emanzen, die sich Hals über Kopf in dich verlieben und nach rechts wischen.«

Henry schnaubte belustigt und starrte mich wieder an, wobei ein winziges Lächeln seine Lippen umspielte.

»Ich falle nicht noch mal auf diesen Du-hast-da-was-im-Gesicht-Blick rein«, verkündete ich.

»Du hast nichts im Gesicht«, murmelte er.

»Okay, dann ist ja gut.« Ich rückte mich zurecht und schickte mich an, das Buch aufzuschlagen. Bei der Erinnerung daran, wie seine tiefe Stimme beim Vorlesen geklungen hatte, lief mir ein prickelnder Schauder über den Rücken.

»Dann törnen dich also Männer in Kilts an?« Henry machte auf unschuldig, hatte den Kopf leicht zur Seite geneigt.

Doch ich durchschaute ihn, deshalb ließ ich eine Hand seitlich an meinem Gesicht hinaufgleiten und zeigte ihm über die Trennwand hinweg unauffällig den Stinkefinger.

Er hatte Mühe, sein Lachen zu kaschieren. »Du weißt schon, dass Fraser ein schottischer Name ist, oder? Ein Wort von dir, und ich ziehe jederzeit den Clan-Tartan für dich an.«

»Ich glaube, ich muss mir einen anderen Spitznamen für dich einfallen lassen, Superman scheint nicht mehr zu passen.«

»Henry, der hilfreiche Highlander vielleicht?«, schlug er vor und ließ dabei die Augenbrauen auf und ab tanzen. Ich prustete los.

Nicht lange nach dem Start schlief ich ein (Fernflüge machten mich immer schläfrig), und als ich wieder aufwachte, merkte ich, dass jemand die von der Airline zur Verfügung gestellte Decke über mich gebreitet hatte und mein Buch nicht mehr da war. Gähnend setzte ich mich auf. Henry winkte mir zu, schien jedoch in etwas vertieft zu sein, und als ich mir den Hals verrenkte, um über die Trennwand zu schauen, entdeckte ich, dass er *In den Händen des Highland-Barbaren* schon halb gelesen hatte.

»Genießt du da drüben diesen Quatsch, Henry?«, fragte ich.

Er schaute mich mit weit aufgerissenen Augen an. »Das ist totaler Schund«, erwiderte er perplex. »Ist das wirklich das, was Frauen wollen?«

»Was? Von einem kaum verständlichen Schotten erobert und gefangen gehalten zu werden? Nein, Henry, das wollen sie nicht. Jedenfalls nicht im echten Leben. Das ist reiner Eskapismus«, erwiderte ich ein wenig unbehaglich, weil ich meine weiblichen Fantasien mit einem männlichen Freund und Arbeitskollegen diskutierte.

»Nein, ich meine den Sex und die Verbalerotik.«

»Nun ja, Verbalerotik ist nicht jedermanns Sache. Aber manchen gibt es einen Kick, nehme ich an.« Gott, das war, als würde man mit einer dreißigjährigen Jungfrau über Bienchen und Blümchen sprechen. »Hast du so etwas nicht mit deinen früheren Freundinnen diskutiert?«

»Bei mir gab es nie irgendwelche Klagen im Bett.« Damit steckte er wieder die Nase ins Buch. Seine Antwort hatte nicht selbstgefällig geklungen, eher wie die sachliche Feststellung einer Tatsache. Die Information stellte seltsame Dinge mit mir an. Es war wohl besser, nicht zu intensiv darüber nachzudenken.

»Ach, na ja, ich glaube, die meisten Frauen wollen einfach, dass die Männer im Bett die Kontrolle übernehmen, zumindest ab einem gewissen Punkt. Deshalb neigen die Helden in dieser Art von Buch wohl dazu, so unverhohlene Alphamännchen zu sein«, überlegte ich laut. Als er mich fragend ansah, wurde ich so verlegen, dass mein schwarzer Humor wieder voll zum Einsatz kam. »Aber fang jetzt nicht damit an, irgendwelchen Tinder-Dates eins überzubraten, damit du sie in deine Höhle schleifen kannst, nur weil du das irgendwo gelesen hast. Die Polizei billigt diese Art von Verhalten nicht.«

»Klar. Ihr wollt zu jeder Zeit einen vollendeten Gentleman«, erwiderte er. »Nur nicht im Schlafzimmer«, fügte er mit leiser, grollender Stimme hinzu. »Dort wollt ihr von einem offenkundigen Alphatier-Höhlenmenschen mit schmutzigem Mundwerk und schottischem Akzent grob angefasst werden, richtig?«

Mir quollen die Augäpfel aus den Höhlen vor Schock über das unerwünschte Kopfkino, das er gerade in mir heraufbeschworen hatte. Mein Atemapparat setzte aus, als ich eine reichliche Menge meiner eigenen Spucke inhalierte. Das Ganze gipfelte in einem Hustenanfall, der eines Kettenrauchers würdig gewesen wäre, der dreißig Kippen pro Tag wegschmaucht. Damit zog ich so viel Aufmerksamkeit von den anderen Passagieren auf mich, dass ich mir allmählich wünschte, ich wäre nie aufgewacht.

Als meine Luftröhre endlich aufhörte, sich zu verkrampfen, und Henry endlich aufgehört hatte zu lachen, brachte ich eine heisere Entgegnung heraus. »Ähm, ja, so ist das wohl, oder so ähnlich.«

16

In San Francisco war es kühl. Der Himmel war bedeckt, als wir das Hotel verließen. Wir versuchten, den Jetlag zu lindern und wenigstens bis zum frühen Abend durchzuhalten, ehe wir dem Schlafbedürfnis nachgaben. Es tat gut, draußen an der frischen Luft zu sein, nachdem wir so lange im Flugzeug gesessen hatten.

Wir waren ziemlich nah am Konferenzzentrum untergebracht und nur eine kurze Fahrt mit der Straßenbahn von Fisherman's Wharf entfernt, deshalb schlug Henry vor, dass wir dorthin gingen und am Wasser entlangspazierten, um ein Restaurant fürs Abendessen zu finden. Ich atmete glücklich und zufrieden durch, inhalierte die salzige Luft, den schwachen Geruch nach Fisch und nach Meer, nahm das Geplapper der Touristen in mich auf und die Schreie der Möwen. Die Strapazen der Reise wichen einer Art Behagen, das sich tief in meinem Inneren ausbreitete. Ich liebte diese Stadt, ihre vielseitige, entspannte Atmosphäre war einzigartig, eine gute Mischung aus Kunst und Wissenschaft, und es war wirklich schön, in Begleitung von Henry hier zu sein.

»Das war ja ein tiefer Seufzer«, bemerkte Henry. »Ist alles in Ordnung?«

»Ja, ich liebe San Francisco«, murmelte ich verträumt.

»Es ist ziemlich cool, nicht wahr?« Er lächelte auf mich herab. Ich trug ausnahmsweise mal flache Schuhe, deshalb musste ich mir wirklich den Hals verrenken, um ihm ins Gesicht zu schauen.

Wir schlenderten eine Weile in einvernehmlichem Schweigen, und ich genoss die neue Umgebung und das geschäftige Treiben der Großstadt. Gelegentlich streiften sich unsere Finger aus Versehen beim Gehen, oder Henrys Hand berührte vorsichtig meinen Rücken oder meine Schulter, wenn er mir half, durch die Menschenmenge zu manövrieren, und ich genoss geistesabwesend den kurzen, absichtslosen Körperkontakt und das damit einhergehende leicht elektrisierende Gefühl.

Als wir schließlich zu Pier Thirty-Nine gelangten, begaffte ich wie alle anderen Touristen die Seelöwen, beugte mich über das Geländer, um einen Blick auf die Tiere zu erhaschen, die direkt unter uns schwammen. Henrys Finger verschränkten sich auf dem groben Holzbalken behutsam mit meinen, er stand dicht hinter mir, als er sich ebenfalls vorbeugte, um besser sehen zu können.

»Ich weiß, wie ungeschickt du bist, und ich werde nicht hineinspringen, um dich vor Seelöwenbissen zu retten«, erklärte er, als ich fragend auf unsere verschränkten Finger hinabblickte. »Das Wasser sieht eiskalt aus.«

»Ach ja? Wenn der große starke Ingenieur so viel Angst vor den süßen Seelöwen hat, dass er meine Hand halten muss, dann braucht er das doch nur zu sagen.«

Er zuckte mit den Schultern, gab meine Hand frei, packte mich dann fest um die Taille, riss mich hoch und schwang mich auf das Geländer und das Wasser darunter zu. Mir drehte sich der Magen, aber er ließ mich nicht los, sondern verstärkte seinen Griff nur noch, während ich nach unten auf das bräunliche wirbelnde Meer starrte.

»Was hast du gerade gesagt?« Seine Lippen streiften fast die Haut an meinem Hals, seine Stimme klang belustigt.

»Tut mir leid, tut mir leid«, kreischte ich lachend. »Lass mich runter, du darfst meine Hand halten!«

»Schon besser«, raunte er in mein Ohr, stellte mich wieder auf die Füße und ergriff meine Hand, als wäre nichts passiert. Er sah glücklich und entspannt aus.

Nur dass gerade eindeutig etwas passiert war. Tatsächlich schien sogar die ganze Welt aus den Fugen geraten zu sein, und ich sog verzweifelt die salzige Luft in meine sauerstoffleeren Lungen. Das übliche kleine Knistern, das ich verspürte, wann immer Henry mich versehentlich berührte, war nichts im Vergleich zu dem Gefühl seiner großen Hände um meine Taille oder seiner langen Finger, die zärtlich und mit voller Absicht die meinen umschlangen. Mein ganzer Körper stand plötzlich in Flammen, und ich hatte absolut keine verdammte Idee, was ich dagegen tun sollte.

Freunde, nur Freunde, wiederholte ich immer wieder in Gedanken, in der Hoffnung, dass dieses Mantra in der Lage wäre, mich wieder auf den Boden der Tatsachen zu holen, weg von diesem bröckelnden mentalen Abgrund, an dem ich endgültig ins Verderben stürzen würde, wenn ich mich in Henry Fraser verliebte. Dass das passieren könnte, war eine reale, jähe Gefahr. Und das durfte ich nicht zulassen, sowohl um seinetwillen als auch um meinetwillen.

Es schien, als wären wir nun auch zu einer Attraktion geworden, die von den übrigen Touristen beobachtet wurde – vor allem Henry. Etwas verlegen versuchte ich, die durchdringenden Blicke mehrerer eifersüchtig wirkender Frauen zu ignorieren, die unsere kleine Show bemerkt hatten.

»Ist hier in der Nähe nicht auch der Ghirardelli-Schoko-Laden? Wollen wir vielleicht dorthin gehen?«, fragte ich leise, während ich unter der Neugier, die wir erregten, förmlich zusammenschrumpfte.

»Ja, klar«, erwiderte er mit dem gleichen nachsichtigen Lächeln auf den Lippen wie im Flugzeug.

Als wir uns von Fisherman's Wharf entfernten, hielt er immer noch meine Hand. »Du darfst jetzt loslassen, ich kann nicht mehr ins Wasser fallen, und über die Straße komme ich auch ganz gut allein, weißt du?«

»Oh.« Überrascht schaute er nach unten und ließ mich langsam los. Dann steckte er entschlossen die Hände in die Hosentaschen. »Tut mir leid.«

»Schon gut, ich wollte nur nicht dein Macho-Junggesellen-Image zerstören, Henry.« Ich war erleichtert und zugleich enttäuscht, dass er meine Hand so bereitwillig losgelassen hatte.

»Recht so«, erwiderte er, aber es klang ein wenig halbherzig.

Wir verbrachten eine Weile damit, durch die unterschiedlichen Schokoladen zu stöbern, und kauften beide ein paar Schachteln (Henrys waren Mitbringsel für seine Mum und seine Schwägerin, meine waren für den eigenen Verzehr bestimmt, aber das behielt ich für mich), und als wir bezahlt hatten, wurde es dunkel, und der Abend brach herein.

»An dieser Pier gibt es ein echt nettes Fischrestaurant, wenn du Lust darauf hast?«, schlug Henry vor, als wir am Wasser entlang zurückgingen.

»Ich bin am Verhungern, das klingt großartig.«

Eine muntere Empfangsdame führte uns zu einem Tisch mit Blick auf die Bucht und reichte uns Speisekarten, während sie die Specials herunterleierte und uns Wasser einschenkte.

»Woher kennst du dieses Restaurant?«, fragte ich.

»Als ich vor ein paar Jahren in Stanford war, hat eine der PhD-Studentinnen eine Gruppe von uns mit hierhergenommen. Sie ist in San Francisco geboren und aufgewachsen und sagte, dass es im Vergleich zu anderen Touristenrestaurants eines der besten sei.«

»Oh, hast du noch Kontakt zu ihr? Vielleicht solltest du sie treffen, während du hier bist?«

Henry schaute mich seltsam an. »Ich weiß nicht so recht, ob das eine gute Idee ist.«

»Warum nicht?«

»Weil sie meine Ex-Frau ist, Clara, und wir haben uns nicht im Guten getrennt.« Er klang kurz angebunden, angespannt. Verletzt?

»Oh.« Seine Antwort traf mich wie ein Schlag in den Magen, und mir fiel keine Bemerkung ein, die ich diesem Gespräch mit gutem Gefühl hätte hinzufügen können, deshalb saßen wir eine Weile in unbehaglichem Schweigen da, und keiner sah dem anderen in die Augen.

Endlich brachte ich den Mut auf, die Frage zu stellen, die bereits ein Loch in meinen Kopf brannte. »Was ist passiert, warum habt ihr euch getrennt?«

Henry betrachtete mich ruhig. Der Kellner kam vorbei, nahm unsere Bestellung auf und stellte einen Brotkorb zwischen uns, ehe er hastig den Rückzug antrat, weil er offenbar die Anspannung spürte, die von unserem Tisch ausging.

Als Henry endlich wieder sprach, war seine Stimme leise und er klang müde. »Wir haben uns auf einem gesellschaftlichen Event der Bioingenieure an der Uni kennengelernt, und dann entschied sie sich für dasselbe Labor wie ich. Wir verstanden uns gut und dateten eine Weile. Zu heiraten war eine schlechte Idee, die Ehe hielt nur sechs Monate.« Er nippte an seinem Wein. »Es war alles meine Schuld – ich hätte das niemals durchziehen sollen, ich bin nicht stolz darauf, wie das zwischen uns gelaufen ist.«

Eine Delle in der Rüstung des perfekten Henry. Da ich seinen Widerwillen fortzufahren spürte, nahm ich mir ein Stück Brot und gab ihm Raum zu reden, falls er das wollte. Ich mochte ihn nicht drängen, auch wenn die neugierige kleine Teufelin in meinem Kopf herumjammerte, weil sie jedes noch so kleine Detail erfahren wollte.

»Kann ich dich etwas fragen, Clara?«

»Okay, aber nicht, wenn es sich um einen Heiratsantrag handelt, denn ich suche momentan nach einem barbarischen Ehegatten im Kilt.«

Henry starrte mich mit leicht geöffnetem Mund an. Shit, das war ein total unangemessener, unbedachter Witz. Bravo, Clara, das war wieder mal genial beschissen von dir.

Doch dann lachte er zum Glück leise und schüttelte den Kopf. »Nein, keine Sorge, ich will dir keinen Antrag machen. Nach dem, was ich dir eben erzählt habe, wirst du verstehen, dass ich in dieser Hinsicht ziemlich schlecht in Form bin.«

Wieder plagte mich das Verlangen, weitere Fragen zu stellen, an dieser offensichtlichen Hautblase herumzudrücken und die mentale Warnung zu ignorieren, dass sie, wenn ich weiter daran herumdokterte, aufplatzen und etwas ans Licht kommen könnte, das ich gar nicht sehen wollte.

»Es geht um das, was du mir letzte Woche in der Besenkammer erzählt hast.«

Verdammt, meine telepathischen Versuche, sein Gedächtnis zu löschen, hatten doch nicht gefruchtet. Ich schaute auf und begegnete einem eindringlichen, geradezu gewittrigen Blick aus diesen blaugrauen Augen.

»Du musst nicht darauf antworten, wenn du nicht willst, aber wodurch hat dich dein Vater so schlimm verletzt?« Sein Ton ließ keinen Zweifel daran, dass der umgängliche Henry, der so gern lächelte, Witze riss und mir die Befangenheit nahm, bis auf Weiteres verschwunden war. Wie es schien, war zum Abendessen der Henry der Spanischen Inquisition vorbeigekommen.

Ich bestrich ein Stück Brot mit Butter und dachte darüber nach, wie ich diese Frage wohl am besten beantwortete, ohne wie eine Vollkatastrophe zu klingen. Oder preiszugeben, wie gebrochen ich mich innerlich wirklich fühlte. Ich bemühte mich, einen leichten Ton anzuschlagen. »Der übliche elterliche Blödsinn – er hat sich aus dem Staub gemacht.« Ich hoffte, das würde genügen.

»Wo ist er jetzt?«

»Das weiß ich nicht, ich habe ihn nie wiedergesehen.«

»Nie?«

»Nie. Er ist verschwunden und hat keine Nachsendeadresse hinterlassen.«

»Willst du ihn suchen?«

»Herrgott, Henry! Nein! Nein, ich habe es versucht, und er war nicht an irgendeiner Art von Beziehung zu mir interessiert.« Ich hielt inne und versuchte, mich nach diesem Ausbruch wieder zu fassen. Ohne es zu wissen, hatte Henry aus Versehen das Zunderpapier des Schmerzes angezündet, der dauerhaft in mir schwelte.

»Oh.« Er schien keine Worte zu finden, sah mitfühlend und zugleich verwirrt aus. »Warum nicht?«

Das war die Eine-Million-Dollar-Frage, oder? Warum wollte mein eigener Vater mich nicht kennenlernen? Warum hatte er sich entschieden, das Weite zu suchen und jeden Kontakt abzubrechen? Warum hatte er beschlossen, den einzigen Menschen zu verlassen, den er eigentlich bedingungslos lieben sollte?

»Ich weiß es nicht.«

»Was ist passiert?« Henry war beharrlich, aber als ich ihn über den Tisch hinweg ansah, lag nichts als Mitgefühl in seinen Augen, das Bemühen zu verstehen, was los war. Ich konnte ihm diesen Teil von mir anvertrauen, ihm gestatten, ein wenig von meiner Gebrochenheit zu sehen. Das wäre okay, oder?

Ich trank einen Schluck Wein und atmete dann tief durch. Dann mal los. Friss oder stirb.

»Ich war acht, als er weggegangen ist. Er hat eine Tasche gepackt und verließ das Haus, ohne sich noch mal umzusehen. Seine Abschiedsworte waren, dass meine Mutter und ich ihn erstickten, dass er ein wenig Raum brauche, ohne uns, und Zeit, um eine Weile er selbst zu sein und kein Ehemann oder Vater. Als Kind wollte ich Kontakt zu ihm aufnehmen, ich schrieb Briefe, Hunderte von Briefen, aber ich wusste nicht, wohin ich sie schicken sollte, deshalb bewahrte ich sie in einem kleinen Kästchen unter dem Bett auf. Ich wollte nur wissen, wie ich besser sein konnte, damit er zurückkäme und mich so wie früher liebte. Aber wir haben nie wieder etwas von ihm gehört oder gesehen.« Ich kippte mehr von meinem Wein hinunter, während Henrys Miene abwechselnd traurig und wütend war. »Meine Mutter kam damit nicht klar, sie ertränkte ihr Leben in Alkohol, verließ sich auf Almosen, und ich blieb so ziemlich mir selbst überlassen in unserer schäbigen Wohnung – einem Produkt des britischen Sozialsystems.«

»Es tut mir so leid, dass er dir das angetan hat, Clara«, flüsterte Henry.

»Ich habe das Gefühl, eine Wunde zu haben, die nicht heilt, und ab und zu kratze ich den Schorf ab, sodass sie wieder anfängt zu bluten. Ich weiß nicht, was ich tun soll, damit es besser wird oder nicht mehr wehtut. Deshalb denke ich stattdessen einfach nicht darüber nach, ich schließe es weg, verstecke es im Dunkeln und lasse es niemanden sehen.« Ich hielt inne, musterte ihn, suchte nach Mitleid oder Skepsis. »Es ist eine pathetische kleine Leidensgeschichte, oder?«

Henry schüttelte den Kopf. »Was du empfindest, ist nicht pathetisch, Clara. Hast du schon mal mit jemandem darüber geredet?«

»Nur mit Jo, und jetzt mit dir. Freust du dich, dass du jetzt wieder mein Freund bist? So kannst du all die lustigen Dinge mit mir teilen«, scherzte ich, weil ich unbedingt die Anspannung auflösen und dem Gespräch eine andere Richtung geben wollte. Ich ärgerte mich, weil ich offenbar in Henrys Gegenwart nicht in der Lage war, meine sonst stets topsoliden Vermeidungsstrategien anzuwenden. Irgendwie hatte er es wieder mal mühelos geschafft, mir meine tiefsten, dunkelsten Geheimnisse zu entlocken.

Henry musterte mich einen Moment lang ruhig, während ich wieder einen Schluck Wein trank, im Bemühen, den dumpfen Schmerz zu lindern, der sich in meiner Brust ausbreitete, wann immer ich über diesen Teil meines Lebens nachdachte. Mein Vater hatte sich nicht einmal umgedreht, als meine Mutter heulte und ihn anflehte, uns nicht zu verlassen, und mein zartes, noch im Wachsen befindliches Herz wurde damals irreparabel gebrochen. Und auch wenn das klischeehaft klingt, ich fragte mich bis heute, was ich getan hatte, um ihn zu vertreiben – ob ich so schrecklich gewesen war, dass er alle Bande zu seinem eigenen Fleisch und Blut zerschnitten hatte. Selbst wenn er meine Mutter nicht mehr lieben konnte, konnte er dann nicht wenigstens mich lieben? Aber er liebte mich nicht. Ich war der Liebe nicht wert, nicht mal der Liebe meines eigenen Vaters. Das war die Krux an der ganzen Sache. Der Riss in meinem fragilen Herzen aus Glas. Der Grund, weshalb ich nun keinem anderen Mann mehr vertrauen oder ihn lieben konnte. Denn Männer gaben diejenigen auf, die sie eigentlich lieben sollten. Und gingen einfach weg.

»Vielleicht solltest du mal mit jemand Professionellem reden, einer Therapeutin vielleicht?«, schlug Henry vor.

»Ich weiß sehr wohl, dass ich Daddy-Probleme habe, die mich zu der Annahme führen, dass mich alle Männer verlassen werden, deshalb glaube ich nicht, dass ich jemanden dafür zu bezahlen brauche, mir irgendetwas zu sagen, was ich ohnehin schon weiß.« Ich wurde immer wütender, vor allem auf mich selbst – es war wirklich monumental tragisch, zugelassen zu haben, dass die Handlungen meiner Eltern schon so lange mein Leben beeinträchtigten. Ich konnte mir nur ausmalen, wie das auf jemanden wie Henry wirken musste. Auf jemanden, dessen Leben nahezu perfekt schien.

»Was dein Vater getan hat, ist unverzeihlich. Ich kann mir nicht vorstellen, wie ich in deiner Situation damit umgehen würde. Eltern sind die Menschen, denen du vor allen anderen vertraust, und wenn sie dich im Stich lassen, wirkt sich das auf deine ganze Welt aus.« Seine gedämpfte Stimme klang beruhigend.

»Ich bin nur nicht gut darin, darüber zu reden, weil ich nach vorne schauen will, aber ganz egal, wie hart ich arbeite oder wie gut es mir meiner Meinung nach geht – es ist immer da, wie eine schwarze Wolke, die meine Zuversicht einsaugt«, flüsterte ich trostlos. »Ich wollte nicht, dass du mich verachtest, weil ich nicht in der Lage bin, darüber hinwegzukommen.«

Unsere Vorspeisen kamen und verhalfen mir zu der dringend benötigten Ablenkung. Ich machte mich über den Salat mit frischen Meeresfrüchten her, den Blick fest auf meinen Teller geheftet, und wir aßen schweigend. Nachdem ich einen weiteren großen Schluck Wein getrunken hatte und meine Hand auf dem langen, eleganten Stiel des Glases ruhte, war ich überrascht, als ich spürte, wie Henrys warme Finger über meine strichen.

»Ich werde immer zuhören, werde immer da sein, wenn du mich brauchst, und ganz egal, was du mir erzählst, Clara, ich werde dich niemals verachten.«

17

Ich schüttelte die deprimierenden Gedanken ab, die in meinem Kopf kreisten. Da ich daran gewöhnt war, meine Gefühle wegzuschieben und so zu tun, als ginge es mir gut, schafften wir es zu meiner großen Erleichterung, den Rest unserer Mahlzeit ohne allzu viel Unbehaglichkeit hinter uns zu bringen.

Ich hatte den Großteil der Flasche Wein stetig konsumiert, während sich Henry überwiegend an Wasser gehalten hatte, deshalb war ich ganz eindeutig mehr als nur beschwipst, als wir in die kühle Nachtluft hinaustraten.

»Uuups!«, quiekte ich, weil ich Mühe hatte, geradeaus zu gehen, und kichernd gegen eine Bank stieß. »Du ungezogener kleiner Straßenstuhl, was machst du denn hier?«

»Komm schon, Dr. Alki, lass uns nach Hause und ins Bett gehen.« Lachend umfasste Henry meinen Ellbogen und bugsierte mich an Fisherman's Wharf entlang und dann den Hügel hinauf zu unserem Hotel.

»Das ist sehr zudringlich von Ihnen, Dr. Fraser, aber so ein Mädchen bin ich nicht«, ermahnte ich ihn streng und blieb schwankend stehen.

»Du hast recht. Du musst ins Bett gesteckt werden, und zwar *allein,* um deinen Rausch auszuschlafen, Clara«, stimmte Henry zu, während er versuchte, mich weiterzuziehen.

»Besteigst du gerade den Everest mit mir?«, fragte ich ächzend, während ich mich immer mehr an Henrys beruhigend großen Körper neben mir lehnte.

»Nein.« Er richtete mich auf und brachte mich wieder auf den rechten Weg, aber ich steuerte erneut in seine Richtung und prallte mit einem dumpfen Geräusch gegen ihn. »Sie schaffen das, Dr. Clancy, einen Fuß vor den anderen. Na also.«

Wir gingen (ich stolperte) eine Zeit lang ziemlich langsam weiter, und ich versuchte, mich auf das Pflaster zu konzentrieren und darauf, wo meine Füße waren. Allerdings schaffte ich es immer wieder, gegen ihn zu taumeln.

»Darf ich Ihre Hand halten, Dr. Fraser?«, fragte ich plötzlich und blieb erneut abrupt stehen, auch wenn sich meine Umgebung weiterbewegte, sich langsam drehte, sodass ich mich ein wenig seekrank fühlte.

Henry schaute mich amüsiert an. »Wenn es dir beim Gehen hilft, dann nur zu.«

Nachdem ich ein paarmal ins Leere gegriffen hatte, bekam ich endlich seine große Hand zu fassen und drückte sie ein wenig, was behutsam erwidert wurde. Das Gefühl, von seiner Berührung leicht elektrisiert zu werden, war noch da, allerdings etwas gedämpft durch den Alkohol in meinen Adern. Ich machte einen selbstsicheren Schritt vorwärts, wobei meine Knie ein wenig nachgaben, aber zum Glück zog mich Henry mit einem resignierten Seufzer wieder hoch.

»Händchen halten ist schön, nicht wahr?«, sagte ich verträumt, sobald wir eine regelmäßige Gangart eingeschlagen hatten.

»Ja, das stimmt«, bestätigte er. Während ich unsere ineinander verschränkten Hände sanft vor- und zurückschwingen ließ, breitete sich in meinem Brustkorb ein warmes Glücksgefühl aus.

»Das solltest du unbedingt machen, wenn du mal eine Freundin hast«, sagte ich und zog ein wenig an seiner Hand, damit er mich ansehen musste.

»Das werde ich, keine Sorge.« Er senkte den Blick. »Was das angeht …«

»Du siehst traurig aus«, unterbrach ich ihn. »Bist du traurig? Soll ich dich knuddeln?« Ich streckte eine Hand aus und drückte seine Wangen hoch, damit sich seine Mundwinkel nach oben zogen. »Soll ich die Traurigkeit wegknuddeln, Dr. Henry?«

Ich schwankte einen Moment unsicher.

»Du weißt, dass du das willst«, fuhr ich grinsend fort und machte einen wackeligen Schritt auf ihn zu.

»Ähm, nun ja …« Er sah ein wenig verdutzt und entzückend unsicher aus.

Ohne auf eine Erlaubnis zu warten, umarmte ich ihn, streckte dabei die Hände in seinen offenen Mantel und schlang ihm fest die Arme um die Taille, die Wange an seine Brust gekuschelt. Ich wurde von Wärme eingehüllt, die durch seinen weichen Kaschmirpullover drang, und von dem unverkennbar herrlichen Duft, der so ganz Henry war.

»Das ist schön«, murmelte ich in seine Kleider.

Ich spürte, wie er langsam und zögerlich die Arme um mich legte, mich weiter in die Tiefen seines Mantels zog und mir das Kinn auf den Kopf legte.

»Du riechst herrlich«, fuhr ich ein wenig atemlos fort.

»Danke, du auch.« Ich spürte, wie seine Stimme an meinem Ohr vibrierte, ein tiefes, volles Timbre, das mich an heiße geschmolzene Schokolade erinnerte.

»Oh, aber natürlich hätte Superman keine stinkenden Freunde, oder?«, erwiderte ich schmollend.

Er stieß einen belustigten Laut aus. »Nimm das Kompliment doch einfach an, ja?«

»Hmpf.« Ich kuschelte mich weiter in ihn hinein wie eine Wühlmaus.

»Du fühlst dich unter diesen Kleidern ziemlich fest an, nicht wahr?«, sagte ich abwesend und war mir nicht sicher, ob ich das nur gedacht oder ausgesprochen hatte. Das kleine hustende Lachen, das über meinem Kopf erklang, bestätigte, dass ich es tatsächlich laut gesagt hatte. Verdammt.

Ich klammerte mich eine Weile an Henry fest, und er schien auch keine Eile zu haben loszulassen. Seine Hände bewegten sich rhythmisch an meinem Rücken auf und ab. Ich war mir nicht sicher, hatte aber den Eindruck, dass er mir einen zärtlichen Kuss auf den Scheitel drückte.

»Bist du eingeschlafen, Clara?«, fragte er schließlich.

»Nein, aber ich könnte es. Ich hänge gern in deinem Mantel herum, er ist zu einem sicheren Ort für mich geworden«, flüsterte ich. Meine Augen waren geschlossen, und ich atmete gleichmäßig.

»Gut zu wissen«, erwiderte Henry, »sollen wir diesen Umarmungsmarathon vielleicht vertagen und weitergehen, damit wir vor Mitternacht im Hotel sind?«

Ich gab einen zusammenhanglosen Laut von mir, den Henry als Zustimmung auffasste und zum Anlass nahm, sich aus meinem affenartigen Klammergriff um seinen Oberkörper zu befreien.

»Habe ich deine Traurigkeit wegumarmt?«, fragte ich ernst und blickte in seine Augen, um die sich hinter seinen Brillengläsern kleine Fältchen bildeten. Er hob die Hand und strich mir behutsam eine Locke, die sich aus meinem Haarband gelöst hatte, hinters Ohr.

»Ja, hast du.«

Dies wäre, so dachte ich durch den verschwommenen Nebel meines berauschten Hirns, auf der Kinoleinwand der perfekte Moment für einen Kuss, und kurz blieb mein Blick an seinen Lippen hängen, ehe ich meinen Fehler bemerkte. Reiß dich zusammen, Clancy, Zungenküsse mit Freunden waren tabu; wenn das hier jetzt Jo wäre, wäre sie wohl kaum begeistert, wenn ich ihr nach einer trunkenen Umarmung das Gesicht abschlabbern würde. Und ich wusste hundertprozentig, dass Henry genauso wenig davon angetan wäre.

Ich trat zurück, stolperte ein wenig und ergriff wieder seine Hand. »Frisch voran, Hillary, bei Tagesanbruch sollten wir auf dem Gipfel sein.«

Henry lachte – vielleicht ein wenig traurig – und drückte wieder meine Hand, die ich beim Gehen vor- und zurückschwenkte.

»Weißt du, wenn du wirklich Superman wärst, würdest du mich einfach schnappen und mit mir nach Hause fliegen. Aber du bist heute Abend wieder als Clark Kent gekommen, nicht wahr?«, sagte ich und deutete auf seine Brille.

»Leider ja, ich habe mein Superheldenkostüm im Hotel gelassen, weil ich nicht damit gerechnet hatte, heute Abend auf irgendwelche Jungfern in Nöten zu stoßen, aber anscheinend habe ich mich geirrt«, gab er scherzhaft zurück und machte gutmütig bei meinem Händeschlenkern mit.

»Hast du es eigentlich nie satt, dass sich die Frauen dauernd so auf dich stürzen, Henry?«, erkundigte ich mich unvermittelt und war selbst überrascht von der Direktheit meiner Frage. Alkohol hatte diese hinterhältige Art, jegliche Denkprozesse zu umgehen und meinen Sprechfilter kurzzuschließen.

Er blickte kurz zu mir herab. »Nein, weil sich die Frauen gar nicht auf mich stürzen, Clara.«

»Pfft. Du willst doch wohl nicht sagen, dass dir nicht aufgefallen ist, wie sie dahinschmelzen und gehauchte Seufzer ausstoßen, wenn du irgendwo auftauchst?«

»Wovon redest du?«, erwiderte er verwirrt. »Diese Art von Benehmen gibt es im echten Leben nicht, aber vielleicht in einem deiner schlüpfrigen Romane?«

»Lass mich dir als neutrale Beobachterin sagen, dass es *dauernd* passiert, ich kann nicht glauben, dass du so ahnungslos bist!«

Doch Henry schüttelte ungläubig den Kopf. »Wenn du das sagst. Mir ist es jedenfalls noch nie aufgefallen.«

»Nun, vielleicht sollte es dir aber mal auffallen, denn dann hättest du *womöglich* inzwischen eine Freundin, und ich müsste dich nicht die ganze Zeit vor Marina Montgomery retten.« Wie eine strenge Lehrerin fuchtelte ich mit dem Zeigefinger vor ihm herum, oder waren es zwei Finger? Alles war nun eindeutig mehr als nur ein bisschen verschwommen.

»Nun, wenn eine Frau, auf die ich tatsächlich stehe, mir auch nur den Hauch einer Andeutung vermitteln würde, dass sie *ebenfalls* auf mich steht, dann hätte ich *womöglich* inzwischen in der Tat eine Freundin, von der ich Marina Montgomery erzählen könnte«, erwiderte er gereizt. Dann hielt er mir die Tür zur Hotellobby auf und ließ mich eintreten.

18

Ich wachte von einem lauten Klopfen, Schmerzen im Schädel und einem gleißenden Licht auf, vollkommen desorientiert und groggy. Huch, war ich etwa im Krankenhaus? Oder schlimmer?

Endlich hörte das Klopfen auf; ich schloss fest die Augen und schlüpfte zurück unter die Decke in meinen warmen, heimeligen Kokon und driftete wieder ab, der Jetlag und der Restalkohol machten mich erneut halb bewusstlos.

»Clara, wach auf!« Die hartnäckige gedämpfte Stimme aus dem Hotelflur drang in mein schläfriges Gehirn, und das Hämmern setzte wieder ein, als würde jemand mein Kranium mit einem Presslufthammer bearbeiten.

Meine Augen fühlten sich an, als würden sie aus brennendem Sand bestehen. Stöhnend hob ich die Bettdecke ein winziges Stück an und schaute zur Uhr auf dem Nachttisch, die halb neun anzeigte. Das rabiate Hämmern ging weiter, deshalb hievte ich meinen leichenhaften Leib widerwillig aus dem Bett und stolperte zur Tür hinüber. Ich riss sie weit auf und starrte Henry an, der taufrisch aussah. Hinter ihm stand ein Hotelangestellter, der sich auf einen Servierwagen mit Silberglocken stützte.

»Ich bin wach. Was ist denn?« Meine Schläfrigkeit hatte mich eindeutig in einen Brummbär verwandelt, und ich fragte mich kurz, wie viele der anderen sieben Disney-Zwerge-Persönlichkeiten ich im Laufe des Tages wohl noch verkörpern würde; Happy schien mir im Moment jedenfalls ein Ziel zu sein, das außerhalb meiner Reichweite lag.

»Ähm, würden Sie uns bitte einen Moment geben?« Henry wandte sich mit riesigen, sehr runden Augen dem jungen Mann zu, der mit offenem Mund hinter ihm stand und zu mir hereinstarrte.

Was war sein Problem? Ich bedachte ihn mit meinem zornigsten Funkeln, das glatte Holz des Türrahmens bot mir einen sicheren, erdenden Halt, weil sich immer noch alles ein wenig drehte.

»Sie muss für den Zimmerservice unterschreiben, Sir«, flüsterte er, seine Stimme war ungewöhnlich hoch und ein wenig krächzend.

»Gut, zwei Sekunden. Warten Sie hier«, wies Henry ihn an und scheuchte mich dann zurück in mein Zimmer, wobei er darauf achtete, mich nicht zu berühren. Hastig schloss er die Tür hinter sich und verschwand im Bad.

Er kam mit einem großen flauschigen Morgenmantel zurück und reichte ihn mir, wobei er den Blick sorgfältig auf mein Gesicht gerichtet hielt.

»Zieh das an«, sagte er heiser, in seinem Kiefer zuckte ein Muskel.

In diesem Moment blickte ich an mir hinab, und die schreckliche Erkenntnis jagte eisige Schauder über meine Haut. Ich war gestern Abend zu betrunken gewesen, um mich richtig auszuziehen, und hatte deshalb nur meine Unterwäsche an, zum Glück eine meiner besten zusammenpassenden Kombis – ein Luxus, den ich mir gönnte –, aber der BH und der Slip aus blassblauer Spitze überließen nur wenig der

Fantasie. Ausgerechnet dann, wenn eine gesunde Dosis Schamhaftigkeit angebracht gewesen wäre, ließ sie mich im Stich, das kleine Luder. Großartig.

»Mist. Tut mir leid, dass ich morgens um diese Zeit nackig vor dir rumlaufe, Henry«, murmelte ich und wickelte den Frotteestoff um mich, zu verkatert, um überhaupt noch in der Lage zu sein, rot zu werden.

»Um mich brauchst du dir keine Sorgen zu machen, aber der arme Kerl da draußen sah aus, als würde er gleich sein Leben aushauchen«, frotzelte Henry, der sich offenbar wieder gefasst hatte, auch wenn seine Wangenknochen noch einen Hauch Farbe zeigten. »Geh mal seinen kleinen Zettel unterschreiben, dieses Mal ohne den Striptease, damit du frühstücken kannst.«

Ich öffnete die Tür, und der Kellner schaute neugierig ins Zimmer, womöglich etwas enttäuscht, dass ich nicht mit meiner Peepshow weitermachte. Er schob den Servierwagen ins Zimmer herein und stellte alles, was sich darauf befand, auf den Tisch, während ich mir einen Stift schnappte und die Rechnung unterschrieb. Henry schob ihm ein paar Dollar Trinkgeld in die Hand und eskortierte ihn nachdrücklich auf den Flur hinaus.

»Danke«, murmelte ich, als sich die Tür hinter dem neugierigen Kellner schloss, der sich vor seinem Abgang noch einmal den Hals verrenkte, wahrscheinlich in der Hoffnung, einen weiteren Blick auf diesen sehr billigen Abklatsch eines Victoria's-Secret-Models zu erhaschen.

»Das Bild, als du in BH und Slip die Tür aufgemacht hast, wird ihn noch eine Weile auf Trab halten, würde ich annehmen.«

»Shhh, Ruhe! Wo ist der Kaffee? Ich komme mir vor, als hätte ich ein totes Kamel im Mund.«

»Ich hatte mich gefragt, ob du vielleicht ein wenig verkatert bist.« Henry reichte mir grinsend ein Glas Orangensaft und etwas Paracetamol, das ich gierig schluckte. »Deshalb dachte ich mir, dass Zimmerservice heute Morgen wohl die bessere Option ist. Mit einem so *ungenierten* Willkommen hätte ich allerdings nicht gerechnet.«

Ich ignorierte den letzten Kommentar und fing stattdessen an, das Tablett in Augenschein zu nehmen. Es gab Gebäck und Früchte, Toast und verschiedene Marmeladen unter Metallkuppeln. Außerdem einen großen Teller mit warmen Pancakes, die noch ein wenig dampften. Jede Menge von meinen Lieblingskohlenhydraten, um den Alkohol aufzusaugen. Henry hatte eine gute Wahl getroffen.

»Hast du denn schon gefrühstückt?« Ich schenkte mir eine große Tasse Kaffee ein, schüttete Sahne und Zucker dazu und rührte energisch um.

»Ja, ich war früh auf. Ich habe versucht, dich aufzuwecken, aber du hast geschlafen wie eine Tote, deshalb habe ich dich noch eine Weile gewähren lassen. Aber ich trinke einen Kaffee mit, um dir Gesellschaft zu leisten, wenn du willst?«, sagte Henry, umsichtig wie immer.

»Bedien dich«, erwiderte ich, deutete auf die Frühstückssachen auf dem Tisch und ließ mich auf einen Sessel plumpsen, die Tasse Kaffee mit beiden Händen umklammert.

»Wir haben noch ein wenig Zeit bis zum Forscher-Meeting in Stanford, aber wir sollten wohl vorher noch ein paar Dinge durchgehen.« Henry setzte sich auf die Kante meines ungemachten Bettes und nippte an seinem Kaffee.

Ich trank das koffeinhaltige Elixier, so schnell ich konnte, und hoffte, dass es meinen zittrigen Gliedern etwas Gefühl einhauchen würde. Als es endlich seine Wirkung zeitigte, war ich erleichtert.

»Wie wäre es, wenn du meine Notizen durchgehst, während du deinen Kaffee trinkst, und ich gehe derweil duschen, damit ich mich wieder ein bisschen wie ein Mensch fühle?«, schlug ich vor.

»Einverstanden. Wenn es okay für dich ist, dass ich hier bin, während du duschst? Ich kann auch zurück auf mein Zimmer gehen, und wir treffen uns später, wenn dir das lieber ist?« Er schien sich seltsam unbehaglich zu fühlen, schluckte nervös und wandte den Blick ab.

»Ich glaube, ich kann mich darauf verlassen, dass du mich nicht in der Dusche beobachtest, Henry. Außerdem weißt du bereits, wie ich in Unterwäsche aussehe, deshalb wäre jegliche Schamhaftigkeit meinerseits zu diesem Zeitpunkt völlig überflüssig.«

»Ich gucke nicht, Pfadfinderehrenwort«, versprach er mir feierlich und machte einen lustigen kleinen Salut.

Ich verdrehte die Augen. »Warum überrascht es mich nicht, dass du bei den Pfadfindern warst?«

»Ich nehme an, Superman wäre auch Pfadfinder gewesen, wenn es auf Krypton einen Pfadfinderverband gegeben hätte«, erwiderte er. »Nichts gegen die Pfadfinderbewegung, Clara. Allzeit bereit.«

»Allzeit bereit«, murmelte ich und ging ins Bad, während er leise in sich hineinlachte.

Nach einer sehr ausgedehnten heißen Dusche fühlte ich mich wie eine neue Frau. Ich hüllte meine Haare und meinen

Körper in fluffige Handtücher und machte mich auf die Suche nach Klamotten für den heutigen Tag. Dabei stieß ich auf Henry, der es sich auf meinem Bett gemütlich gemacht hatte und emsig meine Notizen las. Er lag auf dem Rücken, ließ die Beine über die Kante hängen, den einen Arm hatte er unter den Kopf geschoben, mit dem anderen hielt er die Blätter nach oben. Sein Hemd war aus der Hose gerutscht und enthüllte einen Teil seines straffen Bauchs sowie eine Spur dunkler Haare, die unter seinem Hosenbund verschwanden. Ich schluckte, und eine hitzige Woge breitete sich auf meiner Haut aus. Er war wirklich überwältigend attraktiv, männlich mit einem Hauch von Rauheit, aber überraschenderweise war es in diesem Moment vor allem seine Verletzlichkeit, die mir den Atem raubte. Auch wenn ich wusste, dass das wirklich nirgends hinführen konnte, außer in eine Einbahnstraße zu einem noch schlimmer gebrochenen Herzen, fiel es mir wirklich schwer, ihn nicht weiterhin anzugaffen.

»Ich weiß, dass du schon lange keinen Mann mehr im Bett hattest, Clara, aber hör auf, mich anzustarren, das ist gruselig«, sagte Henry, als sich unsere Blicke schließlich trafen.

Ich schnaubte, um meine Verlegenheit, beim Glotzen erwischt worden zu sein, zu überspielen, und warf eine Serviette vom Frühstück nach ihm, die er zu meinem großen Ärger einfach auffing und lachend zurückwarf – mitten zwischen meine Augen.

Das Taxi brauchte etwa eine Stunde nach Stanford, und mein Kater hatte sich einigermaßen verzogen, als wir ankamen und unseren Konferenzsaal in der medizinischen Fakultät gefunden hatten.

Schon bald füllte sich der Raum mit Menschen, und auch wenn ich lächelte und mich vorstellte, bedurfte es einer unverhältnismäßig großen Menge an Gehirnkapazitäten, mir die Namen zu merken. Warum hatten wir nicht auf Namensschildern bestanden? Henry, der bereits alle zu kennen schien, wurde indessen mit Umarmungen und herzlichen Worten empfangen, offenbar mochte und akzeptierte ihn hier jeder.

Als Letztes kam eine makellos gekleidete junge Frau mit großen blauen Augen, die hinter einer trendigen übergroßen Brille nervös schimmerten. Das blonde Haar hatte sie zu einem hohen Pferdeschwanz zusammengefasst. Sie schaute sich um, und ihr Blick blieb an Henry hängen. Dann kam sie schnurstracks auf mich zu, weil sie mich in dieser Runde aus überwiegend männlichen Akademikern und Doktoren eindeutig als am wenigsten bedrohlich einschätzte.

»Hey, ich bin Naomi Porter, schön, Sie kennenzulernen«, sagte sie höflich und warf Henry einen weiteren raschen Blick zu, wobei sie ihre Brille etwas nach oben schob. Sie war ein wenig größer als ich und hatte diese makellose Prom-Queen-Schönheit, die man außerhalb von Hollywoodfilmen selten sah.

»Sehr erfreut, ich bin Clara Clancy von Pharmavoltis. Willkommen zu diesem Meeting«, erwiderte ich liebenswürdig, während ich ihr die Hand schüttelte und ihr das Informationspaket mit den ausgedruckten klinischen Studien reichte.

Naomis Wangen röteten sich, und sie schien mich einen Moment lang eingehend zu mustern. »Sie sind Clara Clancy? Die PhD-Studentin aus Oxford?«, fragte sie dann.

»Ja, das bin ich wohl. Beziehungsweise war ich, inzwischen bin ich promoviert. Hurra!«, erwiderte ich lächelnd. Dabei riss ich unbeholfen die Faust hoch und hoffte sofort, dass sie es nicht gesehen hatte. »Entschuldigen Sie, kennen wir uns?«

»Nein, wohl nicht, obwohl ich das Gefühl habe, Sie zu kennen.« Sie lachte kurz und schüttelte den Kopf, weil ich so offensichtlich verwirrt dreinschaute. »Sorry, das klang jetzt bestimmt seltsam, aber Henry hat viel über seine Zeit mit Ihnen in Oxford erzählt.«

»Wirklich? Okay, dann, schön, Sie kennenzulernen«, sagte ich noch mal, unsicher, wie ich fortfahren sollte.

»Er hat Ihnen nicht von mir erzählt?«, fragte sie mit einem Anflug von Melancholie in der Stimme.

Nun, das war jetzt doch ein wenig unangenehm. »Nein, tut mir leid, da unsere Firmen zusammenarbeiten, reden wir hauptsächlich über die Arbeit.«

»Wirklich?« Überrascht zog Naomi die Augenbrauen hoch.

»Ja. Ich meine, wir sind zwar befreundet, aber wir setzen auch beide alles daran, dass diese klinischen Studien ein Erfolg werden.« Ich musste dieses Mantra in meinem Kopf wiederholen, nur um mich daran zu erinnern, dass das und nur das die Beziehung war, die Henry von und mit mir wollte.

»Oh, verstehe.« Sie blickte wehmütig in seine Richtung, und mir wurde klar, dass es sich hier vermutlich um ein weiteres Hot-Henry-Opfer mit gebrochenem Herzen handelte. Ich schaute sie mitfühlend an. Einen Moment lang herrschte unbehagliches Schweigen. Dann tauchte der besagte Mann plötzlich höchstpersönlich an meiner Seite auf.

»Wie geht es dir, Henry? Lange nicht gesehen«, sagte Naomi leise. In ihrem Ton schwang unverhohlen Hoffnung mit, und in ihrem Blick lag ein unausgesprochener, jedoch wahrnehmbarer Hauch von Intimität.

»Ich hatte nicht damit gerechnet, dich hier anzutreffen, Naomi«, erwiderte er. Seine Stimme klang betont ruhig, traurig, und die Atmosphäre in unserem Trio änderte sich eindeutig, während sie einander anstarrten.

Durch die plötzliche undurchschaubare Intensität dieses Zusammentreffens fühlte ich mich ein wenig ausgeschlossen, irgendwie wie ein Anstandswauwau, und war, ehrlich gesagt, ein winziges bisschen eifersüchtig. »Ich, äh, lasse euch zwei dann mal allein, ihr habt euch ja lange nicht gesehen.«

Ich wollte mich zum Gehen wenden, doch Henry hielt mich am Ellbogen fest. »Geh nicht«, flüsterte er mir beinahe verzweifelt ins Ohr.

Ich blieb stehen und lächelte Naomi zaghaft an. Sie erwiderte mein Lächeln ein wenig zittrig, und ein paar weitere Sekunden lang standen wir alle drei da und starrten angespannt auf unsere Füße hinunter.

»Wie ist es dir so ergangen?«, fragte Henry endlich.

»Ganz gut, danke, und dir?«

»Gar nicht schlecht, danke.«

»Wo bist du jetzt?«

»Wieder in Oxford. Bist du immer noch hier in Stanford?«

»Ja, ich habe jetzt eine Postdoktorandenstelle in Dereks Labor.«

Henry verströmte seine Anspannung in Wellen, sein Griff um meinen Arm hatte mittlerweile die Kraft eines Schraubstocks, und das Gespräch verlief so gestelzt und schwerfällig, dass es wehtat. Naomis Verhalten hatte sich subtil verändert, sodass sie nun auf der Hut zu sein schien, ihre Miene war sorgfältig neutral gehalten, aber das nervöse Zucken ihrer Hände verriet ihre Gefühle. Was zum Teufel wurde hier gespielt?

»Derek meinte, es wäre gut, wenn ich heute herkäme, aber ich kann auch gehen, wenn du willst?«, sagte sie leise.

»Das ist nicht nötig«, erwiderte ich, und Henry flüsterte gleichzeitig: »Ich glaube, das wäre am besten.«

»Henry«, tadelte ich ihn leise.

Er sah mich an, seufzte und rieb sich unruhig den Nacken.

»Schon gut, Clara, ich werde gehen, ich wusste gleich, dass das keine gute Idee ist.« Naomi wich zurück.

»Nein, es tut mir leid, Clara hat recht, bitte bleib.« Henrys gequälter Gesichtsausdruck zeigte, dass ihm das schwerfiel und er sich verzweifelt bemühte, die offensichtlich widerstreitenden Gefühle, die in seinem Inneren tobten, zu überwinden.

»Wenn du dir sicher bist?« Sie schien erleichtert.

»Ja, natürlich.«

»Danke.« Nach einem letzten zögernden Blick auf Henry – in ihren Augen schimmerten Tränen – lächelte Naomi liebenswürdig, ging weiter in den hinteren Bereich des Saals und schüttelte unterwegs einigen anderen Delegierten die Hand.

»Was war das denn eben?«, fragte ich, sobald sie außer Hörweite war.

»Naomi war die PhD-Studentin, von der ich dir gestern Abend erzählt habe.«

»Deine Frau?«

»*Ex*-Frau«, murmelte er.

Okay, wenn das mal nicht vertrackt war. Warum wollte sie hier sein? Was war zwischen ihnen vorgefallen? Wie schlimm hatte es geendet?

»Ich merke dir an, dass du jede Menge Fragen hast, Clara, aber wir sollten weitermachen, ich erzähle es dir ein anderes

Mal.« Und dann richtete Henry als der vollendete Profi, der er war, seine Gesichtszüge wieder auf Freundlichkeit aus und wandte sich einer Gruppe potenzieller Studienleiter zu, die inzwischen ihre Sitzplätze gefunden hatten, und hieß sie mit herzlichen Worten zu diesem Meeting willkommen.

Nachdem wir die Details der klinischen Studie und die Kommunikationspläne abgehakt hatten, legten wir eine Kaffeepause ein, in der sich die Teilnehmer kennenlernen und weniger formelle Fragen stellen konnten. Schon bald trat ein freundlich aussehender Mann von Mitte bis Ende fünfzig an mich heran. Er trug eine rote Fliege und eine Hornbrille.

»Hallo, Clara, ich bin Professor Derek Smith, ich freue mich sehr, Sie kennenzulernen«, begrüßte er mich lächelnd im entspannten kalifornischen Dialekt, wobei sich um seine Augen tiefe Lachfalten bildeten.

»Ganz meinerseits, Henry hat mir schon viel von Ihnen und Ihrem Team erzählt. Wir freuen uns beide sehr, dass Sie sich einverstanden erklärt haben, Teil dieser klinischen Studie zu sein«, erwiderte ich herzlich und schüttelte ihm die Hand.

»Ah, Henry ist ein vielversprechender und brillanter Gewinn für jedes Programm, da konnte ich nicht Nein sagen«, erwiderte er und nickte Richtung Henry, der sich vorne im Raum gerade angeregt unterhielt. »Tatsächlich habe ich viele Male versucht, ihn hier in Stanford zu halten. Allerdings hat er oft von seinem Leben in Oxford gesprochen, deshalb freue ich mich wirklich für ihn, dass er wieder den Weg dorthin zurück gefunden hat.«

»Schon, allerdings fällt es mir schwer zu glauben, dass jemand nicht in Kalifornien bleiben und hier arbeiten will«, erwiderte ich leichthin und sah zu Naomi hinüber, die glücklich mit einer Gruppe Delegierter plauderte, die förmlich an ihren Lippen hingen.

»Nicht wahr?« Dereks Blick driftete zurück zu mir. »Aber ich glaube wirklich, dass sein Herz wieder nach England gehört.«

19

Es war ziemlich spät, als wir das Meeting endlich beendeten, nachdem wir Pizza bestellt und die Einzelheiten der Studienprotokolle sowie der Beteiligung der Forscher ausdiskutiert hatten. Naomi hatte einige tolle Ideen in Bezug auf die Rekrutierung von Patientinnen und Patienten, und die Spannungen von zuvor waren zum Glück nicht wieder aufgetreten.

Doch auf der Fahrt ins Hotel war Henry im Taxi sehr still. Er hatte auf dem Beifahrersitz neben dem Fahrer Platz genommen, und da ich auf der Rückbank mit meinen Gedanken allein war, dachte ich über seine Ex-Frau nach und das bisschen, was ich heute von ihr gesehen hatte. Sie wirkte, als wäre sie noch nicht so richtig über Henry hinweg, während er sich in ihrer Gegenwart schrecklich unwohl gefühlt hatte. Was war zwischen ihnen vorgefallen? Verhielt er sich so angespannt, weil er Schuldgefühle hatte? Oder hatte sie etwas getan, das ihn wirklich verletzt hatte? Wie auch immer, im Moment wollte er eindeutig nicht darüber sprechen, er hatte das Gesicht dem Fenster zugewandt und beobachtete gedankenverloren, wie die Welt vorüberzog.

Am nächsten Tag war das ganze Kardiovaskulär-Team angekommen und lungerte in der Hotellobby herum, einschließlich Richard Holmes. Henry war nirgends zu sehen, und mir hatte man heute Morgen ein frühes Zeitfenster bei der Abteilung für medizinische Information am Firmenstand zugeteilt, deshalb konnte ich mit den anderen abhängen. Nach einem kurzen Telefonat mit Simmy, um sie auf den neuesten Stand zu bringen, wie es hier drüben lief, schleppte ich mich resigniert hinüber ins Konferenzzentrum.

Die riesige Ausstellungshalle war laut und grellbunt, alle wichtigen Pharmaunternehmen waren präsent und versuchten, sich gegenseitig mit ihren Megamesseständen zu übertrumpfen. Glücklich aussehende Patienten, die erstaunlichen Outdoor-Aktivitäten nachgingen, lächelten von riesigen Postern herab, raffinierte Animationen über Wirkungsmechanismen, die zeigten, wie neue Wirkstoffziele Behandlungsergebnisse revolutionierten, flackerten über hell erleuchtete Plasmabildschirme.

Andere Pharmaindustrieangestellte grinsten zu mir herüber, als ich vorbeiging, um mich in ihr kleines, evidenzbasiertes medizinisches Utopia zu locken, bis sie das Pharmavoltis-Logo und meinen Ausstellerausweis entdeckten. Danach ging man mir schmallippig aus dem Weg, enttäuscht darüber, dass ich nicht die weltweit führende Gesundheitsexpertin war, auf die sie gehofft hatten.

Ich schlenderte auf unseren Stand zu, und ein Teil von mir war durchaus stolz darauf, in Sachen Herzkreislauferkrankungen an der Spitze der Forschung zu stehen, als winziges Rädchen in einer riesigen Maschinerie. Stolz darauf, eine unendlich kleine Rolle in einer enorm kontroversen Industrie zu spielen, die jedoch letztendlich das Leben von Patientinnen und Patienten verbesserte – und oft auch rettete. Der Wechsel von der akademischen Welt in die Industrie sorgte stets für Missbilligung. Ich erinnere mich noch gut an das unverhohlene Entsetzen meines Doktorvaters, als ich es vorzog, Oxford zu verlassen und mich auf die dunkle Seite zu schlagen. Aber echte Menschen waren dank der Innovation und der harten Arbeit meiner Fachkolleginnen und -kollegen noch am Leben – dank Erfindungen wie Henrys Herzklappen.

Als ich zu unserem Messestand kam, der sich in einer Ecke der riesigen Halle befand, entdeckte ich dort – von mir abgewandt und im Gespräch mit ein paar Leuten vom Sales-Team der US-Tochtergesellschaft – die unverkennbare Silhouette von Dominic Graham. Seine Anwesenheit war eine fast unheimliche Manifestation der erwähnten dunklen Seite. Er lehnte an einem der Tische, auf dem die Marketingmaterialien lagen, sein Profil verströmte eine Aura arroganter Herablassung. Na toll, ich würde diese besonders lästige Aufgabe also auch noch mit Hannibal Lecter teilen. Ich hätte mir doch wohl besser den Standbesetzungsplan ansehen sollen, bevor ich mich für dieses Zeitfenster verpflichtet hatte.

Als würde er meine Anwesenheit spüren (vielleicht hat er auch nur den Geruch meiner Leber wahrgenommen, das würde ich ihm inzwischen zutrauen), drehte er sich um und winkte mich zu sich. Ich kleisterte mir ein Lächeln ins Gesicht und stieg mit bleiernen Beinen auf die grellgrün-rosa Plattform, das Licht der Leuchtpaneele bohrte mir schon jetzt ein Loch in den Schädel und löste ein migräneartiges Gefühl hinter meinen Augen aus.

»Guten Morgen, Clara, wie geht es dir?« Dominics Stimme wusch wie eine Tasse warmer Kotze über mich hinweg.

»Gut, aber immer noch ein wenig Jetlag. Und dir?«

»Total großartig eigentlich, der Jetlag macht mir nichts aus«, bemerkte er selbstgefällig, während ich ihn einfach nur anstarrte. Er war eindeutig eine Art Alien, entschied ich. Ein mörderisches, menschenfressendes Alien, das in einer Dimension existierte, in der Jetlag nicht vorkam. Vielleicht war er Superman ja von Krypton hierher gefolgt? Das würde alles erklären. Mit ziemlich hinterhältiger Miene schaute er dem US-Team nach, das sich gerade entfernte. »Heute Morgen ist es hier ziemlich ruhig«, fuhr er vielsagend fort, »deshalb ist es gut, wenn man mit jemand Standdienst macht, der interessant ist und mit dem man sich unterhalten kann, nicht wahr?«

»Mmmm«, murmelte ich unverbindlich. Hinten im Stand, verborgen vor den Blicken der Öffentlichkeit, ortete ich die billige Kaffeemaschine und legte eine Kaffeekapsel hinein.

»Ja, ich habe meinen Standdienst eigens getauscht, damit wir zur selben Zeit hier sind«, fügte er hinzu, und ich spürte seine unerwünschte Präsenz plötzlich viel zu dicht hinter mir.

»Wirklich?«, fragte ich beklommen. Seine Gruseligkeit kannte keine Grenzen. Er nickte ungeheuer zufrieden und eingebildet, und unwillkürlich krallten sich meine Finger fest um die Tasse, die ich in der Hand hielt. Wo war noch mal die weichste Stelle des Schädels?

»Wie lange bist du schon in San Francisco?«, fragte er.

»Wir sind vor ein paar Tagen angekommen, gestern gab es in Stanford ein Forscher-Meeting für die neue Herzklappenstudie«, erwiderte ich, während ich versuchte, der Düse des Geräts etwas zu entlocken, das zumindest entfernt an Kaffee erinnerte. Ohne großen Erfolg.

»Wir?«, hakte er nach.

»Ich bin mit Henry Fraser hergeflogen.« Ich schnupperte an der braunen Brühe und wünschte, ich hätte es nicht getan. Nachdem ich das Gesöff in den Ausguss gekippt hatte, inspizierte ich misstrauisch die anderen Kapseln und kam zu dem Schluss, dass Starbucks wohl die beste Option war.

»Das war ja klar«, sagte er giftig. »Du machst zurzeit *alles* mit ihm, nicht wahr?«

Fast hätte ich es geschafft, seine Anwesenheit auszublenden, fast. Doch diese Bemerkung überraschte mich so sehr, dass ich ihm unwillkürlich ins Gesicht schaute. Dabei stellte ich fest, dass er in vollem Serienmördermodus war. Sein Gesichtsausdruck war finster und drohend, seine Hände waren zu Fäusten geballt. Zum ersten Mal fiel mir auf, wie groß und einschüchternd er war, nicht ganz so groß und breitschultrig wie Henry, aber immer noch viel größer als ich, und er blockierte den Ausgang aus dem kleinen Küchenbereich.

»Was meinst du damit?«, erwiderte ich verärgert und ignorierte mein primitives Erbsenhirn, das meinem Körper eine unmittelbar lebensbedrohliche Situation meldete und mich dazu drängte, Dominic die Kaffeemaschine an den Kopf zu schleudern.

»Dein kleines Rendezvous mit Henry Fraser auf der Firmenparty ist nicht unbemerkt geblieben, Clara, und Simmy hat sich große Mühe gegeben, mir zu erklären, wie gut ihr beide einander kennt. Besonders ärgerlich, wenn man bedenkt, dass du mir vor Kurzem erst gesagt hast, du würdest auf keinen Fall einen Arbeitskollegen daten.« Dominic hielt inne und ließ den Blick über mich wandern. »Oh, aber Moment mal, du datest zwar nicht, würdest aber – und ich zitiere hier wörtlich – ›*affengeilen, wilden Sex*‹ haben, nicht wahr?«, höhnte er und deutete Anführungszeichen in der Luft an, um den peinlichen Ausdruck, den ich benutzt hatte, zu betonen.

Sprachlos starrte ich ihn einen Moment lang an. Mir fiel regelrecht die Kinnlade runter. Was für ein beschissener Scheißkerl aus Scheißkerlhausen.

Als ich immer noch nichts sagte, legte er nach. »Sonst noch irgendwelche Eroberungen bei der Arbeit, von denen ich wissen sollte? Arbeitest du dich gerade durch das Medizinteam? Wie wäre es mit Richard Holmes? Er ist bestimmt ein guter Kandidat, wenn du vorhast, dich hochzuschlafen. Ich bin mir sicher, dass nicht mal Claus Nein sagen würde, Clara.«

Warf er mir etwa gerade vor, ich würde herumschlafen, um meine Karriere voranzubringen? Und dann auch noch ausgerechnet mit dem verdammten Dick Dastardly?! Innerlich verfluchte ich mich dafür, wie ungeschickt ich mit dieser ganzen Situation umgegangen war und dass ich diesem totalen Arschloch einen Riesenhaufen Scheiße geliefert hatte, mit der er mich bewerfen konnte. Kampfgeist ersetzte in meinem Gehirn den Fluchtreflex, und ich spürte, wie sich mir die Nackenhaare aufstellten.

»Vielleicht willst du nur mit uns Marketingleuten *keinen* Sex haben?«, fügte Dominic hinzu und tat ein paar Sekunden lang so, als würde er sich auf etwas außerhalb des Standes konzentrieren, bevor er mich mit einem geringschätzigen Blick bedachte.

»Glaubst du wirklich, dass ich so bin?«, fragte ich ungläubig.

»Ich würde nur ungern über deine Moralvorstellungen spekulieren, Clara, aber als Henry Fraser aus dieser Besenkammer kam, sah er überaus zerzaust und selbstzufrieden aus, der glückliche Scheißkerl«, erwiderte er anzüglich.

Das Bedürfnis, ihm eine runterzuhauen, war enorm, und meine Handfläche juckte heftig.

»Ich glaube, es ist wohl am besten, wenn du gar nicht über mich oder auch Henry spekulierst, Dominic. Und nur fürs Protokoll«, fauchte ich. »Unsere Beziehung ist rein platonisch und war es schon immer. Nicht dass dich das irgendwas anginge.« Damit drängte ich mich an ihm vorbei, zurück in die grellen Lichter des eigentlichen Standes.

Bebend vor Zorn ordnete ich einige der gedruckten Zeitschriftenartikel in den Regalen neu, schob wütend Papier zusammen und stapelte es anders, als Henry mit zwei großen Bechern Coffee to go auftauchte.

»Hallo, hier wird ja ziemlich energisch Papier umgeschichtet, ist alles in Ordnung? Willst du irgendwas wegumarmen?« Er breitete einladend die Arme aus.

»Nein, ich bin sauer und brauche einen Moment, damit ich niemanden umbringe«, murmelte ich erbost, während Dominic um uns herumschlich und in alle Richtungen tödliche Blicke aussandte.

»Alles klar«, sagte Henry und schaute stirnrunzelnd Dominic nach, der sich gerade wieder entfernte. »Wie wäre es mit einem zuckerhaltigen Vollfett-Karamellshot-Latte, der deinen Tag aufhellt und dir die Arterien verstopft?«

»Hast du auch Diabetes verursachendes Gebäck mitgebracht?«

»Selbstverständlich.« Er grinste, stellte die Becher auf meinen Schreibtisch und zog wie ein Zauberer ein paar Papiertüten aus der Manteltasche. »Ta da!«

»Du bist wie die Frühstücksausgabe von David Blaine.« Ich bemühte mich, mein Lächeln zu verbergen, während ich in einer der Tüten kramte und zu meiner großen Freude ein Schokocroissant fand.

Lachend nahm er sich ein Plunderteilchen. »Warte nur ab, bis du siehst, was ich sonst noch auf Lager habe.« Er biss herzhaft in sein Gebäck und kaute genüsslich. »Für Hannibal habe ich nichts mitgebracht, ich dachte mir, er bevorzugt bestimmt etwas ›Fleischigeres‹.«

»Gib ihm nur was, wenn es mit Arsen vergiftet ist.«

Henry kaute nachdenklich. »Weißt du, falls du je ein Alibi brauchst, kann ich sagen, dass du die ganze Zeit bei mir warst. Ich werde auch keine Fragen stellen.«

»Danke, dass du mein Komplize sein würdest, aber mit deinem hübschen Gesicht würde es dir im Gefängnis nicht gut ergehen.« Ich tätschelte ihm sanft die Schulter.

»Du findest mich hübsch?«, erwiderte er übertrieben affektiert, klimperte mit den Wimpern und sah vollkommen albern und zugleich umwerfend aus.

»Bruno von Corporate Affairs findet das jedenfalls, und wer bin ich denn, dass ich da widerspreche?«

»Nun, wenn Bruno das meint, dann muss es wohl stimmen.« Henry lächelte mich warmherzig an. »Du weißt, dass ich gern zuhöre, wenn du über irgendwas reden willst. Oder soll ich wieder gehen, mein bewährtes Superman-Kostüm anziehen und jemandem in den Arsch treten?« Wieder schaute er in Dominics Richtung.

Ich fühlte mich geschmeichelt. Es war beruhigend, Henry auf meiner Seite zu wissen, und ich wusste, dass er Dominic das Fell über die Ohren ziehen würde für das, was der vorhin zu mir gesagt hatte. Aber ich musste das selbst in die Hand nehmen, ich war ein großes Mädchen und keine mitleiderregende Prinzessin, die einen edlen Ritter brauchte, der angeritten kam und den Drachen für sie tötete. Oder dem

Serienmörder eine reinhaute. Immerhin beherrschte ich selbst ein paar Ninja-Moves, und auch wenn ich mich bisher als Katastrophe erwiesen hatte, musste Dominic doch inzwischen den Wink mit dem Zaunpfahl kapiert haben. Ich würde das auf jeden Fall schaffen und die Heldin meines eigenen Lebens sein, oder?

»Danke, Clark, aber ich glaube, ich komme klar. Mit anständigem Kaffee hier aufzutauchen, ist eindeutig die beste Rettung, die ich mir heute Morgen hätte wünschen können.«

Henry beugte sich vor und stieß seinen Pappbecher an meinen. »Jederzeit gern.«

20

Das von der Firma gesponserte Symposium hielt das ganze Team auf Trab. Alle versuchten verzweifelt, sich zu organisieren und die verschiedenen Fakultätsmitglieder zu finden. Nach Dominics abscheulichem Benehmen am Stand war ich mächtig erleichtert gewesen, dass er für den Rest des Tages extrem beschäftigt war und ich ihm nicht über den Weg lief. Allerdings führte das auch dazu, dass meine Wut abkühlte und meine Unsicherheiten wieder an die Oberfläche kamen. Hatte ich tatsächlich nuttige Vibes auf der Arbeit verströmt? Versuchten Leute im echten Leben wirklich, sich hochzuschlafen? Glaubten womöglich auch andere Kollegen und Kolleginnen, ich wäre so absolut unfähig, dass meine einzige Möglichkeit, beruflich weiterzukommen, darin bestand, Sex einzusetzen anstatt meines Gehirns?

Die Clara, die sich viel zu viele Gedanken machte, legte sich mächtig ins Zeug, und allmählich wurde ich panisch und mir wurde regelrecht schlecht. Doch zum Glück redete Simmy mir das alles aus, nachdem ich ihr gegenüber rekapituliert hatte, was genau Dominic gesagt hatte. Mit Entschiedenheit teilte sie mir mit, dass niemand, der klar bei Verstand war, meine Katzenhaar-Strickjacke als nuttig bezeichnen oder annehmen könnte, ich würde mit Dick Dastardly schlafen. Und dass sie Dominic definitiv ohne Betäubung kastrieren würde, sobald er wieder auf britischem Boden war.

»Aber nimm das nicht auf die leichte Schulter, Clara«, mahnte sie. »Nach dem, was du mir erzählt hast, habe ich den Eindruck, dass es sich bei ihm um einen ernst zu nehmenden Psycho-Stalker handelt. Sei also vorsichtig und reiche auf jeden Fall eine Beschwerde bei der Personalabteilung ein, denn wenn du das nicht tust, mache ich das.« Nach Simmys eindringlicher Warnung nahm ich mir vor, Dominic ab sofort aus dem Weg zu gehen, und dachte auf jeden Fall (vielleicht) darüber nach, Richard zu erzählen, was der Mistkerl am Stand zu mir gesagt hatte.

Und nun füllte sich langsam der Hörsaal für unser Symposium um achtzehn Uhr. Im Bemühen, mich von weiteren Grübeleien über Dominic abzulenken, schloss ich die Augen, lehnte mich zurück und atmete einige Male tief ein und aus. Dabei zwang ich mich, nicht mehr an die Horrorshow von heute Morgen zu denken; stattdessen versetzte ich mich an einen goldenen Sandstrand am Mittelmeer, in der Hand ein Glas Sangria.

Meine spezielle Rolle beim Meeting hatte ich absolviert, alle Referentenfolien waren bereits vorige Woche abgeschlossen und unterzeichnet worden, und ich fragte mich kurz, ob ich wohl damit durchkommen würde, wenn ich nach dem Symposium ein kurzes Nickerchen einschob, bevor das Abendprogramm begann. Ich war den ganzen Tag über nicht zur Ruhe gekommen, hatte Poster aufgehängt, mir Folienvorschauen angesehen und jede Menge Gespräche mit Konkurrenzfirmen geführt, deshalb musste ich alle paar Minuten gähnen.

»Wie langweilig ist diese Veranstaltung eigentlich, wenn du schon jetzt, bevor es überhaupt anfängt, eindöst?«, sagte Henry irgendwo über meinem Kopf belustigt.

»Ich bereite mich nur auf eine Stunde intensiver mentaler Stimulation vor«, erwiderte ich, die Augen weiterhin geschlossen.

»Natürlich.« Ich spürte, wie der kleine Klappstuhl, der an meinem befestigt war, sich bewegte, als Henry neben mir Platz nahm, wobei er mich aus Versehen mit dem Arm streifte. »Wenn du tatsächlich einschläfst, male ich dir einen Schnurrbart aufs Gesicht, das weißt du, oder?«

»Solange er nicht aussieht wie der von Dick Dastardly, tob dich aus, ich freue mich schon auf deine beste künstlerische Kreation.«

»Herausforderung angenommen«, murmelte Henry. Dann stöhnte er plötzlich entnervt auf. »Oh nein, was will sie denn hier?«

Ich schlug die Augen auf und sah Naomi auf Derek Smith zusteuern, der gerade von einem dieser mit Headsets ausgestatteten Techniker, die tatsächlich alles an diesen Dingern zum Funktionieren brachten, mit einem Mikro ausgestattet wurde. Im Vorbeigehen streckte sie Richard Holmes mit einer eleganten Geste die Hand hin. Mit ihren hohen Absätzen und unglaublich langen Beinen wirkte sie graziös und weiblich.

»Willst du über das, was zwischen euch vorgefallen ist, reden?«, fragte ich leise. Henry seufzte nur.

»Wenn du das möchtest, Clara, aber vielleicht besser nicht jetzt und lieber irgendwo, wo es etwas mehr Privatsphäre gibt«, erwiderte er. Naomi blickte herüber und merkte, dass wir sie anschauten. Verlegen winkte sie uns zu, was ich erwiderte, bis ich Henry dabei ertappte, wie er mich beobachtete, woraufhin ich so tat, als wollte ich nur eine Fliege verscheuchen, und mich dann auf meine Hand setzte.

»Geschmeidig wie immer, Clara«, sagte er und versuchte, sein unterdrücktes Lachen durch Husten zu kaschieren.

Das Auditorium hinter uns hatte sich gefüllt, die ganze Fakultät war versammelt, mit Mikrofonen und dem üblichen Drum und Dran, bereit zum Loslegen. Dominic schleimte sich bei allen ein, und selbst aus dieser Entfernung bekam ich bei seinem Anblick Gänsehaut und konnte ein Schaudern nicht unterdrücken. Eigentlich sollte er nur im Publikum sitzen; das hier war ein medizinisches Symposium, und Marketingaktivitäten waren ausdrücklich nicht erwünscht.

Henry beugte sich zu mir. »Was hat er heute Morgen überhaupt angestellt?« Sein Oberschenkel drückte sich warm, solide und tröstlich an meinen.

»Ähm, nichts, das Übliche, du weißt schon«, erwiderte ich ausweichend, weil ich nicht wollte, dass Henry einsprang und die Sache für mich regelte.

»Nein, weiß ich nicht, deshalb habe ich ja gefragt«, erwiderte Henry. »Aber er hat dich nicht angefasst, oder?«, fügte er schroff hinzu.

»Nein!« Ich kreischte fast, was mir ein paar neugierige Blicke vom Rest des Pharmavoltis-Teams einbrachte. Ich lächelte verlegen und formte »Alles gut« mit den Lippen, bis die Kollegen sich wieder abwandten und ihre Gespräche fortsetzten.

»Nein, hat er nicht, er wollte nur eine Reaktion von mir provozieren«, zischte ich etwas leiser, wobei ich Henry rasch den Kopf zuwandte, sodass unsere Nasen fast zusammengestoßen wären.

»Okay, gut«, flüsterte er, und wie in Trance verfolgte ich die Bewegungen seiner Lippen. Mein ganzes Dasein war auf unsere körperliche Nähe fokussiert. »Denn falls er das je tut, werde ich ihm so was von in den Arsch treten.«

Sein leicht nach Pfefferminz riechender Atem strich mir über die Wange, wärmte meine Haut und fror gleichzeitig meinen Denkprozess ein, während die Luft zwischen uns knisterte. Ich genoss es, ihm so nah zu sein, nur für einen Augenblick, doch Henrys Blick, der im dämmrigen Licht des Auditoriums regelrecht aufblitzte, ließ mich zurückweichen – ich war durcheinander.

»Wenn er mich angerührt hätte, hätte er einen seiner Körperteile eingebüßt. Er hat auch so schon Glück gehabt, dass ich ihm keine runtergehauen habe.« Angewidert starrte ich auf Dominics Hinterkopf, nicht zuletzt, um mich von der extremen Nahsicht auf Henrys Mund abzulenken, die sich nun deutlich und unauslöschlich in mein Gedächtnis eingebrannt hatte.

Das Symposium lief gut, und nachdem es vorbei war und sich das Publikum zerstreut hatte, kam Derek, der ein sehr engagierter Referent und hervorragender Vorsitzender war, zu uns herüber, gefolgt von Naomi.

»Hallo, ihr zwei«, begrüßte er uns herzlich.

»Hallo, Derek, gute Präsentation wie immer.« Henry schüttelte ihm die Hand, wobei er seiner Ex-Frau kurz in die kummervollen Augen sah.

»Danke.« Derek schob Naomi ein wenig nach vorne. »Und natürlich kennt ihr Naomi Porter. Clara, habt ihr beide euch schon kennengelernt?«

Henry nickte ihr verlegen zu. Ich lächelte. »Ja, schön, Sie wiederzusehen.«

»Geht ihr gleich zum Fakultätsdinner?«, fragte Derek freundlich.

»Ja«, erwiderte Henry knapp. Seine steife Haltung und gerunzelte Stirn zeigten, dass die Anspannung vom Vortag wieder zurück war.

»Gut, gut. Lass uns mal reden«, murmelte Derek, legte Henry den Arm um die Schulter und führte ihn in Richtung Ausgang.

Naomi und ich blieben allein zurück und starrten uns einen Moment lang unbehaglich an.

»Wollen Sie …«, sagten wir gleichzeitig.

Ich lachte und war erleichtert, als sie ebenfalls kicherte.

»… auch zum Fakultätsdinner?«, fuhr ich fort.

»Ja, Derek hat mich darum gebeten zu kommen. Aber ich bin mir nicht sicher, ob Henry mich dahaben möchte.«

»Henry ist wahrscheinlich nur schlecht gelaunt, und außerdem ist das nicht seine Entscheidung«, entgegnete ich freundlich. »Kommen Sie ruhig mit, dort sind so viele Menschen, dass Sie nicht in seiner Nähe zu sitzen brauchen, und wenn er Ihnen auch nur den Hauch eines stinkigen Blicks zuwirft, dann steche ich ihm mit der Gabel in die Hand.«

»Okay, das klingt nach einem Plan.« Sie lächelte dankbar.

Auf dem Weg ins Restaurant bildeten wir eine lange Prozession. Irgendwie sahen wir aus wie Vorschüler auf einem Ausflug, nur dass wir keine gut sichtbaren Warnwesten trugen und nicht verpflichtet waren, einander an den Händen zu halten. Naomi und ich hatten uns zusammengetan und schlenderten überwiegend schweigend hinter den anderen her.

»Wissen Sie, ungeachtet dessen, was Henry denkt, möchte ich einfach nur, dass er glücklich ist«, sagte sie schließlich und warf mir einen neugierigen Blick zu.

»Das ist gut.« Sie wirkte wahrhaft aufrichtig, und trotz ihrer offensichtlichen Traurigkeit über die Situation spürte ich, dass sie Henry gegenüber keinen Groll hegte. Wieder fragte ich mich, was zwischen den beiden so schrecklich schiefgegangen sein konnte. Denn auch wenn es das grünäugige Monster in mir nicht zugeben wollte, schienen sie perfekt zusammenzupassen.

Naomi ging zum Du über. »War es eine Überraschung für dich, als er wieder in Oxford aufgetaucht ist?«

Ihre Frage riss mich aus meinen Gedanken, und ich dachte an den Tag zurück, als er mein Büro betreten hatte. Unfassbar, dass das erst ein paar Wochen her war. »Ja, ein bisschen schon. Wir sind nicht in Kontakt geblieben, nachdem er damals in die USA zurückgekehrt ist, deshalb habe ich mich gefreut, ihn wiederzusehen. Ich hatte ganz vergessen, was für ein guter Freund er ist.«

»Hast du dich je gefragt, weshalb er den Kontakt abgebrochen hat, Clara?«

»Ich denke, ein paar Tausend Kilometer und unsere jeweiligen stressigen Graduiertenprogramme standen uns einfach im Weg«, erwiderte ich vorsichtig, unsicher, worauf sie hinauswollte.

»Du solltest ihn wirklich irgendwann danach fragen«, entgegnete sie.

Der Rest der Gruppe war uns jetzt ein Stück voraus. Naomi zog ihren Mantel fester um sich und ging schneller, deshalb musste ich ein paar Schritte rennen, um sie einzuholen.

»Das war ein gutes Meeting gestern, dieser neue Versuch ist ziemlich toll, nicht wahr?«, sagte sie strahlend, offensichtlich erpicht darauf, das Thema zu wechseln.

»Ja, finde ich auch. Tut mir leid, falls es für dich ein wenig unangenehm geendet hat, ich wusste nicht, dass du Henrys Ex-Frau bist, als wir uns kennenlernten.«

Naomi stieß einen kleinen Seufzer aus. »Schon gut, du kannst ja nichts dafür. Seit wir uns getrennt haben, ist es immer ein bisschen unangenehm zwischen uns.«

Wir gingen schweigend weiter. Eine kühle Meeresbrise erfasste uns und zerzauste mein Haar, sodass es mir ins Gesicht wehte; einzelne Strähnen blieben in meinem Mund hängen, und ich schmeckte das Salz des Ozeans darauf. Als wir uns dem Restaurant näherten, wandte ich mich wieder zu Naomi um und berührte sie leicht am Arm, damit sie stehen blieb. »Es geht mich wirklich nichts an, und sag mir einfach, dass ich mich verpissen soll, wenn du willst, aber was ist damals eigentlich zwischen euch beiden passiert?«

Wollte ich das wirklich wissen? Würde es meine Freundschaft mit Henry beeinträchtigen, falls ich etwas Unschönes herausfände? Würde ich ihn in einem anderen Licht sehen? Wie hieß es doch so sinnig? Neugierige Katzen verbrennen sich die Tatzen.

Sie schaute mich überrascht an. »Er hat dir nichts erzählt?«

»Ähm, eigentlich nicht, nur dass ihr kurz verheiratet wart und es nicht gut ausgegangen ist.«

»Ja, das zumindest stimmt. In Wirklichkeit gab es noch eine dritte Person in unserer Ehe, und keiner von uns war je in der Lage, darüber hinwegzukommen.« Ihre Stimme bebte, auch wenn sie sich tapfer bemühte, Leichtigkeit hineinzulegen.

Oh. Ich fragte mich, wer von beiden die Affäre gehabt hatte. Ich wehrte mich gegen den Gedanken, dass Henry untreu sein konnte, aber schließlich kannte ich diesen Teil von ihm nicht.

Immerhin hatte er eingeräumt, dass er bezüglich seiner Ehe nicht stolz auf sich war, und niemand konnte leugnen, dass er bei Bedarf jede Menge Möglichkeiten für einen Seitensprung gehabt hätte.

»Tut mir leid, dass es nicht funktioniert hat.« Nachdenklich musterte ich sie im Schein der Straßenlaternen. »Ich will auch nur, dass Henry glücklich ist.«

»Manchmal glaube ich, dass er entschlossen ist, sein eigenes Glück zu sabotieren.« Sie schaute mich seltsam eindringlich an.

»Ach ja? Warum glaubst du das?«

»Ich dachte eigentlich, unsere Ehe sei ziemlich gut, zumindest für meinen Teil. Ich wünschte, er hätte für uns gekämpft, hatte lange gehofft, er würde über seine Vergangenheit hinwegkommen. Wer weiß, vielleicht hätten wir dann miteinander glücklich werden können.« Bitterkeit über den Verlust schwang in ihrer Stimme mit.

»Nichts im Leben kommt je so, wie wir es uns erhofft haben, nicht wahr?« Ich wusste nur allzu gut, dass es ein katastrophaler Fehler war, anderen Menschen das eigene Glück anzuvertrauen.

»Für dich scheinen sich die Dinge aber ziemlich gut entwickelt zu haben, oder?« Im umschatteten Lichtkegel war ihre Miene schwer zu entziffern, und sie wandte sich rasch ab. »Es tut mir leid, das war gemein von mir. Nichts davon ist eigentlich deine Schuld. Es ist einfach nur schwierig für mich, ihn wiederzusehen.«

»Schon gut.« Ihre Bemerkung war ein bisschen wie ein Schlag ins Gesicht gewesen, aber ich konnte mit ihr fühlen. In Henrys Nähe zu sein, hatte mich in letzter Zeit auch aus dem

Konzept gebracht. »Tut mir leid, dass du eine schwere Trennung durchmachen musstest, und noch mehr tut es mir leid, dass dich das verletzt hat. Aber Henry und ich sind gute Freunde, und ich werde tun, was ich kann, um ihn zu unterstützen, weil ich wirklich nicht will, dass er noch mal aus meinem Leben verschwindet«, versicherte ich, weil ich an diesem Punkt der Unterhaltung in Bezug auf Henry Farbe bekennen wollte.

»Das ist gut. Ich freue mich, dass du an ihm festhältst und ein Auge auf ihn hast.« Naomi holte tief Luft. »Aber wie es scheint, bist du in mancherlei Hinsicht blind, was ihn betrifft, deshalb solltest du wahrscheinlich mit ihm reden, und zwar bald.«

Bevor ich weitere Fragen stellen konnte, wurde die ganze Gruppe ins Restaurant geführt, zu einer langen Tafel direkt am Fenster, das einen spektakulären Ausblick auf die Lichter der Großstadt bot.

Im Gedränge um die Plätze wurde ich schnell von Naomi getrennt und fand mich zwischen Henry und Richard wieder – und zu meinem Pech genau gegenüber von Dominic, der bereits in alarmierendem Tempo Wein in sich hineinschüttete und mich unter zusammengezogenen Augenbrauen abschätzend musterte.

Das würde ein lustiger Abend voll epischen Grauens werden. Wirklich super.

21

Die Gespräche waren den ganzen Abend über recht lebhaft gewesen, auch wenn ich die meiste Zeit den Kopf gesenkt hielt, um den unerwünschten Blicken auszuweichen, die mir Dominic über den Tisch hinweg zuwarf. Marina hatte sich neben Henry gesetzt, der sich immer weiter zu mir herüberlehnte, bis er praktisch auf meinem Schoß saß.

»Würdest du wohl bitte deinen eigenen Stuhl benutzen, ich glaube, du bist schon ein wenig zu groß, um einen mit mir zu teilen?«, flüsterte ich ihm ins Ohr.

»Sie *fasst mich an,* Clara«, zischte er zurück und drückte sich noch fester an mich.

»Dann sag ihr, dass sie damit aufhören soll, Henry.« Ich blickte um ihn herum und begegnete Marinas schiefem, durch den Gin leicht aus dem Fokus geratenen Grinsen.

»Hey, Marina, alles gut da drüben?«, fragte ich.

»Ooooh, alles gut hier.« Sie zwinkerte und leckte sich über die Lippen, während sie an Henrys Arm auf und ab strich. Gütiger Himmel, sie war wirklich unersättlich.

Henry warf mir einen verzweifelten Blick zu. »Hilf mir«, formte er mit den Lippen.

»Ähm, ich glaube, Richard will mit dir sprechen«, sagte ich laut, tippte Dick Dastardly auf die Schulter und stand gleichzeitig auf, um einem dankbaren Henry zu erlauben, auf meinen Stuhl zu rutschen.

Marina sank ein wenig in sich zusammen, wandte dann aber ihre Aufmerksamkeit rasch Derek zu, der auf ihrer anderen Seite saß. Im Geiste schickte ich ihm und seiner Frau eine Entschuldigung und beschloss, dass nun ein Gang zur Damentoilette angesagt war. Henry bedachte mich nicht gerade subtil mit einem Daumen-hoch. Das musikalische Thema von *Wonder Woman* schoss mir durch den Kopf, ich summte es, als ich die Treppe hinunterging, und gratulierte mir zu dieser weiteren gelungenen Rettungsaktion.

Das Restaurant befand sich in einem alten Gebäude im Bankenviertel, es erstreckte sich über mehrere geräumige Etagen. Die atmosphärische Beleuchtung und die Ausstattung mit altem Holz waren gemütlich, aber es war auch ziemlich schwer, sich zurechtzufinden. Mit etwas Hilfe von einer quirligen Kellnerin fand ich die Klos schließlich in einem dunklen Flur im Erdgeschoss, in der Nähe waren Geklapper und die Geräusche der Küche zu hören.

Heute war, gelinde gesagt, ein seltsamer Tag gewesen.

Während ich meine Hände wusch und in den Spiegel starrte, ließ ich mir den schwierigen Morgen mit Dominic am Stand und das seltsame Gespräch mit Naomi auf dem Weg ins Restaurant noch mal durch den Kopf gehen. Beide Situationen hatten mir das Gefühl vermittelt, als würde ich ein Teilchen des Puzzles übersehen. Hätte mir etwas auffallen sollen? Hätte ich etwas anders machen können? War Dominic wirklich ein irrer Stalker, oder hatte ich ihn in Wirklichkeit verletzt? Oder noch schlimmer: Hatte Naomi womöglich angedeutet, ich hätte vor all den Jahren Henry verletzt? Das Gespräch wieder und wieder im Geiste zu rekapitulieren, war anstrengend und brachte mich nicht wirklich weiter, aber irgendwie konnte ich nicht damit aufhören.

Missmutig starrte mich mein Spiegelbild an, eine vertraute Mischung aus Reue und Enttäuschung stand mir ins Gesicht geschrieben. Es war die verunsicherte Miene eines verlassenen, blauäugigen, blonden, achtjährigen Mädchens, das unfähig war, über den Schmerz und die Ablehnung hinauszusehen, die wie eine schleichende Infektion schwärten. Ich schaffte es einfach nicht, an einen Ort zu gelangen, an dem nicht das ständige Echo der Angst und der Selbstvorwürfe in meinem Inneren widerhallte.

An manchen Tagen konnte ich so tun, als ob, konnte mich selbst davon überzeugen, dass meine harte Arbeit sich ausgezahlt hatte, dass all diese Selbstzweifel albern waren und jeglicher Grundlage entbehrten. Dass ich doch keine ahnungslose Hochstaplerin war, die versuchte, in einer Welt zurechtzukommen, in der zu sein sie definitiv nicht verdiente. Aber heute war keiner dieser Tage. Nein, heute hatten die beiden Begegnungen mit Dominic und Naomi ausgereicht, einen kleinen Riss in meiner sorgfältig gebauten Festung etwas weiter zu öffnen.

Meine Haare lösten sich allmählich aus meiner Hochfrisur, und mein Kopf schmerzte von den Haarklammern. Vorsichtig zupfte ich die lockigen Enden aus dem Dutt, ließ sie glättend durch die Finger gleiten, bis ich nicht mehr ganz so aussah, als hätte mich jemand rückwärts durch eine Hecke geschleift. Den Kopf gesenkt, die Haare über dem Gesicht, plötzlich todmüde und mehr als bereit, ins Hotel zurückzukehren, verließ ich die Damentoilette. Plötzlich packte mich jemand am Handgelenk und zog mich entschlossen durch den Flur, weg von den Treppen, in eine Ecke, in der das Licht noch schummriger war.

»Herrgott, Henry, was ist denn nun schon wieder?«, grummelte ich und machte mir nicht mal die Mühe, aufzublicken oder herauszufinden, wohin wir gingen.

»Dieses Mal nicht, Clara«, zischte Hannibal Lecter finster, und seine Finger schlossen sich noch fester um meinen Arm, sodass es wehtat, als ich mich entsetzt losreißen wollte.

»Dominic?«, keuchte ich, irgendwo hinten in meinem Gehirn schrillte eine Alarmglocke. »Was soll das? Wohin gehen wir?«

Doch er ignorierte meine Fragen, zog mich mit Gewalt weiter. Er war beängstigend stark, und obwohl ich mich mit allem, was ich hatte, widersetzte, machte er einfach weiter, als wäre ich ein verirrtes Kleinkind, das nach Hause gezerrt wird, weil es einen Tobsuchtsanfall gehabt hatte.

»Dominic, stopp, du tust mir weh!«, rief ich verzweifelt, in dem Versuch, ihn zur Vernunft zu bringen.

Als er endlich stehen blieb und herumwirbelte, um mich anzusehen, war seine Miene lüstern und kalt. »So gefällt es dir doch, nicht wahr, Clara? Heimliche sexuelle Liebschaften an öffentlichen Orten? Dann lass uns das tun.«

»Was?«

Er trat näher, und ich wich zurück, bis ich mit einem dumpfen Geräusch an die Wand hinter mir stieß. Und das war der Moment, in dem mich echte, schreckliche Angst packte und meinen Körper mit Adrenalin flutete, mein sympathisches Nervensystem feuerte in alle Richtungen Signale. Auf der Suche nach einem Fluchtweg schaute ich mich hektisch um, aber es war fast, als würde Dominic mich mit seinem Körper umschließen, und der dunkle Korridor bot keine Zuflucht oder Chance auf Rettung. Die Küchengeräusche waren weit entfernt und unerreichbar.

»Komm schon, Clara, ich weiß, dass du und Simmy darüber geredet habt, wie ich wohl unter meinen Kleidern aussehe.« Er lachte humorlos. »Und bei dir habe ich mich dasselbe gefragt, darum haben wir jetzt die Gelegenheit, das herauszufinden.«

Mein Gehirn hatte eine Fehlzündung. Wie konnte das hier überhaupt passieren? »Dominic, wir haben nicht darüber geredet, wie …«

Doch er unterbrach mich mit einem Kopfschütteln. »Du musst doch zugeben, dass du mich nun schon seit Langem anmachst«, flüsterte er und strich mir mit den Fingerknöcheln über die Wange. »Wir wollen das doch beide.«

»Ich weiß nicht, wovon du da redest, Dominic. Aber ich will das nicht, bitte.«

Er war jetzt so nah, dass ich den sauren Geruch von Wein in seinem Atem riechen konnte und den starken, beißenden, beinahe medizinischen Duft seines Aftershaves. Ich drehte den Kopf zur Seite, um ein wenig Luft zu bekommen. Doch eisige Finger packten mich so grob am Kinn, dass es schmerzte, und zogen meinen Kopf unsanft wieder gerade.

Dieser unerwünschte Kontakt triggerte meine Kampf-oder-Flucht-Reaktion in schwindelerregende Höhen. Dominics Gesicht lag halb im Schatten, sein eisiger Blick flackerte über mich. Noch nie hatte ich so seelenlose Augen so nah vor mir gesehen, die schwarzen Pupillen waren wollüstig geweitet, verbreiteten aber keine Spur von Zuneigung oder echtem Verlangen. Hier ging es nicht um Romantik oder Liebe, nein, es ging Dominic darum, etwas zu beweisen, mich zu erobern als etwas, was er besitzen und kontrollieren konnte. Es ging hier um Macht, nicht um Gefühle.

»Bitte, hör auf, Dominic, ich will das nicht«, flüsterte ich, als er den Kopf zu mir herabbeugte. Angst raubte mir den Atem.

»Nicht so schüchtern, Clara. Ich werde dafür sorgen, dass es brandheiß wird, so wie du es magst«, höhnte er und leckte sich über die Lippen, seine schlangenartige Zunge nur Millimeter von meinem Gesicht entfernt.

»Ich sagte stopp, Dominic.« Diesmal klang meine Stimme lauter. Aber er kam immer näher, hielt mich mit seinem Körper gefangen, drückte mich mit all seiner Kraft an die Wand, sodass ich kaum noch Luft bekam wegen des starken Drucks auf meinen Brustkorb. Und dann presste er seine Lippen auf meinen Mund und küsste mich gewaltsam, mit viel zu viel Spucke, als dass es je hätte angenehm sein können. Endlich erwachte mein innerer Kung-Fu-Ninja. So kraftvoll wie möglich riss ich mein rechtes Knie hoch und rammte es ihm in den Schritt, woraufhin er ein besonders zufriedenstellendes Ächzen von sich gab. Er wich kurz zurück, was mir die Gelegenheit bot durchzuatmen. Ich versuchte, mich aus seiner Umklammerung zu schlängeln.

»Stopp! Hau ab und lass mich in Ruhe!«, brüllte ich, während ich mit der Faust auf seine Brust schlug und ihm mit meinem spitzen Absatz fest auf den Fuß trat.

»Du Bitch«, knurrte er und hob die Hand, um mich zu schlagen. Instinktiv duckte ich mich weg, wartete aber auf den Aufprall.

»Du wirst sie sofort loslassen, Dominic, sonst bringe ich dich um.« Henrys Stimme klang tödlich und wirkte offenbar bedrohlich genug, um die beabsichtigte Gewaltanwendung zu unterbinden.

»Ah, da ist er ja«, zischte Dominic, ohne den Blick von mir abzuwenden. »Ich habe mich schon gefragt, wie lange es wohl dauern würde, bis dein hübscher Lover wie ein Brille tragender Superheld aufkreuzt.«

»Lass sie los, sie hat dir laut und deutlich gesagt, dass du aufhören sollst«, forderte Henry ihn sehr bestimmt auf. Es klang, als wäre er inzwischen näher gekommen, auch wenn ich abgesehen von Dominics verzerrtem Gesicht nichts sehen konnte.

»Ich habe dir definitiv gesagt, dass du aufhören sollst«, krächzte ich mit bebender Stimme.

»Du dreckige kleine Schlampe, du bist meine Aufmerksamkeit gar nicht wert«, fauchte Dominic und fuhr sich angeekelt mit dem Handrücken über den Mund, als wäre ich diejenige gewesen, die unerwünschten Speichel auf seinem Gesicht verteilt hätte.

»Okay, das reicht jetzt, das hier hätte ich schon vor Wochen tun sollen, verdammt«, brüllte Henry. Und ehe ich michs versah, wurde Dominic von mir weggerissen, und der Schlag, den Henry ihm verpasste, warf ihn an die gegenüberliegende Wand des Flurs. Er rutschte daran herab wie ein Comedy-Schurke und wand sich zornig am Boden, wobei er Obszönitäten in meine Richtung zischte.

»Alles okay?« Henry drehte sich zu mir um, strich mir behutsam mit den Händen übers Gesicht, berührte mich mit seinen warmen, sanften Fingern, suchte mit besorgtem Blick jeden Zentimeter von mir ab. Wahrscheinlich wollte er sich nur vergewissern, dass ich unverletzt war, doch der Kontakt zwischen uns war beruhigend, wohltuend. Obwohl ich immer noch zitterte, fühlte ich mich sicher.

»Ja«, flüsterte ich.

Dominic war aufgestanden. Er strich sich das normalerweise perfekt gegelte Haar zurück und wischte ein Rinnsal Blut ab, das aus seiner Nase rann. »Ich werde dich wegen Körperverletzung anzeigen, aber die da kannst du meinetwegen gerne haben. Sie ist einfach eine ordinäre Schlampe, die uns alle an der Nase herumführt.«

»Das reicht, Dominic«, befahl Richard knapp. Als ich mich umsah, entdeckte ich eine kleine Gruppe Schaulustiger, die wie gebannt zusahen. »Los, komm, ich glaube, es ist an der Zeit, dass du zurück ins Hotel gehst«, fuhr mein Boss fort. »Die Firma wird morgen früh über dein widerwärtiges Fehlverhalten in Kenntnis gesetzt werden.«

Henry schlang die Arme um mich, und ich vergrub mein Gesicht an seiner Brust. »Danke, dass du mich wieder gerettet hast, Superman, ich habe echt gehofft, dass du auftauchst.«

»Für dich werde ich immer auftauchen, Clara, du bist meine Lois Lane«, hauchte er mir zärtlich ins Haar.

22

»Fass mich nicht an«, tobte Dominic, während Richard versuchte, ihn abzuführen und die Treppe hochzubugsieren. »Sie hat mir etwas vorgemacht, seit Monaten flirtet sie schon mit mir.«

Henry hatte noch immer die Arme um mich gelegt, und ich merkte erst, dass ich weinte, als ich geräuschvoll an seine Brust schluchzte. »Ich sollte wahrscheinlich Richard helfen, ihn in ein Taxi zu setzen«, murmelte er leise, »aber ich will dich hier nicht allein lassen.«

»Es geht schon«, erwiderte ich, trat ein wenig zurück und inspizierte den tränenverschmierten Fleck aus Rotz und Mascara, der jetzt auf seinem makellosen weißen Hemd prangte. »Ich habe eine Version des Turiner Grabtuchs auf deiner Brust hinterlassen. Tut mir leid.«

»Bist du dir sicher?«

Ich schniefte. »Ja, es ist definitiv ein Abdruck von meinem Gesicht.«

»Nein, du Quatschkopf, ob du sicher bist, dass du klarkommst, wenn ich dich eine Minute allein lasse? Ich komme so schnell wie möglich zurück.« Er lachte leise und krümmte beiläufig die Finger, als würden sie ihm nach seinem spontanen Debüt als Boxer Schmerzen bereiten.

»Ja, geh nur.« Ich scheuchte ihn mit einer Handbewegung weg, auch wenn meine Lippen dabei ein wenig bebten. »Ich muss zurück ins Klo und meine verklebten Augen in Ordnung bringen.«

»Ich kann bei ihr bleiben«, bot Naomi an, die aus der kleinen Menge aufgetaucht war, während Richard noch immer mit einem angriffslustigen Dominic rangelte.

Henry zögerte, sein Blick huschte zwischen uns beiden hin und her. »Bist du sicher, dass das okay für dich ist, Clara?«

Ich nickte. »Ja, Henry, ich komme klar.«

Naomi legte mir einen Arm um die Schulter und schob mich sanft durch den Korridor Richtung Toiletten. Einen Moment lang spürte ich noch Henrys ernsten Blick auf meinem Rücken, dann ging er schließlich zum Fuß der Treppe. »Komm schon, du absolutes Stück Scheiße, wir bringen dich raus«, sagte er, und er und Richard nahmen den zornigen Dominic zwischen sich, hoben ihn praktisch hoch und schleppten ihn nach oben.

In der Toilette sah ich mir die geschwollenen Panda-Augen an, die mich aus meinem blassen Gesicht wild anstarrten, während Naomi in ihrer Handtasche nach Abschminktüchern kramte und mir einige reichte.

»Die könnten helfen«, sagte sie.

»Danke.« Ich fing an, mir das schwarze Zeug abzuwischen, das mir übers Gesicht lief. Ich sah aus wie ein Gemälde von Salvador Dalí.

»Gerne.« Naomi beobachtete mich vorsichtig, als könnte ich jeden Augenblick flüchten. »Henry hat sich echt Sorgen gemacht, als du nicht wieder am Tisch aufgetaucht bist, vor allem als er bemerkte, dass Dominic auch weg war.«

Dem Himmel sei Dank, dass er alles im Auge behielt. Ich mochte mir gar nicht ausmalen, was sonst hätte passieren können, wie das Ganze sonst geendet hätte. Hätte ich mich dieses

Mal ohne seine Hilfe retten können? Die Antwort darauf kannte ich wirklich nicht, deshalb begrub ich das Ganze am besten und dachte nie wieder daran. Vogel-Strauß-Standardeinstellung eingeschaltet.

Naomi betrachtete ihr Spiegelbild und fummelte abwesend an ihrer makellosen Frisur herum. Dann warf sie mir im Spiegel einen mitfühlenden Seitenblick zu. »Dominic ist ein ganz schöner Brocken, was?«

»Ja, er ist ein hochgradiges Arschloch, aber ich hätte nie gedacht, dass er auf körperliche Gewalt zurückgreifen würde«, murmelte ich zittrig. Nachdem ich das Reise-Schminketui in meiner Tasche durchstöbert hatte, machte ich mich daran, etwas Grundierung und Mascara auf meine inzwischen geschwollenen Augen und mein fleckiges Gesicht aufzutragen, gab jedoch bald auf, weil es keinerlei Wirkung zeigte.

»Zum Glück ist Henry rechtzeitig aufgetaucht.«

»Ja, auch wenn ich Dominic bereits das Knie in die Eier gerammt hatte, um ihn zu schwächen und Henry die Chance zu geben, den Helden zu spielen«, scherzte ich und stieß dann einen tiefen Seufzer aus. »In letzter Zeit hat er so etwas wie eine Gewohnheit daraus gemacht, mich zu retten, das ist ziemlich nervig.«

»Ja, er ist der perfekte Held, nicht wahr?« Sie klang so bekümmert, dass ich meine Bemühungen endgültig einstellte, um in ihr Gesicht zu schauen. Ihre Miene hatte etwas Verkniffenes an sich, selbst wenn man den Schmollmund ignorierte, den sie gerade machte, um sich die Lippen nachzuziehen. Ihre perfekt gezupften Augenbrauen waren vor Anspannung zusammengezogen, die Schultern eindeutig verkrampft und ihre Bewegungen ruckartig.

»Nicht umsonst nenne ich ihn Superman.«

Sie lächelte traurig.

»Naomi, kann ich dich etwas fragen?«

»Klar, was denn?«

»Was hast du vorhin gemeint, als du sagtest, ich sei blind für das, was läuft?«

Einen Moment lang sah sie unentschlossen aus, dann drückte sie die Schultern durch und wandte sich mir mit einem leisen Seufzen zu. »Henry wird sauer auf mich sein, wenn ich was sage, aber ich glaube, er könnte mich nicht mehr hassen, als er es ohnehin schon tut, also was soll's.« Sie blickte kurz zur Decke, seufzte noch einmal und schaute mir dann direkt in die Augen. »Du bist der Grund, weshalb wir uns getrennt haben.«

Ich fuhr so schnell zu ihr herum, dass es vermutlich unfreiwillig komisch wirkte, doch ihre Miene war aufrichtig. »Ich? Wie kann das irgendwas mit mir zu tun haben? Ich hatte keinerlei Kontakt mehr mit Henry, seit er Oxford verlassen hat!«

Sie redete weiter, als hätte ich gar nichts gesagt. »Wir haben einfach harmoniert, weißt du? Er ist lustig, lieb und aufmerksam, absolut umwerfend. Und ich war erpicht darauf, ihn zu halten, und wild entschlossen, ihn dazu zu bringen, dass er mich genauso begehrte wie ich ihn. Deshalb setzte ich alles daran, ihn glücklich zu machen. Wirklich alles, Clara. Aber ich wusste, dass es etwas gab, das er mir verschwieg.«

Ich starrte sie vollkommen verwirrt an.

»Derek hatte mich gewarnt, er meinte, ich solle mich von Henry fernhalten. Er erzählte mir, dass Henry sich nach jemand anderem verzehrte – ein tragischer Fall von unerwiderter Liebe. Aber wenn dir ein Typ wie Henry ein Date anbietet, welcher vernünftige Mensch würde da schon Nein sagen?« Sie lachte, doch es klang hohl und wie ein Echo.

Naomi lehnte sich zurück ans Waschbecken und sah zu Boden. »Wir dateten eine Weile, und alles lief großartig, er war wirklich süß und fürsorglich. Klar, manchmal konnte er auch ziemlich distanziert sein, aber ich dachte, das sei einfach der zurückhaltende britische Teil von ihm. Ich war so sehr in ihn verliebt, dass ich mir einredete, dass er am Ende schon zeigen würde, dass er meine Liebe erwiderte, wenn ich ihn nur genug drängte.« Sie unterbrach sich, um ein paar unsichtbare Fusseln von ihrem Ärmel zu zupfen. »Dann gab es eine Konferenz in Vegas, und das ganze Labor fuhr hin. Ich überredete ihn dazu, anschließend noch ein paar Tage mit mir dranzuhängen, und wir haben uns wirklich gut amüsiert. Am letzten Abend, nachdem wir in einem der Casinos jede Menge getrunken hatten, schlug ich vor, uns eine dieser Drive-in-Hochzeiten mit Elvis anzusehen. Eigentlich lustig, nur dass es dann doch nicht so lustig wurde, denn als wir dort ankamen und die anderen Leute in der Kapelle beobachteten, die alle total verliebt und glücklich waren, schlug er im Scherz vor, das auch zu machen. Und ich wollte so verzweifelt seine Frau werden, dass ich sofort zustimmte. Armselig, was?« Betrübt schaute sie mich an. »Er war so betrunken, dass er nicht wusste, was er tat, aber ich wusste es und hätte es niemals durchziehen dürfen, denn am nächsten Morgen hat er es schrecklich bereut und war wirklich bestürzt, weil wir das getan hatten. Aber ich hatte das Gefühl, dass wir zusammen glücklich sein könnten, wenn er uns nur eine Chance gibt. Inzwischen weiß ich, dass das dumm war, aber damals fühlte es sich so an, als hätte ich ihn endlich, weißt du? Als hätte ich mir den perfekten Ehemann geangelt, und letztendlich würde er dann schon merken, dass ich die perfekte Frau für ihn war, und wir würden glücklich leben bis ans Ende unserer Tage.«

Die Vorstellung, dass Henry von einem Elvis-Imitator verheiratet worden war, war lächerlich und amüsant zugleich, und für diese Art von Geschichte würde man normalerweise ständig auf den Arm genommen werden, doch ich wusste, dass mehr dahintersteckte, deshalb widerstand ich der Versuchung, irgendwelche Witze zu reißen. »Was ist passiert?«

»Allmählich wurde er immer desinteressierter, und wir redeten kaum noch miteinander. Ich liebte ihn so sehr und wollte nicht sehen, was da gerade vor sich ging, aber er entglitt mir immer mehr. Glaub mir, Clara, ich habe alles versucht, um ihn zu verführen und dazu zu bringen, zu mir zurückzukommen – schicke Abendessen, romantische Wochenend-Trips, sexy Dessous, alles Erdenkliche. Aber nichts schien zu ihm durchzudringen. Er war so distanziert und schien mehr Zeit bei der Arbeit als zu Hause zu verbringen. Ich nehme an, er wollte einfach vermeiden, mit mir allein zu sein. Deshalb machte ich etwas Bescheuertes, etwas ganz und gar Dummes.« Sie seufzte gequält. »Ich wollte ihn eifersüchtig machen, damit er merkt, was er verliert, und habe mit einem anderen geschlafen.«

Uff, kein Wunder, dass er wütend auf sie war. In diesem Moment wandte sich etwas in mir gegen sie. Wie konnte sie ihn nur so verletzen? »Naomi, ich …«

Mit einer Geste schnitt sie mir das Wort ab. »Darauf bin ich alles andere als stolz, Clara. Und ich weiß, dass ich damit jede Chance, mit ihm zusammenzubleiben, ruiniert habe. Aber die Sache ist die – seine unerwiderte Liebe? Na ja, Derek hatte recht, mich zu warnen, denn diese andere Frau hat Henry nie losgelassen.« Sie funkelte mich vorwurfsvoll an. »*Du* hast ihn nie losgelassen, Clara. Du warst in unserer Beziehung die ganze Zeit mit dabei. Zuerst hat er das nicht zugegeben, doch als er das mit meiner Affäre herausfand, ist er zusammengebrochen und hat mir gestanden, dass er mich nie geliebt hat. Er sagte, dass ich ihn anfangs ein wenig an dich erinnert hätte und er deshalb mit mir ausgehen wollte, aber er hätte nie vorgehabt, so weit zu gehen. Er könne mich niemals lieben, weil er eine andere liebe.« Sie hielt inne und schüttelte den Kopf. »Er hat dich geliebt, Clara, und so, wie er sich gerade benimmt, liebt er dich immer noch, womöglich sogar noch mehr als zuvor.«

»Aber wir sind nur …« Ich verstummte. Mein Herz schien abrupt stehen geblieben zu sein. In meinen Ohren klingelte es. Von meinen Zehen stieg eine erdrückende Panik auf, während ich Naomis Worte verarbeitete. Mein Gehirn weigerte sich, diese absurde Möglichkeit zu akzeptieren, die sie da angedeutet hatte. Obwohl sie zu dem passte, was auch andere Leute mir in letzter Zeit gesagt hatten – Erkenntnisse, die ich komplett ausgeblendet hatte.

Weil ich mich selbst unter keinen Umständen glauben lassen durfte, dass da irgendetwas dran war.

»Nur Freunde?« Naomi sah mir geradewegs in die Augen. »Hör mal, Clara, vielleicht glaubst du, dass ihr nur gute Freunde seid, aber ich muss dir sagen, dass du ihn schon wieder zappeln lässt. Du aalst dich in seiner Aufmerksamkeit, gibst ihm aber nichts zurück, genau wie du es damals in euren Uni-Tagen getan hast. Du machst ihn echt fertig, und das ist beschissen. Er hat etwas Besseres verdient. Etwas Besseres als dich.«

Nein. Nein, das war nicht wahr. Das hätte ich doch gewusst. Er hätte es mir gesagt. Wir hätten darüber geplaudert und gelacht, und er hätte zugegeben, dass er albern war, und dann wären wir wieder dazu übergegangen, gute Freunde zu sein. Denn mehr konnten wir nicht sein. Naomi hatte recht, für Henry wäre ich niemals gut genug. Er sollte mit jemandem zusammen sein, der ihn so lieben konnte, wie er es verdient hatte. Mit jemandem, der dazu imstande war, aus vollem, heilem Herzen zu lieben. Auf keinen Fall mit jemandem wie mir.

»Du irrst dich, es muss sich um jemand anderen handeln, wir waren schon immer nur gute Freunde«, flüsterte ich. Doch an jenem öden Ort in meinem Inneren regte sich etwas und flatterte, und etwas Warmes und Hoffnungsvolles und ausgesprochen Unbequemes rumorte in meiner Brust. All dieses »Hätte-sein-Können« und all diese »Was-wäre-wenns« nagten an mir. Aber das war gefährliches Terrain, und ich würde mich davor hüten, mich dorthin zu begeben.

»Ich irre mich nicht. Und auch wenn ich es hasse, dies zugeben zu müssen: Du bist diejenige, die er liebt, Clara, und bist es immer gewesen.«

23

Ich war ein Feigling. Eine totale, verachtenswerte Schisserin. Ich hatte Naomi gesagt, dass ich gleich wieder zurück an den Tisch kommen würde, aber noch mal pinkeln müsste und einen Moment für mich bräuchte. Widerstrebend ließ sie mich allein und versprach, Henry auszurichten, dass ich ihn oben treffen würde.

Als sie weg war, wartete ich fünf Minuten in der Kabine und stahl mich dann hinaus in den Flur und Richtung Küche, wo ich wieder auf die kecke Kellnerin stieß.

»Ich habe gerade mit meinem Freund Schluss gemacht, und jetzt ist er echt sauer«, sagte ich zu ihr. »Könnten Sie mir bitte ein Taxi rufen und mich hinten rauslassen, damit ich ihm nicht noch mal über den Weg laufe?«

Ein Blick in mein fleckiges, panisches Gesicht genügte ihr als Beweis, und sie führte mich durch den »Nur für Personal«-Korridor nach draußen zu den Mülltonnen. »Warten Sie hier, unser Koch Rodriguez hat jetzt Feierabend und fährt auch eine der anderen Kellnerinnen nach Hause. Bestimmt wird er Sie absetzen, wo immer Sie hinmüssen.«

Ich fröstelte in der dunklen Gasse, bis ein korpulenter Typ mit Tattoos und einem Pferdeschwanz durch die Tür trat, gefolgt von einer kleinen dunkelhaarigen Frau in den Zwanzigern.

»Alles okay, Schätzchen?«, fragte er.

»Ja, bestens. Ich wohne im Marriott, ist das ein großer Umweg für Sie?«

Die Kellnerin griff nach meiner Hand und blickte hoffnungsvoll zu Rodriguez auf. »Wir können sie hinbringen, oder?«

Der kräftige Kerl nickte.

»Vielen Dank«, murmelte ich mit erstickter Stimme, dann gingen wir hinüber zu einem Auto, das hinter dem Restaurant in der Dunkelheit parkte.

Nach einer heißen Dusche zog ich mir den Schlafanzug an, machte mir eine heiße Schokolade, Marke »Hotelzimmer Spezial« (sie war ein wenig körnig, aber wenigstens etwas Warmes, an dem man sich festhalten konnte), und setzte mich in einen Sessel am Fenster. Dieser Tag war zu viel für mein armes Hirn gewesen, ich fühlte mich erschöpft und unfähig, aus irgendetwas von dem schlau zu werden, was mir passiert war, seitdem ich vor sechzehn Stunden aufgestanden war. Deshalb saß ich einfach nur da, noch nicht bereit zu schlafen, und starrte hinaus auf die flackernden Lichter der Großstadt, bis mich ein Klopfen an der Tür aus meinen sich überschlagenden Gedanken riss.

»Clara, bist du da? Hier ist Henry, du gehst nicht an dein Handy, und ich wollte nur wissen, ob alles in Ordnung ist.« Seine Stimme klang gedämpft, aber ich hörte dennoch, dass Panik darin lag.

»Es geht mir gut, Henry«, erwiderte ich, während ich zur Tür tapste, die Hand auf das dicke Holz zwischen uns presste und durch den Spion spähte. Selbst aus dieser Fischauge-Perspektive sah er ziemlich elend aus.

»Kann ich dich sehen?«

Mein Herzschlag beschleunigte sich. Würde ich es schaffen, jetzt mit ihm zu reden? Naomis Worte hallten in meinem Kopf nach. *Du machst ihn echt fertig, und das ist beschissen. Er hat etwas Besseres verdient. Etwas Besseres als dich.*

»Ich weiß nicht, ob das so eine gute Idee ist, Henry«, antwortete ich wahrheitsgemäß.

»Bitte, nach allem, was heute passiert ist, muss ich dich einfach mit eigenen Augen sehen, damit ich weiß, dass alles okay bei dir ist, Clara. Bitte.«

Er hatte recht, das war ich ihm schuldig. Langsam zog ich die Sicherheitskette zurück, schloss die Tür auf, öffnete sie und trat zurück, um ihn hereinzulassen.

»Danke.« Vorsichtig trat er über die Schwelle. »Geht es dir wirklich gut? Ich habe mir solche Sorgen um dich gemacht.«

»Ja, es war ein höllischer Tag voller Rufschädigungen, unerwünschter Aufmerksamkeit und großer Enthüllungen.« Ich seufzte, kehrte zu meinem Sessel zurück und rollte mich wieder darauf zusammen. »Das Wasser hat gerade gekocht, falls du eine körnige heiße Schokolade oder einen widerlichen Tee-Ersatz willst.«

Henry lächelte, aber es drang nicht bis zu seinen Augen vor. »So, wie du das sagst, klingt das zwar echt verlockend, aber ich verzichte lieber.«

Er setzte sich in den Sessel gegenüber, nahm die Brille ab und rieb sich das Gesicht. »Richard hat mir mitgeteilt, dass Dominic suspendiert wurde, er darf erst wieder ins Büro oder irgendwo in deine Nähe kommen, wenn er vor Gericht war. Richard will wissen, ob du Anzeige erstatten willst.«

»Nein, ich glaube nicht.«

»Er hat dich angegriffen, Clara!«

»Er hat versucht, mich zu küssen, das ist alles.« Meine Stimme brach ein wenig, als die schreckliche Angst, die ich in jenem grässlichen Moment gespürt hatte, wieder in mir aufstieg, und ich schluckte sie mit einem Mundvoll Instantkakao hinunter.

»Das ist nicht alles, Clara. Wer weiß, was passiert wäre, wenn ich dich nicht gefunden hätte.« Mit leicht bebenden Händen umfasste er die hölzernen Armlehnen seines Sessels.

Resigniert starrte ich erneut in die Nacht hinaus. Er hatte recht, wer weiß, was passiert wäre und wie viel schlimmer ich mich jetzt fühlen könnte. Superman ist mir wieder zu Hilfe geeilt. Plötzlich fielen mir seine Worte von vorhin wieder ein. *Für dich werde ich immer auftauchen, Clara, du bist meine Lois Lane.* Mir schwoll einen Augenblick lang das Herz, ehe es wieder in sich zusammenschrumpfte.

Das alles war zu viel.

»Keine Ahnung, Henry«, murmelte ich Richtung Fensterscheibe.

»Es ist deine Entscheidung«, erwiderte er. »Du weißt, dass ich dich unterstützen würde, wenn du es machst, ich kann bezeugen, wie er dich am Arbeitsplatz belästigt und eingeschüchtert hat.«

Ich nickte nur abwesend, noch immer gefangen in meinen eigenen Gedanken. »Vielleicht hat Dominic recht, womöglich habe ich ihm was vorgemacht«, murmelte ich; ich hatte kaum mitbekommen, was Henry gesagt hatte.

»Was? So darfst du niemals denken. Dieser verdammte Kotzbrocken, der kein Nein akzeptieren kann, ist schuld, nicht du«, rief Henry frustriert und beugte sich über den kleinen runden Tisch, der zwischen uns stand.

»Auf dem Seminarwochenende habe ich versucht, ihm zu sagen, dass ich nicht interessiert bin, Henry, aber ich kam ins Plappern und schwafelte irgendwas von Sex im Büro. Es war schrecklich. Dann hat er gesehen, wie wir aus dieser Besenkammer gekommen sind und wie ich dir die Haare glatt gestrichen habe und dein Jackett trug. Er dachte, wir hätten es dort drin getrieben wie die Karnickel und dass ich eine Art Nymphomanin wäre, die es antörnt, Sex an öffentlichen Orten zu haben.« Ich stieß ein freudloses Lachen aus. »Du kannst dir also ausmalen, warum er denken könnte, ich sei heute Abend heiß darauf gewesen.«

Henry ließ sich zu meinen Füßen auf die Knie sinken, nahm mir die Tasse ab, stellte sie auf den Tisch und ergriff meine zitternden Hände. »Nein, Clara, all das spielt keine Rolle, du hast zu ihm gesagt, dass er aufhören soll, und er hat nicht aufgehört. Er ist hier im Unrecht. Schluss, aus.«

Ich starrte auf die Knöchel seiner rechten Hand, die gerötet waren und allmählich blau wurden, und strich zärtlich mit dem Daumen über die verfärbte Haut. Er zuckte zusammen, und seine Finger drückten meine einen Moment lang fester. Ich riskierte es, ihm tief in die vertrauten graublauen Augen zu schauen, aber es war schwierig zu deuten, was ich dort sah. War es Mitleid? War es Liebe? Was immer es war, die Seele eines innerlich und äußerlich schönen menschlichen Wesens erwiderte, ohne zu blinzeln, meinen Blick.

»Sieh mich nicht so an, es sei denn, du meinst es so, Clara«, flüsterte Henry niedergeschlagen.

Ich wandte mich ab, und wieder hallten mir Naomis Worte durch den Kopf. *Er hat etwas Besseres verdient. Etwas Besseres als dich.*

»Warum habt ihr euch getrennt, Naomi und du?« Ich musste es von ihm hören, musste einen Moment lang meine eigenen Gefühle abschalten, damit ich nichts tat, was wir beide bereuen würden.

Henry ließ meine Hände los, setzte sich wieder in seinen Sessel und ließ enttäuscht die Schultern sinken. »Hat sie dir davon erzählt?«

»Ich würde gern deine Version hören, Henry«, erwiderte ich leise.

Er senkte tief den Kopf und stieß einen langen Seufzer aus. »Ich weiß nicht so recht, wo ich beginnen soll.«

»Der Anfang ist normalerweise eine guter Ort dafür.«

»Gut. Nun ja, geboren wurde ich am sechsten Mai neunzehn...«, begann er, und ich warf ihm ein Kissen an den Kopf.

»Die gekürzte Version, du Idiot«, blaffte ich, konnte aber nicht verhindern, dass sich ein leises Lächeln auf meinem Gesicht ausbreitete.

Henry blickte mit einem schiefen und leicht entschuldigenden Grinsen zu mir auf. »Sorry.«

»Komm zum guten Zeug, Fraser, ich bin müde.«

»Das gute Zeug? Okay, es geht los.« Er hielt inne und holte tief Luft. »Als PhD-Student wurde ich zum Arbeiten mit Zellkulturen in ein Labor in Oxford geschickt, und ich habe dort jemanden kennengelernt. Ich wusste sofort, dass sie etwas ganz Besonderes war und wir miteinander auskommen würden. Aber ich hatte das Gefühl, dass sie nicht so besonders erpicht auf mich war, zumindest nicht am Anfang.« Er verstummte und sah mich an.

»Da hast du nicht unrecht. Sprich weiter.«

»Aber warum war das so? Ich weiß, ich habe dein Experiment ruiniert, aber du warst schon lange davor immer etwas abweisend. Was hatte ich verbrochen?«

»Ich war genervt, weil ich einen PhD-Studenten vom MIT babysitten sollte. Und du warst viel zu perfekt, Herrgott, selbst die Professorinnen benahmen sich albern, wenn du in der Nähe warst.«

Er seufzte frustriert. »Nicht das schon wieder.«

»Vielleicht hast du es nie mitbekommen, aber es stimmt! Ich fand das total nervig. Jedenfalls hast du mich dann mit deinem bezaubernden Wesen und deiner Fähigkeit, dir meine Getränkebestellungen zu merken, rumgekriegt.« Die Erinnerung entlockte mir ein kleines Lächeln.

»Oh, okay«, erwiderte er ein wenig verdutzt.

»Erzähl weiter.«

»Gut. Ich habe sie also mit meinem bezaubernden Wesen und meiner Fähigkeit, mir ihre Getränkebestellungen zu merken, rumgekriegt, sodass sie mich am Ende nicht mehr hasste und sich herabließ, ab und zu mit mir abzuhängen.«

»Exakt.«

Er rang sich ein mattes Grinsen ab und legte dann den Kopf in die Hände. »Die Sache war die, ich wollte nicht, dass sie mich hasst, ich wollte, dass sie mich mag. Tatsächlich wollte ich, dass sie mich so sehr wollte wie ich sie. Ich liebte sie vom ersten Moment an, aber sie schien nicht dasselbe zu empfinden«, sagte er leise. Als er wieder aufblickte, schimmerte in seinen Augen Schmerz.

24

»Reden wir hier wirklich über Jo? Du weißt schon, dass sie die ganze Zeit über diesen Postdoc gedatet hat, oder?«, versuchte ich mich in Humor zu flüchten. Meine übliche bewährte Taktik, wenn das Unbehagen zu groß wurde, weil eklige Erwachsenengefühle ins Spiel kamen und ich ihnen entgegentreten und mich ihnen stellen musste.

»Nein, Clara, du weißt, dass es sich nicht um Jo handelte, sondern um dich. Immer um dich.« Seine Stimme klang rau und gequält.

Wortlos starrten wir einander an, die Luft war schwer von Emotionen, und der Fortbestand unserer Freundschaft hing am seidenen Faden.

»Habe ich etwas im Gesicht?«, flüsterte Henry schließlich heiser, um das Schweigen zu brechen.

Ich schüttelte den Kopf, griff nach meiner Tasse wie nach einem Schutzschild und umklammerte das kleine, solide Gefäß mit den Händen, im verzweifelten Bemühen, mein Herz abzuschirmen. Ein unbarmherziger Schmerz breitete sich in mir aus.

»Warum hast du nie etwas gesagt, Henry?«, fragte ich, immer noch völlig aus der Bahn geworfen von seinem Geständnis.

»Weil ich dachte, dass du nicht dasselbe empfindest. Am Anfang habe ich ein paarmal versucht, mit dir auszugehen, aber entweder hast du dann auch noch alle anderen aus dem Labor dazu eingeladen oder du hast die Gelegenheit genutzt, um mir wegen irgendwas eine Standpauke zu verpassen. Du hast mir wirklich unmissverständlich klargemacht, dass mehr als Freundschaft nicht für mich drin war, und ich war mir nicht sicher, ob ich, wenn ich es in der schwachen Hoffnung, dass du vielleicht nur bluffst, dennoch weiter versuchte, die unausweichliche Zurückweisung aushalten würde.«

Ich ließ meine Gedanken zurück zu diesen ersten paar Wochen wandern, als er neu bei uns im Labor war, und erinnerte mich an seine umgängliche Art, sein häufiges scheues Lächeln, seinen sanften Humor und daran, wie sehr ich mich anstrengen musste, keine Notiz von alldem zu nehmen. Aber allmählich kam alles wieder zurück – wie er einfach mit einem Kaffee zu mir ins Büro kam, nur weil es gerade auf seinem Weg lag. Oder wie er immer wieder hereinschaute, um eine Weile mit mir zu plaudern, wenn ich Zellen isolierte oder bis spät in die Nacht eine Proteomik-Analyse durchführte – unter dem Vorwand, mehr über meine Arbeit erfahren zu wollen, auch wenn er das alles für seine eigenen Projekte gar nicht zu wissen brauchte. Wie wir zusammen im Labor saßen, über Protokollen brüteten, uns in der Gesellschaft des jeweils anderen wohlfühlten und Lösungen zu Problemen fanden, auf die keiner von uns allein je gekommen wäre. Wie wir in den Pub gingen und plauderten und lachten, unsere bizarren Insiderwitze, allein für uns verständlich, und wie still und in sich gekehrt er manchmal wurde, wenn die anderen sich bei unseren Treffen dazugesellten.

»Oh Shit. *Etwas trinken gehen.*« Er hatte mich tatsächlich die ganze Zeit geliebt. Warum war ich bloß so blind gewesen?

Jo und Simmy hatten recht gehabt, und sie würden einfach unerträglich sein, wenn ich es ihnen erzählte.

Henry, der eine Weile zu Boden gestarrt hatte, blickte auf. »Was?«

»Vergiss es. Aber warum bist du dann nicht in Kontakt geblieben, nachdem du weggegangen bist? Ich habe dir E-Mails geschrieben, und du hast mir nie geantwortet.«

»Ich habe nie irgendwelche E-Mails von dir erhalten, Clara, was hat darin gestanden?«

»Ach, nur Geplänkel. Ich habe mich einfach gefragt, was du so treibst, wie es dir geht. Ich habe dich vermisst. Die Freundschaft mit dir.« Meine Stimme war kaum hörbar, leise und traurig, weil ich das, was zwischen uns lief, so fehleingeschätzt hatte.

»Oh. Ich habe nichts bekommen.« Er schluckte. »Tut mir leid, Clara, mein Oxford-E-Mail-Account wurde kurz nach meiner Rückkehr nach Boston deaktiviert, ich hätte geantwortet, wenn ich deine Mails gesehen hätte, glaub mir.«

»Aber warum hast du nie versucht, Kontakt mit mir aufzunehmen? Du wusstest doch, wo ich war. Warum hast du unsere Freundschaft so abrupt beendet?«

Einen Moment lang starrte er mich schweigend an, und es tat weh, ihn so wund und verletzt zu sehen. »Du weißt es nicht, aber jeder Blick, den du mir je geschenkt hast, hat sich mir ins Gedächtnis eingebrannt, jede, wenn auch nur zufällige, Berührung war wie ein kleiner Stromschlag.« Er seufzte. »Ich kam damit einfach nicht mehr klar und war damals an dem Punkt, an dem es zunehmend unerträglich wurde, in deiner Nähe zu sein, deshalb beschloss ich, um meiner geistigen Gesundheit willen wegzugehen und damit abzuschließen. Mist, ich klinge total pathetisch …« Er verstummte.

Verlegen rutschte ich auf dem Sessel herum und stellte die Tasse zurück auf den Tisch. Die heiße Schokolade war inzwischen kalt und vollkommen unattraktiv, und die kleine Keramiktasse bot offenbar keinerlei Schutz vor den Gefühlen, mit denen mein Herz gerade bombardiert wurde.

»Das erklärt aber immer noch nicht, was mit Naomi passiert ist«, sagte ich, weil mir ihre vorwurfsvollen Worte noch immer in den Ohren dröhnten und dieses völlig neue Schuldgefühl zementierten, ich könnte der Grund dafür sein, dass ihre Ehe von Anfang an zum Scheitern verdammt war.

»Oh, stimmt. Tut mir leid.« Henry rieb sich das Gesicht. »Ich hatte nicht vor zu heiraten. Naomi war lustig und hübsch, und wir sind uns in unserem sozialen Umfeld ziemlich oft begegnet. Sie signalisierte mir, dass sie mich attraktiv fand …«

»Oh, *ihr* Interesse hast du also wahrgenommen, aber die übrige Frauenwelt ist unsichtbar?«, unterbrach ich ihn. Ich wollte einen Scherz machen, um alles wieder in unser normales Gleichgewicht zu bringen.

Henry runzelte die Stirn. »Lass mich meine Leidensgeschichte zu Ende erzählen, danach kannst du mich verarschen, so viel du willst.«

»Sorry«, erwiderte ich, in meine Schranken verwiesen.

Henry lehnte sich zurück, die Hände hinter dem Kopf verschränkt, und starrte zur Decke hinauf.

»Wir waren etwa sechs Monate zusammen, als ein Abstract von ihr von einer wichtigen internationalen Konferenz akzeptiert wurde, und sie hat sich so darüber gefreut«, fuhr er fort. »Sie schlug vor, dass ich sie nach Las Vegas begleite, um nach dem Kongress zu feiern und Spaß zu haben.« Henry rollte unbehaglich die Schultern und rutschte auf seinem Sessel herum.

»Sie hat das Ganze organisiert, und nachdem wir ein paar Casinos besucht hatten und inzwischen sternhagelvoll waren, landeten wir in einem Taxi vor einem Laden für Drive-in-Hochzeiten.« Er sah mich an, offenbar ging er davon aus, dass ich mir einen Kommentar dazu nicht würde verkneifen können.

»So richtig mit Elvis? Echt jetzt?«, sagte ich prompt, doch seine gedemütigte Miene bewog mich dazu, ihm mit einer Geste zu bedeuten, dass ich fortan die Klappe halten würde.

»Natürlich habe ich es bereut und weiß eigentlich nicht, weshalb ich es getan habe, aber ich fühlte mich so einsam, und Naomi war da und wollte mich. Vermutlich wollte ich einfach nicht mehr allein sein. Deshalb gab ich dem Ganzen eine Chance. Doch schon bald wurde klar, dass die Beziehung immer einseitiger wurde, und ich versuchte, mit ihr Schluss zu machen. Aber es war schwierig, und es hat sie so mitgenommen. Ich hatte nie vor, sie zu verletzen«, murmelte er traurig. »Die Scheidung ging ziemlich schnell durch, zum Glück, denn mir war klargeworden, dass ich sie nicht liebte und wohl auch nie lieben würde.«

»Weil sie dich betrogen hat?«

Überrascht blickte er auf. »Sie fing an, einen der anderen Forscherkollegen zu daten, aber zu diesem Zeitpunkt wusste ich bereits, dass unsere Beziehung mausetot war, deshalb mache ich ihr eigentlich keine Vorwürfe.«

»Also bist du nicht deshalb immer noch sauer auf sie?«

Bekümmert zog er die Brauen zusammen. »Ich bin nicht sauer auf sie. Aber wenn ich mich ihr gegenüber auch nur ansatzweise zuvorkommend verhielte, würde sie annehmen, dass wir wieder zusammenkommen, und dann müsste ich dieses ganze Trennungsszenario noch mal durchleben. Insgesamt war es eine ziemlich anstrengende Situation, und ich hatte das Gefühl, als würde ich Naomi immer wieder aufs Neue durcheinanderbringen. Ein paar Monate nach Vollzug der Scheidung verließ ich Stanford, aber wir bewegen uns in ähnlichen akademischen Kreisen, daher war es am einfachsten, sich ihr gegenüber distanziert zu geben, damit sie nicht glaubte, ich wäre auf einen erneuten Versuch aus.«

»Oh. Woher weiß sie von mir?«

»Eines Abends war ich bei Derek zu Hause und habe mich ihm nach ein paar Whiskeys anvertraut. Er wollte mich eigentlich überreden, einen dauerhaften Posten in Stanford anzunehmen, deshalb erklärte ich ihm, dass ich mit dem Gedanken spielte, nach England zurückzukehren. Er bohrte weiter nach, und alles kam heraus. Alles über dich und wie sehr ich dich liebte und weshalb ich Oxford früher als geplant verlassen hatte und nach Boston zurückgekehrt war. Und wie sehr ich das mittlerweile bereute. Er war Naomis Doktorvater und hat es ihr vermutlich erzählt, weil er sie davor warnen wollte, sich allzu sehr auf mich einzulassen.« Er zuckte mit den Schultern. »Mit Naomi habe ich nicht über dich geredet, weil ich mich bemühte, nicht dauernd an dich zu denken. Doch als unsere Beziehung endete, habe ich ihr gesagt, dass ich eine andere liebe, und sie kam von selbst darauf, dass es sich um dich handeln musste.«

»Sie meinte, dass sie dich an mich erinnert hat, stimmt das?«

»Ein wenig, äußerlich, nehme ich an, aber als ich sie näher kennenlernte, merkte ich, dass du und sie völlig verschieden wart«, erwiderte er müde und nahm die Brille ab, um sich mit den Handballen die Augen zu reiben.

Schweigend hörte ich mir sein Geständnis an. Momentan überwogen meine Gewissensbisse alles andere. Die unangenehme Welle anderer Gefühle war leicht zu unterdrücken, vor denen hatte ich mich schließlich schon seit Jahren versteckt.

»Es tut mir so leid. Das habe ich ehrlich nicht gewusst, und ich hätte nie irgendetwas getan, wenn ich auch nur einen Moment gedacht hätte, ich würde dich verletzen oder hinhalten.«

»Ich weiß, dass du das nicht tun würdest. Und du hast mich nie hingehalten, Clara, du warst immer glasklar in deinen Absichten«, beteuerte er und seufzte. »Aber die Sache ist die – du hast immer noch keine Ahnung, oder?«

»Wovon?«, fragte ich abwesend, weil ich wusste, dass ich damals in Wirklichkeit alles andere als glasklar gewesen war, sondern vielmehr meine wahren Gefühle und Absichten so tief in mir vergraben hatte, dass ich es sogar schaffte, mich selbst zu täuschen.

»Davon, wie ich immer noch für dich empfinde.«

»Ich …« Wieder blickte ich zu ihm auf, sein Gesichtsausdruck war so offen und verletzlich, dass mein Herz einen Satz machte. Doch dann fiel mir mein Gespräch mit Jo vor ein paar Wochen wieder ein. *Wenn man praktisch jede haben kann, die man will, begehrt man am Ende vielleicht die eine Person, die einen nicht will.*

»Ich liebe dich immer noch, Clara. Ich war mir nicht sicher, wie ich mich fühlen würde, wenn ich dich wiedersehe, aber die letzten paar Wochen waren wundervoll. In deiner Nähe zu sein, hat mich innerlich aufblühen lassen. Nachdem ich Oxford verlassen hatte, fühlte ich mich, als würde ein Teil von mir fehlen, und seit ich wieder bei dir bin, ist dieser Teil wieder da«, flüsterte er und streckte seine Hand nach mir aus.

»Ich bin sehr müde, Henry, es war ein langer Tag, und ich muss schlafen«, sagte ich kleinlaut und zog die Hand weg. Das alles war zu viel für mich, ich konnte es unmöglich zusätzlich zu all dem, was sonst noch in meinem überladenen Gehirn herumschwirrte, verarbeiten.

»Oh, okay.« Henrys Gesicht war angespannt vor Schmerz und Zurückweisung. Ich ertrug es kaum, ihn meinetwegen so zu sehen, und beugte mich vor, um meine Hände auf seine zu legen, die nun fest ineinander verschränkt auf der Tischplatte ruhten.

»Es tut mir so leid, aber ich weiß nicht, was ich empfinde, Henry. Ich mache mir Sorgen, dass du mich nur willst, weil ich die einzige Frau bin, die nie irgendein romantisches Interesse an dir gezeigt hat. Ich frage mich, ob du einfach nach etwas verlangst, von dem du glaubst, es nicht bekommen zu können.«

»Das ist es nicht, Clara, nicht für mich.«

»Aber was, wenn doch? Was, wenn wir zusammenkommen und du feststellst, dass der Mensch, der ich wirklich bin, bei Weitem nicht an den heranreicht, den du dir die ganze Zeit ausgemalt hast?«, rief ich verzweifelt. »Vielleicht bestellst du eine Vollfett-Latte mit Haselnusssirup, und am Ende bekommst du einen total winzigen Espresso, der kalt und bitter ist?«

»Clara ...«

»Oder was, wenn plötzlich eine wunderschöne oder superintelligente Frau daherkommt und total lüstern auf dich einflüstert: ›Oh, Dr. Fraser, wie umwerfend Sie sind, können wir es bitte auf dem Laborarbeitstisch miteinander treiben‹, und du empfindest dasselbe für sie? Was wird dann aus mir?«

»Was?! Clara, das ist nicht …«

»Es war kein Witz, als ich dir sagte, dass ich beschädigt und gebrochen bin. Ich würde alles nehmen, was du anbietest, und nichts zurückgeben, weil ich womöglich niemandem mein Herz anvertrauen kann, Henry, nicht mal dir.« Außerdem war ich misstrauisch, weil er schon einmal den Kontakt zu mir abgebrochen hatte, was mich auf ungute Art an das erinnerte, was mein Vater mir angetan hatte. »Ich bin mir einfach nicht sicher, ob ich je gut genug für dich wäre …«

»Clara, stopp!« Er schrie fast. »Hör einfach auf zu reden«, fuhr er dann etwas leiser fort. »Du hast recht, es war ein langer Tag, und ich hätte dich nicht mit all diesen Gefühlen überhäufen dürfen. Ich weiß, dass es dir schwerfällt, über diese Dinge zu reden, und ich habe verstanden, dass du Bindungsängste hast. Bitte denk einfach darüber nach, was du wirklich willst. Wenn das nicht ich bin, kann ich damit leben. Ja, ich werde am Boden zerstört sein, und es wird sehr schwer werden, aber ich habe nun alle Karten auf den Tisch gelegt, und jetzt ist es an dir herauszufinden, was du willst.«

Henry stand auf und gab mir einen flüchtigen Kuss auf die Wange. »Aber du musst wissen, dass du genau so, wie du bist, genug bist und dass ich dich immer lieben werde, weil du so bist, und nicht aus irgendeinem anderen Grund.«

25

In dieser Nacht schlief ich schlecht, meine sorgenvollen Gedanken kreisten unermüdlich um all die Ereignisse und Enthüllungen des zurückliegenden Tages. Vor allem überlegte ich hin und her, was ich in Bezug auf Henry machen sollte und ob ich unsere Freundschaft aufs Spiel setzen wollte, um eine Beziehung mit ihm zu wagen. Ich war immer noch davon überzeugt, dass er sich eine Fantasie-Clara zusammengebastelt hatte und ich seinen Erwartungen niemals gerecht werden könnte. Vielleicht sollten wir einfach so weitermachen wie bisher, denn das war großartig und nach seinem Weggang aus Oxford mehr, als ich je für möglich gehalten hatte. Andererseits war da diese nörgelige innere Stimme, die mir gnadenlos in Erinnerung rief, wie es sich anfühlte, ihm nah zu sein, wie herrlich er duftete und dass ich, wann immer er mich auf eine bestimmte Art anschaute, drauf und dran war, in Flammen aufzugehen. Und, noch viel entscheidender, dass er alles in allem so verdammt wundervoll war – lustig und geduldig, freundlich und großherzig. Es war, als würde in meinem Kopf eine Videomontage all seiner besten Eigenschaften in Endlosschleife ablaufen, was total ablenkend war und absolut keine Hilfe bei diesem »Einfach nur Freunde sein«-Mantra, mit dem ich mich zu überzeugen versuchte.

Doch nach einer anstrengenden Nacht voll unruhiger Unentschlossenheit war ich am nächsten Morgen zu einer Entscheidung gelangt.

Beim Frühstück traf ich Richard, der mich ernst beiseitenahm. »Es tut mir so furchtbar leid, was gestern Abend mit Dominic passiert ist, Clara. Ich fühle mich verantwortlich und hätte seine schändlichen Absichten Ihnen gegenüber bemerken sollen.«

»Sie können nichts dafür, Richard, ehrlich.«

»Nett von Ihnen, dass Sie das sagen, aber als Ihr Chef und als Leiter dieser Abteilung liegt Ihr Wohlergehen in meiner Verantwortung. Wenn Sie Anzeige erstatten wollen, werden wir Sie alle unterstützen. Leider wird es bei der Arbeit ein Disziplinarverfahren geben, bei dem Sie Beweise liefern müssen. Henry hat bereits ausgesagt, dass Sie Dominic in der Firma die meiste Zeit aus dem Weg gegangen sind.« Richard seufzte erschöpft und kniff sich in die Nasenwurzel. »Warum sind Sie nicht zu mir gekommen und haben es mir erzählt, Clara?«

Ich wand mich unbehaglich. Als würde ich so etwas je Dick Dastardly anvertrauen. »Ich hätte nie gedacht, dass er so etwas tun würde. Ich dachte, wenn ich ihn konsequent meide, erledigt sich die Sache von selbst. Aber das hat wohl nicht so gut geklappt.«

»Nein, überhaupt nicht. Lassen Sie uns künftig nicht die Köpfe in den Sand stecken, es ist viel besser, wenn man die Dinge direkt angeht, was?« Als ich zustimmend nickte, bedachte er mich mit einem väterlichen, freundlichen, ganz und gar nicht heimtückischen Lächeln.

Es war unser letzter Tag vor Ort, und ich musste an ein paar Meetings teilnehmen und ein paar Poster abhängen. Als ich in einem der vielen Cafés im Konferenzzentrum endlich Henry fand, winkte ich ihm zu, und er hob sofort seine Kaffeetasse, formte »Ich habe schon einen« mit den Lippen und streckte ein wenig verlegen den Daumen hoch, wodurch er es mir – höchst eigennützig – ersparte, irgendwelche anzüglichen Gesten zu machen. Was für ein Gentleman.

»Guten Morgen, Mr. Darcy, wie geht es uns heute?«, fragte ich lässig, während ich mich auf den Platz ihm gegenüber setzte und meine Tasse auf dem Tisch abstellte.

»Hervorragend, Miss Bennett, und Ihnen?«

»Total fix und fertig, verdammt, und ich freue mich darauf, wieder in meinem eigenen Bett zu schlafen, aber sonst geht es mir gut.«

»Das freut mich zu hören«, sagte er freundlich.

»Hör mal, Henry, wegen gestern Abend, ich möchte mich entschuldigen«, begann ich.

»Du brauchst dich für nichts zu entschuldigen, Clara.«

»Okay, na ja, die Sache ist die … Weißt du, die Sache ist …«, stotterte ich. Scheiße, das würde jetzt verdammt schwer, und all die Sätze, die ich vor dem Spiegel geprobt hatte, waren mir in dem Moment entfallen, in dem ich den echten Henry angesehen hatte, der ebenfalls ein wenig müde wirkte.

Clark Kent hob eine Augenbraue über den dunklen Rand seiner Brille, was mir ganz und gar nicht weiterhalf. Wenn er als Superman gekommen wäre, hätte er vielleicht meine Gedanken lesen können, und ich hätte gar nichts zu sagen brauchen – alles wäre gut. Oh, nein, Moment, Superman konnte gar keine Gedanken lesen, oder? Er hatte diesen seltsamen Infrarotblick. Nicht hilfreich. Konzentrier dich, Clara.

»Ich finde, wir sollten einfach Freunde bleiben«, platzte ich heraus, und seine Miene umwölkte sich. »Was ich damit sagen will, ist, dass ich es liebe, deine Freundin zu sein, dass ich es liebe, Zeit mit dir zu verbringen«, fuhr ich hastig fort. »Du bist lustig und nett und aufmerksam, du bist womöglich der beste Freund, den ich je hatte. Höchstwahrscheinlich der beste Mensch, den ich je kannte. Und ich will nicht riskieren, das alles zu verlieren.«

»Du liebst es, mit mir befreundet zu sein, aber mich liebst du nicht?«, flüsterte er. Plötzlich war er aschfahl im Gesicht, das Leuchten war aus seinen Augen verschwunden.

»Doch, ich liebe dich …«

»Aber nur wie einen guten Freund«, beendete er den Satz für mich. Er sah mir dabei nicht mehr in die Augen, sondern konzentrierte sich auf das hölzerne Rührstäbchen in seinen Fingern, das er immer heftiger bog, bis es schließlich brach.

»Nein, Henry, ich weiß es doch auch nicht!« Das hier lief absolut nicht so, wie ich es mir im Kopf zurechtgelegt hatte. In meinen Gedanken war er sofort einverstanden gewesen, dass wir alles beim Alten belassen sollten, wir hatten dann über irgendwas Bescheuertes gelacht und einfach mit unserem Leben weitergemacht. Niemals hätte ich damit gerechnet, dass er so verletzt sein würde, und es brachte mich schier um, dass ich der Grund dafür war. Naomi hatte recht, er verdiente tatsächlich etwas Besseres als mich. »Ich glaube, du willst mich nur, weil …«

»Nicht schon wieder, Clara, du kannst unmöglich wissen, was ich tief in meinem Inneren fühle, deshalb hör auf, deine Unsicherheiten auf mich zu projizieren«, unterbrach er mich schroff.

Autsch, das tat weh und traf fast genau ins Schwarze. Er kannte mich so gut, dass er es total durchschaute, wenn ich

Schwachsinn redete, wodurch das Ganze noch schwieriger wurde.

»Aber ich finde, du hast etwas Besseres verdient ...«, versuchte ich es noch mal und wand mich ein wenig bei diesem Klischee. Doch Henry hob die Hand.

»Stopp, hör einfach auf«, sagte er. Inzwischen war er wütend. »Ich selbst kann wohl am besten beurteilen, was ich will und was nicht und was ich verdient habe oder nicht. Wenn du nichts für mich empfindest, dann bring auch den Mut auf, mir das ins Gesicht zu sagen.«

»Henry, bitte«, versuchte ich es erneut, doch er schüttelte traurig den Kopf.

»Ich glaube nicht, dass ich nur als Freunde weitermachen kann, es reicht mir nicht, und es tut mir zu sehr weh. Tut mir leid, wenn das egoistisch ist, aber ich will mehr.«

»Aber bisher war es doch auch okay. Warum muss sich das denn jetzt ändern?«, fragte ich verzweifelt.

»Tut mir leid, Clara, aber es ist vielleicht besser, wenn sich unsere Wege hier trennen und wir uns nicht mehr sehen«, fuhr er fort, als hätte er mich gar nicht gehört.

Nein, bloß das nicht. Er durfte mich nicht verlassen. Verzweiflung breitete sich wie ein giftiges Gas in meinem Gehirn aus. *Du musst das besser machen, Clara, verdammt noch mal.*

»Henry, es tut mir so leid, ich weiß nicht, wie ich das wiedergutmachen kann, aber bitte verlass mich nicht, ich brauche dich in meinem Leben, brauche dich als Freund«, flehte ich ihn an. Meine Augen begannen zu brennen, ich lehnte mich vor und strich mit den Fingern über seinen Handrücken, doch er wich vor meiner Berührung zurück.

»Und ich brauche mehr als das«, erwiderte er scharf. »Hier sind zwei Menschen mit ihren Gefühlen und Bedürfnissen, Clara, nicht nur du, und ich kann nicht weiterhin so tun, als wäre alles okay und bliebe beim Alten.«

»Ich glaube nicht, dass ich das, was du willst, sein kann, Henry. Ich glaube nicht, dass ich je mehr sein kann als eine gute Freundin, ich bin zu angeschlagen und unfähig, dich so zu lieben, wie du es willst«, flüsterte ich trostlos. Meine Augen füllten sich mit Tränen, und seine Miene war so desolat, wie ich mich fühlte.

»Ich bemühe mich wirklich sehr zu verstehen, wie du dich fühlst, Clara. Ich würde alles dafür geben, wenn ich in Ordnung bringen und ungeschehen machen könnte, was dein Vater getan hat, dass du dich so davor fürchtest, jemanden zu lieben. Aber wenn du mich nicht an dich heranlässt, wenn du mir nicht vertraust, wie kann ich dir dann helfen?«

Henry nahm die Brille ab, fuhr sich mit bebenden Händen über das Gesicht und rieb sich die rot geränderten Augen. Dann setzte er die Brille wieder auf. »Ich kann nicht untätig danebensitzen und zusehen, wie du wegen Dingen, die in der Vergangenheit passiert sind, so unter deinen Möglichkeiten bleibst und dich so von der Welt abschottest, Clara. Und ich kann nicht derjenige sein, der immer nach dir schmachtet, immer Schmerzen hat, weil du nicht das Gleiche empfindest. Das ist zu schwer für mich.«

»Es tut mir so leid«, wiederholte ich, weil ich nicht wusste, was ich sonst sagen sollte. Mein Körper fühlte sich nicht mehr wie mein eigener an. Wie betäubt saß ich da, offenbar unfähig, irgendetwas Praktisches oder Hilfreiches zu tun, und eine alles überwältigende Hoffnungslosigkeit breitete sich in mir aus.

»Ich kann nicht ... Es ist nur ... Mir tut es auch so leid«, stammelte Henry unsicher. Noch einmal schaute er mich schmerzerfüllt an, dann stand er so rasch auf, dass er gegen den Tisch stieß und der Kaffee überschwappte. Frustriert fluchend wischte er die Sauerei auf und warf die Reste seines Frühstücks in den Abfalleimer, ehe er durch die Halle davonstürmte, ohne sich noch einmal umzusehen.

Große, dicke Tränen liefen mir über die Wangen. Das hier war nicht das, was ich wollte, aber ich fühlte mich machtlos, irgendetwas gegen diese verheerende Katastrophe zu tun, die ich gerade angerichtet hatte. Ich war zu feige, den Sprung zu wagen und ihm mein Herz zu schenken, es war kostbar und war zuvor bereits zertrampelt und verletzt worden, abgeschmettert von dem einen Mann, der mich eigentlich bedingungslos hätte lieben sollen und dazu nicht in der Lage gewesen war. Ich musste dieses wunde, zerbrechliche Herz einschließen, damit es nicht noch mehr Schaden nahm, damit es nicht noch einmal verletzt und damit unwiderruflich gebrochen wurde.

Auch wenn es albern klang, ich konnte nicht riskieren, dass mir das Gleiche mit Henry passierte, durfte nicht riskieren, einen weiteren Mann zu lieben und ihm mein ganzes Dasein anzuvertrauen, nur um am Ende im Stich gelassen zu werden. Ich konnte nicht riskieren, jemanden so nah an mich heranzulassen, dass er sehen konnte, was ich schon immer gewusst hatte – dass ich wertlos und überhaupt nicht liebenswert war. Ich wusste, dass ich Henry Fraser mit Haut und Haar verfallen würde, wenn ich ihm mein Herz ganz öffnete, und dann gäbe es kein Zurück mehr. Da beließ ich ihn lieber auf dem hohen Podest der Freundschaft, auf das ich ihn gehoben hatte. Es war sicherer, wenn ich mir niemals gestattete herauszufinden, wie wunderbar es wäre, ihn zu lieben. Denn wie könnte es besser für mich sein, ihn geliebt und dann verloren zu haben, als ihn von vornherein nie geliebt zu haben?

Die Gottheit, die für schreckliche Zufälle zuständig ist, hatte exakt diesen Augenblick gewählt, um ihr gleißendes Licht auf mich herabzuwerfen, dachte ich bitter, als Naomi sich auf den Platz setzte, den Henry gerade geräumt hatte.

»Geht es dir gut, Clara? Wir haben uns gestern Abend Sorgen gemacht, als wir dich nicht finden konnten.« Sie reichte mir ein Papiertaschentuch aus ihrer Tasche. Mit dieser Handtasche war sie wie die verdammte Mary Poppins. Unwillkürlich fragte ich mich, ob das Ding wohl auch einen Hutständer enthielt.

»Alles okay. Ich bin nur direkt zurück ins Hotel gegangen, es war ein langer Abend«, murmelte ich und putzte mir mit einem elefantenmäßigen Schnauben die Nase.

»Habe ich da gerade Henry weggehen sehen?«, fragte sie, während sie angestrengt auf ihre Fingernägel hinabsah.

»Ja.«

»Alles okay bei euch beiden?«

»Nein, aber danke, dass du fragst«, sagte ich gepresst.

»Ach. Willst du darüber reden?«

Ich wollte echt nicht darüber reden. Ich wollte die letzten fünf Minuten meines Lebens nicht noch mal durchmachen. Aber die Vorstellung, jetzt allein zu sein, schien plötzlich unendlich viel schlimmer. Ich stieß einen gigantischen Seufzer aus, schaute Naomi ins Gesicht und war überrascht und ermutigt, als ich in ihren Augen wissendes Mitgefühl las.

»Ich habe das, was du gesagt hast, aufgegriffen und hatte ein langes Gespräch mit Henry.«

»Oh.« Sie senkte den Blick. »Ich hätte echt nichts zu dir sagen sollen, nicht nach allem, was gestern Abend passiert ist ...«

»Der gestrige Tag war eigentlich rundum ein Schocker.« Ich hickste leise und zerknüllte das Taschentuch zu einem feuchten kleinen Ball.

»Es tut mir so leid, Clara. Ich hatte nicht vor, etwas zu sagen, aber ich war ziemlich sauer auf euch beide, vor allem auf dich.« Sie strich eine Locke zurück, die über ihre Schulter gefallen war, und dann wurde ihre Stimme sanft und wehmütig. »Du hattest Henry die ganze Zeit auf dem Silbertablett und hast es nicht mal gemerkt.«

Ich rutschte unbehaglich auf meinem Platz herum, weil ich nicht wusste, was ich sagen sollte.

»Aber es war falsch von mir, dir all diese Dinge zu sagen. Es tut mir leid«, sagte sie noch mal.

»Aber du hattest ja recht«, flüsterte ich. »Ich bin nicht gut genug für ihn, und ich habe ihm gerade gesagt, dass wir nur Freunde sein können. Aber jetzt weiß ich nicht mehr, ob das überhaupt richtig war, denn ich befürchte, dass ich ihn wirklich schlimm verletzt habe.« Stockend atmete ich aus. »Ich versuche doch nur, für ihn und für mich das Beste zu tun, warum fühle ich mich dann jetzt echt total beschissen?«

»Wenn du nicht mit ihm zusammen sein willst, dann hast du das Richtige getan, Clara, glaub mir. Langfristig ist das für euch beide dann besser«, sagte sie mitfühlend. Wenigstens bemühte sie sich, nicht allzu grässlich zu sein, und der traurige, resignierte Ausdruck auf ihrem Gesicht verriet mir, dass dieses Gespräch auch für sie einige schwierige Gefühle an die Oberfläche spülte.

»Liebst du ihn noch?«, fragte ich leise und putzte mir erneut die Nase.

Kurz sah sie mich erschrocken an, ihr stechender Blick war voller Schmerz, dann nickte sie. »Ja. Aber ich weiß, dass er diese Liebe nicht erwidert und es niemals tun wird. Ich weiß, dass ich das akzeptieren und drüber wegkommen muss, aber es dann auch wirklich zu tun, fühlt sich ziemlich beschissen an, oder?«

Trotz meiner eigenen widerstreitenden, gemischten Gefühle überkam mich eine Woge des Mitleids und der Empathie. Ich beugte mich vor, legte meine Hände auf ihre und spürte das Beben unter ihrer Haut. »Erwachsenengefühle sind total scheiße, oder?«

Naomi lächelte schwach und nickte erneut. »Wieder in seiner Nähe zu sein, tut wirklich weh, und euch beide gestern Abend zusammen zu sehen, das war wie ein Stich ins Herz.« Sie hielt inne und nagte an ihrer Unterlippe. »Bitte, Clara, tu einfach, was richtig für ihn ist, mehr verlange ich nicht. Ich könnte den Gedanken, dass er für den Rest seines Lebens unglücklich ist, nicht ertragen.«

Ich betrachtete die bekümmerte Frau mit dem gebrochenen Herzen, die vor mir saß. Hier war jemand, der bereit gewesen war, sein ganzes Selbst aufs Spiel zu setzen, jemand, der mutig genug war, seinem Glück nachzujagen, auch wenn es am Ende nicht funktioniert hatte. »Ich weiß, dass das vermutlich nichts hilft, aber du solltest wissen, dass Henry dich nicht hasst und niemals etwas Schlechtes über dich gesagt hat.«

Ihre Mundwinkel zuckten leicht. »Gut, das zu hören.«

»Er wollte dir nie wehtun, und er hat mir erzählt, wie sehr er bereut, was er getan hat. Deshalb ist er so plump und distanziert, wenn er dich sieht, er versucht verzweifelt, dich nicht noch mal vor den Kopf zu stoßen. Auch wenn er das gerade monumental verkackt.« Ich hielt inne und beobachtete, wie eine Vielzahl von Emotionen über ihre Züge huschte. »Ich hoffe, du findest jemanden, der dich so liebt, wie du bist«, fügte ich dann traurig hinzu.

»Danke«, erwiderte sie, auch ihr liefen mittlerweile Tränen über das Gesicht.

»Was für armselige Loser wir doch sind«, sagte ich schniefend. Naomi lachte leise und zog ein Papiertuch aus der Packung, die sie auf den Tisch gelegt hatte.

»Das wird mir nicht gerade zu einer Ehrenmitgliedschaft in der Frauenbewegung verhelfen, was, Clara?« Laut trompetend putzte sie sich ganz und gar nicht damenhaft die Nase, was mich noch mehr für sie einnahm.

»Absolut nicht, aber der Hot-Henry-Effekt scheint auf höchst alarmierende Weise den Feminismus umgehen zu können.«

»Der *Hot-Henry-Effekt?*« Naomi runzelte verwirrt die Stirn.

»Das ist ein echtes biologisches Phänomen«, erwiderte ich todernst.

»Das glaube ich gern. Immerhin bin ich ein direktes Opfer seiner Auswirkungen.« Sie zerknüllte ihr Taschentuch und stand auf. »Ich sollte gehen, in der nächsten Sitzung muss ich meine Präsentation halten.«

»Danke, dass du vorbeigekommen bist und nach mir geschaut hast, das weiß ich sehr zu schätzen.« Ich war aufrichtig dankbar für diese Gelegenheit, reinen Tisch mit ihr zu machen.

»Keine Ursache.« Sie hielt inne und wandte kurz den Blick ab. »Hey, Clara, ich weiß, ich kenne dich nicht besonders gut, aber allmählich verstehe ich, weshalb Henry dich so liebt. Vielleicht solltest du dir ein Beispiel an ihm nehmen und dich auch ein bisschen mehr lieben?«

Nach einer zarten Umarmung ging Naomi davon und war schon bald außer Sicht. Ich blieb zutiefst verwirrt und verzweifelt allein zurück. Ich pfiff drauf, wer mich sehen könnte, und brach mitten auf einer internationalen Medizinerkonferenz in schluchzendes Heulen aus, wobei ich die Menge der Delegierten teilte wie ein moderner, rotznäsiger, emotional instabiler Moses.

26

Von: AH.Fraser@frasertech.com
An: clara.clancy@pharmavoltis.com
Betreff: Reisevorbereitungen

Hi Clara,
ich habe beschlossen, noch eine Weile in San Francisco zu
bleiben, und deshalb meinen Flug verschoben. Tut mir leid,
aber du musst dir dann für morgen ein Taxi ab Heathrow
organisieren.
Liebe Grüße
Henry

Von: clara.clancy@pharmavoltis.com
An: AH.Fraser@frasertech.com
Betreff: Re: Reisevorbereitungen

Hi Henry,
danke für die Nachricht, das ist überhaupt kein Problem. Ich
hoffe, du verbringst einen schönen verlängerten Aufenthalt
hier.
Clara

Der Flug zurück nach London verlief ereignislos und war sehr
viel einsamer und weniger unterhaltsam als der Hinflug. Als

mich das Taxi endlich zu Hause absetzte, ließ ich mich erschöpft ins Bett fallen und rollte mich um einen verzückten Spencer herum ein, der mir die ganze Nacht laut ins Ohr schnurrte. Wenigstens *ein* männliches Wesen auf der ganzen Welt, das mich bedingungslos liebte und mich nie verlassen würde. Zumindest nicht, solange ich die Hüterin des Dosenöffners war.

Am nächsten Morgen wachte ich um vier auf und konnte nicht wieder einschlafen. Ich verfluchte den Jetlag und schaltete das Licht ein. Als ich den Koffer am Fußende meines Bettes sah, fiel mir sofort wieder die emotionale Achterbahnfahrt ein, als die mein Trip nach San Francisco sich entpuppt hatte. Das Schlimmste war, dass ich mich fühlte, als würde ein Teil von mir fehlen, genau wie Henry es beschrieben hatte, und seine Abwesenheit war wie ein schwarzes Loch in meiner Brust. Ich legte mich wieder hin und starrte stumm und ohne wirklich etwas zu sehen auf die Schranktür, bis Spencer aufs Bett sprang und mir die Augen ableckte, weil er mich zwingen wollte aufzustehen. Stöhnend schlug ich nach ihm und versuchte, mich umzudrehen und unter der Decke zu verstecken, aber er war ein hartnäckiger – und hungriger – kleiner Quälgeist, der die Seite meines Kopfes mit ausgefahrenen Krallen traktierte und mir laut ins Ohr miaute.

»Schon gut, schon gut, du fordernder kleiner Wicht, ich stehe ja schon auf«, murmelte ich; ich hob ihn vom Kissen und stellte ihn auf den Boden. Er schlug halbherzig nach meinen nackten Armen, die Krallen nicht mehr ganz so weit ausgefahren, und stieß ein leises Knurren aus, offenbar missfiel ihm die unsanfte Behandlung. »Ich bin mir nicht sicher, ob du meine Zuneigung überhaupt verdient hast, du knurriger kleiner Quengelsack.«

Die Heizung war noch nicht angesprungen, deshalb mummelte ich mich ein wie eine fröstelnde Oma, mit Pudelmütze und zahlreichen Schichten, darüber einen riesigen Pulli und an den Füßen kuschelige Hausschuhe. Ich trottete nach unten in die Küche. Spencer miaute anerkennend, und während ich mich daranmachte, sein Frühstück zuzubereiten, strich er so enthusiastisch um meine Beine, dass ich aufpassen musste, nicht auf die Nase zu fallen.

»Bitte schön, mein lieber Junge«, säuselte ich zärtlich, nun, da er mich nicht mehr anknurrte und stattdessen schnurrte, alle Feindseligkeit vergessend angesichts des Futters. Kaum hatte ich den Napf auf den Boden gestellt, da fiel er auch schon darüber her, als hätte er die letzten fünf Tage, in denen ich weg war, nichts zu fressen bekommen. Ich warf einen prüfenden Blick in die Recyclingtonne, und dort lagen, wie erwartet, jede Menge leerer Katzenfutterdosen, die bewiesen, dass Mrs. Boswell von nebenan wie versprochen jeden Tag hergekommen war.

Ich kicherte leise. »Du bist wirklich eine Dramakatze.«

Mein Gehirn arbeitete noch nicht so richtig auf Hochtouren, als ich nach dem Wasserkessel griff, um mir eine Tasse Tee zuzubereiten, und damit hinüber zur Spüle ging. Voll im Alte-Dame-Modus starrte ich abwesend aus dem Fenster, hinaus in die Dunkelheit des sehr frühen Morgens, als etwas zu meinen Füßen auf den Boden flatterte. Bei dem unerwarteten Gegenstand handelte es sich um einen großen, grellgelben Klebezettel, der nun mit der Vorderseite nach unten auf den Fliesen lag. Als ich ihn aufhob und umdrehte, zog sich beim Anblick von Henrys vertrauter krakeliger Handschrift mein Inneres zusammen.

Ein Witz für dich zu deiner nächsten Tasse Tee:

Drei Kannibalen überleben einen Flugzeugabsturz und sitzen auf einem Berg fest, einer von ihnen ist Biologe, einer Chemiker, der dritte Ingenieur. Am dritten Tag finden sie einen menschlichen Oberschenkelknochen.

Der Biologe untersucht ihn auf Krankheitszeichen und stellt Alter und Geschlecht des Spenders fest. Dann versucht er, das Mark herauszuziehen.

Der Chemiker legt den Knochen in diverse Lösungen unterschiedlicher Konzentration, um zu versuchen, ihn aufzulösen.

Der Ingenieur nimmt den Knochen, zieht damit den anderen beiden eins über und isst sie auf.

Prustend vor Lachen über diesen schlechten Witz legte ich den Zettel beiseite, füllte den Wasserkessel und stellte ihn auf den Herd. Die Tee- und Kaffeebehälter standen in einem Oberschrank bei der Spüle. Die Tür war schon immer ein wenig wackelig gewesen, deshalb öffnete ich sie so vorsichtig wie immer, weil ich nie wusste, ob sie mir nicht irgendwann auf den Kopf fiel. Doch zu meiner Überraschung ließ sie sich problemlos öffnen und knarrte nicht einmal.

Nun war ich neugierig, stellte mich auf die Zehenspitzen und spähte hinein. Alle meine Tassen waren nach Farbe und

Größe geordnet, alle Henkel zeigten in dieselbe Richtung. Sämtliche meiner zahlreichen Früchteteesorten waren geordnet, die Schachteln ordentlich gestapelt, Kaffeegläser standen wie Soldaten bei der Parade in Reih und Glied, und alle koffeinfreien Artikel (die überwiegend abgelaufen und unbenutzt waren) waren zu einer Gruppe zusammengefasst worden. Ich lächelte in mich hinein. Dr. Ordnungsfimmel war da gewesen; und die Tür hatte er wohl auch repariert, während er auf mich gewartet hatte, bevor wir zum Flughafen fuhren.

Wenn ich an diese glücklichere Zeit dachte, tat mir das Herz weh, und weil ich den Schmerz verdrängen wollte, griff ich, als der Wasserkessel laut pfiff, nach einer Tasse.

Zu meiner Überraschung fand ich in der Tasse einen weiteren kleineren Klebezettel:

> Unordnung macht mich wahnsinnig, und du machst mich ebenfalls wahnsinnig (auf eine gute Art)

Ich spürte, wie mir die Tränen kamen. Die Buchstaben verschwammen mir vor den Augen, und weil ich die Tasse, die er für diese Nachricht ausgesucht hatte, nicht schmutzig machen wollte, griff ich nach oben und nahm eine andere. Die allerdings ebenfalls eine Nachricht enthielt.

> Ich finde dein Gesicht auch mit Sambuca an den Lippen schön.

Wie auch die nächste.

Deine Kaffeetassen-Pantomime war für mich das Highlight des Jahres, aber ich bin froh, dass du Wissenschaftlerin bist und nicht in der Unterhaltungsbranche für Kinder arbeitest ...

Als ich eine Tasse nach der anderen aus dem Schrank zog, stellte ich fest, dass die ganze erste Reihe mit Klebezetteln versehen war.

Jedes Lineal ist genial. Aber Lieblingslineal war am genialsten.

Du bist meine absolut beste Versteckspiel-Partnerin. Wann können wir mal wieder in einer Abstellkammer abhängen?

Ich hoffe, du weißt Folgendes: Wissenschaft + Technik = Perfektes Paar

Tatsächlich hatte er in allen meinen Tassen Nachrichten hinterlassen. Gierig zog ich jede einzelne heraus und setzte mich dann auf den Boden, umgeben von positiven, lustigen kleinen Nachrichten, von Henry liebevoll von Hand geschrieben.

Ich war ganz versessen auf jede einzelne dieser Botschaften. Weinend saß ich da, überwältigt von dem niederschmetternden Gedanken, dass er die ganze Zeit versucht hatte, mir mitzuteilen, wie sehr er mich liebte, auf sehr subtile Art, die ich geflissentlich ignoriert hatte, zu ichbezogen, um zu begreifen, dass dieser liebe, wunderbare Mann es aufrichtig meinte. So gebrochen und so argwöhnisch gegenüber Intimität war ich gewesen, dass ich dem ständig nagenden Gefühl des Selbstzweifels und der Wertlosigkeit erlaubt hatte, jede einzelne Begegnung mit ihm zu überschatten. Ich dachte an all meine Sticheleien zurück, er solle sich eine Freundin suchen, und daran, wie niedergeschlagen er immer gewirkt hatte, wenn ich das sagte. Ich dachte an sein zärtliches Lächeln, sein bedachtes Handeln. Immer schien er zu wissen, wie er mich zum Lachen bringen und gleichzeitig genau das Richtige sagen konnte. Mist, was war ich doch für eine unsensible, hoffnungslose Idiotin.

Spencer saß mitten in diesem Schneesturm aus Klebezetteln, den ich auf den Küchenfliesen erzeugt hatte, und putzte sich akribisch.

»Ich bin so dumm, Spencer«, sagte ich, was mir einen neugierigen Blick und ein bestätigendes Zungenschnalzen einbrachte.

»Mist, ich muss es ihm sagen, oder?« Als Antwort darauf leckte sich Spencer den Hintern.

»Hörst du mir überhaupt zu?« Es folgte gezieltes Ignorieren.

»Ich muss Jo anrufen«, rief ich plötzlich.

Und, dachte ich ironisch, ich muss aufhören, Gespräche mit meiner Katze zu führen.

27

»Hi, Prof, wie geht's?«

»Hallo, Dr. Clancy, schön, mal zu einer vernünftigeren Uhrzeit von dir zu hören, hier bei mir jedenfalls. Was ficht dich an, um halb fünf in der Früh wach zu sein?«, erwiderte Jo.

»Jetlag.« Ich gähnte. »Bist du im Moment beschäftigt?«

»Mein Doktorand ist krankgeschrieben, und ich versuche gerade, einen Studenten davon abzuhalten, das neue, eine halbe Million Dollar teure Konfokalmikroskop kaputt zu machen. Warte kurz, okay?« Sie klang abgelenkt.

Ich kicherte, als sie den Hörer dämpfte. »Den Teil hier nicht anfassen, Steven, nur die Bedienelemente, die ich dir gezeigt habe. Herrgott noch mal. Also, was kann ich für dich tun? Oder bin ich die Einzige, von der du dachtest, dass sie um diese Zeit wach wäre, um zu plaudern?« Nun war sie wieder in voller Lautstärke an meinem Ohr.

»Ich wollte dir nur sagen, dass du recht hattest«, sagte ich leise.

»Womit genau? Es gibt so viele Dinge, mit denen ich ganz sicher recht habe, einschließlich meiner Theorie zur neuronalen Entwicklung und Wiederherstellung, aber kein Schwein glaubt mir das bisher.«

Ich stieß einen zittrigen Seufzer aus. »Du hattest recht mit Hot Henry, Jo.«

»Oh. Okay. Warte mal, bin gleich wieder da.« Wieder bedeckte sie den Hörer. »Ich gehe einen Moment raus. Fass außer dem Touchpad nichts an und mach hier drin nichts kaputt, sonst fällst du bei mir mit Pauken und Trompeten durch. Zähl einfach nur die grünen und roten Punkte auf dem Bildschirm und rühr nichts an, Steven, okay?«

Es folgten das Geräusch einer Tür, die zu einem hallenden Flur hin geöffnet wurde, und der dumpfe Knall, als sie wieder zufiel. »Gut, wo waren wir?«

»Ich hatte gerade gesagt, dass du recht hattest, Henry Fraser liebt mich.« Ich musste schlucken. Zu hören, wie ich selbst es laut aussprach, war kaum erträglich, weil die Worte so absurd klangen. Ich war mir sicher, dass Jo gleich vor Lachen zusammenbrechen würde.

»Das hat er dir gesagt?«, fragte sie so ruhig, als hätte ich ihr mitgeteilt, dass ich zum Mittagessen ein Thunfischbrötchen esse, und nicht soeben die albernste Bemerkung vom Stapel gelassen, die ich je von mir gegeben hatte – ach was, die je in der Geschichte der Menschheit ausgesprochen worden war.

»Ja?«, antwortete ich verunsichert.

»Und was für Gefühle hat das in dir geweckt?«

»Es hat mich verdammt noch mal in Angst und Schrecken versetzt, wenn ich ehrlich bin.«

»Warum?«

»Na schön, Sigmund Freud, das ist nicht die Reaktion, die ich mir von dir erhofft hatte. Wo bleibt das ›Habe ich es dir nicht gesagt?‹ Und wo bleiben irgendwelche unangemessenen Bemerkungen darüber, ob ich schon mit ihm in die Kiste gesprungen bin?«

»Okay, zum Thema ›in die Kiste springen‹ kommen wir gleich, zuerst will ich ausloten, wie panisch du bist auf einer Skala von ›ruhig wie ein Mühlenweiher‹ bis ›sturmflutmäßig aufgepeitscht‹.«

»Wie eine Windmühle in einem Wirbelsturm der Kategorie fünf beschreibt wohl am besten, wie ich mich fühle.«

»Gut. Also, was hast du getan, als er es dir gesagt hat? Hattest du tatsächlich vor seinen Augen einen verdammten Ausraster?« Jo nahm wirklich nie ein Blatt vor den Mund.

»In gewisser Weise ja«, erwiderte ich widerstrebend.

Ein enormer Seufzer drang aus Tausenden Kilometern Entfernung an mein Ohr. »Sprecht ihr noch miteinander?«

»Nein, er will mich nicht sehen«, flüsterte ich kläglich.

»Und was willst du nun dagegen tun?«

»Keine Ahnung.« Kummer und Gewissensbisse häuften sich in meinem Gehirn zu einer lawinenartigen Masse an.

»Willst du ihn wiedersehen, oder wäre es besser für dich, Raum und Zeit zu haben, um darüber nachzudenken?« Sie war viel zu rational und fürsorglich, das sah ihr überhaupt nicht ähnlich.

»Jo, ich habe ihn echt verletzt, und ich weiß nicht, was ich tun kann, um es wiedergutzumachen, aber ich vermisse ihn jetzt schon so sehr, dabei ist es erst vierundzwanzig Stunden her.« Ich schniefte, wieder kamen mir die Tränen.

»Okay. Gib mir fünfzehn Minuten, damit ich mich um diesen verfluchten Studenten kümmern kann, dann rufe ich dich zurück, und du erzählst mir alles, was passiert ist, jedes Detail. Danach überlegen wir uns, wie wir euch beide verheiratet kriegen, denn das hättet ihr schon vor sieben verdammten Jahren tun sollen«, verkündete sie entschlossen und legte auf, ohne einen Widerspruch zu dulden.

Eine Stunde später hatte ich Jo ins Bild gesetzt und ihr alles erzählt, was in San Francisco passiert war. Sie musste ein paarmal tief durchatmen, nachdem ich ihr das mit Dominic berichtet hatte, doch nachdem sie angedroht hatte, ihm Anthrax mit der Post zu schicken, schwieg sie weitgehend, während ich ihr alles, was mit Henry zu tun hatte, erzählte. Erst als ich die Klebezettel erwähnte, die ich heute Morgen gefunden hatte, schnappte sie hörbar nach Luft. Doch das konnte ich ihr verzeihen, denn jedes Mal, wenn ich mir die gelben Botschaften anschaute, fühlte ich mich auch ein wenig atemlos.

»Verdammt noch mal, wie kann jemand, der so aussieht, auch noch so verdammt nett sein, Clara?«, ächzte Jo. »Es ist, als hätte er die Gen-Lotterie gewonnen oder so.«

»Ich weiß, und deshalb …«

»Wenn jetzt wieder kommt, dass du nicht gut genug bist für ihn, dann schicke ich den Anthrax dir.«

»Klar, okay, sorry.«

»Liebst du ihn, Clara? Sei ehrlich zu dir. Du darfst ihn nicht täuschen, falls du irgendwelche Zweifel hast, aber falls du etwas für ihn empfindest, bist du es euch beiden schuldig, der Sache eine Chance zu geben«, sagte sie behutsam.

Ich stöhnte leise. »Ich liebe ihn, wahrscheinlich war das schon immer so.« Es war, als hätte sich der Nebel des Leugnens endlich gelichtet.

»Ha! Hab ich's doch gewusst, verdammt noch mal!« Ich merkte, dass sie einen kleinen Freudentanz in ihrem Büro vollführte.

»Feierst du das etwa gerade mit einem Tanz, Jo?«

»Ja! Das ist zu gut, um still zu sitzen! Stell dir mal vor, was für hübsche Babys ihr bekommen werdet!«

Ich würgte ein wenig, kalter Schweiß bildete sich auf meiner Oberlippe. »Immer langsam mit den jungen Pferden, Cowgirl, ich bin mir nicht sicher, ob das überhaupt eine Option ist.«

»Pfft. Er liebt dich, Clara, natürlich wird er eine Miniversion seiner selbst in dich pflanzen wollen«, sagte sie und kicherte dabei wie ein schmutziger alter Mann.

Ich versuchte ihre nicht gerade subtile Anspielung zu ignorieren. »Aber was, wenn es stimmt, was du gesagt hast?«

»Was von all dem, was ich gesagt habe?«, fragte sie, inzwischen ein wenig atemlos von ihrer Tanzeinlage.

»Als du meintest, dass er wahrscheinlich nur an jemandem interessiert ist, der dieses Interesse nicht erwidert, weißt du? Dass er nur das will, was er nicht haben kann? Was, wenn wir zusammenkommen, und dann ist plötzlich der ganze Zauber weg, und nur noch eine leere Hülse des Nichts bleibt übrig …« Ich verstummte und zog mich in meine einsame Grube der Verzweiflung zurück.

»Er sagte doch, dass er dich vom ersten Augenblick an geliebt hat, oder? Deshalb kannst du getrost vergessen, was ich gesagt habe. Wenn er wirklich ein oberflächliches Arschloch wäre, das nur für den Kick unerreichbaren Frauen nachstellt, wäre er letztendlich zu einer anderen weitergezogen. Er wäre ein Serientäter, und das ist er nicht. Er hat sich weiterhin an dich gehalten und damit ja anscheinend sein eigenes Glück torpediert. Er steht voll und ganz, zu hundert Prozent, auf dich. Der arme verblendete Kerl.«

»Jo! Das ist nicht hilfreich«, rief ich.

»Tut mir leid, aber ich komme einfach nicht über die Tatsache hinweg, dass er sich so lange nach dir verzehrt hat. Und dass er sich von einem Elvis-Imitator hat verheiraten lassen, aber ich werde mal versuchen, ihm das durchgehen zu lassen.«

»Was, wenn er sich in all den Jahren ein Fantasiebild von mir zusammengesponnen hat, dem ich nicht gerecht werden kann? Was, wenn er merkt, wie wahrhaft hoffnungslos ich bin, und mich dann nicht mehr will?«, flüsterte ich beklommen.

Jo gehörte zu den ganz wenigen Menschen, die das wahre Ausmaß des Schadens kannten, den die Ablehnung durch meinen Vater verursacht hatte. Sie war dabei gewesen, als ich dank der allsehenden Augen der sozialen Medien herausfand, wo er sich aufhielt, und sie hatte mir die Hand gehalten, als ich ihm eine E-Mail schrieb, in der ich ihn darum bat, sich mit mir zu treffen. Aber er hatte nie geantwortet, auch wenn ich wusste, dass er sie bekommen und gelesen hatte. Sie hat damals geholfen, mich wieder aufzurichten, mit meinem Leben weiterzumachen, mich auf meine Forschung und meine Dissertation zu konzentrieren. Aber sie wusste auch, dass mich das immer noch quälte, dass mich die Angst vor weiterer Ablehnung oft von so vielen Dingen abhielt.

»Hör auf mit diesen Selbstzweifeln, Clara. Ich weiß, was dein Gehirn daraus macht, und das ist mehr als nur albern; er ist nicht ansatzweise die Art von Mann, die dein Vater ist. Er hat gerade eine Menge Zeit mit dir verbracht und dich noch mal ganz neu kennengelernt, und das hat ihm gezeigt, dass er wirklich nicht ohne dich leben kann. Verlass dich darauf, dass seine Gefühle echt sind, es gibt auf der ganzen Welt keinen einzigen Grund, warum er sich das antun sollte, wenn er sich deiner nicht absolut sicher wäre, oder?«

»Nein«, stimmte ich zu. Sie hatte recht, ich musste einfach nur mutig sein und das Risiko auf mich nehmen, immerhin handelte es sich hier um Henry, und der war lieb und nett. Und in mich verliebt. Wer hätte das je gedacht?

»Gut, jetzt müssen wir uns nur noch überlegen, wie zum Teufel du ihn davon überzeugen kannst, dir noch eine Chance zu geben«, sagte sie nachdenklich.

Einer der Zettel klebte an Spencers Bein, als er aufstand und an mir vorbei in Richtung Katzenklappe ging. Ich pflückte die Nachricht aus seinem Fell, was er mit einem mürrischen Katzengesicht und einem halbherzigen Hieb in meine Richtung quittierte.

Mein Mantel steht dir, wann immer du ihn brauchst, für verdeckte Operationen zur Verfügung.

»Ich glaube, ich habe eine Idee. Wir sprechen uns bald wieder«, murmelte ich und legte auf.

28

»FraserTech, Janice am Apparat, was kann ich für Sie tun?«

»Hi, Janice, hier ist Clara Clancy von Pharmavoltis«, rief ich fröhlich ins Telefon und wirbelte auf meinem Bürostuhl herum.

»Hi, Clara, wie geht es Ihnen, meine Liebe?«, erwiderte Janice in ihrem herrlich großmütterlichen Tonfall.

»Mir geht es gut, danke, und Ihnen? Wann ist noch mal Ihre Hüft-OP?«, fragte ich.

»Nächsten Monat, ich werde gottfroh sein, wenn es vorbei ist. Also, was kann ich für Sie tun? Henry ist im Moment nicht da.«

»Ich weiß, wann kommt er denn wieder? Ich wollte eigentlich kurz vorbeikommen, weil ich dies und das mit ihm persönlich durchgehen wollte«, sagte ich und strapazierte damit die Wahrheit ein wenig.

»Sein Flug geht heute Nachmittag, morgen früh hat er eine Besprechung, etwa von halb elf bis elf hat er Pause, aber danach jagt ein Meeting das andere für den Rest des Tages.«

»Alles klar, okay.« Das konnte eng werden, war aber definitiv machbar.

»Soll ich für halb elf ein Treffen mit Ihnen in seinen Terminkalender eintragen?«

»Nein, danke, Janice. Wissen Sie, ich habe morgen auch ziemlich viel zu tun, wenn ich es schaffe, komme ich dann vorbei, aber sagen Sie erst mal nichts zu ihm, falls es doch nicht klappt.«

»Natürlich, Clara, aber ich werde das Zeitfenster dann für alle Fälle für Sie freihalten«, flüsterte sie verschwörerisch.

Ich lachte. »Danke, das wäre großartig.«

»Dann hoffentlich bis morgen.«

»Bis morgen.«

Ich lehnte mich zurück und umklammerte fest meine Kaffeetasse, bis der Plan in meinem Kopf Gestalt annahm. Letztlich gab es nur zwei Möglichkeiten: Entweder ich machte mich damit komplett zum Affen. Oder ich hatte anschließend eine Liebesbeziehung mit der Oxford-Version von Superman.

»Willkommen zurück, ich habe dich vermisst und will sämtlichen Klatsch aus San Francisco erfahren«, sagte Simmy, als sie ins Büro kam. Sie hängte ihren Mantel an die Garderobe und legte ein Muffin vor mir auf den Schreibtisch. Wieder drehte ich mich mit meinem Stuhl. Simmy musterte mich taxierend. »Was für einen verrückten Plan heckst du jetzt schon wieder aus, Dr. Seltsam?«

»Nun, du weißt doch noch, wie du meintest, Henry wäre in mich verliebt?«

Simmy riss die Augen auf und nickte, während sie sich auf meiner Schreibtischkante niederließ.

»Er hat es zugegeben.«

»Höchste Zeit, verdammt noch mal. Und …?«, fragte sie und fuchtelte auffordernd mit den Händen.

»Na ja, ich werde beweisen, dass ich ein großes Mädchen bin, und ihm mitteilen, dass ich dasselbe empfinde.«

Sie kreischte so laut, dass Gemma, die Verwaltungsassistentin des medizinischen Teams, erschrocken den Kopf durch die

Tür streckte, doch Simmy scheuchte sie mit einer geistesabwesenden Geste weg. »Erzähl mir alles.«

Erneut berichtete ich alles, was sich in San Francisco zugetragen hatte. Simmy bestand darauf, Dominic zu kastrieren, falls sie ihn je wiedersah, und würde mich vor Gericht bedingungslos unterstützen. Außerdem brauchte ich ihrer Meinung nach dringend eine Frontallobotomie, weil ich mich nicht sofort auf Henry gestürzt hatte, als er mir in meinem Hotelzimmer seine Gefühle gestanden hatte.

Doch als ich zu den Botschaften kam, die ich in meinen Tassen gefunden hatte, und zu meinem cleveren Plan, ihn zurückzugewinnen, stieß sie einen langen Seufzer aus und stieß ihren Kaffeebecher gegen meinen. »Wenn das nicht funktioniert«, flüsterte sie, »ist er derjenige, der eine Lobotomie braucht, Clara.«

Am nächsten Morgen war ich total durch den Wind. Ich hatte Jo einen kurzen Abriss meines Hot-Henry-Eroberungsplans (wie sie es nannte) geschickt, und sie hatte mir heute Morgen in einer SMS viel Glück gewünscht und mir geraten, meine verführerischste Unterwäsche anzuziehen, da ich eindeutig irgendwann im Laufe des heutigen Tages vor seinen Augen die Kleider ablegen würde. Dessen war ich mir zwar nicht so sicher, entschied aber, dass es als kleiner Selbstbewusstseinsschub nicht schaden konnte. Deshalb hatte ich die schwarzrosa Kombi angezogen, die ich so selten trug, weil ich mich darin ein wenig wie eine verkleidete Stripperin fühlte.

Von Kopf bis Fuß schwarz gekleidet (Hosenanzug und Seidenbluse), dazu Killerabsätze und meine bewährte übergroße Handtasche, war ich bereit für einen verdeckten

Einsatz – und hoffte nur, dass ich das auch wirklich durch-ziehen konnte.

Als ich an der Rezeption von FraserTech meinen Pharma-voltis-Ausweis zückte, wurde ich ziemlich rasch durchgelas-sen und ging hinauf in den obersten Stock, wo sich Henrys Privatbüro befand. Janice saß draußen im offenen Bürobereich und strahlte mich an, als ich auf der obersten Treppenstufe angelangt war. Sie hatte an einigen unserer Besprechungen teilgenommen, sich Notizen gemacht und Dinge organi-siert, deshalb war ihr vertrautes Gesicht ein willkommener Anblick.

»Ah, Sie sind etwas zu früh dran, aber ich bin froh, dass Sie es geschafft haben. Henry wird sich so freuen, Sie zu sehen«, sagte sie herzlich und umarmte mich.

Das hoffte ich inständig, sonst würde sie nämlich die Wach-leute rufen müssen, und die würden mich dann hinausschlei-fen und direkt in die Klapse verfrachten, bei dem, was ich vorhatte.

»Ist es okay, wenn ich in seinem Büro warte? Dann könnte ich schon mal ein paar Grafiken auf meinem Computer öff-nen und überprüfen, bevor er kommt«, log ich.

Janice wirkte einen Moment lang verwirrt, dann lächelte sie. »Das macht ihm nichts aus, da bin ich mir sicher, Liebes, weil Sie es sind.«

Ich wusste nicht so recht, was sie damit meinte, beschloss aber, besser nicht nachzuhaken, für den Fall, dass sie dann ihre Meinung änderte. »Oh, und Sie wissen doch, wie gern ich ihn ärgere, Janice?«

»Oh ja, all Ihre Insider-Witze, nicht wahr?«, erwiderte sie augenzwinkernd. Alarmiert fragte ich mich, wie viele von unseren Gesprächen sie mitbekommen hatte, beschloss dann aber, trotzdem weiterzureden.

»Oh ja! Bitte verraten Sie ihm nicht, dass ich hier bin, ich will ihn überraschen!« Ich zwinkerte ihr zu.

Sie kicherte und tippte sich seitlich an die Nase. »Großes Pfadfinderehrenwort.«

Ich bedachte sie mit einem doppelten Daumen-hoch, schlüpfte in Henrys Büro und inspizierte den Raum. Als ich den Garderobenständer beim Fenster entdeckte, an dem der vertraute und sehr willkommene marineblaue Wollmantel hing, rieb ich mir frohlockend die Hände. Rasch schrieb ich eine Notiz und klebte sie auf seine Tastatur, dann versteckte ich meine Tasche hinter der Tür. Ich steckte meine Geheimwaffe in die Hosentasche, wickelte mich in seinen Mantel und lag dort auf der Lauer wie eine raffinierte Spionin im Wollkokon.

Inzwischen war ich ein bebendes Nervenbündel und hatte Mühe, meine Aufregung zu zügeln, doch zum Glück musste ich nicht allzu lang warten, ehe ich seine weiche, tiefe Stimme hörte, als er sich durch den Flur näherte.

»Schick sie bitte gleich zu mir herein, wenn sie da sind, Janice«, sagte er, öffnete die Tür und betrat sein Büro. Das Handy zwischen Schulter und Ohr geklemmt, die Brille leicht schief, stellte er Laptop und Kaffeetasse auf dem Schreibtisch ab. Er war eine Augenweide, und mein Puls beschleunigte sich noch weiter, der Herzschlag dröhnte mir laut in den Ohren – eine schwindelerregende Mischung aus Anziehung, Panik und Tachykardie. Shit, reiß dich zusammen, Wonder Woman.

»Das tut mir leid. Ja, jepp, mache ich …«, sagte er ins Telefon. In diesem Moment entdeckte er die Notiz und blickte auf.

Mit verwirrter Miene schaute er zum Garderobenständer und riss schockiert die Augen auf, als er lediglich mein Gesicht entdeckte, das zwischen den Mantelaufschlägen hervorlugte. ›Hi‹, formte ich stumm mit den Lippen. »Ich, ähm, gut. Ja. Ich muss Sie zurückrufen. Verschieben Sie das Ganze einfach noch ein wenig. Nein, ja, alles bestens, glaube ich. Ich muss Schluss machen. Auf Wiederhören.«

Ich starrte ihn an, und er starrte mich an. Das ging eine Weile so, wir blinzelten kaum.

»Habe ich etwas im Gesicht?«, fragte ich schließlich aus meinem Kokon heraus.

»Ähm, nichts, was ich von hier aus sehen würde«, erwiderte er leise, ehe er fragend hinzufügte: »Was machst du in meinem Mantel, Clara?«

»Das ist mein sicherer Ort, schon vergessen?«

»Nein, das habe ich nicht vergessen. Vor wem versteckst du dich?«

»Ich habe auf dich gewartet, und da dachte ich, der Platz hier ist so gut wie jeder andere.« Ich lächelte ihn hoffnungsvoll an.

»Oh.« Henry sah aus, als wäre er hin- und hergerissen. »Ich glaube nicht, dass es eine gute Idee ist, wenn wir uns treffen, ich habe einen Tag voller Meetings und Dinge …« Er klang traurig und brach mitten im Satz ab.

»Ich weiß, ich bleibe auch nicht lang, ich muss dir nur ein paar Dinge sagen, aber weil ich irgendwie beschissen in allem bin, was mit Erwachsenengefühlen zu tun hat, habe ich es aufgeschrieben, und ich dachte mir, du könntest es vielleicht vorlesen, und ich bleibe hier drin, an meinem sicheren Ort, an dem ich mich am geschütztesten fühle«, rasselte ich schnell herunter, außerstande, meine Nervosität zu verbergen. Ich griff in meine Hosentasche, zog einen Stapel Klebezettel heraus und warf sie ihm zu.

Er fing den kleinen gelben Block, sah zuerst den obersten Zettel an und dann mich. »Du willst, dass ich sie dir laut vorlese?«

»Ja, und dann kannst du sie wegwerfen oder irgendwohin kleben oder so, weißt du? Klebezettel sind ein praktisches Kommunikationsmittel, wie ich kürzlich herausgefunden habe.« Ich lächelte zaghaft.

Trotz seiner offensichtlichen Zweifel lächelte Henry ebenfalls. Seufzend setzte er sich auf die Kante seines Schreibtischs, die dem Garderobenständer am nächsten war, die langen Beine mit übereinandergeschlagenen Knöcheln von sich gestreckt.

»Okay, hier kommt der erste. ›Hi, Clark (ich wusste, dass du heute Clark sein würdest). Ich wollte nur Hallo und es tut mir leid sagen‹.« Henry zog die Brauen hoch, schälte den ersten Zettel ab und klebte ihn an den Daumen seiner linken Hand.

»Der hier ist interessant«, murmelte er beim nächsten. »›Nur damit du es weißt – ich habe dir verziehen, dass du all meine Stammzellen gekillt hast‹.« Er schaute hoch. »Gut zu wissen, dass du nicht zu Übertreibungen neigst und es in den letzten sieben Jahren geschafft hast, damit fertigzuwerden, Clara.«

Ich nickte. »Ich bin mustergültig, wenn es ums Verzeihen geht. Und, nur zu deiner Information, das ist auch gut so.«

»Außerdem bist du rechthaberisch.« Er schnaubte und klebte den Zettel an seinen Zeigefinger. »Okay, weiter: ›Habe ich dir schon gesagt, dass es mir echt total leidtut?‹«

Wieder sah er mich an. »Du weißt, dass du mir das einfach ins Gesicht sagen könntest?«

»Es tut mir echt total leid«, formte ich lautlos mit den Lippen und zuckte dann hilflos mit den Schultern.

»Schisser«, murmelte er, zog den Zettel ab, klebte ihn an die Spitze seines Mittelfingers und las weiter vor. »›Es tut mir eine Million Mal leid‹, ›Tut mir leid, dass ich dich verletzt habe, und tut mir leid, dass ich dir nicht die Wahrheit gesagt habe‹.« Er hielt inne und klebte die beiden Zettel an seinen Ringfinger und seinen kleinen Finger, bevor er die Lektüre wieder aufnahm.

»›Ich hatte zu viel Angst davor, dir zu sagen, dass ich dich liebe, und zwar nicht nur als Freundin‹«, las er langsam vor und musste sich den Satz mehrmals anschauen, ehe er den Blick hob. Ein Ausdruck von Verwirrung und Ungläubigkeit flackerte über seine attraktiven Gesichtszüge, und meine Brust zog sich zusammen, weil er in diesem Moment so verunsichert wirkte.

»Da sind noch mehr«, flüsterte ich, als er nichts sagte.

»Was soll ich denn damit machen, ich habe keine Finger mehr übrig?«, fragte er heiser und wedelte mit seinen gelb beklebten Fingern.

»Du könntest sie in ein Kästchen legen und für immer aufbewahren«, schlug ich hilfsbereit vor.

Henry stieß sich vom Schreibtisch ab, kam auf mich zu und zupfte an den Aufschlägen seines Mantels, sodass er sich öffnete und mein vollkommen schwarzes Outfit preisgab. »Versteckst du dich als Büro-Ninja im Businesslook in meinem Mantel?«

»Ich wollte mich tarnen, heimlich und unbeobachtet bleiben«, sagte ich ein wenig atemlos. Er war mir inzwischen ziemlich nah. »Allerdings habe ich mich gegen die Balaklava entschieden, ich war mir nicht sicher, ob mich die Security damit reinlassen würde.«

»Wahrscheinlich nicht. Aber ich finde, du hast diesen ausgefallenen Look mit Bravour durchgezogen und mit einem Elan, wie nur du ihn hast.« Grinsend klebte er den ersten Klebzettel auf mein Kinn. Dann klebte er die anderen auf verschiedene Stellen an meinen Schultern, den letzten drückte er sanft auf mein Oberteil, direkt unterm Schlüsselbein. Verdächtig nah an der Wölbung meiner rechten Brust, genau genommen so nah, dass er durch den Wonderbra, den ich trug, künstlich nach oben geschoben wurde. Und nun war es an ihm, ein wenig atemlos zu sein.

Wodurch mein Selbstbewusstsein eine beträchtliche Steigerung erfuhr.

Schweigend las er den nächsten Zettel und sah mich dann fragend an. »Meinst du das wirklich ernst?«

»Ja, Henry, ich meine sie alle ernst.«

Er räusperte sich. »›Ich weiß, dass du ein gutes Herz hast, und ich vertraue dir mein gebrochenes an‹.«

Diesen Zettel klebte er über meinem Herzen fest.

»›Habe ich dir schon gesagt, dass ich dein Gesicht und deinen Duft total mag? Eigentlich bist du echt ziemlich zum Dahinschmelzen‹.« Er lachte und klebte mir den Zettel auf die Wange. »Ich mag dein Gesicht und deinen Duft auch, Clara, aber zum Dahinschmelzen?«

»Mir ist nichts anderes eingefallen, um es zu beschreiben, deshalb habe ich meine detaillierten Kenntnisse romantischer Literatur bemüht, und das war das Beste, was dabei rausgekommen ist. Mach dich bloß nicht über mich lustig.«

Henry zuckte mit den Schultern und schaute, immer noch lächelnd, auf den nächsten Zettel hinunter. »›Deine Haare sind wie aus einer Shampoo-Werbung, und ich streiche gern mit den Fingern hindurch.‹ Das hat mir auch gefallen«, flüsterte er ganz nah an meinem Ohr. Seine Lippen streiften die empfindliche Haut des Ohrläppchens, während er mir das Post-it auf den Scheitel klebte.

Dabei wurden mir, ehrlich gesagt, die Knie ein bisschen weich, und ich lief mittlerweile wirklich Gefahr, meine Glaubwürdigkeit als starke, unabhängige Frau einzubüßen. Was würde Wonder Woman tun? Ich beschwor meine innere Superheldin herauf und blieb erhobenen Hauptes stehen.

Beim nächsten Zettel riss Henry ungläubig die Augen auf. »Das sind doch nicht etwa die Eröffnungszeilen der bekannten Achtziger-Pop-Rock-Ballade ›If I Could Turn Back Time‹?«

Ich nickte. »Doch, das sind sie. Cher kann das viel eloquenter ausdrücken als ich.«

Er schüttelte den Kopf, klebte mir den Sticker auf die Stirn und schaute sich den nächsten an. »Es geht noch weiter? Natürlich geht es weiter.« Schweigend las er weiter, und um seine Lippen zuckte es. »Der ganze Refrain. Wow.«

»Ich war mir wirklich sicher, dass du das für mich singen würdest«, grummelte ich, während seine Finger die beiden von den Lyrics inspirierten Zettel nebeneinander über meine Augenbrauen klebten.

»Ich kann nicht fassen, dass du einen Cher-Song zitierst«, erwiderte er kopfschüttelnd.

»Dein Geschmack in Bezug auf Rock und Pop der Achtziger ist legendär, Henry, also tu nicht so, als würdest du diese Melodie nicht gerade innerlich vor dich hin summen.«

»Ganz recht, davon werde ich jetzt den ganzen Tag einen Ohrwurm haben. Danke dafür«, murmelte er trocken.

»Keine Ursache. Hörst du beim Arbeiten noch immer deine Bon-Jovi-Playlist?«

»Auf jeden Fall! Jon Bon Jovi ist ein Gott, Clara, hast du das immer noch nicht gemerkt?«

Ich prustete und verdrehte die Augen. »Wenn du meinst, Henry.« Ich hielt kurz inne. »Der nächste Zettel ist der letzte«, fügte ich dann leise hinzu.

»Wieder irgendwelche zweifelhaften Lyrics?«, fragte er belustigt.

»Nein, die Worte kommen direkt von dem kalten, toten Ort, an dem sich eigentlich mein Herz befinden sollte«, versuchte ich zu scherzen. Doch innerlich machte ich mich auf eine bevorstehende Zurückweisung und ein damit einhergehendes totales, tödliches Herzversagen gefasst.

Ein paar Sekunden lang starrte Henry stumm auf die Nachricht hinunter und nagte an seiner Unterlippe. Dann las er mit leiser Stimme vor, was ich geschrieben hatte. »»Henry, ich liebe dich von ganzem Herzen, ganz egal, wie beschädigt es sein mag. Ich will den Rest der Ewigkeit mit dir verbringen und mich bemühen, genug für dich zu sein, dich so glücklich wie möglich zu machen. Alles, worum ich dich bitte, ist, dass du weiterhin du selbst bist. Denn mir ist endlich klargeworden, dass du schon immer der Richtige warst«.«

Er hob den Kopf, schaute mir tief in die Augen und klebte mir den letzten Zettel auf die Lippen. »Nun bin ich dran mit Sprechen, mit meinen eigenen Worten, Clara, okay?«

Ich nickte.

»Gut.« Er zögerte und holte tief Luft. »Du bist genug und warst es schon immer, und ich will dich, ich liebe dich, so wie du bist. Du bist verrückt, lustig, lieb, hübsch und so klug und intelligent, dass mir das Gehirn wehtut, wenn ich versuche, mit dir mitzuhalten. Bitte hab nie das Gefühl, dass du irgendetwas anderes als du selbst zu sein brauchst.« Zärtlich wischte er mit dem Daumen die Tränen ab, die mir bei seinen Worten über die Wangen liefen.

Aus feuchten Augen blickte ich das fantastischste aller menschlichen Wesen eindringlich an und dankte meinem Glücksstern, dass unsere Pfade sich mehr als einmal im Leben gekreuzt hatten. Schwankend beugte ich mich vor, in der Hoffnung, wir könnten ein wenig herumknutschen, doch da klopfte es an der Tür, und Janice kam hereinspaziert, dicht gefolgt von Claus Baumann und Richard Holmes.

Und mein gesamter Verdauungstrakt sackte vor Entsetzen ab.

Alle glotzten mich an, als wäre ich eine Büro-Ninja im Businesslook, bedeckt von Klebezetteln und teilweise versteckt in Henry Frasers Mantel. Also keine Knutscherei für mich, nur ein unbehagliches Anstarrduell mit Dick Dastardly und dem mürrischen Weihnachtsmann.

29

Ich stand da wie ein Hase im Frontscheinwerfer, Henrys Hand erstarrt auf meiner Wange, gemeinsam drehten wir uns um, um nachzusehen, wer in unser seltsames kleines, privates Rendezvous eindringen wollte.

Henry reagierte als Erster, er ließ seine Hand sinken und machte einen Schritt um mich herum, um mich ein wenig vor Blicken zu schützen.

»Wir brainstormen gerade ein paar Publikationsideen«, erklärte er wenig überzeugend, während ich hektisch die Klebezettel von meinem Gesicht und meiner Kleidung riss. »Wir beenden das noch schnell, und ich bin dann gleich bei Ihnen. Janice, kannst du bitte Richard und Claus in die Kaffee-Ecke führen?«

»Ja. Ja, natürlich. Hier entlang, meine Herren«, sagte sie eilig, und ich hörte, wie sich die Tür wieder schloss.

»Oh Gott«, stöhnte ich.

»Nicht so schlimm«, behauptete Henry. Er wandte sich wieder zu mir um und entfernte den letzten Klebezettel aus meinen Haaren. »Wahrscheinlich ist ihnen gar nichts aufgefallen.«

»Brainstormen, indem man Post-its auf ein Mitglied ihres medizinischen Teams klebt? Ich glaube schon, dass ihnen das nicht entgangen ist, Henry.« Ich hielt ihm den Stapel gelber Zettel hin.

»Mmmm, vielleicht.« Er nahm mir die Zettel ab und verstaute sie in der Brusttasche seines Hemdes.

»Was hast du damit vor?«

»Ich suche mir ein kleines Kästchen und bewahre sie für immer auf.« Er lächelte. »Also, wo waren wir gerade, als wir so rüde unterbrochen wurden?« Seine Augen hatten sich unglaublich verdunkelt, die Pupillen waren groß, und eine leichte Röte überzog seine Wangenknochen.

»Nun, ich weiß ja nicht, wie es bei dir aussieht, Superman, aber Wonder Woman hatte eigentlich auf eine kleine Knutscherei spekuliert«, erwiderte ich kühner, als ich mich fühlte, in der Hoffnung, dass ich die Situation korrekt interpretiert hatte. Doch wie immer rechnete ein kleiner Teil von mir damit, dass mich eine vernichtende Zurückweisung niederstrecken würde.

»Wonder Woman, hmmm?«

»Ja, ich finde, so oft, wie ich dich vor Marina Montgomery gerettet habe, könnte ich definitiv Wonder Woman sein.«

Henry nickte nachdenklich. »Das Outfit von Wonder Woman war ziemlich heiß, aber ich glaube, du bist eher Cat Woman. Und dieser enge schwarze Anzug haut mich echt um.«

Er war mir jetzt sehr nahe gekommen, und mein Atem hatte sich in ein lustiges leises Keuchen verwandelt.

»Ach ja? Tss, was würde Lois bloß dazu sagen?« In gespieltem Entsetzen schüttelte ich den Kopf.

»Ich glaube, Lois, du spielst zwar mit dem Gedanken, Wonder Woman zu sein, aber in Wirklichkeit trägst du einfach nur gern verwirrend unpraktische Klamotten in unpassenden Momenten.« Henrys Augen waren vorübergehend glasig geworden. »Ich erinnere mich da vage an ganz besonders geschmackvolle Unterwäsche.«

Meine Gedanken schweiften zu meiner momentanen Dessous-Situation, und ich schürzte verführerisch die Lippen. »Oh, armer, süßer Clark, du hast ja keine Ahnung vom vollen Umfang meiner Unterhosenschublade.«

Er schloss kurz die Augen und stöhnte leise. »Wer hätte gedacht, dass Wissenschaftlerinnen so sexy sind?«

Wer hätte gedacht, dass Ingenieure so verführerische Laute von sich geben konnten? Mann, es war, als hätte er soeben meine Libido kurzgeschlossen.

»Ah, man sollte nie darüber spekulieren, was unter dem Laborkittel eines Menschen vorgeht.« Ich ließ die Augenbrauen tanzen, was ihm ein dämliches Grinsen entlockte.

»Und fürs Protokoll«, fuhr ich fort, »ich wusste gar nicht, dass Ingenieure so erotisch sein können.«

Lachend schlang er mir den Arm um die Taille und zog mich an sich, bis unsere Körper aneinandergedrückt waren. Mein volltrunkener Eindruck an jenem ersten Abend in San Francisco war richtig gewesen – Henry war eindeutig ziemlich stramm unter seinen Kleidern. *Überall.* Heiliger Strohsack.

»Ich bin mir nicht sicher, ob man die Mehrheit der Ingenieure als erotisch beschreiben könnte, aber ich nehme das Kompliment an«, sagte er leise, den Blick auf meinen Mund gerichtet.

»Das solltest du auch«, keuchte ich praktisch, als er seinen Kopf zu mir neigte.

»Sie scheinen ein wenig außer Atem zu geraten, Miss Bennett, ist Ihnen wohl?«, fragte Henry belustigt, während er sanft meine Wange streichelte und dann meinen Hinterkopf umfasste.

»Endlich merkt er es«, flüsterte ich an seinen Lippen und spürte, wie sein Lächeln zurückkehrte. Ich ließ meine Hände zu seinen breiten Schultern wandern und vergrub meine Finger dann in seinem Haar.

Und als er mich küsste, war es ganz eindeutig Superman und nicht Clark Kent, der diesen Part übernahm. Denn so war ich wahrlich noch nie geküsst worden. Sein Mund war warm und weich, drückte gleichmäßig, ließ wieder locker, sodass ich sehnsüchtig nach mehr verlangte. Seine geschickten Lippen und seine gewandte Zunge verhießen heiße, dunkle, verbotene Freuden, und schon klammerte ich mich keuchend und stöhnend an ihn. Als er den Kuss vertiefte wie ein ausgehungerter Mann bei einem Bankett, der sich begierig bediente, nippte und probierte, und mich dabei immer heftiger an sich zog, kam ich seinem Verlangen fieberhaft entgegen, mit unersättlichem Mund und Händen, die nicht genug von ihm bekommen konnten.

»Dr. Fraser.« Irgendwoher, aus weiter Ferne, womöglich von einem anderen Planeten, drang eine Stimme zu uns, und zu diesem Zeitpunkt gab es nichts, was mir gleichgültiger gewesen sein könnte, doch Henry hatte sie eindeutig auch gehört und löste sich von mir.

»Shit, Clara.« Er klang heiser, seine Augen waren riesig, sein Gesicht mit Lippenstift verschmiert. Die Haare standen herrlich zerzaust ab, wo ich sie – offenbar ziemlich wild – zerrauft hatte. »Ich habe eine Besprechung mit Richard und Claus.«

»Oh, ja, das hatte ich total vergessen«, flüsterte ich wie in einem Nebel, während ich mich Halt suchend an ihn lehnte.

»Henry, es ist zehn nach elf, und deine Gäste möchten gern mit dem Meeting beginnen«, kam Janice' freundlicher Singsang durch die Holztür.

»Gleich, wir sind hier fast fertig«, erwiderte Henry laut. Dann blickte er wieder auf mich herab und grinste verschlagen. »Fast«, wiederholte er flüsternd.

Dann küsste er mich noch einmal so leidenschaftlich, dass mir die Knie nachgaben und ich mehr oder weniger in seinen Armen kollabierte wie eine Debütantin aus der Regency-Zeit auf ihrer ersten Soiree.

Ich grinste wie eine Irre, als Simmy nach dem Mittagessen hereinkam.

»Wie ist es gelaufen? Du siehst ein wenig derangiert aus, deshalb nehme ich an, dass es gut lief?«, witzelte sie. Sie stellte ihre Tasche auf den Boden und ließ sich schwer auf ihren Schreibtischstuhl plumpsen.

»Nein, besser als gut«, erwiderte ich verträumt.

»Besser? Du hast ihn geheiratet und bereits sein Baby empfangen? Und dann im Lotto gewonnen und bei Dick Dastardly die Kündigung eingereicht?«

»Knapp vorbei ist auch daneben«, kicherte ich.

»Sag mir wenigstens, dass du inzwischen intimere Kenntnisse von Henry Frasers Mund erlangt hast, bitte!«

»Ja, hab ich.« Ich zwinkerte ihr zu. Keine Ahnung, was ich von meinem neuen Hang zum Zwinkern halten sollte, aber es fühlte sich richtig an, deshalb blieb ich dabei.

»Lass keine Details aus, Clara, *keine,* hast du gehört?«

Nachdem ich ihr einen lückenlosen Bericht über die Faxen des heutigen Morgens unter besonderer Berücksichtigung des Büro-Kuss-a-thons abgeliefert hatte, lehnte sich Simmy mit einem befriedigten Lächeln zurück und fächelte sich theatralisch Luft zu. Den Teil, in dem Richard und Claus hereingeplatzt waren, hatte ich allerdings ausgelassen – diese private Demütigung ging nur Henry und mich etwas an.

»Boaah, gut, ich kann total verstehen, weshalb dein Gesicht jetzt so aussieht«, platzte sie heraus. »Du hast dich auf deiner Suche nach der wahren Liebe wacker geschlagen, mein junger Padawan.«

»Hab Dank, Obi-Wan, es war ein steiniger Weg«, erwiderte ich lachend.

»Ach übrigens, Richard hat gleich heute Morgen hier vorbeigeschaut, ich soll dir ausrichten, dass du mit der Arbeit am FraserTech-Projekt vorerst aufhören sollst, weil Claus eine Übernahme organisiert oder so.« Sie klappte ihren Laptop auf.

»Oh, okay.« Das würde auch erklären, weshalb Richard und Claus in Henrys Büro waren. Aber Henry hätte es mir doch bestimmt gesagt, wenn er vorhätte, seine Firma zu verkaufen, oder? Vielleicht gab es ja eine andere Erklärung.

Ich stöpselte mir meine Ohrhörer ein, rief die Playlist mit den Achtziger-Rockballaden auf und öffnete dann meine E-Mails, weil ich das Gefühl hatte, dass ich versuchen sollte, heute produktiv zu sein. Seit ich aus San Francisco zurückgekehrt war, hatte ich meinen Posteingang noch nicht so richtig durchgesehen, und während ich durch die Liste der üblichen Rückantworten, interner Firmenbenachrichtigungen und Spamnachrichten scrollte, stach mir eine E-Mail ins Auge. Sie stammte von Derek Smith und war an Henry gerichtet, mit Kopie an mich, die weiter unten eine weitergeleitete Nachricht von Henry umfasste.

Von: dsmith@stanford.edu
An: AH.Fraser@frasertech.com
CC: clara.clancy@pharmavoltis.com; nporter@stanford.edu
Betreff: Fwd: Klinische Studie, nächste Schritte

Hi Henry,

es war großartig, in den letzten paar Tagen ein wenig mehr Zeit mit dir zu verbringen, und ich bin so froh, dass du dich entschieden hast, die Professur in der Bioingenieurwissenschaft anzunehmen. Es wird fantastisch sein, dich wieder bei uns in Kalifornien zu haben.
Ich habe Clara mit einkopiert, weil sie nun die Kontaktperson für die Herzklappenstudie ist, und auch Naomi als wichtigsten Kontakt aus meiner Gruppe; damit ist gewährleistet, dass alle auf dem Laufenden sind.
Liebe Grüße
Derek

---------- Weitergeleitete Nachricht ---------
Von: AH.Fraser@frasertech.com
An: dsmith@stanford.edu
Betreff: Professur

Hi Derek,

danke, dass du mir den Tipp mit der Stelle gegeben hast, die in der Bioingenieurwissenschaft frei wird. Ich wollte dir nur Bescheid sagen, dass sie mir den Posten angeboten haben und ich gerade dabei bin, mich hier zu organisieren.
Ich hoffe, dass ich das rasch abwickeln kann, um möglichst

schnell in Stanford zu sein. Wahrscheinlich ist es am besten, mit Clara von Pharmavoltis Kontakt aufzunehmen re: Klinische Studie.

Ich halte dich auf dem Laufenden.

Liebe Grüße

Henry

Ich spürte, wie mir alle Farbe aus dem Gesicht wich. Ich wünschte, ich hätte all das nie gesehen, könnte es aus meinem Gedächtnis streichen. Ich wünschte, ich hätte versucht, mir mit dem Löffel die Augäpfel herauszuschälen, anstatt meine E-Mails zu öffnen. Das wäre unendlich viel weniger schockierend und schmerzhaft gewesen.

Eine sanfte Hand auf meiner Schulter ließ mich aufschrecken, und ich zog meine Ohrhörer heraus.

»Clara, was ist passiert? Du siehst aus wie am Boden zerstört.« Simmy war zu mir gekommen, und ich bedeutete ihr zu lesen, was auf dem Bildschirm stand. Als sie fertig war, schaute sie mich besorgt an. »Reagier jetzt nicht über, vielleicht ist es gar nicht so, wie du glaubst.«

»Wie könnte es denn sonst sein, Simmy? Er kehrt in die Staaten zurück«, flüsterte ich beklommen.

»Vielleicht läuft ja eine ganze Reihe von Dingen, von denen du nichts weißt. Gib ihm eine Chance, es zu erklären.« Behutsam drückte sie meinen Arm.

Aber dafür war es zu spät. Schmerz und Verlust brachen über mich herein, drangen brennend in mein Gehirn, und die unverkennbare nagende innere »Hab ich's dir nicht gesagt«-Stimme erhob sich, prügelte mein Selbstvertrauen in ein enges dunkles Loch, sagte mir wieder und wieder, dass ich es ihm nicht wert war, meinetwegen hierzubleiben. Ich war total blind für jede andere Möglichkeit.

Ich sah keinen Ausweg aus dieser Situation, keine Chance, nicht wieder verlassen zu werden, trotz allem, was heute Morgen mit Henry passiert war, und trotz Simmys Rat, mir erst mal seine Sicht der Dinge anzuhören.

Henry kehrte nach Amerika zurück und ließ Oxford hinter sich. Es war, als würde sich die ganze Geschichte von damals wiederholen.

Ich spürte, wie die gerade frisch verheilten Brüche in meinem Herzen wieder aufgingen und es in eine Million Stücke zersprang.

30

Ich hatte den ganzen Tag nichts von Henry gehört. Um neunzehn Uhr schaltete ich schließlich meinen Laptop aus und machte mich auf den Heimweg. Es war ein kalter, klarer Abend, und als ich das warme Pharmavoltis-Büro hinter mir ließ, funkelten die Sterne hell am Himmel, der magisch über mir glitzerte.

Auf dem Firmenparkplatz bewog mich ein Prickeln dazu, mich umzudrehen, ein Gefühl des Unbehagens beschlich mich, das meine Sinne schärfte, und tatsächlich, da stieg Hannibal Lecter aus seinem Wagen.

Unwillkürlich stieß ich einen Schrei aus und war froh, dass ich meine Turnschuhe anhatte, als ich mich für einen Usain-Bolt-mäßigen Sprint zurück in die Sicherheit des von Security bewachten Gebäudes wappnete.

»Clara, warte!«, rief Dominic. »Ich will doch nur mit dir reden.«

»Ich glaube nicht, dass wir etwas zu besprechen haben«, zischte ich, während ich gleichzeitig in der Tasche nach meinen Schlüsseln kramte und mir den spitzesten davon zwischen die Finger steckte. Ninja-Clara hatte inzwischen eine raschere Auffassungsgabe.

»Bitte, hör mich einfach nur an«, bat er, die Hände flehend vor sich erhoben.

Adrenalin schoss durch meinen Körper, die Erinnerung daran, wie er mich in diesem düsteren Korridor an die Wand gedrückt hatte, quälte mich immer noch, wenn ich mir gestattete, daran zu denken. Seine kalten, unbeirrten Annäherungsversuche lagen mir nach wie vor wie Blei im Magen.

»Sag, was du zu sagen hast, und lass mich dann in Ruhe«, fuhr ich ihn an, während ich mich in den sanften Lichtschein des Eingangs zurückzog, um für die Überwachungskamera an der Fassade des Gebäudes voll sichtbar zu sein.

»Tut mir leid, dass ich dich in San Francisco vor den Kopf gestoßen habe«, murmelte er, die Hände in den Hosentaschen, die Schultern gebeugt. »Ich dachte wirklich, du seist interessiert, Clara, ich habe die ganze Situation einfach nur missinterpretiert. Eigentlich bin ich ein netter Kerl, ehrlich.«

»Wann habe ich dir je Anlass gegeben zu glauben, ich könnte interessiert sein, Dominic?«, erwiderte ich entsetzt. Mein Gehirn brüllte, dass er von seiner Persönlichkeitsstruktur her ungefähr so nah an einem netten Kerl war wie an einer lila Schildkröte.

»Du hast davon geredet, Sex mit mir zu haben, Clara, ist das nicht Grund genug?« Er schien ernsthaft zu glauben, was er da von sich gab. Und das selbstgefällige Grinsen war auch wieder zurück. Von wegen netter Kerl! Igitt.

»Nein! Herrgott noch mal, Dominic, ich hatte versucht, dir mitzuteilen, dass ich kein Interesse habe, und ich hatte Panik, als ich das sagte. Aber kein einziges Mal habe ich gesagt, dass ich Sex mit dir haben möchte!«, rief ich. »Hast du nicht gemerkt, wie ich dauernd vor dir weggelaufen, dir aus dem Weg gegangen bin? Ich habe mich sogar unter Henrys Schreibtisch versteckt, damit du mich nicht siehst.«

»Ha! Wusste ich es doch, dass du da drin warst!«

»Das ist nichts, worauf man stolz sein kann«, echauffierte ich mich kopfschüttelnd. »Du hast dafür gesorgt, dass ich mich unwohl fühle, und ich habe versucht, freundlich zu dir zu sein, um unser Arbeitsverhältnis nicht zu gefährden, aber du hast mir Angst eingejagt und mich eingeschüchtert. Ich dachte, wenn ich dir aus dem Weg gehe, würdest du mich endlich in Ruhe lassen.«

»Ich dachte, du würdest nur so tun, als wärst du schwer zu kriegen.«

»Frauen machen so etwas nicht. *Nein* heißt *nein*. Nicht mal *vielleicht* heißt *ja*. Wenn man das Wort ›Sex‹ benutzt, ist das keine Einladung, jemandem die Zunge in den Hals zu stecken.« Ich wurde immer wütender. »Und wenn wir schon dabei sind: Jemandem im Gang hinter Topfpflanzen aufzulauern oder sich auf dunklen Parkplätzen auf Frauen zu stürzen, die dort allein unterwegs sind, ist auch absolut nicht okay, Dominic!«

»Tut mir leid«, presste er zwischen zusammengebissenen Zähnen hervor. »Allerdings solltest du es wirklich als Kompliment auffassen, dass ich dich attraktiv finde.«

Womöglich waren mir gerade die Augäpfel aus den Höhlen gefallen. »Als *Kompliment?*«

»Ja.« Er lächelte schmierig. »Ich finde dich sehr hübsch.«

Ich starrte ihn fassungslos an, das dämmrige Licht der Straßenlampe beleuchtete seine selbstgefällige Miene. »Halt. Einfach. Den Mund. Dominic. Was du jetzt so von dir gibst, macht es keineswegs besser.«

»Was ist bloß heutzutage mit den Frauen los, dass sie unfähig sind, ein paar gut gemeinte Schmeicheleien anzunehmen.«

»Ich brauche deine Kommentare darüber, wie attraktiv du mich findest, nicht, Dominic, wir sind Arbeitskollegen. Ein angemessenes Kompliment wäre zum Beispiel, du machst deinen Job ziemlich gut, Clara, oder etwas in der Art, anstatt mir vorzuwerfen, ich würde in der Gegend herumschlafen, um meine Karriere voranzutreiben.« Ich stieß ein gereiztes Schnauben aus. »Warum muss ich dir das überhaupt so deutlich sagen?«

Seufzend lehnte er sich an sein Auto. »Tut mir leid, ich habe mich wie ein Trottel benommen. Was kann ich sonst sagen, um dieses dämliche Disziplinarverfahren zu stoppen, damit alles wieder normal wird und ich zur Arbeit zurückkehren kann?«

Oh. Okay. Es tat ihm gar nicht leid, nicht im Geringsten. Seiner Meinung nach hatte er nichts falsch gemacht. Er wollte einfach nur seinen Job nicht verlieren und dachte, dass eine schnelle Entschuldigung auf dem Parkplatz ausreichen würde, und schon wäre die Sache erledigt und anschließend alles wieder so, wie es vorher war. Aber nicht mit mir, Hannibal. Die Clara, die es allen recht machen will, hatte eindeutig, wie es so schön hieß, das Gebäude verlassen.

Ich machte noch einen Schritt auf den Büroeingang zu. Der metallische Schlüssel in meiner Hand war beruhigend, reichte aber nicht aus, um zu verhindern, dass sich wieder Angst in meiner Brust ausbreitete. »Ich werde das Disziplinarverfahren nicht stoppen.«

Sein Körper erstarrte spürbar, sein Gesicht verzerrte sich vor Ärger. »Was willst du? Geld? Eine Abfindung?«, höhnte er. »Denn ungeachtet dessen, was du denkst, Clara, du hast mir sehr wohl etwas vorgemacht, und ich werde in der Anhörung klarstellen, was für eine Schlampe du in Wirklichkeit bist.«

Schon lustig, wie das sympathische Nervensystem arbeitet. In einem Moment war ich völlig auf Flucht gepolt, bereit, wie eine schnaubende Gazelle zu rennen, im nächsten brodelte glühender Zorn in mir hoch, brach aus wie ein Vulkan, löschte jeglichen rationalen Gedanken und brachte mich dazu, mich auf einen eindeutigen (möglichen) Serienkiller zu stürzen und ihm nachdrücklich den Finger in die Brust zu bohren.

»Nein, ich will dein Geld nicht, ich will gar nichts von dir, außer dass ich dich nie wieder sehen muss. Deshalb werde ich alles in meiner Macht Stehende tun, um dafür zu sorgen, dass du gefeuert wirst.« Ich funkelte ihn an, stolz auf mich, dass ich keinen Rückzieher machte, dass ich ihn konfrontierte und ihm das direkt ins Gesicht sagte. Die Wut, die seine Miene beherrscht hatte, verdorrte und erstarb, wich resignierter Verschlossenheit.

»Du weißt, dass ich mich dir niemals aufgezwungen hätte, Clara, es war nur ein Kuss. Ich will einfach nur mein Leben zurück.« Jetzt klang er weinerlich und pathetisch.

»Das hast du aber getan, Dominic, du hast mich durch diesen Korridor geschleift und hast mich geküsst, obwohl ich klar und deutlich Nein gesagt habe. Du hast dich mir also aufgezwungen. Und das ist nicht okay. Was du getan hast, war nicht in Ordnung«, flüsterte ich, nun doch etwas aus dem Gleichgewicht durch seinen veränderten Tonfall. *Komm schon, du Heldin, lass mich jetzt nicht im Stich.*

»Schön, dann gibt es also nichts, was ich sagen könnte, damit du deine Meinung änderst?«

»Nein, nichts«, erwiderte ich, während das Feuer in mir herunterbrannte, mein Kampfgeist erstarb und das Bedürfnis, mich auf dem Sofa zu einer Kugel zusammenzurollen, übermächtig wurde.

Dominic machte einen Satz vorwärts, und ich fuhr meine spitze kleine Schlüsselwaffe aus und fuchtelte warnend damit herum. Doch er schnaubte nur und öffnete seine Autotür, ließ sich mit unheilvoller, finsterer Miene auf den Fahrersitz fallen, startete den Motor und brauste davon.

Meine Beine gaben nach, und ich sank matt gegen einen Betonpoller, während ich nach meinem Handy suchte, um eine Nachricht an Richard zu tippen. Ich wollte ihm mitteilen, was passiert war, und ihn darum bitten, sich die Aufnahmen der Überwachungskameras von heute Abend anzusehen.

Der zwanzigminütige Fußweg nach Hause fühlte sich plötzlich wie eine Furcht einflößende Tortur an; ich starrte auf mein Handy und wünschte, Henry würde anrufen oder wie durch Zauberhand auftauchen und alles gutmachen. Aber mir war klar, dass das nicht passieren würde und dass ich mich daran gewöhnen müsste, mich nicht mehr auf seine Rettungsmissionen zu verlassen. Ich scrollte durch meine Kontakte, tippte auf »anrufen«, als ich zu Jos Nummer kam, und drückte die Daumen, dass sie ranging.

»Hallo, Dr. Clancy, oder sollte ich lieber sagen Dr. Fraser in spe?«

»Clara reicht vollkommen«, erwiderte ich traurig.

»Oh. Shit. Müssen wir einen Liter Supermarkt-Gin besorgen?«

Ich seufzte. »Leistest du mir einfach Gesellschaft auf dem Heimweg?«

»Klar. Ist alles okay?«

»Ich bin Dominic auf dem Parkplatz begegnet und bin immer noch ein winziges bisschen verängstigt«, gestand ich.

»Ruf dir ein Taxi! Nimm das nicht auf die leichte Schulter, Clara!«, kreischte sie mir ins Ohr.

»Nein, ehrlich, es geht mir gut, er ist weg, und ich glaube, die Nachricht, dass er mich nicht weiter belästigen soll, ist definitiv angekommen.«

»Was ist mit Henry – kannst du ihn nicht anrufen, damit er kommt und dich abholt?«, sagte sie, definitiv beunruhigt.

»Er hat irgendwelche Meetings, deshalb geht er nicht ans Telefon.« Ich sagte ihr nicht, dass ich es gar nicht probiert hatte. Dass ich es momentan nicht ertragen könnte, ihn zu sehen, ehe ich nicht in Gedanken alles geordnet hätte.

»Wie hat er denn auf den Klebezettelplan von heute Morgen reagiert?«, fragte sie vorsichtig, weil sie ahnte, dass etwas nicht stimmte.

»Oh, nun ja, wir haben geknutscht, was ganz nett war.«

»Nur ganz nett? Oder Feuchtes-Höschen-nett?«

Lachend ging ich weiter, wobei ich mich bemühte, im beruhigenden Lichtschein der Straßenlampen zu bleiben. »Es war echt schön, Jo«, murmelte ich.

»Also«, sagte sie gedehnt, »was verschweigst du mir?«

»Er hat eine Professur in Stanford angenommen und wird schnellstmöglich wieder in die Staaten ziehen.« Als ich es laut aussprach, brach mir erneut das Herz.

»Bist du dir sicher? Hat er dir gesagt, dass das endgültig ist?«

»Ich war in eine E-Mail einkopiert, in der alles besprochen wurde, darum ja, es ist ziemlich sicher.«

Jo schwieg einen Moment lang. »War das vor oder nach eurer heutigen Begegnung?«

»Was?«

»Wann wurde die E-Mail verschickt?«

»Keine Ahnung.«

»Okay, Meisterin der voreilig gezogenen Schlüsse, leite mir diese E-Mail weiter und komm sofort runter von deinem Panik-Trip.«

»Ich ziehe keine voreiligen Schlüsse, Jo. Ich weiß, dass er seine Firma verkauft, vermutlich an Pharmavoltis, da er sich heute mit Claus und Richard getroffen hat, und Simmy hat gesagt, die beiden seien heute Morgen bei einem Übernahme-Meeting gewesen. Er würde doch nicht verkaufen, wenn er sich nicht total sicher wäre, dass er umzieht, oder?« Ich hielt inne und atmete tief durch. »Was stimmt bloß nicht mit mir?«

»Clara. Sei nicht albern, mit dir stimmt alles.«

»Warum verlassen mich dann die Männer, die ich liebe, und diejenigen, die mich tatsächlich haben wollen, stellen sich am Ende als total Gestörte heraus?«, jammerte ich.

»Erstens weigere ich mich zu glauben, dass Henry dich verlassen wird. Du musst mit ihm reden, gib ihm die Gelegenheit, sich zu erklären, bevor du dich in die Grube ewiger Verzweiflung fallen lässt. Zweitens: Nenne mir einen total Gestörten – abgesehen von Henry –, von dem du glaubst, du hättest ihn eventuell lieben können.«

»Den Slip-Dieb Paul?«, schlug ich hilfsbereit vor.

»Oh, ja, der war gestört«, stimmte sie zu, »aber ich glaube, er war nie dazu bestimmt, Mr. Clara Clancy zu werden.«

Ich gab einen verdrossenen Laut von mir. »Erzähl mir etwas Nettes, um mich aufzuheitern, Jo.«

»Ich sitze auf dem Balkon und schaue aufs Meer hinaus, vor mir mein Morgenkaffee, und die Sonne scheint hier schon hell und glühend heiß. Hilft dir das?«

Ich fröstelte, als mir ein kalter Wind den Mantel an die Beine blies. »Nicht wirklich.«

»Okay. Ooh! Habe ich dir schon gesagt, dass meine neuronale Modellstudie letzte Woche von *Nature* angenommen wurde? Und *New Scientist* hat mich für ein Interview angefragt!«, rief sie aufgeregt.

»Nein! Das ist großartig! Jo, ich freue mich so für dich!«

»Ja, das hat mich total umgehauen, und es wird mir definitiv dabei helfen, diesen Zuschuss zu bekommen, den ich so dringend für die neue Entwicklungsstudie brauche, die ich durchführen will.«

Wir unterhielten uns locker weiter, unsere gemeinsame Liebe zur Wissenschaft und ihre ansteckende Begeisterung halfen mir dabei, auf dem Boden zu bleiben und angemessen abgelenkt zu werden, während ich nach Hause ging.

31

Trotz meines aufmunternden Gesprächs mit Jo hatte ich Mühe, das Trommelfeuer an beschissenen, grausamen Gefühlen zu bewältigen, das nach meiner Heimkehr auf mich einstürmte. Ein kleiner Teil meines Gehirns wusste, dass ich überdramatisiere, dass ich warten sollte, was Henry zu der ganzen Geschichte zu sagen hatte, ehe ich ihn so vehement verdammte. Doch das war die leise Stimme der Vernunft, die übertönt wurde von der ohrenbetäubenden Stimme der Zurückweisung, die durch meinen Kopf brüllte.

Ich wärmte mir auf dem Herd eine Suppe auf, rührte mechanisch darin, schüttete sie in eine Schale und ließ die orangerote Brühe dann kalt werden, während ich sie anstarrte, ohne auch nur einen Löffel davon zu essen. Ich hatte die verhängnisvolle E-Mail an Jo weitergeleitet, wie sie verlangt hatte, und dann alle meine elektronischen Geräte abgeschaltet, weil ich mit niemandem mehr irgendwas ausdiskutieren wollte. Stattdessen zog ich es vor, mich in ein einsames schwarzes Loch des Selbstmitleids und der Reue zu kuscheln.

Spencer, der eigentlich nicht unbedingt ein Schmusekater war (außer nachts, wenn er es lediglich auf meine Körpertemperatur abgesehen hatte), rollte sich traurig neben mir auf dem Sofa zusammen, sein getigertes Fell wirkte im weichen Licht der Lampe noch fleckiger, der kleine Körper, der sich an mein Bein drückte, war die einzige Wärme, die ich spürte. Ich weiß nicht, wie lange ich so dasaß, ich weinte nicht mal, sondern starrte nur wie betäubt ins Leere, wusste nicht, was ich tun oder wie ich sein sollte. Ich war traurig, ja, aber ich war auch wütend; sauer auf mich selbst, weil ich meine Schutzmauern niedergerissen hatte, und sauer auf Henry, weil er mich, nach allem, was ich ihm erzählt hatte, im Stich ließ.

Das Klingeln an der Tür schreckte mich aus meiner Trance auf, und wie ein Zombie erhob ich mich, um aufzumachen.

»Ich habe etwas zu essen mitgebracht.« Henry strahlte mich auf der Türschwelle an und schüttelte stolz eine Tüte. »Und da ich niemals eine Getränkebestellung vergesse, habe ich auch einen Sauvignon blanc mitgebracht.«

Meine Augen mussten groß wie Untertassen geworden sein. Ich wusste, dass alle Farbe aus meinem Gesicht gewichen war. Der uralte Pinguin-Onesie voller Faserknötchen, den ich trug, war wohl das am wenigsten schmeichelhafte Kleidungsstück, das ich besaß, und nun hatte er auch noch einen reizenden orangefarbenen Fleck, weil die Tomatensuppe draufgeschwappt war. Ich sah zum Fürchten aus.

»Alles okay, Clara?«, fragte Henry, und seine eben noch freudige Miene verdüsterte sich. »Was ist passiert?«

»Ich sollte dich wohl besser nicht reinlassen«, sagte ich rundheraus.

»Was ist passiert?«, wiederholte er, seine Stimme wurde dunkel und rau, eine tiefe Falte bildete sich zwischen seinen Augenbrauen.

»Du hattest recht, es ist wahrscheinlich für uns beide am besten, wenn wir getrennte Wege gehen«, flüsterte ich und schickte mich an, die Tür zu schließen, bevor ich noch anfing zu weinen. Mir brach das Herz, wenn ich ihn nur ansah.

»Clara, warte.« Henry stemmte die Schulter gegen die Tür. »Bitte, erklär mir, was los ist.«

»Du verlässt mich«, flüsterte ich, und schließlich kamen mir doch noch die Tränen.

»Ich verlasse dich nicht, worauf willst du eigentlich hinaus? Bitte, lass mich rein, damit wir darüber reden können«, flehte Henry, seine Stimme bebte vor Emotionen. Seine sonst so entspannten, mir zutiefst vertrauten Züge wirkten verkniffen und frustriert. »Bitte, Clara.«

Nach dem Abend, den ich hinter mir hatte, war ich zu erschöpft, um Widerstand zu leisten, deshalb ließ ich die Klinke los und ging voraus in die Küche, wo ich einen Stuhl unter dem kleinen Tisch hervorzog und mich setzte. Henry war mir gefolgt, lehnte sich an die Theke und knöpfte seinen Mantel auf, während er seine kulinarischen Mitbringsel auf der Arbeitsfläche neben sich abstellte.

»Fang ganz von vorne an und erzähl mir alles.«

Ich atmete seufzend aus. »Geboren wurde ich am zwölften September neunzehn…«

»Clara«, sagte Henry warnend.

»Tut mir leid, ich wollte nur die Stimmung ein wenig aufhellen«, murmelte ich freudlos.

Die Suppe von vorhin war inzwischen in der Schale erstarrt, eine nicht angerührte Tasse Tee stand wie ihr trauriger kleiner Begleiter daneben auf dem Tisch, umgeben von all den schönen Teetassen-Nachrichten, die Henry geschrieben hatte. Ich roch das Curry, das er mitgebracht hatte, Chicken Tikka Masala, wenn ich mich nicht irrte, eins meiner Lieblingsgerichte von früher, doch bei dem Gedanken daran, etwas zu essen, kam mir die Galle hoch.

»Clara, bitte sprich mit mir«, bettelte Henry.

»Hast du heute schon deine E-Mails gelesen?«, fragte ich, während ich auf die gemusterte Maserung der Tischplatte starrte.

»Seit heute Morgen nicht, nein, ich war in einer Million langweiliger Meetings«, antwortete er. »Warum?«

»Oh. Es ist nur so, dass ich in eine Nachricht von Derek einkopiert war, du weißt schon, der Derek aus Stanford?«, begann ich, während ich an einem Knubbel auf der Oberfläche des Tisches herumpulte und den kleinen Makel mit dem Fingernagel bearbeitete. Erneut brach mir das Herz bei dem Gedanken, dass er bald Tausende von Kilometern weit weg sein würde, bei der erschütternden Erkenntnis, dass meine Liebeserklärung nicht ausgereicht hatte, ihn hier zu halten. Ich war nicht genug gewesen. Mal wieder.

»Ja, ich weiß, wen du meinst. Was stand in der E-Mail?«

Mein Gehirn lief auf Hochtouren, negative Gedanken flitzten darin herum wie trockenes Herbstlaub, das willkürlich im Wind herumflatterte. Erdrückende Demütigung und Zurückweisung kamen an die Oberfläche, und ich brachte es nicht über mich, aufzublicken, konnte es nicht ertragen, die Wahrheit in seinen Augen zu sehen, wenn er mir sagte, dass er wegginge und wir vielleicht ab und zu Gelegenheitssex haben konnten, falls es ihn jobtechnisch mal wieder hierher verschlug. Ich fragte mich, ob unsere Küsse für ihn leer und bedeutungslos gewesen waren – während ich mich ihm öffnete und meine Verletzlichkeit preisgab.

»Ähm, nun ja, Derek hat dir zu deiner neuen Professur gratuliert und geschrieben, dass er sich darauf freut, dass du wieder nach Kalifornien kommst. Du solltest das wirklich lesen, es ist eine schöne Nachricht«, stieß ich hervor.

»Clara, ich ...«, begann er, doch ich schnitt ihm das Wort ab.

»Freundlicherweise hat er auch deine Nachricht mit weitergeleitet, die, in der du davon sprichst, dein Leben hier rasch abwickeln zu wollen, um so bald wie möglich nach Kalifornien zu ziehen.« Abrupt stand ich vom Tisch auf, um Henry gegenüberzutreten. »Dann hat Simmy auch noch gesagt, dass Claus vorhat, FraserTech zu übernehmen, deshalb nehme ich an, dass es darum in eurer Besprechung heute Morgen ging. Also ist jetzt alles ordnungsgemäß geregelt, und du bist bereit wegzugehen. Nichts hält dich mehr hier, nicht wahr?«

»Clara, warte, lass es mich erklären ...«

»Ich glaube, du solltest jetzt gehen, Henry.«

»Nein, das wirst du mir nicht antun, Clara«, sagte er leise und zornig, seine Fingerknöchel wurden weiß, als er die Kante der Arbeitsfläche fest umklammerte. »Du wirst mich nicht rauswerfen und erneut zurückweisen, solange du nicht die ganze Geschichte gehört hast.«

Was genau verlieh ihm das Recht, sauer auf mich zu sein? Ich starrte ihn ebenfalls an.

»Ich habe dir vertraut, ich habe mich dir geöffnet und dir mein Herz geschenkt, und du bist sofort darauf herumgetrampelt, trotz all dem, was ich dir erzählt hatte, Henry, und jetzt will ich, dass du gehst.« Verärgert wischte ich mir die hartnäckig fließenden Tränen von den nassen Wangen.

»Nein, erst wenn du dir verdammt noch mal angehört hast, was ich zu sagen habe«, entgegnete er wütend.

Er schien größer geworden zu sein. Hatte ich mich im Superhelden geirrt, war er eigentlich Bruce Banner? Würde er gleich grün werden und aus seinem Hemd platzen, weil er sich in den unglaublichen Hulk verwandelte? Meine neu erwachte Libido sprang total auf die Vorstellung an, Henry könnte sich die Kleider vom Leib reißen, und es brauchte jede Menge strenge innere Ansprache, um diese unpassenden Gedanken zum Schweigen zu bringen und mir in Erinnerung zu rufen, dass er wegging und ich sauer auf ihn war. Echt jetzt, Clara, derartige Fantasien waren im Moment absolut nicht hilfreich.

»Schön, dann sag, was du zu sagen hast, und dann raus hier«, sagte ich, dann trat ich mit gespielter Tapferkeit auf ihn zu und bohrte ihm den Zeigefinger in die Brust (wütende Männer in die Brust zu stechen, war heute anscheinend Thema des Abends).

Henry starrte auf den bohrenden Finger, dann hob er den Blick, die Augen zu Schlitzen verengt, und funkelte mich an, bis ich zurückwich, weil mir aufging, dass es vielleicht nicht die beste Idee war, den Hulk zu piksen, und etwas Abstand angebracht wäre. Henry rührte sich nicht, das musste man ihm lassen, sondern hielt meine Arbeitsfläche weiterhin im Todesgriff. Ich war mir nicht ganz sicher, aber ich glaubte zu sehen, wie sich die Eichenbretter unter seinen Händen ein wenig bogen.

Als er endlich anfing zu sprechen, klang seine Stimme schroff, immer noch zornig. Doch seine Augen konnten die Verletztheit nicht verbergen, die knapp unter der Oberfläche lauerte. »Als du mir in San Francisco gesagt hast, dass du mich nicht liebst und nur befreundet bleiben willst, war ich am Boden zerstört, Clara. Ich musste einen Ort finden, an den ich gehen konnte, weg von hier, weg von jeglicher Möglichkeit, dir über den Weg zu laufen. Derek hatte mir beim Fakultäts-Dinner von der Professur erzählt, die in der Bioingenieurwissenschaft frei wurde, deshalb bin ich einen Tag länger geblieben, um mich mit dem Vorstand zu treffen. Sie waren bereit, mir den Job auf der Stelle anzubieten, aber ich sagte ihnen, dass ich noch darüber nachdenken muss.«

Er verstummte, und ich blickte finster zu ihm auf und bedeutete ihm fortzufahren.

»Ich musste Derek klarmachen, dass ich meine Firma verkaufen würde, falls ich den Job in Stanford übernähme, und dass ich dann auch an keinem der Herzklappenprojekte mehr dabei wäre, sie aber ohne mich weiterlaufen würden. Diese Erklärung war ich ihm schuldig, deshalb habe ich ihm gestern die E-Mail geschrieben.«

Ich trat vor und bohrte ihm erneut den Finger in die Brust, dieses Mal mit ein bisschen weniger Überzeugung. »In Dereks Nachricht steht, dass du den Posten bereits angenommen hast.«

Henry griff nach dem stechfreudigen Finger, umfasste mein Handgelenk und zog mich an sich. »Da liegt er falsch. Ich hatte vorgehabt, die Stelle anzunehmen, aber dann habe ich heute Morgen diese wunderschöne, verrückte Möchtegern-Wonder-Woman in meinem Mantel gefunden, und meine Prioritäten haben sich komplett verlagert.«

»Was?«, flüsterte ich ungläubig.

»Ich hatte mich darauf eingestellt, FraserTech heute an Claus zu verkaufen und die Stelle in Stanford anzunehmen. Aber in letzter Sekunde bist du aufgetaucht und hast mich davon überzeugt, dass es einen Grund gibt, in Oxford zu bleiben – den besten aller Gründe.« Er zog mich noch näher, sodass ich jetzt ziemlich fest an ihn gedrückt war. Mit der anderen Hand klammerte er sich immer noch an der Arbeitsfläche fest, als würde er sie als Rettungsfloß benutzen, um sich über Wasser zu halten.

»Echt?«

»Du weißt, dass es in Superheldenfilmen immer eine Art Countdown gibt, und normalerweise schafft es der Held in allerletzter Sekunde? Nun ja, diese Meisterleistung hast du heute im wahren Leben hingekriegt. Ich hatte meine Anwälte am Telefon, als ich in mein Büro zurückkam und dich entdeckte. Sie sollten die Verkaufsbedingungen aufsetzen. Ich hatte gerade eine Mail verfasst, um die Stelle in Stanford zu akzeptieren, aber noch nicht abgeschickt. Und dass du mich in die Finger bekommen hast, bevor ich Claus treffen und ihm mein Lebenswerk verkaufen konnte, weißt du ja schon.« Ein winziges Lächeln umspielte seine Lippen. »Alles in allem glaube ich daher, dass du womöglich doch eine gute Kandidatin für Wonder Woman wärst. Auch wenn ich Cat Woman eindeutig attraktiver finde.«

»Dann verlässt du mich also nicht?« Ich wagte es kaum zu hoffen, aber der scharfe Schmerz, den ich den ganzen Nachmittag verspürt hatte, legte sich ein wenig.

»Nein, du durchgeknallte Spinnerin, definitiv nicht. Ich habe es schriftlich, dass du mich liebst und für immer und ewig bei mir bleiben willst. Dies besagt ein sehr formeller, sehr verbindlicher Klebezettel-Vertrag zwischen uns.« Seine Worte klangen scherzend, aber sein Ton war leise und eindringlich.

»Was umfasst dieser Vertrag sonst noch?«, murmelte ich kaum hörbar und kämpfte dagegen an, dass sich meine Lippen zum breitesten Lächeln der Menschheitsgeschichte verzogen. Ich konnte geradezu körperlich spüren, wie sich die gähnenden Abgründe, die sich hinter meinen Rippen aufgetan hatten, allmählich wieder schlossen und die Qual mit jedem Atemzug weiter nachließ.

»Er besagt, dass die beiden Parteien, Dr. Henry Fraser und Dr. Clara Clancy, fortan als Freund und Freundin bezeichnet, ineinander verliebt sind, einander vertrauen und sich gegenseitig respektieren und dass sie so oft wie menschenmöglich wilden Sex haben werden – und das auf ewig.«

Henrys Gesicht war herrlich hinreißend, was dadurch noch verstärkt wurde, dass er sich, sosehr er sich auch bemühte, das Lächeln nicht verkneifen konnte.

»Uaah, o mein Gott! W-w-wer hat dir davon erzählt?«, stotterte ich und wurde rot wie eine Tomate, denn ich war sicher, dass er auf meine verbale Entgleisung Dominic gegenüber anspielte.

»Wer mir erzählt hat, dass du *›wilden, affengeilen Sex‹* erwähnt hast, als du deinen Ex-Kollegen, einen unzurechnungsfähigen, gemeingefährlichen Irren, davon abhalten wolltest, dich zu stalken?«

»Ja, genau.« Stöhnend vergrub ich das Gesicht an seiner Schulter.

»Simmy Anand«, erwiderte er lachend.

Entsetzt starrte ich ihn an. »Was? Warum sollte Simmy dir das erzählen?«

»Weil sie sich, glaube ich, Sorgen um dich gemacht hat, Clara. Entweder das, oder sie versucht gerade, zu ihrer eigenen Unterhaltung eine Art von Real-Life-Seifenoper zu inszenieren.« Unschlüssig hob er die Schultern. »Jedenfalls trat sie vor einiger Zeit mit einigen sehr spezifischen Bitten an mich heran, und ich werde sie an dieser Stelle zitieren: Sie sagte, ich solle *›mich nicht so blöd anstellen und dich endlich auf ein Date* *einladen‹, weil ›Dominic ein gruseliger Wichser ist‹ und du ›unfähig bist, ihm selbst wirkungsvoll beizubringen, dass er sich verpissen soll‹,* und darüber hinaus *›eindeutig bis über beide Ohren in mich verliebt bist‹.«* Er grinste.

»Du hast sie vor unserer Reise nach San Francisco getroffen?« Ich würde Simmy umbringen. Ganz langsam. Nur mit den Schreibwaren aus ihrer Schreibtischschublade.

»Eigentlich kam sie vor dem Seminarwochenende zum ersten Mal zu mir, doch dann kreuzten sich unsere Wege noch einmal, bevor wir geflogen sind, und da hat sie mir alles berichtet, was sich mit Dominic abgespielt hat, und sie hat damit gedroht, mich zu kastrieren, wenn ich mich nicht bald darum kümmerte.« Unwillkürlich zuckte er zusammen. Ich konnte es ihm nicht verübeln. Simmys Bereitschaft, die männlichen Mitglieder unseres Büros zu entmannen, war alarmierend.

»Oh. Hattest du denn irgendwann vor, mich um ein Date zu bitten?«

»Na ja, schon, ich habe nur auf die richtige Gelegenheit gewartet, aber in üblicher Clara-Clancy-Manier hast du etliche meiner Versuche vereitelt, bis es meine Ex-Frau irgendwann geschafft hat, dir all das mitzuteilen, was ich dir in den letzten sieben Jahren nicht sagen konnte. Und dann habe ich zum denkbar schlechtesten Zeitpunkt plötzlich all meine Gefühle über dir ausgeschüttet, und du bist total ausgeflippt.« Zerknirscht schaute er mich an. »Tut mir leid.«

»Ich *bin* ausgeflippt.«

»Ich weiß, und ich habe nie gewollt, dass es auf diese Art passiert.« Er strich mir die Haare aus dem Gesicht und wischte dabei die letzte Träne weg. »Wahrscheinlich sollte ich Dominic für seine unerwünschten Annäherungsversuche ein wenig dankbar sein, weil er mich dadurch zum Handeln gezwungen hat. Andererseits fühle ich mich immer noch ein bisschen mordlustig, wenn ich daran denke, was er getan hat.«

»Er hat heute nach der Arbeit auf mich gewartet«, flüsterte ich.

»Was?! Geht es dir gut?« Er packte mich noch fester. »Warum hast du mich nicht angerufen? Hat er dich angerührt? Mist, ich werde ihn definitiv umbringen!«

»Nein, er hat mich nicht angerührt. Er will, dass ich das Disziplinarverfahren stoppe, damit er seinen Job behält.«

»Ich wünschte, du hättest mich angerufen, ich hätte alles stehen und liegen lassen, wäre zu dir gekommen und hätte ihm dafür, dass er dich überhaupt angesehen hat, in den Arsch getreten.« Seine Augen funkelten, seine Kiefermuskulatur war angespannt, seine Nasenflügel bebten, und er atmete stoßweise – ein vor Zorn brodelnder Kessel, der gleich überkochen würde.

»Ich habe dich nicht angerufen, weil ich wütend und verletzt war, weil ich dachte, du würdest wegziehen, und ich wollte das auf meine Art regeln, Henry.«

»Was hast du gemacht?«

»Ich habe ihm gesagt, dass ich die Anhörung nicht absagen werde und dass das, was er getan hat, falsch war. Aber er hat, wie erwartet, keine wirkliche Reue gezeigt. Ich habe dafür gesorgt, dass ich mich vor der Überwachungskamera aufhalte, und Richard die Uhrzeit geschickt, damit er das Video als weiteren Beweis verwenden kann.«

Henry drückte mich an sein Herz und legte mir das Kinn auf den Kopf. »Wenn du mich darum bittest, werde ich ihm auf jeden Fall noch mal eine reinhauen, auch wenn mir vom letzten Mal immer noch etwas die Knöchel wehtun.«

»Mein armer tapferer Superman, aber das ist wirklich nicht notwendig.« Ich entspannte mich ein klein wenig an seiner Brust. »Aber danke, dass du auf meiner Seite bist.«

»Immer.«

Schweigend klammerten wir uns noch ein Weilchen aneinander, dann stellte ich die Frage, die mir nun schon seit einiger Zeit durch den Kopf spukte. »Ich verstehe nur nicht, weshalb alle anderen schon vor mir wussten, dass du mich liebst.«

»Weil du keine Ahnung hast, was für eine Schneise der Verwüstung und der gebrochenen Herzen du hinter dir herziehst. Die schiere Menge hirnverbrannter Gesten, mit denen ich dich beeindrucken wollte, ist peinlich.« Er klang jetzt tatsächlich ein bisschen aufgebracht.

»Was meinst du damit, Henry?« Verdutzt lehnte ich mich in seinen Armen zurück, um ihm ins Gesicht schauen zu können.

»Ich rede von all dem Macho-Gehabe, das in deiner Gegenwart dauernd abläuft, und zwar nicht nur von meiner Seite«, erwiderte er.

Ich schnaubte. »Das stimmt doch gar nicht.«

»Als nicht allzu unvoreingenommener Beobachter kann ich dir sagen, dass es sehr wohl stimmt«, widersprach er finster. »Und zwar ständig, und das ist ziemlich nervig.«

32

»Wenn du meinst«, murmelte ich und schmiegte mich wieder an ihn, wobei meine Nase sich in diese kleine Mulde an seinem Halsansatz drückte, wo die Schlüsselbeine enden – die Stelle, an der sein Hemd aufklafft und er am allerbesten riecht. Waschmittel, saubere, warme männliche Haut und dieser waldige Outdoor-Duft, der so typisch für Henry war.

Ich schnupperte noch ein bisschen weiter und spürte, wie seine Arme sich fester um mich schlossen, bis der ohnehin nur millimetergroße Abstand zwischen uns völlig verschwand und jeder Teil von mir ein Stückchen von ihm berührte. Noch nie in meinem Leben hatte ich mich so geborgen, so zu Hause gefühlt.

Doch dann regte sich der weibliche Höhlenmensch in mir, sämtliche urweltlichen Bedürfnisse erwachten. Ich konnte an nichts anderes mehr denken als mein Verlangen, Henrys Haut zu küssen. Ich widerstand dem Drang, unterdrückte ihn, versuchte stattdessen, mich damit zu begnügen, an ihm zu schnuppern. Doch das Bedürfnis, ihn zu schmecken, brannte mir inzwischen ein Loch ins limbische System.

Sollte ich das wirklich tun? Ich schob die Zunge zwischen meine Lippen, ohne ihn jedoch damit zu berühren – ein Reptil, das die Luft testete.

Nein, ich konnte das nicht.

Aber ich wollte. Ich wollte es unbedingt.

Aber wäre es nicht ziemlich merkwürdig, völlig unvermittelt seinen Hals zu küssen, so ganz ohne Einleitung, wo wir doch nur ein wenig kuschelten?

Aber vielleicht gefiel es ihm ja sogar? Als würde er den Kampf spüren, der gerade in mir tobte, senkte Henry den Kopf. »Alles gut da unten?«, murmelte er.

»Mmmm, hmmm«, brummte ich, während ich weiterhin die Nase in dieser himmlischen kleinen Kuhle vergrub.

Wie von allein schoss meine Zunge wieder heraus, und dieses Mal berührte sie ihn. Henry hielt vollkommen still.

Nachdem ich nun mal angefangen hatte, konnte ich mich nicht mehr bremsen.

Ich tat es wirklich und wahrhaftig.

Seine Haut schmeckte leicht salzig, göttlich. Während ich sie langsam mit der Zunge untersuchte, die Lippen zärtlich auf die fest angespannten Muskelstränge an seinem Hals gelegt, begann sein Puls unter meiner Berührung zu hämmern. Als ich zu seinem Adamsapfel kam, der unter meiner Zunge hüpfte, erwachte meine innere Höhlenfrau vollends zum Leben. Und sie war temperamentvoll.

»Clara, was machst du … Himmel, ahhh«, flüsterte Henry, er klang ein wenig erstickt, seine Worte verloren den Zusammenhang. Ich wurde immer selbstbewusster, erhöhte den Druck meiner Lippen.

Zärtlich küsste ich mich an seiner stoppelbärtigen Kieferlinie entlang, knabberte an seinem Ohrläppchen, kehrte dann wieder zu seinem Kinn zurück und küsste das kleine Grübchen neben seinem Mundwinkel. Mittlerweile wirkte er definitiv atemlos.

»Schlafzimmer, sofort«, japste er und ließ den Kopf an meine Wange sinken. Bei ihm übernahm nun offenbar ebenfalls der innere Höhlenmensch die Führung, vollständig ausformulierte Sätze waren inzwischen nicht mehr möglich.

»Ja, bitte.« Kaum hatte ich die Worte hervorgestoßen, riss er mich hoch, schleuderte mich im Gamstragegriff über seine Schulter und ging zielstrebig die Treppe hinauf, die Arme fest um die Rückseite meiner Oberschenkel geschlungen.

Der liebenswürdige Henry war verschwunden, nun war Henry, das Alphatier, da. Und er war höllisch sexy.

»Badezimmer«, sagte ich gestikulierend, als wir oben bei der ersten Tür ankamen. Er nahm es mit einem unartikulierten Grunzlaut zur Kenntnis.

»Gästezimmer«, flüsterte ich an der zweiten Tür. Das war eine seltsame Methode, jemandem seine Wohnung zu zeigen, aber nicht unbedingt unangenehm, dachte ich, während ich nach unten starrte und immer wieder gegen seinen breiten Rücken prallte.

»Dein Zimmer?«, fragte er harsch, während er die letzte Tür aufstieß und eintrat.

»Ja.«

Ich hatte vorhin aus Versehen die Nachttischlampe angelassen, das weiche Licht beleuchtete den Raum. Mein Koffer aus San Francisco war immer noch nicht ausgepackt, saubere Wäsche war im Wäschekorb gestapelt und noch nicht weggeräumt, meine schwarzen Ninja-Klamotten von heute Morgen lagen willkürlich auf dem Bett verstreut. In der Mitte der Decke hatte Spencer sich glücklich zusammengerollt.

»Entschuldige bitte das Chaos«, sagte ich, immer noch kopfüber, an seine Lendenwirbelregion gewandt. Dr. Ordnungsfimmel brach angesichts des unaufgeräumten Zimmers bestimmt in kalten Schweiß aus.

Er ließ mich an seiner Vorderseite herabgleiten, bis ich wieder auf meinen Füßen stand. Seine Augen waren groß und dunkel. »Welches Chaos?«

Henry trat einen Schritt zurück, zog seinen Mantel aus und legte ihn auf den Stuhl am Fenster. Dann drehte er sich zum Bett um und nahm vorsichtig und behutsam Spencer hoch. »Na, Kumpel, auf dem Sofa unten gibt es bestimmt ein ganz besonders behagliches Plätzchen, auf dem dein Name steht. Zeig ein bisschen Anstand und verzieh dich dorthin.«

Ich rechnete fest damit, dass Spencer Henrys Arm in Fetzen reißen und sich dann wie wild auf sein Gesicht stürzen würde. Doch stattdessen blickte er bewundernd zu ihm auf und fing an zu schnurren. Er schnurrte sogar noch, als Henry ihn sanft vor dem Schlafzimmer im Flur absetzte und die Tür schloss. Herrgott noch mal, nicht mal mein Kater war immun gegen den Hot-Henry-Effekt. Treulose Fellnase.

Mit dem Rücken zur Tür knöpfte Henry langsam sein Hemd auf, wobei er mich unverwandt anschaute. Jede Drehung seiner Finger gab mehr und mehr von seinem Körper preis, bis er das Hemd endlich über die Schulter streifen und es, ordentlich gefaltet, zu seinem Mantel auf dem Stuhl legen konnte. Nun stand er vor mir, von der Taille aufwärts nackt, und obwohl er fast zwei Meter von mir entfernt war, flimmerte die Luft zwischen uns vor Hitze und Spannung, ein beinahe greifbarer Nebel der Lust, der schwindelerregend und berauschend war.

Sprachlos und wie im Schockzustand starrte ich ihn an, außerstande zu verstehen, was ich sah, aber verzweifelt bemüht, die Bilder zu verarbeiten, die sich mir in die Netzhaut brannten. Sein Gesicht war umwerfend, verträumt, absolut atemberaubend. Das wusste ich bereits, weil ich es schon oft betrachtet hatte. Doch sein Oberkörper war ein Kunstwerk. Erhebungen und Furchen, ebene Flächen und harte Kanten, genug dunkles Haar, um ausgesprochen maskulin zu wirken, aber nicht so viel Pelz, dass man befürchten musste, in der Wildnis auf seiner Brust kleine Lebewesen zu finden.

»Wenn du jetzt nur ein Baumwollhemd anhättest und ich einen Kilt, dann könnten wir etwas von dieser Magie herauf-beschwören.« Henry nahm seine Brille ab und legte sie auf das Buch, das von der Lampe neben meinem Bett beleuchtet wurde.

»Hmmm, du hast mir doch mal versprochen, Schotten-karos zu tragen, also mach jetzt keinen Rückzieher, Fraser«, erwiderte ich.

»Aye, ich bin auf jeden Fall bereit für kleine Rollenspiele«, sagte er im schlechtesten schottischen Akzent, den ich je ge-hört hatte, und kam näher. »Aber vorerst frage ich mich ein-fach nur, was du wohl unter diesem sexy Kleidungsstück an-hast.«

»Bist du sicher, dass du ohne deine Brille sehen kannst, was du tust, Clark? Soll ich deinen Blindenhund holen?«

»Es geht schon, danke«, erwiderte er und versuchte, seine Belustigung zu verbergen, indem er mit dem Finger über seine Lippen strich. »Es könnte allerdings sein, dass ich *ganz nah rangehen* muss, um dich richtig sehen zu können.«

»Okay.« Ich erschauderte vor freudiger Erwartung. Henry griff nach dem Reißverschluss meines Onesies und zog ihn langsam, quälend langsam nach unten. Zum Vorschein kamen meine schwarz-pinken Stripperinnen-Dessous, die ich noch nicht ausgezogen hatte.

Er schluckte so schwer, dass seine Halssehnen sich sichtbar anspannten, was meinem Ego enorm Auftrieb gab.

»Heilige Scheiße«, murmelte er heiser, »man kann sich ebenso wenig vorstellen, was diese Wissenschaftlerin unter einem Pinguin-Onesie trägt, wie, was sie unter dem Laborkittel anhat.«

Er musterte mich ein paar Sekunden lang fasziniert, bevor er mir die Fleece-Ärmel über die Schultern streifte und mir half, aus dem einteiligen Schlafanzug auszusteigen. Dann faltete er ihn sorgfältig zusammen und legte ihn zu seinem Mantel und seinem Hemd auf den Stuhl.

Ich machte eine körperumfassende Geste. »Das hier ist mein bevorzugtes Outfit, wenn ich die Haustür öffnen muss, nur damit du es weißt.«

Er lachte leise. »In diesem Fall wirst du nie wieder für jemanden die Haustür öffnen, außer für mich. Nie wieder.« Rasch entledigte er sich seiner Hose, Socken und Schuhe, bis er nur noch seine Boxershorts anhatte. Allerdings waren es nicht irgendwelche Boxershorts. Sie waren königsblau und hatten eine rote Einfassung, an der Ecke eines Hosenbeins prangte in Rot und Gelb ein großes »S«-Motiv.

»Superman-Unterwäsche?« Ich lachte ungläubig, weil ich meinen Augen nicht traute.

»Ja, die ist neu und seit Kurzem meine Lieblingsunterhose.« Grinsend drehte er sich einmal um die eigene Achse (wobei ich einen kurzen, verlockenden Blick auf seinen außerordentlich strammen Hintern erhaschte). »Du kannst dir nicht vorstellen, wie schwierig es ist, Superman-Unterwäsche in Erwachsenengrößen zu finden.«

»Doch, das kann ich mir lebhaft vorstellen.« Ich kicherte und schlug mir in gespielter Scham die Hände vor die Augen.

»Wirklich faszinierend, was dieser Ingenieur unter seinem Geschäftsanzug trägt.«

Plötzlich schien die Temperatur im Raum deutlich anzusteigen, und als ich die Hände wieder runternahm, stand Henry ganz nah vor mir, schaute mich eindringlich an, streckte vorsichtig eine Hand aus und strich langsam an meiner Taille entlang.

»Du bist so unglaublich schön, und ich will dich schon seit so langer Zeit auf diese Art anfassen.« Hatte er eben noch spielerisch geklungen, wurde sein Ton nun geradezu ehrfürchtig, und das Gefühl seiner Hände auf meiner Haut erweckte wieder den weiblichen Höhlenmenschen in mir, inklusive des nahezu unwiderstehlichen Drangs, ihm eins überzuziehen und ihn ans Bett zu fesseln.

»Womöglich gelingt es mir ja, über deine offensichtlichen physischen Mängel hinwegzusehen«, murmelte ich, strich zögernd über seine festen, scharf konturierten Bauchmuskeln und erschauderte lustvoll, weil sie sich unter meinen Händen so aufregend anfühlten. Mit den Fingerspitzen folgte ich der dunklen Spur aus Haaren bis unter den Bund seiner Boxershorts.

»Das ist sehr edelmütig«, flüsterte er, hob mein Kinn leicht an und senkte seinen Mund auf meinen.

»Nicht wahr? Es ist praktisch Wohlfahrtspflege.« Ich grinste an seinen Lippen.

»Das stimmt«, sagte er atemlos, hob mich mit einer geschmeidigen Bewegung hoch und warf mich so schwungvoll aufs Bett, dass ich – immer noch lachend – ein paarmal von der Matratze abprallte. Rasch war er über mir und schob sich an meinem Körper entlang nach oben, wobei er mit der Nase von der Stelle, an der meine Schenkel zusammenkamen, bis hinauf zu meiner Mitte strich. Am Brustbein hielt er kurz inne, um meinen Wonderbra näher in Augenschein zu nehmen. Ein beinahe schmerzlicher Ausdruck huschte über sein Gesicht. Dann schmeckte er sich mit Lippen und Zunge bis zu meinem Hals hinauf und bedeckte mein Kinn mit federleichten Küssen, bis sein Gesicht endlich direkt vor meinem war.

»Habe ich dir je gesagt, wie sehr ich deinen Duft und dein Gesicht liebe, Clara?«, flüsterte er lächelnd und beugte sich vor, um mich auf den Mund zu küssen.

33

Die Sache ist die … Was war noch mal die Sache? Ach ja, die Sache ist … Nein, es war unmöglich, sich auf die Sache zu konzentrieren, wenn man Henrys Mund und Hände auf sich spürte.

Sein zusammenhangloses Stöhnen wurde hin und wieder von heiser geraunten Bemerkungen unterbrochen, die meinen ganzen Körper dahinschmelzen ließen. »Wie kann es sein, dass deine Haut so weich ist und nach Erdbeeren duftet?« oder »Ich wusste schon immer, dass du unglaublich bist« oder »Clara, diese Geräusche, die du da von dir gibst, geben mir wirklich den Rest« oder »Wir sorgen auf jeden Fall dafür, dass das die ganze Nacht andauert«.

Nicht mal Angus, der Highlander, und seine Verbalerotik hatten mich so angetörnt.

Doch zurück zu dieser Sache. Nun ja, also, die Sache war die, dass mich dieses Vorspiel mit der Oxford-Version von Superman für jeden anderen Mann für immer ruinierte. Nicht dass ich zu diesem Zeitpunkt überhaupt noch an jemand anderen oder etwas anderes hätte denken können. Mein Gehirn war kurz davor, bei all diesen Sinneseindrücken, die über mich hereinbrachen, zu explodieren. Schmecken, Riechen, Farben, Geräusche und Berührungen – dies alles begann und endete mit Henry und den herrlichen Dingen, die er mit mir anstellte. Und er wusste eindeutig ganz genau, was er mir da antat – heiliger Bimbam, wenn das nicht das Heißeste war, was ich je erlebt hatte.

Kühle, zarte Küsse flatterten über meinen Hals, warmer Atem über meine Haut, feste Fingerspitzen glitten über die Spitze und Seide meines BHs, streiften durch den Stoff hindurch aufgerichtete Nippel, bis Gänsehaut meine Brust bedeckte und ich mich ihm lüstern entgegenbog.

»Ja, das ist es«, raunte er verführerisch und lächelte an der Wölbung meiner Brüste. Ich krallte mich in sein Haar und begann mich, angetrieben vom unermüdlichen Spiel seiner Finger, an ihm zu reiben. Inzwischen bebte ich vor Lust am ganzen Körper, wie von selbst begannen meine Hüften zu kreisen, als seine Hand sich unter meinen BH schob. Und dann bekam ich einen Krampf.

Oh nein, oh Mist, nicht jetzt.

»Autsch, Shit, auaaa!«, schrie ich. »Runter von mir! Runter!« In einem vollkommen planlosen und stimmungskillenden Manöver schob ich ihn weg, sprang mit einem Satz vom Bett wie eine verbrühte Katze und hüpfte im Schlafzimmer herum, als wollte ich einen ruckartigen, unkoordinierten irischen Jig tanzen. Dabei lachte ich wie eine Verrückte, während sich der Schmerz immer mehr aufschaukelte.

»Habe ich dir wehgetan? Was habe ich gemacht? Es tut mir so leid! Shit, Clara, was ist los?« Henry hatte sich aufgesetzt, seine Haare waren so zerzaust, dass sie ihm buchstäblich zu Berge standen. Entsetzt und verwirrt starrte er mich an.

»Sorry, nein, nicht du. Auuutsch!« Ich versuchte es mit kleinen Dehnübungen, aber es funktionierte nicht. »Es ist ein Krampf, ich habe einen Krampf! Und es tut verdammt noch mal beschissen weh«, fluchte ich zwischen zwei Lachern und sprang wie eine Irre auf dem betroffenen Bein herum.

»Du hast einen Krampf?«, wiederholte Henry skeptisch. »Warum lachst du dann wie jemand, der echt nicht ganz dicht ist?«

»Weil es so wehtut«, rief ich, immer noch prustend vor schmerzbedingter Heiterkeit, und hüpfte weiter auf einem Bein.

»Du lachst, weil es wehtut?« Er lächelte, sichtlich erleichtert, dass nicht er derjenige war, der mir die Schmerzen bereitet hatte. »Das läuft jetzt nicht so, wie ich erwartet hatte, Clara. Wo sitzt der Krampf?«

»In meinem Fuß, sieh doch, mein kleiner Zeh steht sogar ab«, jammerte ich und zeigte ihm meinen deformierten, klauenartigen Fuß. Dann stampfte ich wieder auf den Boden, weil eine neue Welle Muskelkrämpfe zuschlug.

»Lass mal sehen.« Er rutschte zur Bettkante und stellte die Füße auf den Boden. »Vertrau mir, ich bin Doktor.«

»Doktor der Ingenieurwissenschaft, Henry, ich glaube nicht, dass dich das qualifiziert, meinen verkrampften Metatarsus zu behandeln«, sagte ich theatralisch und hüpfte ihm davon.

»Sosehr mir deine stripperinnenmäßige Darbietung von *River Dance* in Unterwäsche auch gefällt, Clara, sei nicht so ein Baby und lass mich das mal anschauen. Vielleicht kann ich den Fuß ja massieren, damit es besser wird?«, schlug er vor.

»Du wirst meinen Fuß *NICHT* anrühren«, zischte ich.

»Warum nicht? Ich habe doch schon weite Teile deines Körpers angefasst, und ich würde *total* gern noch viel mehr von dir berühren.« Er grinste, aber der dunkle, lustvolle Ausdruck war in seine Augen zurückgekehrt, und mein Inneres zog sich erregt zusammen.

»Nichts dagegen«, erwiderte ich ein wenig atemlos. »Überall, nur nicht an den Füßen.«

»Warum darf ich dich nicht an den Füßen anfassen? Ich bin jetzt geradezu wild darauf, auch wenn ich deinen sonderbaren Absteh-Zeh ein bisschen eklig finde.«

Ich warf ein zusammengelegtes Paar Socken von dem Stapel sauberer Wäsche nach ihm, zielte damit rachsüchtig nach seinem Kopf. »Hey! Meine Füße sind nicht eklig!«

Lässig fing er das Sockengeschoss auf und kniff nachdenklich die Augen zusammen. »Bist du etwa kitzelig?«, wollte er wissen.

Ich sah ihn störrisch an, lehnte mich gegen die Kommode, streckte die Zehen und versuchte, sie nach oben zu biegen, um den Krampf zu entspannen.

»Aha, ich habe recht!«, rief er triumphierend, als ich nicht antwortete. »Du bist kitzelig an den Füßen.« Sein Grinsen wurde breiter. »Ich verspreche dir, dass ich dich nicht am Fuß kitzle, Pfadfinderehrenwort.«

Sein lustiger kleiner Pfadfindersalut entrang mir ein Lächeln. »Versprochen?«

»Versprochen«, sagte er ernst und klopfte sich einladend aufs Knie. »Nun zeig Dr. Fraser schon deinen armen Fuß. Dann wird alles gut, Clara.«

Vorsichtig hob ich das Bein und legte ihm den immer noch zusammengekrampften Fuß in den Schoß. Mit dem Po stützte ich mich auf der Kommodenkante ab.

Henrys Hände waren so warm, als er sie entschlossen um meinen Knöchel legte, dann weiter nach unten gleiten ließ und fest das Fußgewölbe umfasste. Unwillkürlich zuckte ich zusammen. Er schnalzte missbilligend mit der Zunge. »Ich kitzele dich nicht, halt still.«

Ich nickte, blieb aber angespannt, während ich beobachtete, wie er mit seinen langen Fingern den schmerzenden Muskel knetete, das Gesicht konzentriert, die Zunge seitlich ein wenig herausgestreckt. Er sah hinreißend aus, und ich spürte, wie ich mich ein wenig lockerer machte. Die Anspannung wich aus dem unteren Teil meines Beines, der Schmerz löste sich unter Henrys kräftigen Bewegungen. Seine gekonnte Massage fühlte sich tatsächlich richtig schön an, und ich summte genüsslich, als er sich zu meinen Zehen vorarbeitete, jeden einzelnen behutsam knetete, ehe er die Hand wieder nach oben gleiten ließ.

»Das gefällt dir wohl, was?«, murmelte Henry; er blickte zu mir auf und biss sich auf die Unterlippe.

»Dr. Frasers magische Hände«, flüsterte ich lächelnd. »Du bist der einzige Mensch auf der ganzen Welt, dem ich je gestattet habe, meinen Fuß anzufassen.«

Henry erwiderte mein Lächeln. »Ich fühle mich geehrt.« Nun, da sich der Krampf gelegt hatte, strich er mit beiden Händen an meinem Bein entlang.

»Das solltest du auch.« Mein Kopf begann ein wenig zu schwimmen, ein Nebel der Lust zog dort auf, während Henry meine Wade massierte und seine Finger dabei stetig aufwärts wandern ließ. »Du weißt schon, dass ich dich auf jeden Fall gekitzelt hätte, wenn es umgekehrt gewesen wäre, nicht wahr?«

Er lachte leise. »Ja, ohne den geringsten Zweifel.« Zu meiner zwischenzeitlichen Enttäuschung schob er mein Bein sanft von seinem Schoß und stand auf. »Irgendwelche anderen Bereiche, die Dr. Frasers magischer Hände bedürfen?«

»Ähm, hier vielleicht?« Ich streckte eine Hand aus und wackelte mit dem kleinen Finger, woraufhin er ihn zart küsste.

»Dieses spezielle Körperteil sieht meiner Meinung nach ganz gesund aus.« Seine Stimme klang tief und heiser.

»Ach wirklich? Wo ist denn dann Ihrer Expertenmeinung nach besondere Aufmerksamkeit erforderlich, Dr. Fraser?« Angesichts seiner offensichtlichen Absicht, mich zu verführen, beschleunigte sich mein Puls wieder.

Henry schlang die Arme um meinen Oberkörper und strich mit beiden Händen an meinem Rücken entlang, abwärts, bis über den Bund meines Slips, wobei er das Gummiband ein wenig schnalzen ließ. Dann umfasste er durch die hauchzarte Spitze hindurch fest meinen Po und zog mich an sich. »Nach vielen Stunden der Beobachtung glaube ich, dass dieser spezielle Teil deiner Anatomie ungewöhnlich verspannt sein könnte und eindeutig meiner Fürsorge bedarf.«

Ich wand mich unter seinen Händen und stellte mich auf die Zehenspitzen, um an seinem Mundwinkel zu flüstern. »Viele Stunden der Beobachtung?«

»Viele, viele Stunden«, bestätigte er grinsend und küsste mich.

Henry zu küssen, war in meiner Vorstellung wie eine olympische Sportart – man brauchte vollen Einsatz, es war überwältigend und berauschend, man geriet definitiv außer Atem, und am Ende winkte die verdiente Goldmedaille. Ich hatte das Gefühl, als könnte ich ohne Essen und Schlaf, ja sogar ohne zu atmen, auskommen, wenn er mich nur weiterhin auf diese Art küsste.

Henrys Griff um meinen Hintern war nicht allzu sanft, er knüllte den Stoff meines Slips so zusammen, dass er freien Zugang zu besagtem Körperteil erlangte, das er anscheinend – von mir unbemerkt – schon ausgiebig angestarrt hatte.

Das Gefühl, seinen Körper unter meinen Händen zu spüren, war bewusstseinsverändernd, und ich war begierig darauf, ihn anzufassen, ihn zu schmecken. Die warme weiche Haut seines Rückens, die festen Muskeln an seinem Bauch, das raue Brusthaar, das mich auf köstliche Art kratzte.

»Als begeisterter Forscher, Henry, wie viele ... Stunden ... der Beobachtung sind notwendig ... um sich voll und ganz ... vertraut zu machen ... mit den Freuden ... des menschlichen Gesäßes?«, fragte ich zwischen Küssen, schob die Hände hinten in seine Shorts und drückte die stramme Wölbung, die ganz wunderbar in meine Finger passte.

»Ich würde sagen, dass diese Aufgabe das gesamte Lebenswerk eines Menschen in Anspruch nehmen kann, Clara«, erwiderte er schroff und ließ dabei eine Hand an meinem Rücken hinaufwandern, um geschickt meinen BH-Verschluss zu öffnen. »Aber ich bin sehr gründlich, was die Untersuchung meines Forschungsobjekts angeht, und ich will nicht, dass hinterher Klagen kommen, ich hätte mich nur auf einen einzigen anatomischen Bereich konzentriert.«

Er trat einen Schritt zurück, schob mir ehrfürchtig die Träger über die Arme, bis der BH zu Boden fiel, und betrachtete mich unverhohlen. »Du bist so wunderschön, jeder einzelne Teil von dir, das hätte ich mir nie träumen lassen«, flüsterte er.

Und dann lächelte er. Es war ein neues Lächeln, eins, das ich noch nie an ihm gesehen hatte, ein dunkles, geheimnisvolles und so erfüllt von köstlicher Verheißung, dass mir das Gehirn zu schmelzen drohte. Ein Lächeln, das genau für diesen Augenblick reserviert war, für eine Zeit, in der wir beide allein waren, uns einander vollkommen verletzlich und entblößt zeigten, so ausschließlich aufeinander konzentriert, dass es sich anfühlte, als wäre der Rest der Welt völlig belanglos.

Mit seinen großen Händen umfasste er meine Brüste, die Handflächen behutsam um die Unterseite gelegt, und strich rhythmisch, aufreizend mit dem Daumen über die empfindsame Haut dort. Als ich den Rücken durchdrückte und mich ihm lustvoll entgegenbog, senkte er stöhnend den Kopf, um meine fiebrige Haut zu küssen. Ich umklammerte seine Arme noch fester, seufzte an seiner Schulter und biss vorsichtig hinein.

Ich war mir gar nicht sicher, was genau ich getan hatte, aber es schien, als würde er in diesem Moment die Kontrolle verlieren und als würde Alpha-Henry wieder übernehmen. Er hob mich hoch und drückte mich so fest mit dem Rücken an die Wand, dass alle Luft aus meiner Lunge entwich und ich keuchend an seinem Hals ausatmete. Gefangen zwischen ihm und der kalten Wand spürte ich seinen Mund, seine Hände überall, scheinbar überall gleichzeitig, und aufstöhnend wand ich mich an ihm, erpicht auf mehr Reibung. Lüstern wie ein Luder, um ehrlich zu sein. Zum Glück reagierte er ebenso enthusiastisch. Und auch wenn der Stoff meiner Unterwäsche nicht besonders viel Widerstand bot, musste ich einräumen, dass der Moment, in dem Henry mir in Höhlenmensch-Manier buchstäblich das Höschen vom Leib riss, womöglich einer der prägendsten meines bisherigen Liebeslebens war.

»Dein Gemächt könnte in diesen Shorts vielleicht etwas eingeengt sein, Henry«, flüsterte ich und streifte dabei seine Ohrmuschel mit den Zähnen, doch er stieß nur einen knurrenden Laut aus, warf mich wieder aufs Bett, stieg aus seiner Unterhose und schob sich erneut über mich, bis sein riesiger

Körper mich regelrecht umschloss. Als ich seine warme Haut an meiner spürte, umschlang ich ihn mit Armen und Beinen wie ein Primat (oder vielleicht wie ein Faultier, das sich an einen Ast klammert), getrieben von dem verzehrenden Bedürfnis, ihn noch dichter an mich zu ziehen, jeden Zentimeter von ihm zu spüren. Ich wand mich unter ihm, bis sich seine Hitze und sein Ständer an meinen Bauch pressten. Und ich mich empirisch vergewissern konnte, dass an Henry Fraser absolut nichts klein ist.

Ich strich an seinem Bauch entlang und umfasste ihn vorsichtig mit beiden Händen. Er atmete zischend ein. »Fuck, Clara«, presste er verzweifelt hervor.

»Nun, das ist beeindruckend, da brauchen wir womöglich nicht mal dein Lieblingslineal als Messlatte«, murmelte ich heiser. Leise Bedenken, was meine körperliche Ausstattung betraf, meldeten sich. Und seine in meiner. »Wird das überhaupt reinpassen?«

»Wie ich sehe, hast du an deinen Motivationsreden gearbeitet.« Er streifte meinen Nippel mit den Zähnen und ließ eine Hand zwischen meine Schenkel gleiten. Er liebkoste mich sanft, aber zielstrebig und schob schließlich erst einen und dann noch einen Finger in mich hinein. »Aber mach dir keine Sorgen, das wird auf jeden Fall hinhauen, glaube ich«, flüsterte er rau und erregt.

Die gleitende Bewegung seiner Finger, das feste Kreisen seines Daumens über meiner Knospe hochempfindlicher Nervenenden, gepaart mit immer fieberhafteren Küssen überstieg alles, was ich je empfunden hatte. Und als sein Atem immer abgehackter wurde, sein Timbre immer rauer, sein Stöhnen lauter, war die berauschende Erkenntnis, dass ich das in ihm hervorrief, beinahe zu viel für mein überhitztes Gehirn und meinen übersensibilisierten Körper. Es gab keinen Platz für Hemmungen, keine Zeit für meine üblichen Zweifel, mein übliches Zögern, für all die störenden Gedanken, die mich beim Sex oft quälten. Diese böse kleine Stimme in mir, die mich davon abhielt, einfach nur den Moment zu genießen, war verstummt, einfach so. Nur weil ich mit Henry zusammen war.

»Du bist umwerfend, Clara, so warm und weich«, raunte er, und das tiefe Vibrieren in seiner Brust jagte einen Schauder nach dem anderen durch mein Inneres. Seine Stimme war hypnotisierend, wundersam und volltönend. Bisher war ich nicht gerade eine Freundin von Reden beim Sex gewesen, die Männer, die es bei mir versucht hatten, waren allesamt schrecklich darin gewesen. Doch hier funktionierte es eindeutig, Henrys heisere Worte spülten über mich hinweg und rissen mich mit sich.

Bislang hatte ich mir jeden Orgasmus hart erarbeiten müssen, darum bemüht, mich auf die körperlichen Wahrnehmungen zu konzentrieren und gleichzeitig meinem Gehirn klarzumachen, dass es die Klappe halten sollte. Doch es bedurfte nur ein paar weiterer Berührungen von Dr. Frasers magischen Händen, um mich tief in den Abgrund zu katapultieren. Grelle Lichter zuckten hinter meinen Augenlidern, während ich regelrecht von der Matratze abhob, um seinen Fingern entgegenzukommen. Ehe ich michs versah, rief ich seinen Namen an seiner Schulter, und er drückte mich an sich und streichelte mich weiter, während mich ein Beben nach dem anderen durchzuckte. Er wusste ganz genau, wo er Druck ausüben musste, um das Vergnügen zu verlängern.

»Hast du irgendeine Verhütung?«, stieß er an meiner Wange hervor.

»Ich habe ein Verhütungsimplantat«, erwiderte ich, meine Stimme klang wie aus weiter Ferne an mein Ohr, während immer noch Nachbeben meinen Körper erschütterten.

»Ahhh, Gott sei Dank, ich glaube nämlich nicht, dass ich noch länger warten kann. Ich will in dir sein, ist das okay?«, flüsterte er in mein Haar.

»Ja, ich will das, ich will dich, ich vertraue dir, Henry.«

Und so war es auch. Ich vertraute darauf, dass er mir nicht wehtat oder mich benutzte, vertraute darauf, dass er für mich da sein würde.

Vertraute darauf, dass er mich liebt.

Er küsste mich wie ein Mann, der ein Jahrhundert lang enthaltsam gelebt hatte, umfasste meinen Hintern, ließ sich langsam in mich hineingleiten, füllte meinen inzwischen weichen und nachgiebigen Körper aus. Mein Verlangen flammte erneut auf, als ich mich dehnte, um ihn aufzunehmen. Sein keuchender Atem strich über meine Haut, und er begann, sich zu bewegen, zuerst langsam und vorsichtig, den Blick fest auf mich gerichtet. Er schaute mich aufmerksam und neugierig an, voller Erstaunen und Leidenschaft, entschlossen und verwundbar zugleich. Ich streckte eine Hand aus, um über die vertrauten Konturen seines Gesichts zu streichen.

Ich konnte es nicht erklären, aber es schien, als wären unsere Körper füreinander gemacht. Ein Klischee vielleicht, aber wir passten genau zusammen und ergänzten uns gegenseitig wie sonst niemand. Es gab kein ungeschicktes Herumfummeln, keine gemurmelten Entschuldigungen, keine peinlichen Geräusche. Das übliche Gefühl der Enttäuschung blieb aus, dieser bislang unvermeidliche Moment, in dem der andere sich so darauf konzentriert zu kommen, dass er total vergisst, dass ich auch noch da bin. Aber nicht dieses Mal. Keine meiner Reaktionen entging Henry. Es war, als würde er das Clara-Clancy-Befriedigungs-Handbuch studieren und auswendig lernen.

Während wir uns gemeinsam bewegten, als hätten wir schon immer gewusst, wo wir einander anfassen und unsere Hüften für maximale Lust positionieren mussten, dauerte es nicht lange, bis sich in mir wieder dieser köstliche Druck aufbaute. Und Henry verdiente für seine Aufmerksamkeit wirklich einen sehr großen, glänzenden Goldstern, denn er erkannte die Anzeichen, erhöhte den Takt und verstärkte seine Stöße, um es genau richtig für mich zu machen. Funken schossen unter meiner Haut entlang, mein ganzer Körper bebte. Henry schob eine Hand unter mein Becken und hob es an, um den Winkel zu justieren, und brachte uns dann sehr rasch zu einem rundum geräuschvollen, enorm befriedigenden gleichzeitigen Höhepunkt.

War das weltbewegend? Kann schon sein; es war immerhin Superhelden-Sex gewesen. Zwar hatte es schon die ganze Zeit den Anschein gehabt, als könnte der Hot-Henry-Effekt den Östrogenspiegel der gesamten weiblichen Bevölkerung in die Höhe schnellen lassen, doch der endgültige empirische Nachweis dieses Phänomens ließ sich eigentlich nur durch die Anzahl der Orgasmen ermitteln, die dieser besagte Wissenschaftler bei seiner Partnerin erzielte.

Wie jeder gute Forscher weiß, müssen Experimente mannigfach wiederholt werden, um zu gewährleisten, dass Ausreißer und Verzerrungen abgemildert werden und die Ergebnisse aussagekräftig sind. Als ehemalige Oxford-Akademikerin gehe ich selbstverständlich absolut methodisch vor. Und Henry zum Glück ebenso.

34

Henry hatte wieder seine Superman-Boxershorts und dazu einen meiner Morgenmäntel an, der kaum über seine breiten Schultern passte und über seinen ziemlich ausgeprägten Oberarmmuskeln spannte. Ich hockte in seinem blau gestreiften Hemd und einem frischen, nicht zerfetzten Slip auf der Kante der Arbeitsfläche, ließ die Beine baumeln und schaute ihn an, während er das Curry in mikrowellenfeste Schalen füllte.

»Meinst du, es ist komisch, dass wir die Kleider voneinander anhaben?« Ich fand jedenfalls, dass er in meinen Sachen eindeutig komisch aussah.

»Mir gefällt es, wenn du meine Kleider anhast.« Er stellte das Curry in die Mikrowelle und studierte sorgfältig die Einstellungen, ehe er das Gerät einschaltete. »Findest du es gruselig, dass ich die Smokingjacke, die du auf dem Seminarwochenende anhattest, noch nicht in die Reinigung gegeben habe, weil sie noch nach deinem Parfüm durftet?«

Ich nickte nachdenklich. »Ja, total gruselig und gestört.«

»Oh.«

»Aber du kannst die Situation retten, indem du mir erzählst, wie du jeden Abend vor dem Schlafengehen daran schnupperst, nur damit du ständig an mich erinnert wirst.«

»Natürlich. Ich habe sie die ganze Zeit bei mir, um daran zu schnuppern.« Er grinste. »Auch wenn ich eigentlich nichts brauche, was mich an dich erinnert, Clara, du stehst in meinen Gedanken sowieso die ganze Zeit an erster Stelle.«

Wow, er machte das gut. Erstklassiges Boyfriend-Material.

Henrys Grinsen wich jenem schüchternen Lächeln, mit dem er mich schon damals im Labor dazu hatte bringen können, so ziemlich alles für ihn zu tun. Ich hatte das Gefühl, in seinem Blick zu ertrinken, und plötzlich traf mich wie ein Blitz aus heiterem Himmel die Erkenntnis, dass dieses Lächeln, dieser Blick niemals so manipulativ gewesen war, wie ich geglaubt hatte. Sondern einfach nur Ausdruck dessen, was er tief in seinem Inneren fühlte. Es war sein »Look of Love« (und jetzt bekam ich diesen Song nicht mehr aus dem Kopf). Etwas, was mir schon so lange sehr vertraut gewesen war, was ich jedoch bisher nie hatte entschlüsseln können.

Ich war wirklich blind wie eine Fledermaus gewesen und konnte nur meinem Glücksstern danken, dass Henry mit unendlicher Geduld gesegnet war. Ich ließ mich von der Arbeitsfläche gleiten und ging zu ihm hinüber. Er beobachtete amüsiert, wie ich mich auf Comedy-Ganovenart an ihn heranpirschte. Dann schlang ich ihm die Arme um den Hals und küsste ihn.

Unsere Knutscherei wurde immer heißer, ich kletterte praktisch an ihm hoch wie ein Eichhörnchen am Futterhäuschen, bereit, ihn, falls nötig, auf der Küchenarbeitsplatte in die Zange zu nehmen. Doch da unterbrach uns das Klingeln der Mikrowelle, und wie aufs Stichwort knurrte Henry auch schon der Magen.

Mit deutlichem Widerstreben löste er sich von mir. »Boah, langsam, Wonder Woman, selbst Superman muss irgendwann tanken.« Er tätschelte mir liebevoll den Po und ging dann zur Mikrowelle, um die beiden Schüsseln herauszuholen.

Wir hatten schon öfter zusammen gegessen, manchmal nur zu zweit, aber dieses aufgewärmte Take-away an meinem winzigen, beengten Küchentisch war intimer und unvergesslicher als alles andere, was wir je getan hatten. Ich musste ihn die ganze Zeit anstarren, völlig überwältigt von einem ganz neuen Gefühl, das in mir blubberte, als hätte dort jemand eine Champagnerflasche geschüttelt und geöffnet und als würde sich der Blubber nun überall ausbreiten.

»Habe ich Curry im Gesicht?«, fragte Henry, ohne den Blick von seiner Schüssel zu nehmen. Um seine Lippen zuckte es.

»Nein. Ich schaue dein Gesicht einfach nur gerne an. Irgendwie ist es mir in letzter Zeit ans Herz gewachsen.«

»Ach ja?«

»Mmm hmm.«

»Und warum?« Henry war inzwischen fertig mit Essen und musterte mich aufmerksam, während ich das letzte bisschen Tikka-Soße mit Naan-Brot auftunkte.

»Nun, du bist nicht unattraktiv«, begann ich und verfolgte fasziniert, wie sich sein Blick prompt verdunkelte und er die Kiefer zusammenpresste, als ich mir ein paar Curryreste von den Fingern leckte.

»Starker Anfang, mach weiter.«

»Und du kannst ziemlich großartig küssen und, du weißt schon, *andere Dinge* tun – damit hast du deine Attraktivität eindeutig noch gesteigert.«

»Gut zu wissen«, mühsam unterdrückte er ein Lächeln, »du bist ebenfalls gut im Küssen und auch in *anderen Dingen,* nur damit du Bescheid weißt.«

Das machte mich tatsächlich ein bisschen stolz. Wer hört nicht gern, dass er gut im Bett ist?

»Und manchmal, wenn du mich so ansiehst wie jetzt und wenn du mich anfasst, dann fühle ich mich, nun ja …« Ich verstummte und wurde rot, weil ich wirklich nicht wusste, wie ich meine Gefühle angemessen beschreiben sollte.

»Als würdest du dahinschmelzen vielleicht?«, schlug er vor.

»Vielleicht ein kleines bisschen.« Ich deutete mit den Fingern eine winzige Menge an. »Meistens fühle ich mich aber, als hätte ich keine Knochen, ein wenig so, wie ich mir das Leben einer Würfelqualle vorstelle.« Es entstand eine Pause, in der Henry verarbeitete, was ich gesagt hatte, und ich merkte, wie albern diese Analogie klang. Deshalb fügte ich hinzu: »Was gut ist, nur damit du Bescheid weißt.«

Endlich verlor Henry den Kampf gegen seine Mimik und grinste mich über den Tisch hinweg hingerissen an. »Wenn ich dich so über deine Gefühle reden höre, klingst du fast wie eine richtige Erwachsene.«

»Hmpf. Sehr witzig. Wie fühlst du dich denn, wenn ich dich anschaue oder anfasse?«, gab ich gereizt zurück.

Henry stand so hastig auf, dass er seinen Stuhl umwarf, der hinter ihm geräuschvoll auf den gefliesten Küchenboden krachte. Er zog mich hoch und hob mich wie eine Braut in seine Arme. »Wenn du mich ansiehst und vor allem wenn du mich anfasst, Clara, fühle ich mich wie ein verdammter Superheld.«

Ich wachte auf, weil Spencer auf meinem Kopfkissen stand, sein Hinterteil direkt vor meinem Gesicht.

»Igitt, dein Kater will mir die Augäpfel ablecken, Clara«, flüsterte Henry verschlafen.

»Das liegt nur daran, dass er Hunger hat und dich mag«, murmelte ich. Dann tauchte ich wieder unter die Decke ab und kehrte der Kater-Ingenieur-Liebelei über meinem Kopf den Rücken zu, um erneut in die selige Unwissenheit des Schlafes abzudriften.

Doch Henry folgte mir unter die schützende Decke, bedeckte meine Schulter mit federleichten Küssen. Seine großen Hände, die beinahe um meine Taille herumreichten, zogen mich an seine Wärme. »Guten Morgen«, raunte er heiser.

Ich drehte mich in seinem Griff, um ihn anzusehen. Sein Haar war reizend zerzaust, und in seinen Augen flackerte etwas gefährlich Urtümliches und Heißes. Ehe ich auch nur einen Gedanken an morgendlichen Mundgeruch verschwenden konnte, stürzte er sich schon auf mich, und wir küssten uns leidenschaftlich. Er schmeckte nach nichts anderem als nach Henry. Wie schaffte er das? Ich fragte mich, ob wir bei unserem Küssmarathon (der fast die ganze Nacht angedauert hatte) so viel gespeichelt hatten, dass die angeborenen mikrobakteriellen Eigenschaften der Spucke unsere Münder tatsächlich vollständig von Bakterien gesäubert hatten. Diesem Phänomen könnte man zweifellos eine ganze Doktorarbeit widmen.

Das Klingeln eines Telefons und das durchdringende missmutige Miauen der Katze drangen wie durch einen Nebel in mein Hirn, und widerwillig schob ich Henry weg, der das alles gar nicht zu hören schien. »Ist das dein Handy, Henry?«

»Mmmm?«, machte er, während er weiterhin meinen Hals küsste. In diesem Moment tauchte Spencer unter der Decke auf und stieß ein lang gezogenes Miauen aus. Er drängte sich zwischen Henry und mich und drehte mir wieder demonstrativ den Hintern zu.

»Na gut, ich stehe ja schon auf!« Ich entflocht mich von Henry, glitt aus dem Bett und plumpste auf den Boden. »Das ist eindeutig dein Handy, das klingelt, Henry, wolltest du nicht rangehen?«

»Das kann warten«, erwiderte er. Mittlerweile hatte er seine Brille gefunden und beobachtete über die Bettkante hinweg, wie ich auf dem Boden nach meinem abgelegten Bademantel tastete. »Lass uns doch deinen aufdringlichen Kater füttern, einen Kaffee kochen und wieder ins Bett gehen«, schlug er vor.

»Ganz schön unersättlich, Dr. Fraser!«, tadelte ich, und obwohl ich ein bisschen wund war von so viel ungewohnter nächtlicher Aktivität, fühlte ich mich doch wundervoll siegreich, weil er so offensichtlich besessen war von meinen weiblichen Reizen.

»Ich denke, unersättlich ist ziemlich nah dran an dem, was ich momentan empfinde. Ich habe über sieben Jahre gewartet, Dr. Clancy, wir haben einiges aufzuholen«, lockte er und wackelte verführerisch mit den Brauen.

»Und wie wird sich das bei der Arbeit niederschlagen, Dr. Fraser? Quickies in der Büromittelkammer? Blowjobs unter deinem Schreibtisch?«, neckte ich ihn, aber er sah mittlerweile regelrecht animalisch aus, und allmählich fragte ich mich, ob er mich womöglich für immer in mein Schlafzimmer einsperren wollte. Wogegen ich eigentlich gar nichts einzuwenden hätte, aber … *Nein, Clara. Vergiss nicht, dass du Feministin bist!*

»Das klingt nach hervorragenden Optionen, ich sende dir ein paar Meeting-Anfragen.« Er grinste vielversprechend. Wieder klingelte das Telefon, und mit einem frustrierten Seufzer drehte sich Henry weg und fischte das Gerät aus der Tasche seiner Jacke, die auf dem Stuhl lag. »Mist, das ist meine Mutter.«

»Warum ruft dich deine Mutter so früh an einem Samstag an?«, maulte ich, während ich meinen Morgenmantel und Hausschuhe anzog.

»Es ist tatsächlich schon zehn, und ich hatte total vergessen, dass mein Bruder heute Geburtstag hat und ich zugesagt hatte, zum Mittagessen zu kommen.« Er wischte über das Display, um das Gespräch anzunehmen. »Hi, Mum.«

Ich war zwar etwas enttäuscht, weil ich nun nicht den ganzen Tag mit ihm verbringen konnte, aber ich würde schon klarkommen.

»Nein, das habe ich nicht vergessen … Nein, schon gut, ich hole den Kuchen … Mach dir keine Sorgen, ich werde da sein.« Henry drehte sich um und schaute mir nach, als ich zur Tür ging, gefolgt von Spencer, der erwartungsvoll um meine Beine strich. »Ist es okay, wenn ich jemanden mitbringe?«, fügte er hinzu.

Ich blieb wie angewurzelt stehen und starrte ihn an. Jemanden mitbringen? Mich? Zu einer Familienfeier?

»Ja, es ist eine *Sie.*« Er lächelte, mich unverwandt anblickend, während er ruhig und geduldig dem schrillen Geplapper lauschte, das nun aus dem Hörer drang. »Das sind ziemlich viele Fragen, Mum, warum sparst du sie dir nicht auf, bis du sie kennenlernst?« Er nickte, während er belustigt zur Kenntnis nahm, dass ich gleichzeitig den Kopf schüttelte.

Inzwischen war ich keine Qualle mehr, sondern eher eine panische Sardine, die sich in den tödlichen Tentakeln einer giftigen Seeanemone verfangen hatte.

Seine Miene wurde sanft und eindringlich. »Ja, es ist was Ernstes.«

Meine Güte.

»Sie heißt Clara, und ich habe sie in Oxford kennengelernt, als wir unseren PhD gemacht haben. Wir haben uns vor Kurzem wiedergetroffen.« Inzwischen flehten seine Augen mich an mitzukommen. »Bitte«, formte er mit den Lippen.

Und ich spürte, wie ich anfing zu nicken, obwohl mein Gehirn mir zubrüllte, ich möge gefälligst jegliche Kopfbewegungen unterlassen.

»Sie steht neben mir, willst du mit ihr sprechen?« Er grinste mutwillig. »Wirklich? Wunderbar, ich gebe sie dir.«

Vor Schock wie betäubt, überlegte ich, welches wohl die schmerzhafteste Art wäre, ihn umzubringen. Ich nahm das Telefon, das er mir reichte, und hielt es ans Ohr. In letzter Sekunde kam die professionelle Clara zum Vorschein, vertrieb all meine Verwirrung und verhielt sich, als würde sie das Wort an einen wichtigen Professor richten, der beeindruckt werden musste.

»Hallo, Mrs. Fraser, wie geht es Ihnen?«

»Hallo, Clara, bitte nenn mich Fiona. Ich freue mich so, dich kennenzulernen, Henry war in Bezug auf dich sehr verschwiegen.« Ihre Stimme klang weich, ihr Akzent leicht französisch und ein wenig tadelnd, als sollte sie eigentlich über alle Details im Liebesleben ihres Sohnes informiert sein.

»Oh, na gut, Fiona, wir sind noch ganz am Anfang, deshalb überrascht es mich nicht, dass er mich dir gegenüber noch nicht erwähnt hat«, erwiderte ich munter.

»Wenn du das sagst. Aber Henry hat noch nie jemanden mit nach Hause gebracht und uns vorgestellt, nicht mal dieses amerikanische Mädchen, deshalb musst du etwas ganz Besonderes sein und ihm viel bedeuten«, platzte Fiona heraus. »Ich hoffe nur, er benimmt sich wie ein Gentleman, Clara?«

Diese Frage löste eine ganze Reihe erotischer Flashbacks bei mir aus – bezogen auf Aktivitäten, die wir vor gar nicht allzu langer Zeit ausgeübt hatten und die wahrscheinlich (definitiv) nicht als vollkommen gentlemanlike durchgehen würden. Mein Gehirn wurde mit nicht jugendfreiem Material geflutet, sodass ich rot wie eine Tomate wurde. Henry starrte mich verblüfft an, aber als ich »Ja, Fiona, wie ein vollendeter Gentleman« sagte, brach er in Gelächter aus und warf mir eine Kusshand zu.

»Dann hast du also auch einen Doktortitel? Auch in Ingenieurwissenschaft?« Fiona stellte immer noch Fragen. *Konzentrier dich, Clara.*

»Ja, aber ich bin keine Ingenieurin. Ich bin Wissenschaftlerin und arbeite für ein Pharmaunternehmen«, erwiderte ich. Spencer war jetzt so ungeduldig, dass er sein bislang lautestes Miauen ausstieß und mir ein paar rasierklingenscharfe Krallen ins Knie bohrte. »Autsch! Ich muss jetzt wirklich Schluss machen!«, sagte ich.

»Ist das etwa eine Katze?«, fragte Fiona überrascht.

»Ja, sie gehört mir, und sie ist ein bisschen hungrig. Ich gebe dich an Henry zurück – bis später!«

Ich warf Henry das Handy praktisch an den Kopf und löste Spencers Krallen aus meinem Bein. Dann rannte ich regelrecht zur Tür hinaus, hörte Henry aber noch sagen: »Ja, ich bin bei ihr zu Hause, nein, ich habe sie noch nicht gefragt, ob sie mich heiraten will, Mum …«

35

Mein großer Zeh klopfte auf der Fahrt zu Henrys Haus. Nervös schaute ich aus dem Fenster, während wir durch die Außenbezirke von Oxford fuhren und nach Summertown einbogen, wo große, elegante Stadthäuser die baumbestandenen Straßen säumten. Henry wohnte in einem dreistöckigen Edwardianischen Doppelhaus aus rotem Backstein, das etwas zurückgesetzt von der Straße lag. Vorgarten und Einfahrt waren obszön ordentlich.

»Ich ziehe mich nur rasch um, dann sollten wir aufbrechen.« Henry zog mich über die Schwelle und drückte mir einen flüchtigen Kuss auf die Wange. Wir waren spät dran, weil wir nach dem Frühstück wieder ins Bett gefallen waren und danach gemeinsam eine höchst pornografische Dusche genommen hatten. Noch immer würde ich mir am liebsten Luft zufächeln, wenn ich Henry auf den Mund blickte, weil mein Gehirn dann all die unartigen Dinge noch mal durchspielte, die er heute Morgen damit angestellt hatte. »Dauert nur eine Minute, fühl dich wie zu Hause.«

Er verschwand nach oben, und ich fing an, in der makellosen modernen Küche herumzuschnüffeln, in der ein riesiger AGA-Herd auf echten Steinfliesen stand. Ein antiker Kristalldekanter schmiegte sich – irgendwie fehl am Platz – zwischen alle möglichen sehr glänzenden und teuer aussehenden Geräte, die akribisch auf der Arbeitsfläche arrangiert waren. Unwillkürlich musste ich kichern, als ich den Schrank öffnete und zusammenpassende Kaffeetassen entdeckte, die wie Soldaten auf einer Parade aufgereiht waren. Ich griff in meine Handtasche, holte einen Klebezettel heraus, kritzelte eine kurze (schmutzige) Botschaft darauf und klebte ihn an die erste Tasse, die ich daraufhin umgekehrt und außer der Reihe zurückstellte.

Von der Küche ging ein Haushaltsraum mit Waschküche ab. Hier hing saubere Kleidung zum Trocknen. Der Geruch von Waschmittel rief mir in Erinnerung, wie ich mich an seine Brust geschmiegt und in seinem Mantel versteckt hatte, was mich zu einem tieferen Seufzer veranlasste, als ich je zugeben würde.

Ein zerschlissenes, uralt aussehendes Bon-Jovi-T-Shirt, das über dem Wäschetrockner hing, stach mir ins Auge. Ich knüllte den unglaublich weichen grauen Stoff zusammen, hielt ihn mir unter die Nase und atmete tief ein, begierig wie ein Junkie, der sich gerade eine Spritze setzt. Einem spontanen Impuls folgend, stopfte ich das Shirt in meine Handtasche und setzte meine Inspektion von Henrys Haus fort. Alle Zimmer waren minimalistisch eingerichtet, mit nackten Dielenböden und in neutralen Grautönen, alle Möbel waren stylish und stattlich, anders als in meinem gemütlichen vollgestopften Cottage.

»Henry, bist du fertig?«, rief ich die Treppe hinauf, nachdem ich mir das ganze Erdgeschoss angesehen und nichts von besonderem Interesse gefunden hatte, außer der Bestätigung seiner ausgeprägten Abneigung gegen Unordnung.

»Fast, komm rauf!«, schrie er zurück.

Henrys Schlafzimmer war ein Paradebeispiel für Männlichkeit. Ein riesiges Bett dominierte den Raum, darüber hing ein monochromes modernes Kunstwerk. Ich strich gerade über die frische, kühle weiße Bettwäsche und versuchte herauszufinden, was die grauen und schwarzen Kleckse auf der Leinwand darstellen sollten, als Henry frisch geduscht im Türrahmen auftauchte, sich das karierte Hemd zuknöpfte und es in seine dunkelblaue Jeans steckte.

»Hast du noch mal geduscht?« Er sah aus wie ein appetitlicher, frisch gewaschener Waldarbeiter.

»Ich habe nach Erdbeeren gerochen wie dein Duschgel, was zwar wonnig ist, aber es fällt mir dann schwer, mich zu konzentrieren – nicht dass sich am Ende meine Hose zu einem Zelt ausbeult und es zu einer peinlichen Situation kommt.« Er grinste. »Das gehört sich nicht auf einer Familienfeier.«

Er kam zu mir, und sein vertrauter waldiger Duft stieg mir in die Nase. Ich sog eine Lunge voll davon ein, während er die Arme um mich schlang. »Wahrscheinlich nicht, aber dein Duft ist auch ziemlich wonnig.«

»Freut mich, dass du das findest.« Er küsste mich zart auf den Scheitel, und einen Moment lang standen wir behaglich da und hielten einander zärtlich umschlungen.

»Ich habe gerade eine ziemlich merkwürdige Sprachnachricht abgehört, die ich heute Morgen erhalten habe, und ich frage mich, ob du mir wohl helfen kannst, sie zu entschlüsseln«, sagte er einen Augenblick später leise.

»Okay?«, erwiderte ich verwirrt.

Er zog sein Handy aus der Tasche, drückte aufs Display und Jos Stimme erfüllte den Raum, sie klang verärgert und ein wenig gellend.

»Hallo, Henry? Verdammt noch mal, geh ran. Shit. Wo steckst du? Gut, nun ja, Clara hat hoffentlich etwas in den falschen Hals bekommen und ihr beide seid voll am Knutschen oder so. Wenn das so ist, kannst du diese Nachricht als gegenstandslos betrachten. Aber wenn du verdammt noch mal nach Amerika abgehauen bist und sie zurückgelassen hast, komme ich rüber und schleife dich höchstpersönlich zurück nach Oxford. Du weißt vielleicht nicht, wie emotional verkümmert sie ist, aber das ist sie nun mal, und sie braucht nicht noch einen Mann, der sie fallenlässt wie eine heiße Wurst beim Fakultätsbarbecue. Deshalb, du weißt schon, bring das in Ordnung, ja? Gut. Schön. Hervorragend. Tschüss.«

»War das Jo Harrison?« Er schaltete das Handy ab.

Ich nickte. Ich konnte nicht glauben, dass sie zu ihm gesagt hat, ich wäre emotional verkümmert. »Es tut mir leid, ich wusste nicht, dass sie dich anrufen würde.« Er drückte mich noch fester.

»Schon gut, ich bin froh, dass du Freundinnen wie Simmy und Jo hast, die auf dich aufpassen.«

»Nun ja, die beiden sind voll und ganz im Team Henry«, gestand ich ihm errötend.

»Und wie sieht das bei dir aus?« Einen Moment lang wirkte er unsicher. »Ich hoffe wirklich, dass du jetzt auch voll und ganz im Team Henry bist.«

Nickend schmiegte ich die Wange an seine feste Brust. Meine Augen fingen unerwartet an zu brennen. Ich traute mich nicht so recht, etwas zu sagen, der blubbernde Champagner der Gefühle drohte wieder überzusprudeln, und ich hatte keine Ahnung, wie ich meinen Emotionen Ausdruck verleihen sollte.

»Gut.« Henry streichelte meinen Rücken mit langsamen, kreisenden Bewegungen. »Und obwohl ich ebenfalls der

Meinung bin, dass du emotional ein wenig verkümmert bist …«

»Hey, das stimmt doch gar nicht!«, schnitt ich ihm beleidigt das Wort ab.

»Das bist du wirklich, Clara. Aber ich liebe dich, und ich hoffe, dass du mittlerweile weißt, dass ich dich nicht wie eine heiße Wurst fallen lassen werde. Denn wie es scheint, bin ich dazu absolut nicht in der Lage, ganz egal, wie schlimm ich mich dabei in der Vergangenheit verbrannt haben mag«, murmelte er in mein Haar.

»Es tut mir so leid, was in San Francisco passiert ist, und all die schrecklichen Dinge, die ich dir je angetan habe.« Scham und Schuldgefühle blubberten unangenehm weit an die Oberfläche, als ich den Schmerz in seiner Stimme wahrnahm.

»Du brauchst dich nicht dauernd zu entschuldigen«, sagte er.

»Doch, Henry. Ich bin so entsetzt über mich selbst, weil ich dich verletzt habe.« Ich hielt inne und versuchte, meine Gedanken zu zusammenhängenden Sätzen zu ordnen, während er mich noch ein wenig fester an sich drückte. »Es ist nur … Ich habe unserer Freundschaft einen so hohen Wert beigemessen, und als du mir dann sagtest, dass du mich liebst, war das schwer auszuhalten, weil ich nicht damit klargekommen wäre, wenn du einfach nur ein weiterer Mensch gewesen warst, den zu lieben ich mir erlaubt hätte, nur damit er mich am Ende wieder verlässt.« Ein paar Sekunden schwieg ich. »Aber jetzt weiß ich, dass du mich nicht fallen lassen wirst wie eine heiße Wurst beim Fakultätsbarbecue«, fuhr ich mit kläglicher Stimme fort, »nur weil ich emotional verkümmert bin.« Ich schluckte trocken. »Das weiß ich, weil ich dir von ganzem Herzen vertraue und dich liebe.«

Schweigend umfasste Henry meine Oberarme und schaute mir in die Augen, mit geduldiger und gleichzeitig beinahe ehrfürchtiger Miene.

»Habe ich etwas im Gesicht?«, flüsterte ich. Die Intensität dieses Moments ließ meine Haut prickeln.

»Ja.« Er wischte mir eine einzelne Träne weg, die, von mir unbemerkt, über meine Wange gerollt war. Dann beugte er sich ganz langsam vor und hauchte mir einen Kuss, zart wie ein Schmetterling, auf die Lippen. Und dann ertönte plötzlich ein fröhlicher Popsong wie aus einer romantischen Komödie von Richard Curtis. War das etwa *Always* von Bon Jovi?

»Hörst du diese Musik auch?«, fragte Henry verwirrt.

Verdammt, ich hatte gedacht, sie wäre nur in meinem Kopf, aber nun ging mir auf (und das war mir ausgesprochen peinlich), dass sie aus meiner Handtasche und nicht aus meinem Unterbewusstsein kam. »Mist.«

Ich kramte in der Tasche herum, bis ich mein Handy fand, und schaltete es rasch aus. Der Klingelton hatte einen eingehenden Anruf von Jo angekündigt.

»War das etwa ein Bon-Jovi-Song?« Henry machte schmale Augen.

»Ja. Das ist Jos Klingelton, sie hat ihn vor vielen Jahren auf meinem Handy programmiert, und ich habe mir nie die Mühe gemacht, ihn zu ändern.« Tatsächlich hatte sie im Laufe der Jahre viele verschiedene Klingeltöne auf meinem Handy installiert, aber diesen hatte sie ausgewählt, bevor sie nach Australien gezogen war, an dem Tag, an dem sie mich allein und schluchzend in Heathrow zurückgelassen hatte.

»Solltest du da nicht drangehen?«

»Nein, ich schreibe ihr später.« Ich wusste, dass sie mich nur wegen der vergangenen Nacht ausquetschen wollte, und hatte keine Lust, die spanische Sex-Inquisition über mich ergehen zu lassen, solange Henry in Hörweite war.

Einen Moment lang musterte er mich nachdenklich. »Was für einen Klingelton willst du für mich einrichten?«

»Keine Ahnung.«

Er grinste. »Darf ich mir einen aussuchen?«

»Aber nichts Peinliches, Henry.«

»Würde ich das je tun?«

Belustigt schnaubend entsperrte ich mein Handy und reichte es ihm. Er wischte ein paar Sekunden auf dem Display herum und grinste noch breiter.

»Bitte schön.«

»Was ist es?«

»Warte, ich rufe dich an.«

Mein Telefon fing an zu vibrieren, und der durchdringende, nervtötende Ton von Dudelsäcken erfüllte den Raum. »Was zum Henker ist das?«

»The Highland Fling.«

»Warum speicherst du mir das aufs Handy?«

»Och, aye, Clara, ich bin doch vom Fraser-Clan, schon vergessen?« Seine selbstzufriedene Miene war zum Totlachen.

»Na schön, Laird Fraser, aber vielleicht kannst du das mit dem Akzent sein lassen?« Ich wand mich. Es hörte sich echt schrecklich an, wenn er Schottisch sprach.

»Oh.« Er wirkte ein wenig niedergeschlagen.

»Wenn du normal sprichst, klingst du viel sexyer. Du weißt doch, wie sehr ich auf deinen Upperclass-Akzent abfahre.«

»Na schön, dann schnallst du dich besser mal an und wappnest dich für die barbarischen Aufmerksamkeiten von Henry, dem hoffnungsvollen Highlander, der rein zufällig aus Oxfordshire stammt.«

Ich musste lachen. »Wie machst du das?«

»Was?«

»Woher weißt du immer ganz genau, was du tun musst, damit ich mich besser fühle? Und was du sagen musst, um mich zum Lachen zu bringen?«

»Das wird jetzt schnulzig und vermutlich ein wenig pathetisch klingen.« Henry räusperte sich unbehaglich. »Du bist die Liebe meines Lebens, die einzige Frau, die ich je lieben werde. Ich glaube tatsächlich, dass wir füreinander bestimmt sind.«

Ein paar Sekunden starrte ich ihn sprachlos an. »Du hast absolut recht«, sagte ich dann. »Besser hätte ich es nicht ausdrücken können …« Henry lächelte ermutigend und rechnete eindeutig mit weiteren Ergüssen meinerseits. Und tatsächlich hatte ich noch etwas hinzuzufügen. »Und es war echt schnulzig und pathetisch …«

»Das war's, jetzt hast du es vergeigt, Clancy, nun werde ich schwerere Geschütze auffahren!« Er hob mich auf eine antike Kommode neben dem Bett. Aufreizend langsam ließ er seine Hand an meinem Schenkel hinunterwandern, lange Finger erforschten mein in Jeansstoff gehülltes Bein, massierten es.

»Was machst du da?« Ich kicherte erwartungsvoll.

»Sitz still, dann wirst du es schon sehen.«

Vorsichtig zog er mir den knöchelhohen Stiefel aus, umfasste behutsam meine Ferse, bearbeitete sie mit kräftigen Bewegungen, bei denen mein Körper sich praktisch in Wackelpudding verwandelte, sodass ich mich an Henry lehnen musste, um Halt zu finden. Ein leiser Seufzer entrang sich meiner Kehle.

»Was hattest du doch gleich noch mal gesagt?«, fragte er. »Ach ja, jetzt fällt es mir wieder ein, meine Worte waren schnulzig und pathetisch, nicht wahr?«, raunte er mir ins Ohr, während er mir den freien Arm um den Rücken schlang, um mich festzuhalten, ehe er plötzlich nach meinem Fuß griff und mich am Spann kitzelte, bis ich mich krümmte, vor Lachen kreischte und ihn anflehte, damit aufzuhören.

36

»Entspann dich einfach, ich verspreche dir, dass sie dich lieben werden«, flüsterte Henry an meiner Wange, während er um mich herum griff und versuchte, meine schraubstockartige Umklammerung des Autotürgriffs zu lösen, an dem ich mich festhielt, als ginge es um mein Leben.

»Und was, wenn nicht, Henry?« Ich wusste, dass mein Blick ein wenig wild war, und es war offensichtlich, dass ich gerade ziemlich ausflippte. Es bestand die reelle Chance, dass ich wie ein ungezähmtes Tier die Flucht ergreifen und fortan in der Wildnis der Cotswolds leben würde.

»Sie werden dich lieben, weil du brillant, lustig und lieb bist. Aber sie werden dich auch lieben, weil ich dich liebe, und sie werden merken, wie glücklich du mich machst.« Sein Tonfall war beruhigend, und langsam lockerten meine Finger ihren eisenharten Griff. Ich war nun zwischen Henry und dem kühlen roten Metall seines Wagens eingeklemmt. Köstliche Hitze flammte in mir auf, als er an meinem Hals knabberte und sein warmer Atem über meine Haut strich. Unwillkürlich stöhnte ich und drückte mich an ihn, barg mein Gesicht an seine Schulter. »Aber wenn wir mit unseren öffentlichen Liebesbekundungen so weitermachen, wird meine Mutter fordern, dass wir auf der Stelle heiraten, Clara.«

»Was?« Ich riss die Augen auf, weil mir wieder einfiel, dass wir gerade in der prunkvollen kreisrunden Auffahrt des sehr prachtvollen Hauses seiner Eltern parkten, wo ich am hell-lichten Tag praktisch Trockensex mit Henry hatte. Noch nie im Leben war ich derart zügellos gewesen.

»Ja, meine ganze Familie steht an der Haustür und beobach-tet uns«, murmelte er, als er endlich meine Hände freibekam und sie zum Mund führte, wo er meine Knöchel zart küsste.

»Echt?«, stöhnte ich.

»Ja, echt. Also, bist du bereit?«

»Ja.« Nein, ich war verdammt noch mal nicht bereit, ich brauchte mindestens fünfzig flambierte Sambucas, um auch nur annähernd bereit zu sein. Doch Henry hatte sich bereits den Kuchen vom Autodach geschnappt (wo er ihn vor ein paar Minuten abgestellt hatte, um mir gut zuzureden, nach-dem ich wie angewurzelt neben der Beifahrertür stehen ge-blieben war), umfasste meine Hand und führte mich um das Auto herum auf die Fassade der riesigen Cotswold-Villa zu, in der seine Eltern lebten.

Der Anblick, der sich mir bot, war ein wenig wie aus der Zeitschrift *Hello!*. Die schönste Familie der Welt auf den Stu-fen vor einem prachtvollen honigfarbenen Haus – umwer-fende dunkelhaarige Männer (vier davon), zwei Frauen in lässigem Chic und ein sehr süßer kleiner Junge. Alle lächelten und starrten mich gespannt an.

»Du schaffst das, Wonder Woman«, flüsterte Henry und drückte mir die Hand.

»Einer dieser Männer sieht dir total ähnlich, Henry«, zischte ich aus dem Mundwinkel, während wir vom Auto zur Haustür gingen, eine Strecke, die sich wie fünfhundert Mei-len anfühlte. Zwar sahen sich alle Fraser-Männer unverkenn-bar ähnlich, aber derjenige, der ganz am Ende der Reihe stand und sehr selbstgefällig grinste, glich Henry wie ein Ei dem anderen.

»Ja, das ist mein Zwillingsbruder Ted. Ich bin drei Minuten älter als er.« Auf diesen verschwindenden Altersunterschied schien er absurd stolz zu sein.

»Du hast mir nie erzählt, dass du einen eineiigen Zwillingsbruder hast.«

»Nun, du hast mich auch nie danach gefragt. Und wir sind gar nicht vollkommen identisch.«

»Sieht er besser aus als du?«

»Wenn du das tatsächlich finden solltest, werde ich ihn in rasender Eifersucht leider umbringen müssen – und zwar völlig zu Recht.«

Lachend drückte ich ihm die Hand. »Nein, keine Sorge. Ich glaube, dein hübsches Gesicht gefällt mir am besten.«

Das Lächeln, das sich daraufhin auf Henrys Gesicht ausbreitete, war wahrhaft umwerfend. Und ich hätte schwören können, dass seine Mutter einen gehauchten Seufzer ausstieß, der jedoch nicht Henry galt, sondern ziemlich eindeutig mir.

»Hallo, Liebling«, sagte Fiona, sie kam die Stufen heruntergeschwebt und schloss Henry in die Arme, während der Vater (ich nahm an, dass es der Vater war, er sah aus wie Henry, nur mit grauen Schläfen) den riesigen Kuchen rettete, bevor die Schachtel zerdrückt wurde. »Ich bin so froh, dass du es geschafft hast.«

Henry gab ihr einen flüchtigen Kuss auf die Wange. »Hi, Mum. Das ist Clara, meine Freundin.«

Freundin. Das klang etwas merkwürdig, aber auch sehr aufregend.

»Oh, lass dich mal ansehen, Clara.« Fiona ergriff meine Hand und schüttelte sie kurz (meine andere Hand war damit beschäftigt, Henrys Mittelhandknochen zu Mus zu zerquetschen). »Ich freue mich so, dich kennenzulernen.«

»Ich freue mich auch. Danke, dass ich so in eure Familienfeier hineinplatzen darf«, erwiderte ich zaghaft lächelnd. *Dreh nicht durch, Clara, sie ist doch auch nur ein Mensch, genau wie du.* Abgesehen davon, dass sie unfassbar glamourös war und ihr Leben eindeutig auf der Reihe hatte. Daher war sie im Grunde das exakte Gegenteil von mir.

Henry versuchte, in meinem Klammergriff die Finger zu strecken, doch reflexartig griff ich noch fester zu, und er zuckte zusammen, bevor er sich lässig zu mir beugte, um einen Kuss auf meinen Haaransatz zu hauchen. »Die beeindruckende Stärke deines Klammergriffs erregt und ängstigt mich zugleich«, flüsterte er.

Ich hoffte aufrichtig, dass Fiona nichts davon mitbekommen hatte. Da ich die witzige Retourkutsche, die ich mir im Kopf zurechtgelegt hatte, in Hörweite der anderen nicht loswerden konnte, begnügte ich mich damit, Henrys Finger noch kräftiger zu drücken, bis er sich auf die Unterlippe biss und ihm das Wasser in die Augen schoss. Gleichzeitig drückte ich ihm einen zärtlichen Kuss auf die Wange.

Zum Glück sah uns Fiona nur mit vor Rührung verschleiertem Blick an, wobei sie sich mit einer Intensität auf mich konzentrierte, als hätte ich soeben vor ihren Augen den Welthunger besiegt. »Oh, Clara, du bist mehr als nur willkommen in unserem Zuhause, jederzeit. Wir sind begeistert, dich kennenzulernen.«

»Na, na, Froggie, wir wollen doch das arme Mädchen nicht zu sehr überwältigen, sie hat es ja noch nicht mal durch die

Haustür geschafft.« Henrys Vater war wiederaufgetaucht, dieses Mal ohne Kuchen, und lächelte auf mich herab, den Arm liebevoll um die Schultern seiner Frau gelegt. Er hatte eine Brille mit runden Gläsern und einen sehr festen Händedruck. Sein unverkennbarer New Yorker Akzent war durch viele Jahre in England merklich abgeschwächt worden. »Ich bin Henrys Dad Jim.«

»Hi«, murmelte ich schüchtern.

»Und das ist Edward«, fuhr er fort und zeigte auf Henrys Zwilling, dessen arrogantes Grinsen noch breiter wurde, als er mir zuwinkte. Dann zeigte Jim auf die anderen. »Das sind Daniel und seine Frau Rebecca sowie der kleine Milo. Und das hier ist Thomas, der heute Geburtstag hat.«

Alle begrüßten mich herzlich. »Alles Gute zum Geburtstag, Thomas«, sagte ich.

»Danke. Du kannst mich Tom nennen, nur meine Eltern nennen mich Thomas.« Er umarmte mich. Daniel und Rebecca taten es ihm nach, und Milo sprang begeistert in Henrys Arme.

»Schön, dich kennenzulernen.« Rebecca lächelte mich strahlend an. Ihre gewellten kastanienbraunen Haare und die haselnussbraunen Augen verliehen ihr eine natürliche keltische Schönheit. Ihre Umarmung war zart und anmutig, und mir entging nicht Daniels liebevoller Blick auf seine Frau, als sie wieder zurücktrat. Dann nickte er mir zu und umarmte mich ebenfalls, ehe er Milo von Henrys Hals pflückte.

Offenbar war ich in einer Familie aus Kuschelbären gelandet und würde mir schleunigst einen entspannteren Umgang damit angewöhnen müssen.

Als der Rest der Familie sich anschickte, wieder hineinzugehen, kam Ted zu uns herüber.

»Hallo, Clara«, sagte er mit tiefer Stimme und umarmte mich dann ebenfalls. Seltsam – von ihm umarmt zu werden, fühlte sich wahnsinnig vertraut an, fast wie von Henry, und gleichzeitig trotzdem total falsch.

»Lass meine Freundin los, Ted«, sagte Henry ungnädig und unterbrach damit die ungestüme Annäherung seines Bruders. Er zog mich fest an seine Seite und legte mir beschützend den Arm um die Taille.

»Reg dich ab, Henry, bestimmt macht es deiner Freundin gar nichts aus, dass sie sich für den weniger attraktiven Zwilling entschieden hat«, erwiderte Ted grinsend. Das war definitiv mal ein Kerl, der wusste, wie gut er aussah und wie er mit seinem Charme maximale Wirkung erzielte.

»Schön, dich kennenzulernen, Ted. Keine Ahnung, wer dir eingeredet hat, du wärst der hübschere Zwilling, aber solange du selbst daran glaubst und es dir bei der Bewältigung deiner offensichtlichen körperlichen Defizite hilft, ist alles gut«, erwiderte ich leicht herablassend, tätschelte ihm dabei aber versöhnlich den Arm.

Henry brach neben mir in Gelächter aus, und zum Glück lachte einen Moment später auch Ted.

»Ich mag sie, Henry, vermassle es nicht. Oder eigentlich, vielleicht doch, dann könnte ich einspringen und derjenige sein, der sie tröstet.« Er wackelte vielsagend mit den Augenbrauen.

»Hinfort, du wollüstiger Schwachkopf«, rief Henry grollend. Er ließ mich los und schubste seinen Zwilling vor uns her durch die Haustür.

Während ich dem Fraser-Clan in sein luxuriöses Haus folgte, erhaschte ich im Flurspiegel einen Blick auf mich. Die

Frau, die mich daraus anstarrte, hatte sich merklich verändert. Sie schien zu strahlen (wie in einer Werbung für teure Gesichtscreme) und seltsam zufrieden zu sein. Ihre Augen funkelten ein wenig, ihre Wangen waren rosig. Und sie konnte gar nicht mehr aufhören zu lächeln.

»Na, du nervige Kuh«, sagte ich leise zu meinem Konterfei und bekam ein breites Grinsen zurück.

Es war seltsam, mir einzugestehen, dass ich zum ersten Mal in meinem Leben in einen richtigen, echten Menschen verliebt war. Offen und ohne Vorbehalte, mit dem Zusatzbonus, dass das Objekt meiner Zuneigung nicht schreiend davongelaufen war bei dem Gedanken, ich könnte mich für alle Ewigkeit an ihn heften wie ein Saugfisch. Nein, er erwiderte meine Liebe mit der gleichen wunderbaren und absurden Intensität, sodass sich mein Gehirn in Wohlgefallen auflöste bei der Aussicht, dass dies alles ab jetzt Teil meines Lebens sein könnte.

Die schmerzhaften Teile von mir, an denen ich so lang festgehalten hatte und die so viele Aspekte meines Lebens bestimmt hatten, waren eindeutig noch da, doch sie nahmen nicht mehr den Großteil meines Gehirns ein. Mit einem kleinen (gewaltigen) Schubs von meinen wunderbaren Freundinnen (und mithilfe meiner neuen Heldenhaftigkeit) hatte ich es geschafft, mich meinen Unsicherheiten zu stellen, und mir am Ende erlaubt, dem zarten und beharrlichen Zupfen meines fragilen Herzens nachzugeben. Und trotz meiner Sorgen war es nicht zersprungen wie ein antiker Kristalldekanter, der auf makellose echte Steinfliesen fiel. Stattdessen war es so weit geheilt, dass die Risse darin nicht mehr Gefahr liefen aufzubrechen. Stattdessen hatten sie sich immerhin so weit geschlossen, dass nur noch eine Craquelé-Glasur auf meinem Herzbeutel zurückblieb.

Mein Handy vibrierte in der Handtasche, und ich zog es rasch heraus und las die Nachricht auf dem Display.

Professor Jo: Lebst du noch? Hast du den Supermarkt-Gin ausgetrunken? Oder nimmst du gerade an einem Clark-Kent-Sex-a-thon teil und ignorierst mich deshalb?

Lachend tippte ich rasch eine Antwort.

Clara: Superman-Sex-a-thon ist erledigt, bestimmt freust du dich, das zu hören. Aber es hat sich DEFINITIV gelohnt, sieben Jahre zu warten. Jetzt lerne ich gleich die ganze Familie Kent kennen.

Ich lächelte, als ein *Pling* die Antwort ankündigte.

Professor Jo: Schnapp dir dein Leben, Tiger.

Der Klang von Henrys vertrautem, herzerwärmendem Lachen drang von der Küche herüber, und Liebe und Glück blühten unter meiner Haut auf, besänftigten meine Seele und beruhigten meine hyperaktiven Gehirnzellen. Ich blickte noch einmal in den Spiegel, und Wonder Woman gab mir einen raschen »Du schaffst das«-Salut.

Fühlte es sich so an, wenn man eine Superheldin mit einer Truppe Superhelden-Komplizen war und das Selbstbewusstsein besaß, es mit der ganzen Welt aufzunehmen – einem fiesen Schurken nach dem anderen? Ja, wahrscheinlich schon.

Auf jeden Fall fühlte es sich verdammt wundervoll an.

Epilog

Als ich die Badezimmertür öffnete, um zurück in Henrys früheres Kinderzimmer zu gehen, legten sich von hinten riesige warme Hände über meine Augen. Was war bloß los – warum wurde ich zurzeit dauernd behelligt, sobald ich aus irgendwelchen sanitären Einrichtungen trat?

Ich seufzte. »Ted, ich weiß, dass du das bist, was soll das?«

»Woher weißt du, dass ich das bin?«, beschwerte er sich. »Selbst mit offenen Augen und wenn sie uns direkt ansehen, können uns die Leute nicht voneinander unterscheiden.« Er ließ die Hände sinken, kam um mich herum und hob fragend die Brauen.

»Ihr seid nicht vollkommen identisch. Außerdem riechst du falsch.«

Ted gab ein prustendes Geräusch von sich. »Ich *rieche* falsch?«

»Ja, du riechst seltsam, um ehrlich zu sein.« Ich zuckte entschuldigend mit den Schultern.

»Ich rieche *seltsam?*«

»Du riechst definitiv seltsam, du Schwachkopf, und nun lass sie in Ruhe.« Irgendwo hinter mir erklang Henrys dröhnende Stimme.

»Na gut, ich gehe ja schon. Aber einen Versuch war es wert.« Ted lächelte mich mutwillig an. »Aber ich fasse es nicht, dass du findest, ich würde seltsam riechen. Wir haben uns gerade erst kennengelernt, und schon hat mein Ego gewaltige Dellen bekommen.«

»Dein Ego wird es wohl überleben«, fuhr Henry ihn an, schob sich zwischen uns und versetzte seinem Buder einen leichten Stoß.

Ich überließ die Zwillinge ihrem Macho-Getue und ging in Henrys Zimmer, um mich bettfertig zu machen. Dafür zog ich einen ziemlich gewagten schwarzen Slip an und das T-Shirt, das ich zuvor in Henrys Haus geklaut hatte; seine schiere Größe ließ mich darin versinken, der Ausschnitt fiel mir über die Schulter, und von der Länge her reichte es mir bis zur Mitte der Schenkel.

Als Henry in einer dunkelblauen Pyjamahose zurückkam, die sich locker um seine Taille schmiegte, stand ich auf seinem Bett und spielte Luftgitarre.

»Was machst du da, du Verrückte?«, rief er lachend. »Ist das etwa mein Bon-Jovi-T-Shirt?«

»Ja. Das habe ich heute Morgen in wahrer Geheimagenten-manier aus deinem Haus entwendet. Ich bin so etwas wie ein durchtriebener weiblicher James Bond.«

»Du solltest es behalten, es steht dir.« Henry blieb am Fuß-ende des Bettes stehen und strich mit beiden Händen über den weichen Stoff seines T-Shirts, anscheinend fasziniert da-von, wie das Material über meinen Körper glitt.

»Henry?«

»Mmmm?«, murmelte er abwesend, während er den Saum des Shirts befingerte. Dabei streifte er meine nackte Haut, seine Berührung so sengend, als würde er mich mit einem Brandzeichen versehen.

»Ich muss dir etwas gestehen.«

»Oh ja, was denn?« Langsam, behutsam, schob er den grauen Baumwollstoff an meinen Beinen hinauf, der Saum des T-Shirts rückte immer höher und enthüllte unter seinem flammenden Blick immer mehr von meinen Schenkeln.

Die Arme auf seine Schultern gelegt, beugte ich mich vor und flüsterte ihm ins Ohr. »Ich habe dich damals im Labor angelogen.«

»In Bezug worauf?« Er umfasste mein Bein und ließ die Hände quälend entspannt nach oben gleiten.

»In Bezug auf das, was ich für Jon Bon Jovi empfinde.« Ich unterdrückte ein Stöhnen. Er hatte das Shirt inzwischen fast bis zu meinen Hüften hinaufgeschoben.

»Du empfindest etwas für Jon Bon Jovi?«

»Ja. Und zwar nicht das, was ich dich ursprünglich glauben ließ, Henry.«

»Ist er etwa ein weiterer Kandidat auf meiner Liste von Männern, die ich in rasender Eifersucht umbringen will?«

Ich lachte heiser. »Vielleicht.«

»Mir gefällt nicht, wie das klingt.«

Der Saum des T-Shirts war nun über meinen Schritt hinaufgerutscht, und Henry stieß einen leisen Pfiff aus. »Hübsches Höschen, Clara.«

»Also, was Jon Bon Jovi angeht …«

»Ich will jetzt nicht über ihn reden.« Er neigte den Kopf, um einen zarten Kuss auf meinen von Spitzen bedeckten Hüftknochen zu drücken.

»Das sollten wir aber unbedingt.«

»Warum?«

»Weil er ein Gott ist?«, murmelte ich.

»Endlich hast du es kapiert.« Er lächelte breit.

»Ja, und du musst wissen, dass ich sein Greatest-Hits-Album immer in Dauerschleife gehört habe, wenn ich allein im Labor war«, flüsterte ich dramatisch und umfasste sein Gesicht mit beiden Händen. »Tut mir leid, dass ich unsere Freundschaft missbrauchte, indem ich dich wegen deines Musikgeschmacks verarscht habe, aber vor allem tut mir leid, wie ich Jon Bon Jovi behandelt hab. Ich habe ihn schlechtgemacht und herabgewürdigt, obwohl ich in Wirklichkeit bis über beide Ohren in ihn verliebt war.«

»Er wird hundertprozentig auf diese Liste gesetzt«, grollte Henry, ohne seinen glühenden Blick von meinem Körper zu wenden.

»Ich habe noch etwas zu beichten«, fuhr ich fort.

»Ich bin mir nicht sicher, ob dies die richtige Zeit und der richtige Ort für Pastor Henry sind, um dir die Beichte abzunehmen, Clara, er sieht sich gerade einen sexy Slip an einer sexy Frau an und hat *andere Dinge* im Kopf.«

»Nur noch ein Geständnis, dann können wir über meine Unterwäsche reden und *andere Dinge* tun«, versprach ich.

»Okay«, stimmte er widerwillig zu und verzog schmollend den Mund.

»Da war noch ein anderer, in den ich damals im Labor bis über beide Ohren verliebt war.«

»Meine Abschussliste wird ziemlich lang, das merke ich jetzt schon.«

»Er sah echt gut aus, womöglich noch besser als Jon Bon Jovi.«

»Ich kann mir kaum vorstellen, dass das möglich ist«, sagte Henry. »Er ist ein Gott, Clara.«

Ich lachte. »Vielleicht bist ja du selbst bis über beide Ohren in Jon Bon Jovi verliebt?«

»Das lässt sich nicht leugnen.«

»Jedenfalls, da war dieser andere Typ, der fast so gut aussieht wie Jon Bon Jovi, der ja bekanntlich ein Gott ist. Und, na ja, er war auch wirklich witzig, was mich immer enorm antörnt.«

»Tatsächlich?«

»Oh ja, das finde ich sogar noch attraktiver als eine Clark-Kent-Brille.«

»Clark-Kent-Brillen sind sexy?«, fragte Henry überrascht.

»Ja, verdammt sexy.«

»Gut zu wissen.«

»Jedenfalls, zurück zu diesem Kerl im Labor.«

»Muss das sein?«

»Unbedingt. Weil er darüber hinaus auch noch echt süß und aufmerksam war. Und klug, echt gut in Mathe. Oh, und groß, richtig groß war er. Die Art von Mensch, der irgendeine Art von Gen-Lotterie gewonnen haben muss.«

»Okay, das reicht jetzt, ich kann es mir vorstellen.« Henry legte den Kopf an mein Brustbein, während er weiterhin den Stoff des T-Shirts knüllte, meinen Bauch entblößte und seine Hand an meinen Brustkorb legte. Träge erforschte er mit dem Daumen die Unterseite meiner Brust.

»Manchmal war er aber auch ein bisschen sonderbar, er hatte ein Lieblingslineal, was bizarr ist, aber das sollten wir ihm nicht ankreiden«, flüsterte ich und spürte, wie Henry an meiner Brust leise lachte. »Rückblickend denke ich, ich hätte ihn wohl in der Laborzubehörkammer anmachen oder ihn unten in der medizinischen Bibliothek hinter die Regale zerren, mit ihm herumknutschen und *andere Dinge* tun sollen.«

»Das hätte ihm bestimmt sehr gefallen, Clara.« Henry legte ein Hand auf meinen Po.

»Nun ja, die Sache ist die«, fuhr ich leise fort. »Ich sage zwar gerade, dass ich in ihn verliebt war, aber in Wahrheit war es mehr als das. Denn in Wahrheit ist er die Liebe meines Lebens, der einzige Mann, den ich je lieben werde, jemand, der nur für mich gemacht ist.« Ich legte Henry einen Finger unter das Kinn und hob sein Gesicht an, damit ich ihm in die Augen schauen konnte. Unsere Münder waren sich beinahe schmerzlich nah, sein heißer, nach Zahnpasta duftender Atem liebkoste meine Lippen.

»Stimmt das? Hast du ihm das je gesagt, von Angesicht zu Angesicht, ohne Klebezettel zu brauchen?« Leise Belustigung flackerte in seinem Blick auf.

»Ich sage es ihm jetzt.«

Danksagungen

Na, das war eine ziemliche Achterbahnfahrt und von Anfang bis Ende ein echt wilder Ritt. Aber ich werde es kurz machen, weil ich mir nicht sicher bin, ob das außer meiner Mum irgendjemand lesen wird (übrigens danke, Mum).

Ich werde Anne Perry und Meg Davis von der Agentur Ki auf ewig dankbar sein, weil sie mir die Hand gehalten, meine Fragen beantwortet und auf diese Wissenschaftlerin mittleren Alters aus Devon gesetzt haben. Tut mir leid, dass ich mich die meiste Zeit wie das Kaninchen im Scheinwerfer aufgeführt habe. Ein riesiges Dankeschön an Jennie und das ganze Team von One More Chapter, ich freue mich riesig, dass ihr diese Geschichte genauso sehr liebt wie mich. Ich kann immer noch nicht fassen, dass tatsächlich ein Buch daraus geworden ist. Total fantastisch. Lieben Dank auch an meine Schreibgruppe auf Twitter (sorry, Elon, für mich wird es immer Twitter bleiben) und das Team von MoodPitch für die Ratschläge und die Gelegenheiten, das Geschriebene aus meinem Kopf unter die Leute zu bringen; sonst würde es dieses Buch jetzt nicht geben. Da draußen gibt es einige enorm talentierte Autorinnen und Autoren, deren Bücher von vielen Leuten gelesen werden müssen, und ich hoffe, sie alle bekommen die Chance, die sie verdienen. Danke an alle, denen ich online begegnet bin und die mich motiviert haben, einige von euch sind liebenswert, lustig und authentisch, andere so ausgesprochen brillant, dass wir sofort gut miteinander ausgekommen sind (ihr wisst, dass ihr gemeint seid). Bleibt, wie ihr seid.

Danke an meine Familie, vor allem an meine Mum (der ursprüngliche kreative Geist der Familie) und Papa Stu, weil ihr mich so unterstützt und so stolz auf mich seid. Vielen Dank auch den neuen Freunden, denen ich davon erzählt habe (vor allem Dr. Sarah, die meine Inspiration für Professor Jo war, du bist einfach legendär). Für alle, die es erst jetzt herausfinden – Überraschung!

Tausend Dank an die kleinste Chalice, du inspirierst mich jeden Tag und bist der Grund dafür, dass in jedem meiner Bücher eine Katze vorkommen wird. Danke für deine Hilfe mit den Namen der Protagonistinnen und Protagonisten und dafür, dass dir meine Versuche zu Macarena in der Küche nicht allzu peinlich sind. Nun, das Buch darfst du erst lesen, wenn du fünfunddreißig bist, deshalb stell es zurück ins Regal. Danke an Alex, du hast mir geholfen, auch wenn du nicht an mich geglaubt hast – sorry, dass ich mit dieser völlig neuen Seite meiner Persönlichkeit bei dir herausplatze, ich schwöre, dass du trotzdem immer noch weißt, wer ich bin. Mach dir aber nicht zu viele Hoffnungen auf ein Boot.

Danke an die imaginären Personen, die in meinem Kopf leben, die mir Geschichten erzählen, mich zum Lachen und zum Weinen bringen und durch die ich ein anderes Leben führen kann. Dort gibt es noch so viele bevorstehende Abenteuer.

Zum Schluss möchte ich noch die vielfältigen Traumata meines Privatlebens und meiner akademischen und beruflichen Laufbahn erwähnen, ich bin die meiste Zeit eine ziemliche Katastrophe. Ich bin nur froh, dass ich inzwischen über das alles lachen kann. Meistens.

In liebendem Andenken an Duncan, einen wahrhaft brillanten und besonderen Menschen und fantastischen Arzt, der mein Leben nachhaltig beeinflusst hat. Wir vermissen dich jeden einzelnen Tag.